| PREMIUM LABEL. op. 003

오작교는
싫습니다

이 도서의 국립중앙도서관 출판시도서목록은 서지정보유통지원시스템 홈페이지(http://seoji.nl.go.kr)와 국가자료공
동목록시스템(www.nl.go.kr/kolisnet)에서 이용하실 수 있습니다.

V

오작교는 싫습니다

살오른곱등이 장편소설

PREMIUM
LABEL

CONTENTS

오작교는 싫습니다

Romance Fantasy
crescendo

스완하덴

외전 1

스완하덴

슈라이나는 다리를 반대편 다리에 떡하니 올려놓고 달달 떨었다. 이도 으득거리며 꽤 불안해하고 있는 모습을 보이고 있었다.

기사단 시험을 잘 보고 난 뒤에 집으로 돌아온 그녀는 계속 저런 상태였다. 시험을 잘못 본 것인가 싶으면 그건 또 아니었다. 참가한 사람들 사이에서 마법과 검술을 병행한 기술들을 선보이며 가장 뛰어난 실력을 자랑했다.

위기가 있긴 했다. 시험관 중에는 하일리도 있었기에 검을 잡는 도중 웃음이 터져 나올 뻔했다. 서로 웃음을 참느라 온갖 힘을 짜냈다. 하마터면 불합격이 나올 수도 있었지만, 그것 이외에는 훌륭하게 시험을 치르고 나왔다.

슈라이나가 불안해하는 이유는 그런 것들과는 전혀 다른 이유였다. 그녀는 시험을 마치고 옷을 갈아입고 있는 와중에 다른 기사 지망 여성들의 대화를 떠올려 보았다.

'와아. 너 결국 약혼까지 한 거야? 뜨겁네, 뜨거워! 참 대단하다. 솔

직히 네가 고백할 때만 해도 긴가민가했었는데 약혼까지 갈 줄이야.'

'하하. 알렉스가 그렇게 멋있는데, 누가 채가기 전에 내가 냉큼 잡아 왔지. 아카데미를 졸업하면 다들 연애하고 결혼하려고 눈에 불을 켜는데 얌전히 기다리다간 뺏길 수도 있잖아?'

슈라이나는 그 대화를 듣자마자 자연스레 머릿속에 한 사람을 떠올렸다. 스완하덴 블란치.

그리고 그 이름을 나지막이 중얼거려보았다.

"스완하덴 블란치……."

일반적으로 아카데미를 졸업하면 다들 자신의 배우자를 찾는 데에 힘을 쓰고 연애를 하다가 결혼한다. 슈라이나는 결혼이나 연애에 별로 신경 쓰지 않았기에 자신과 상관없는 주제인 줄 알았다.

그러나, 스완하덴 블란치.

아카데미를 졸업하고 만난 적이 손에 꼽는다. 개인적인 이유로 바빴기도 했고 별로 그렇다 할 접점이 없었다. 문득 그가 보고 싶어져서 찾아갈까 생각도 해보지만, 왠지 모르게 부끄러웠고 용기가 나지 않았다. 그래서 계속 그와 만나는 걸 미래의 자신에게 미뤄두고 있었다.

'그렇게 멋있는데, 누가 채가기 전에 냉큼 잡아 왔지!'

아까의 그 대화가 귀에 아른거린다.

슈라이나 자신은 결혼이나 연애 생각이 없다고 하지만 스완하덴은 모르는 일이었다. 스완하덴은 곧 공작가를 물려받아야 할 입장이니 부인이나 안주인을 구하려고 할 수도 있었다. 스완하덴은 성격이 좀 그래도 꽤 멋있고, 잘생겼고, 집안 좋고, 능력 있고, 공식 모범생에, 나름 귀엽기도 하고 여러모로 장점이 많아서 노리는 사람이 꽤

나 많을 것이다.

게다가, 요새 눈에 띄게 다정하고 착해져서 그를 노리는 사람이 많아졌을 것이다. 거의 반 확신한다.

"뭐지……."

슈라이나는 스완하덴의 장점을 나열해보다가 혀를 씹을 뻔했다. 자신이 생각해도 스완하덴의 평가가 너무 좋았다. 자신의 평가와 남의 평가에 너무나도 큰 차이가 있으니 혹시 이게 콩깍지인가 싶어 고민에 빠졌다. 에릭 때보다 더 심한 것 같은데. 그래도 에릭은 남자 친구라는 틀 때문에 생긴 콩깍지라면 스완하덴은 아니었다.

'아냐. 이건 객관적으로 봤을 때도 전부 사실이라고.'

슈라이나는 고개를 저으며 자신의 얼굴을 짝 소리 나게 때렸다.

저번 시니어 엔드 파티 때의 기억이 새록새록 떠오른다. 그때도 비슷한 감정이었던 것 같은데.

잠시만, 이러니까 꼭 스완하덴을 짝사랑하는 것 같다.

슈라이나는 두 번 고개를 저으며 자신의 얼굴을 다시 한 번 짝 소리 나게 때렸다.

'아냐, 짝사랑이라니. 뭔 그런 위험한 생각을…… 함부로 결단 내리지 말자.'

사실 슈라이나는 누구를 좋아하기 시작하면 웬만한 쓰레기가 아닌 이상 돌이킬 수 없을 정도로 좋아하게 된다. 그걸 스스로가 너무 잘 알고 있었다. 그래서 슈라이나는 지금까지 짝사랑만은 하지 않으려 부단히 노력했었고. 좋아할 것 같으면 상대의 안 자른 코털을 상상하고, 똥 싸는 모습을 생각하며 커져 가는 마음을 어떻게 해서라도 죽였다. 그리고 짝사랑이 아니라고 생각이 들 때만 마음을 열었다.

잠시만, 근데 이게 짝사랑이 맞나?

키스도 했잖아! 근데 생각해보면 자신이 먼저 했다.

두 번 했잖아! 물론, 스완하덴이 먼저 하긴 했지만…… 사실, 키스보단 살의가 담긴 공격에 가까운 행동이었다. 더불어 다른 스완하덴이었고.

아니다. 생각해보면 스완하덴은 자신 앞에서 엄청 풀어진다. 얼굴이 빨개진 적도 있었고.

문득, 그걸 보고 하일리와 헤스티아가 했던 해명이 떠올랐다. 화를 참느라 그런 표정을 짓는 거라는데. 절대 아니었다! 그래, 스완하덴도 부끄러워할 수도 있지.

반대로 암울한 사실도 떠올랐는데, 스완하덴은 나와 시선을 마주치려 하지 않았다. 항상 나만 그를 쳐다보고 있었다. 내 앞에서 다정해지는 건 그저 내가 한때 그를 도와준 적이 있어서 그런 걸지도. 파트너나 반지나 그런 행동들을 보인 것도 비슷한 이유가 아닐까.

아카데미 졸업 후 스완하덴을 보지 못한지 어언 몇 달째, 슈라이나는 자신의 저 밑에서 꾸물꾸물 기어 올라오는 불안감에 인상을 썼다. 한번 부정적인 것들을 생각하니 계속 부정적인 것들이 잇따라 올라온다. 그러면서 슈라이나는 고백을 계획하고 있었다. 몸과 마음이 따로 놀고 있다. 한때 자신의 별명이 축구공이었다는 사실을 떠올렸다. 까짓거 또 차이고 한 번 아프면 되지 않나?

그렇게 대담해지다가도 급격히 소심해졌다. 스완하덴이 자신을 좋아할 수도 있다는 생각이 모두 김칫국이라면.

이어 정말로 그에게 차였을 때의 상황을 상상해보았다. 상처가 장난 아니게 클 것 같아, 덜컥 겁이 났다. 이상하게도 슈라이나는 스완하덴한테는 조심스러웠다.

'고백했는데 헤스티아에게 잘 보이기 위해 지금까지 나한테 잘한 거라고 하면 어떡하지.'

문득 아카데미에서 재회했을 때 스완하덴이 헤스티아를 바라보며 수줍게 웃던 것이 떠올랐다. 사이가 좋아 보이지는 않았지만, 사실 그런 게 아닐 수도. 배틀 커플 구도인데, 스완하덴이 엄청난 츤데레인 걸 수도.

'스완하덴의 속을 알 수만 있다면……'

그렇게 생각으로 첫 운을 띄웠고…….

땅. 땅. 땅. 땅!

정신을 차려보니 슈라이나는 사람의 마음을 소리 내어 읽어주는 마법 물품을 만들고 있었다.

"미쳤구나, 슈라이나."

망치를 들고 강한 힘으로 물건을 땅땅 두들기며 슈라이나는 허허로운 미소를 지었다. 쇠에 비치는 자신의 표정이 참 공허해 보였다. 물품에 쌓인 먼지를 브러시로 닦아내며 또 미쳤다고 중얼거렸다. 하하하. 슈라이나는 영혼 없이 웃었다.

사람의 생각은 정신과 관련되어 있었기에 흑마법을 써야 했다. 생각이라는 것은 기억보다 얕은 층에 위치해 있었기에 접근하기가 쉬웠다. 따라서 마법진도 꽤 간단했다. 생각을 끄집어내 주는 흑마법진과 그걸 소리를 틀어주는 일반 마법진을 층층이 엮어 내려갔다. 그리고 그걸 물품에 씌웠다.

마법진이 씌워지자마자 물품은 정상적으로 작동했다. 슈라이나의 마음의 소리가 바로 튀어나왔다.

[그만둬! 비겁해! 윤리에 어긋나는 짓이야! 너한테만 상처야!]

"시끄러워. 돌이킬 수 없어."

슈라이나는 인상을 쓰며 자신의 속마음이 나오지 않게 물품에 마법을 걸었다. 허용 범위도 지정했다. 물품과 자신의 생각을 연결해서 듣고 싶은 사람의 속마음만 딱 들리게끔 설정했다.

"완성."

그렇게 며칠에 걸쳐 슈라이나는 스완하덴의 마음을 읽어내기 위한 마법 물품을 만들었다. 물품은 검은색 작은 정사각형 모양에, 소리가 잘 나올 수 있게 한 면에 구멍이 뽕뽕 뚫려 있다. 처음엔 도덕에 어긋나는 짓 같아 만드는 행동에 망설임이 가득했지만, 어느새 만드는 것 자체가 재미있어 몰입하게 되었고 그 결과 완성까지 이르렀다. 스완과 별개로 자신의 완성작에 굉장히 뿌듯해진 슈라이나는 소매로 자신의 땀을 스윽 닦았다.

물품을 만들었으면 작동도 해봐야지?

슈라이나는 완성된 물품을 들고 집안을 돌아다녔다. 형광색 실로 자신의 장갑을 짜주고 있는 늙은 시녀 리다에게 달려가 물품을 작동시켜보았다.

[에고…… 허리 아파라…….]

슈라이나는 리다가 만들어준 형광색 모자, 양말, 윗옷, 바지, 목도리까지 모두 입고 리다 앞에 섰다.

[아가씨…… 아무리 아가씨여도 역시 형광은 무리였나…… 아까부터 속마음이 들리는 것 같은데 환청인가?]

……정말 너무하다. 상처를 받아 심장을 움켜쥐며 자리를 떴다.

근데 사실 그렇게 상처를 크게 받지도 않았다.

그저 살짝 침울해진 슈라이나는 두리번거리며 누굴 상대로 물품을 써볼까 생각에 잠겼다. 그러다가 복도를 걷고 있는 하룬 웨스트를 발견했다.

하룬은 요새 철이 들어 퍽 성숙해졌다. 말하는 투나 생각하는 것을 보면 많이 진중해졌고, 이브와 비슷한 어른스러움을 뿜어내고 있었다. 아무래도 이브와 같이 다니던 게 그에게 큰 영향을 끼친 것 같다. 아직도 종종 만나는 것 같던데.

"슈슈. 시험 봤다며. 잘 봤어?"

하룬이 부드럽게 웃으며 조심스러운 손길로 슈라이나의 머리카락을 쓰다듬었다. 그의 차분해진 말투가 아직도 적응이 되지 않는 그녀였다. 발랄했던 사람이 갑자기 차분해지면 상대적으로 우울해 보인다. 슈라이나는 그를 걱정스럽게 쳐다봤다.

[슈슈다! 슈슈! 슈슈! 귀여운 슈슈! 엉엉. 과연 잘 치르고 왔을까? 기운이 없어 보이는데. 혹시……? 가슴 찢어진다고! 끄아악, 나 쳐다보는 것 좀 봐! 귀여워! 최고야! 최고!]

……속마음은 평소의 하룬과 비슷한 걸 보니, 크게 걱정하지 않아도 될 것 같다. 하룬은 갑자기 자신의 생각이 날것 그대로 흘러나오자, 당황하다가 슈라이나를 쳐다봤다. 손을 들어 잠시 머리카락을 긁적이던 슈라이나는 후다닥 자리를 피했다.

그리고 방학이어서 물품을 들고 집으로 돌아온 카림을 찾아갔다.

[누나, 정말로 보고 싶었어!]

"슈슈 누나! 그동안 뭐 하고 살았어? 진짜 오랜만이야!"

카림은 겉과 속이 다르지 않았다. 카림의 맑은 미소를 보고 있자니 왠지 속마음을 듣고 다니는 게 양심에 찔린 슈라이나는 이쯤 하기로 하고 물품을 주머니 속에 넣었다. 오랜만에 보는 동생이 자신의 손을 붙잡고 방방 뛰는 모습이 퍽 귀여워 자연스럽게 미소가 지어졌다.

슈라이나는 근래 카림과 비이디엘의 이야기가 궁금했고, 카림도 그녀가 어떻게 살았는지 궁금했기에 자리를 펴고 이야기를 나눴다. 카림과 이야기를 나누다 보니 이야기의 흐름이 스완하덴 쪽으로 흘렀다.

"누나, 스완하덴 형을 좋아해?!"

"아니."

슈라이나는 자동 반사적으로 부정했다가 잠시 인상을 썼다. 구겨진 표정으로 한참 뜸을 들이더니 이어 고개를 푹 숙였다.

"……아마."

"으악, 말도 안 돼!"

그녀는 귀까지 새빨개져서 개미 기어들어 가는 목소리로 중얼거렸다. 그 모습에 카림은 잠시 눈을 비비고 이 앞에 있는 사람이 자신의 누나가 맞나 한참을 생각해야 했다. 비록 대상이 마음에 들진 않았지만, 저렇게 수줍어하며 좋아하는 누나의 모습을 보니 사랑스럽기 그지없었다. 카림은 부끄러워서 공벌레처럼 몸을 구부러뜨린 자신의 누나가 너무 귀여워서 다시 껴안았다.

슈라이나는 꼼지락거리는 자신의 발가락을 바라보다가 카림에게 고민을 털어놓았다. 스완하덴에게 고백하고 싶은데 그가 자신을 좋아할 거라는 확신이 없다는 사실. 그래서 스완하덴의 마음을 읽기 위해 물품을 만들었는데, 왠지 이건 좀 아닌 것 같아 사용하기를 포기했다는 사실. 기타 등등 자신의 불안함을 쏟아내었다.

카림은 그녀의 이야기를 조용히, 진지하게 들어주다가 픽 웃었다.

"스완하덴 형 상대로 그런 걱정 안 해도 되는데."

"⋯⋯?"

"근데 누나가 고백을 한다니. 그러지 마. 그건 좀 큰일인데. 그 형 너무 들떠서 세상 멸망시킬 수도⋯⋯."

"걘 그냥 멸망시키고 싶으니까 멸망시키는 거야."

카림은 슈라이나와 대화하다가 문득 이상한 점을 하나 발견했다. 설마 자신의 누나가 그렇게까지 눈치가 없을 줄 몰랐는데. 그녀의 말을 하나하나 다 따져보니 스완하덴이 좋아하는 걸 모르는 것 같았다. 사실 슈라이나가 아까 그 말을 한 번 언급했었지만, 카림은 그녀가 그 사실을 모른다는 건 너무 말이 되지 않아 흘려들었었다.

"잠깐만, 잠깐만. 설마 여태 스완하덴 형이 누나 좋아하는 걸 몰랐다는 거야?"

"⋯⋯?"

"그렇게 티 냈는데? 보는 내가 다 절절할 정도로 좋아했는데?"

"⋯⋯?"

슈라이나가 바라보는 스완하덴과 카림이 바라보는 스완하덴은 참 달랐다.

스완하덴은 슈라이나 앞에서 말수가 적어지고 무뚝뚝해지는 경향이 없지 않았다. 쓸데없는 말을 할까 봐 말을 아낀 것이다. 스완하덴이 슈라이나를 대할 때는 큰 굴곡이 있었다. 어떨 때는 헷갈릴 정도로 다정하다가, 어떨 때는 냉랭해지는 것 같이 보이고. 슈라이나는 스완하덴을 능력도 있으면서 밀당을 잘하는, 소위 말하는 나쁜 남자로 분류하고 있었다. 그래서 커져 가는 마음을 무시하며 연인보다는 친구로서 남아 있고 싶은 마음이 있었다.

"걔가 날 아낄 순 있겠지만, 절절하게 좋아한다니…… 그건 좀."

"아니야! 진짜야! 좀 병적인 수준으로 좋아한단 말이야! 그건 병이야! 말기여서 돌이킬 수도 없어!"

반대로 카림은 스완하덴을 슈라이나 웨스트에게 한도 끝도 없이 뜨거워지는 사람으로 보고 있었다. 저번에도 파트너 신청 한 번 하려고 꽃을 무수히 많이 준비했었다. 혹시 슈라이나가 꽃의 가시에 손 다칠까 봐 준비한 장미꽃들의 가시를 모두 뽑아낸 것만 봐도 일단 그가 그녀에게 얼마나 극성인지 알 수 있었다.

그뿐만 아니라, 길을 걷다가 슈라이나만 보면 손으로 얼굴을 가려 표정 관리를 하려고 했다. 또 그녀와 대화를 한 날이면 하루 종일 기분이 좋아 열심히 사람들에게 시비를 걸며 그 들뜬 기분을 가라앉히려 했다.

카림과 슈라이나는 서로가 떠올리는 스완하덴이 너무 달랐기에 서로 이해하기를 포기했다. 다만, 한 가지는 확실했다. 슈라이나가 스완하덴 때문에 고민에 빠져 있다는 것. 카림은 슈라이나 한정 바보인 스완하덴을 떠올리다가 슈라이나를 토닥였다.

"근데 스완 형 정말로 졸업 이후로 누나 앞에 한 번도 모습을 보인 적이 없어?"

"응. 접점이 없었거든."

접점이 없으면 연락이 끊기는 사이라는 게 새삼 와닿았다. 슈라이나는 말하면서 왠지 씁쓸해져 인상을 썼다.

"스완 형이라면 분명히 접점을 만들려고 발악을 했을 텐데, 이상하다…… 졸업하자마자 집안 다 정리해놓고 반지 들고 찾아오는 거 아니야?”

“뭐라는 거야.”

카림의 말이 끝나자마자 무섭게 시녀 에밀리가 문을 열며 들어왔
고 충격적인 사실 하나를 전했다.

“아! 슈라이나 아가씨 여기 있으셨네! 블란치 공작가에서 오늘 방
문하신다고 연락을 넣으셨어요.”

한순간에 방 안에는 침묵이 맴돌았다. 카림은 머리를 긁적이며 어
색한 표정을 지었고, 슈라이나는 스완하덴이 찾아온다는 소리를 듣
자마자 정신이 혼미해졌다.

지금? 당장? 걔가? 무슨 일로? 왜? 갑자기?

그러다가 방금 카림이 한 말이 떠올라 괜히 심장이 두근거리고,
식은땀이 나기 시작했다. 카림과 슈라이나는 서로를 바라보며 한참
동안 아무 말도 하지 못했다. 에밀리가 방을 나가는 순간까지도.

“……거봐. 내가 말했지? 누나를 가만히 두지 않을 거라니까. 왜
이제야 오는 건지는 잘 몰라도.”

“가나다라마바사. 아자차카타파하.”

“누나? 그 언어는 뭐야?”

슈라이나는 꽤 불안정해 보였다. 짧은 다리를 끌어안고, 그사이에
얼굴을 묻더니 곧 결심을 다진 듯한 표정을 지으며 고개를 들었다.
떨고 있던 다리를 멈췄다.

“누나 어디가?”

“연무장 좀 돌려고.”

방을 박차고 나간 그녀는 연무장으로 냉큼 뛰어갔다. 연무장으로
뛰어가는 길에 문득 어린 시절 생각이 났다. 공작가에서 사람이 온

다는 말을 전해 들을 때마다 슈라이나는 항상 연무장에서 검을 잡고 있었다. 슈라이나가 먼저 연무장에 올 때도 있고, 스완하덴이 먼저 연무장에 와서 검을 잡고 있는 경우도 있었지만, 대체로 후자인 경우가 많았다.

문득 그 생각이 들자, 슈라이나는 걸음을 돌렸다. 연무장으로 가면 왠지 스완하덴이 검을 연습하고 있을 것 같았다.

아직 만남의 준비가 되지 않았다. 아카데미 졸업 이후로 처음 만나는 거여서 그런지 더 떨렸고. 무슨 말을 해야 할지도 모르겠다. 어색한 말만 하다가 분위기만 싸해질 것 같고.

아, 잠시만. 화장을 해볼까? 오랜만에 보는 건데 조금 더 잘 보이고 싶었다. 하지만 슈라이나는 화장대에 쏟아부을 돈으로 검이나 마법 책을 샀던지라 화장대가 없었다. 그래서 어머니의 화장대 앞에 잠시 앉았다가 곧 자리에서 일어났다.

'내가 손대면 항상 폭망이지. 포기하자.'

망설임 없이 깔끔하게 포기한 슈라이나는 저택 안을 그냥 빙글빙글 돌기 시작했다. 빠른 걸음으로 연무장 돌듯 저택 안을 돌고 있는데 슈라이나를 발견한 에밀리가 인사를 했다.

"아가씨 안녕하세요."

무시하고 계속 빙글빙글 도는데 에밀리와 또 마주치게 되었다.

"아가씨?"

또 마주치자 에밀리는 고개를 갸웃거렸다. 같은 곳에서 자신의 아가씨가 계속 나타난다. 몇 번째 마주치는 거지. 심지어 인사를 했는데도 받아주지 않는다. 평소 같았더라면 대충 고개를 끄덕이거나 똑같이 안녕이라고 말해주거나 했을 텐데 말이다.

슈라이나의 기계적인 모습에 에밀리는 고개를 갸웃거렸다. 앞에 물 양동이가 있는데 그것도 발견하지 못하고 지나치려 하자, 에밀리는 재빨리 몸을 움직여 슈라이나의 허리를 잡고 번쩍 들었다. 아담하고 마른 편인 슈라이나는 에밀리가 양손으로 들기에 무리가 없었다. 슈라이나는 허공에 붕 떠서도 계속 팔다리를 앞뒤로 흔들고 있었다. 왠지 모르겠지만 그냥 정신이 나간 것 같다.

에밀리는 자신이 먹으려고 따로 빼둔 초코칩 쿠키를 슈라이나 입에 넣어주었다. 혹시 음식이라도 쥐여 주면 정신을 차릴까 싶어서였다. 양손으로 초코칩을 잡아든 슈라이나는 조그만 입으로 야금야금 먹기 시작했다. 그래도 하염없이 걷는 움직임을 멈춘 걸 보니 조금은 제정신으로 돌아온 것 같다.

에밀리는 슈라이나의 한쪽 손을 잡고 응접실 쪽으로 발걸음을 옮겼다. 그러자 얌전히 잘 따라와 준다. 슈라이나는 멍하니 에밀리의 손을 잡고 나머지 손으로 얌전히 쿠키를 먹으며 생각에 깊이 잠겼다. 스완하덴 생각이었다.

"아가씨, 여기서 블란치가의 사람들이 올 때까지 기다리세요. 조금만 있으면 다들 곧 이 방으로 올 거예요."

슈라이나는 그저 응접실 의자에 멍하니 앉아 있었다. 에밀리는 평소에 참 빠릿빠릿한 우리 아가씨가 오늘따라 멍한 것 같아 걱정스러웠다. 그 이유를 생각해보려고 해도 도통 감이 오지 않았다. 오랜만에 친구를 보는 건데 기쁘지 않은 건가?

소공자가 성격이 좋지 않다고 들었는데 설마 뒤에서 괴롭힘을 당하고 있나. 슈라이나 아가씨는 그렇게 쉽게 괴롭힘을 당할 성격은 아닌데.

에밀리는 염려가 가득한 표정을 짓다가 슈라이나에게 쿠키 하나 더 쥐여 주었다. 슈라이나는 이제 먹는 것에만 집중할 뿐 별생각이 없어 보였다.

'그래도 만남을 거부하지는 않으니……. 오랜만에 만나서 어색해하시는 것 같은데 말 좀 섞다 보면 다시 친해지겠지, 뭐. 황태자도 쥐락펴락하시는 분인데, 암. 괴롭힘은 아닐 거야.'

드보아스 후작 가문의 영식과도 친하고, 황태자와도 친하고, 미니미즈 백작 가문의 영애와도 친하고, 여러모로 인기가 많으신 분이니 그런 걱정은 할 필요가 없을 것 같다.

응접실의 문을 닫고 나오니 최근에 추가로 고용된 다른 하녀들의 모습이 눈에 들어왔다. 대걸레질하며 수다를 떠는 것이 아주 바빠 보인다. 에밀리는 엄청난 배경의 친구들이 자주 웨스트 저택에 놀러 오는 것에 대해 면역이 생겨 태연했지만, 다른 고용인들은 매우 흥분한 상태였다.

"와, 와. 나 소공자 처음 봐. 심지어 블란치 공작가라며? 엄청 베일에 싸인 가문이잖아."

"왜 고작 남작 가문에 방문하시는 거지? 아가씨랑 아카데미 친구여서 그런가? 소문으로 듣자 하니 눈이 멀어버릴 것 같은 외모라던데 기대된다……."

"어서 일이나 하지?"

"앗. 넵!"

하라는 청소는 하지 않고 수다만 떠는 고용인들을 보며 에밀리가 타박을 주었다. 소공자가 예쁘고 잘생겼다며 좋아하는 다른 하녀들을 보니 왠지 뚱한 기분이 들었다.

'우리 아가씨가 훨씬 더 듬직하니 잘생겼는데……'

이상한 곳에서 승부욕이 생긴 에밀리였다.

* * *

슈라이나는 가만히 의자에 앉아 계속 멍만 때리고 있었다. 모기가 날아다니다가 자신의 팔 언저리에 달라붙어 피를 빨길래 고개를 돌려 모기와 시선을 마주했다.

"그러시든지."

자비롭게 흡혈을 허락하니, 모기가 꼭 자신에게 고맙다며 인사하는 것만 같았다. 모기가 흡혈을 마치고 자리를 뜨려고 하자 슈라이나는 책상 위에 올려져 있는 폐지로 모기를 잡아 죽이려 했다. 그러나 안타깝게도 가까스로 모기를 놓치자, 슈라이나는 힘없이 책상에 널브러졌다.

'졸업하자마자 집안 문제 다 정리해놓고 반지 들고 찾아오는 거 아니야?'

'……왜 그딴 소리를 해서.'

슈라이나는 손톱으로 책상 위를 톡톡 건드리며 인상을 썼다.

"반지는 내가 직접 만들어서 줄 거야."

슈라이나는 그 말을 입 밖으로 내뱉고 소름이 돋아 자신의 팔을 쓸었다. 자신이 한 말이 믿기지가 않았다. 뭐야, 언제부터 결혼까지 생각하고 있었니. 애초에 스완하덴을 안 좋아한다니까?

스완하덴의 갑작스러운 방문에 혼란이 찾아와 무의식적인 말이 자꾸만 수면 위로 올라온다. 혼자 중얼거리다가 소름 끼쳐 하고……

계속 이 짓을 반복하고 있었다.

의자 위에서 뒤척거리던 슈라이나는 문득 주머니가 불룩해서 의아했다. 뭔가 싶어서 손가락을 더듬거리며 주머니에 손을 넣었다가 빼니, 물건은 다름이 아닌 타인의 생각을 그대로 읊어주는 마법 물품이었다. 내 정신 좀 봐. 슈라이나는 카림과 대화할 때 물품을 잠시 주머니에 넣어두었다는 것을 깜박하고 있었다.

'역시 좀 아닌 것 같다.'

슈라이나는 스완하덴을 상대로 이 물품을 쓰는 것을 깔끔히 포기했다. 만들 때부터 스스로가 비겁하다고 생각했었는데, 막상 사용하려니 더욱 양심에 가책을 느꼈다. 이런 식으로 남이 원치 않는데 그 속마음을 보는 건 옳지 않았다.

방에 물품을 도로 되돌려놓기 위해 자리에서 일어났는데 별안간 인기척이 방문 바로 밖에서 느껴졌다. 발걸음 소리도 들려왔다.

"스완하덴?"

슈라이나는 점점 가까워지는 저 걸음 소리가 스완하덴의 것이라고 확신했다. 아까 블란치가의 사람들이 응접실로 온다고 했으니까. 우리 아버지일 수도 있지만, 아버지의 발걸음 소리는 조금 더 느릿하고 거칠다. 스완하덴의 발걸음 소리는 잘 모르겠지만 왠지 저 소리가 그의 것이 맞을 것 같다는 근거 없는 확신이 들었다.

그 발걸음 소리의 주인이 금방 문을 열고 응접실로 들어올 것만 같았다. 문을 열려고 했던 슈라이나는 뒤로 몇 보 주춤거리며 고개를 부산스럽게 돌렸다.

정말 스완하덴이 맞다면, 그가 곧 여기로 들어온다면 정말 큰일이었다. 아직 스완하덴을 볼 마음의 준비가 되지 않았다. 지금 얼굴을 보게 된다면 정말 이상한 소리를 늘어놓을 가능성이 99퍼센트였다. 무의식적으로 계속 입에서 혼잣말이 튀어나오는 걸 보면 알 수 있었다. 아직 감정이 정리되지 않았는데 스완 앞에서 과연 얼마나 더 한심스러운 말을 할지.

다짜고짜 반지를 선물하겠다 할 수도 있었고.

슈라이나는 성급히 움직이다가 문득 서랍장이 눈에 들어왔다. 서랍장의 높이는 바닥에서부터 천장까지 이르렀고 위 칸은 책이 빽빽이 채워져 있는 반면, 아래 공간은 사용할 수 있는 공간도 넓으면서 물건이 하나 없어 휑했다. 성인 한두 명은 거뜬히 들어갈 수 있는 크기였다.

'어쩔 수 없다.'

발걸음이 바로 문 앞쪽까지 다다르자 슈라이나는 인상을 팍 찌푸리고 결국 그 아래 칸으로 들어갔다. 자리는 넓어 그녀가 들어가고도 많은 공간이 남았다. 스완의 얼굴 보기 부끄러워, 보지 않겠다고 별짓 다 하는 것 같다.

'잠시만. 근데 들어가 있으면 블란치가 사람들이 돌아갈 때까지 못 나오는 거 아냐?'

뒤늦게 후회했지만 이미 늦어버렸다.

벌컥.

슈라이나가 서랍장 아래의 넓은 공간에 들어가 숨어 있자 타이밍 좋게 한 사람이 문을 열고 들어왔다. 아니나 다를까, 예상이 적중했다. 스완하덴 블란치였다. 그녀의 심장이 긴장감으로 벌렁거렸다. 지금 뛰는 심장은 스완 때문이 아니라 스릴이 넘쳐서 뛰는 것이다. 다른 건 몰라도 이것 하나는 확실했다. 그나저나 이렇게 숨어버리니 혼자 게임을 하고 있다는 생각이 들었다. 스릴이 넘쳐도 너무 넘쳤다.

서랍장 아래 공간의 문에는 낡아서 구멍이 난 부분이 몇 군데 있었다. 슈라이나는 그 틈 사이에 눈동자를 가까이 가져다 대고 바깥 상황을 확인했다.

졸업한 이후로 스완하덴의 얼굴을 본 적이 없으니 굉장히 오랜만이었다. 그는 못 본 사이 조금 더 성숙해진 것 같았다. 귀여웠던 느낌이 조금 사라지고, 키도 조금 더 큰 것 같고, 잘생겨진 것 같고. 여전히 무심하게 태평해 보이는 표정이고.

슈라이나는 이건 콩깍지가 아니라고 다시금 중얼거렸다. 객관적으로 봤을 때도 확연히 잘생겼다고. 변명해보지만 들어주는 사람은 없었다.

살짝 성숙해진 겉모습 빼고 크게 달라질 게 없어 보이는 스완하덴은 의자에 꽤 삐딱한 자세로 앉았다.

[떨지 마. 떨지 마. 떨지 마.]

그녀가 꼬옥 쥐고 있던 마법 물품에서 돌연 익숙한 목소리가 들려왔다. 스완하덴의 것이었다. 슈라이나는 화들짝 놀라 그 물품을 던질 뻔했지만, 가까스로 숨을 죽이고, 물품도 꼬옥 쥐었다.

스완하덴은 잠시 응접실을 두리번거리며 구경하다가 곧 의자에 앉았다. 입이 굳게 다물려 있어 평소와 같이 무뚝뚝해 보이나 그 속은 굉장히 시끄러웠다.

[오랜만에 봤다고 면역력 사라져서 또 눈도 못 마주치고 빌빌대진 않겠지. 아냐. 솔직히 눈 맞춤은 졸업할 때가 됐어. 연습도 했으니까 잘될 거야.]

스완하덴은 갑자기 자리에서 일어났다.

[돌아갈까. 준비 안 된 것 같기도.]

그러다가 다시 자리에 앉았다.

[근데 슈슈는 보고 싶고.]

속마음을 듣지 않으면 스완하덴은 마냥 태연해 보였다. 무심한 표정으로 자신의 옷 끝을 만지작거리다가 시계를 바라보았다.

[왜 자꾸 내 생각이 귀로 들리는 것 같지. 너무 긴장해서 환청이 들리나.]

스완하덴은 고개를 갸웃거리고는 인상을 썼다.

"아."

[아.]

속으로 '아'를 생각하면서 입 밖으로 '아' 소리를 낸 스완하덴은 메아리처럼 뒤에 들려오는 소리가 의아했다.

"아."

[아.]

고요한 방에서 스완하덴의 '아'가 메아리치며 울려 퍼졌다.

"슈슈."

[슈슈.]

잠자코 의자에 앉아 있던 스완하덴은 자리에서 일어나 소리가 들리는 듯한 쪽으로 이동했다. 왼쪽에서 오른쪽으로 이동하며 소리가 어디서 나오는지 확인하며 걸어 다녔다.

"슈라이나."

[웨스트.]

소리가 갑자기 작아진 것 같더니 또 원상태로 돌아왔다.

[어디서 소리가 나는 거지.]

"그러게."

한참을 더듬거리던 스완하덴은 결국 서랍장 문 앞에 다다랐고 망설이지 않고 문을 열었다.

벌컥 문을 열자마자 보이는 건 스완하덴이 그토록 그리워하던 이였다. 주황색 머리카락으로 자신의 얼굴을 가린 슈라이나가 보였다. 슈라이나는 얼굴이 벌게진 채 쭈그려 앉아 마법 물품의 소리를 꺼보려고 부단히 노력하고 있었다. 결국 자신의 위치를 들키고야 만 슈라이나는 무릎 사이에 자신의 얼굴을 묻었다.

끼이익.

그리곤 조용히 앞으로 손을 뻗고는 문을 닫았다.

"……."

스완하덴은 잠시 닫힌 문을 멀뚱멀뚱 바라보다가 다시 그 서랍장의 문을 열었다.

[……]

슈라이나가 들고 있는 물품에서 잠시 정적이 흘렀다. 스완하덴도 슈라이나만큼 잠시 혼란에 빠진 것이다. 슈라이나는 그저 너무 부끄럽고 민망해서 고개를 들지 못했다. 그저 땅속으로 기어들어 가 지렁이들과 평생 같이 살아도 괜찮을 것 같다는 생각을 하며 괴로워하고 있었다.

스완하덴은 붉어진 슈라이나의 얼굴을 멀뚱멀뚱 바라보았다.

때마침 바깥에서 다른 인기척들이 들려왔다. 발걸음은 한 사람의 것이 아니었다. 점점 가까워지는 발걸음 소리에 스완하덴은 슈라이나가 있는 공간 속으로 들어갔다. 공간은 딱 두 명 정도 들어갈 수 있을 정도로 넓었지만 조금 밀착해야 했다.

스완하덴이 슈라이나를 따라 서랍장의 아래 칸에 들어가자마자 문이 열리고 블랑치 공작과 웨스트 남작이 들어왔다.

"공작 것도 들어보자."

그는 이 상황을 즐기고 있는 것 같았다. 어둠 속에서도 예쁜 빛을 내는 보석안이 즐거움을 가득 담고 있었다. 물론, 겉으로 봤을 때만.

[으아악! 으아아아악! 으아아악!]

뒤늦게 스완하덴의 내적 비명이 물품을 통해 들려왔다.

[쪼그려 앉은 거 너무 귀엽다고! 당황한 것도 너무 예쁜데 큰일이다. 근데 나 무슨 생각으로 여기로 들어온 거야. 단명할 생각이야? 정신 차려, 슈라이나랑 오래 살아야지. 잠시만 이거 다 들리는데.]

아까까지 조용하기만 했던 물품이 뒤늦게 생각의 소리를 쏟아냈다. 볼륨이 크지는 않았지만, 소리가 쉴 새 없이 흘러나와 꼭 밖에서 다 들릴 것만 같았다.

"내 거 꺼줘."

표정만 태연한 스완하덴이 작게 속삭였다.

스완하덴과 슈라이나가 서랍장 안에서 뒤척거리는 사이, 블랑치 공작 율리넬은 자리에서 일어나 그 소리의 근원지를 찾아내려고 했다. 잠시 의자에서 엉덩이를 뗀 그는 곧 귀찮아져서 도로 자리에 앉았다.

'모기겠지 뭐.'

저 서랍장 속에서 마법진과 마력의 기운이 느껴진 걸 보아 무슨 일이 벌어지고 있는 것 같았지만 깊게 생각하지 않기로 했다.

"슈라이나와 소공자님은 어디 갔을까요? 응접실로 오라고 했는데 안 오는 걸 보니 좀 걱정됩니다. 어디서 만나서 놀고 있는 걸까요?"

웨스트 남작의 말에 율리넬은 한숨을 깊게 내쉬며 다시 자리에서 일어났다.

'왜 나를 힘들게 하는 거야.'

율리넬은 두 사람이 있을 만한 곳이 어딘지 알고 있었다. 쓸데없이 착한 율리넬은 두 사람의 행방을 궁금해하는 웨스트 남작을 속으로 욕하면서도 그를 위해 애들을 찾아주기로 했다. 율리넬은 힘없이 미적미적 방 안을 돌아다니다가 소란스러운 서랍장 앞에 섰다. 그리곤 힘없이 손을 뻗어 손잡이를 잡아당겼다.

"왜 갑자기 서랍장을? 뭐 찾고 계신 거라도 있으세요?"

"……그런 건 아니다."

소란스러웠던 서랍장 내부는 텅 비어 있었다. 괜히 어색해진 율리넬은 손을 거둬들이고 목덜미를 긁적이다가 그 문을 다시 얌전히 닫았다.

* * *

연무장에는 사람 하나 없어 텅 비어 있다. 바람이 이따금 불면 먼지가 자욱이 일어 더욱 휑해 보였다. 웨스트 가문의 다른 연무장에 비해 크기는 퍽 좁았기에 더욱 관리가 잘 되어 있다. 나뭇잎 하나 없는 연무장 바닥은 무척 깨끗했다.

우웅. 우웅.

조용하던 연무장 위 하늘에 돌연 백마법진이 복잡하게 그려졌다. 불규칙적으로 빛을 발산하며 기이한 소리를 낸다. 곧 그 마법진에서 불쑥 발 하나가 튀어나오더니 두 사람이 떨어졌다.

스완하덴은 마법진에서 떨어지자마자 허공인 걸 알아채고 슈라이나를 자신 쪽으로 끌어당겨 안았다. 반면 슈라이나는 때마침 주머니에 하나 남아 있었던 마법석을 이용해 급하게 스완하덴에게 부양 마법을 썼다. 그가 천천히 떨어질 수 있게끔 말이다.

슈라이나는 스완하덴을 떨쳐낼 수 있었지만, 얌전히 그에게 안겨서 조심히 그가 땅에 발을 디딜 수 있도록 방향을 조정했다.

"큰일 날 뻔."

"……."

주머니에 손을 깊숙이 넣은 슈라이나는 치직거리는 마법 물품을 꺼내 불태웠다. 아까의 일만 떠올리면 한숨이 나왔다. 아직도 심장이 쿵쾅쿵쾅 뛰고 있었다. 하마터면 꼴사나운 모습을 보일 뻔했다. 이제는 자신이 부끄럽지 않고 자랑스러웠지만 왜인지 모르게 블란치 공작에겐 한심한 이미지로 찍히면 안 될 것 같았다. 스완하덴의 아버지였으니 더욱.

스완하덴은 별생각 없이 슈라이나만 신경 쓰고 있다가, 그녀가 불편해 보이는 기색을 보이자 눈치껏 이동 마법을 써서 블란치 공작이 문을 열기 전에 자리를 빠져나왔다.

"……."

"……."

그렇게 덩그러니 연무장 위에 서 있게 된 두 사람은 잠시 말없이 서로를 멀뚱멀뚱 쳐다보았다. 염려했던 것과 다르게 스완하덴은 퍽 슈라이나와 눈을 잘 마주치고 있었다. 오히려 시비를 터는 것같이 뚫어지게 쳐다보았다. 시선을 못 마주칠 것 같아 걱정했던 것과 반대로 이젠 시선을 떼어낼 수가 없게 되었다.

오랜만에 봐서 그런진 모르겠지만 슈라이나는 그새 더욱 아름다워져 있었다. 잠을 못 잔 건지 퀭한 눈매와 바람 때문에 헝클어진 머리카락. 자신을 바라볼 때 살풋 지어주는 미소가 계속 자신의 가슴께를 찌르고 있었다. 그동안 집안을 정리하느라 슈라이나를 보지 못해 금단 현상이 왔었는데 또 보니 평소보다 몇 배로 반가웠고 감격이 컸다. 아카데미 밖에서, 심지어 어렸을 때 추억을 같이한 장소에서 보니 또 새로운 기분이다.

끈질긴 스완하덴의 시선에 슈라이나는 처음엔 마냥 좋다가 조금 시간이 흐르자 부담스러워져 그의 눈을 자신의 한 손으로 가렸다.

"보지 마. 닳는다고."

"……."

"……."

장난친 건데 스완하덴이 고개를 끄덕이며 너무도 진지하게, 사실인 것처럼 반응하자 슈라이나는 입을 그대로 다물었다. 진지해지지 마. 민망하잖아. 보지 말라고 했음에도 자신에게서 떨어지지 않는 시선이 부담스러웠다. 슈라이나는 먼저 고개를 돌려 연무장의 입구를 쳐다보았다.

"나 보지 말라니까. 다른 쪽 봐."

"안 보고 있는데."

"적나라하게 시선이 내 쪽으로 꽂혀 있는데."

"……."

눈싸움이라도 하고 싶은 건가 싶어서 그를 물끄러미 쳐다보던 슈라이나는 결국 백기를 들었다. 그가 너무 꿀이 떨어지는 시선으로 자신을 보고 있어서 그를 마주 보고 있으면 왠지 분위기가 묘해지는 것 같다. 저번에 그와 키스하기 전의 분위기와 흡사했달까.

"그나저나 이제 슬슬 내려줄래."

"알았어, 안 볼게."

왠지 간지러운 기분이어서 그에게 내려달라고 했더니 내려주지 않고 동문서답을 했다. 그가 고개를 돌리며 그제야 자신에게서 시선을 떼어냈다.

"안 힘들어?"

슈라이나는 왠지 들뜬 기분에 안긴 채로 짧은 다리를 짧은 보폭으로 흔들고 있었다. 그를 올려다보며 묻자, 스완하덴은 고개를 저으며 그녀가 더욱 편할 수 있게 고쳐 안았다.

"그럼 계속 들고 있어. 편하다."

스완하덴은 슈라이나를 안아 든 채 천천히 연무장을 빠져나가 산책로를 걷기 시작했다. 슈라이나가 자신에게 안긴 상태가 좋다고 말하자, 스완은 잠시 걸음을 멈추고 다시 그녀를 바라보았다. 고왔던 미간을 와락 구긴 스완하덴의 입꼬리가 일순 경련했다. 평생 안고 다닐 수 있어. 스완하덴은 뒷말을 하려다가 꾸욱 삼켰다.

가슴께가 다시 간질거리다 못해 아팠다. 가는 바늘로 계속 쿡쿡 찌르는 기분이었다. 스완하덴은 괴로웠지만 동시에 행복해 미칠 것 같았다. 언제나 그랬지만 오늘은 특히 더 자극이 심했다. 슈라이나를 안은 손이 떨리고 있어 그녀가 혹 불편하다고 내려달라 할까 봐 그는 백마법을 써서 자신의 몸을 조정했다.

"근데 무슨 용건이야."

"뭐가."

"웨스트 저택에 공작님까지 대동해서 방문할 이유가 없잖아. 뭐 때문에 온 거야.”

슈라이나는 사람 없는 잔디 쪽으로 돌아가자고 그의 옷깃을 잡아 당기며 말했다. 말없이 방향을 튼 스완하덴은 손으로 슈라이나의 복 슬복슬한 머리카락을 만지작거렸다.

“너 혹시 나한테 의뢰받을 생각 없어?”

“뭐?”

맥이 빠지는 기분이었다. 아까 카림의 말 때문에 잔뜩 헛바람이 든 슈라이나는 내심 기대하고 있었던 상태였다. 그러나 ‘의뢰’라는 말에 갑자기 공기가 푸슈슉 새어나갔다. 그녀가 자신이 실망한 원인 을 알아채기도 전에 스완하덴의 이어 말했다.

“블란치 공작 가문의 마력 문제야. 악순환을 끊으려고 연구하고 있는데 네 도움이 필요해서.”

말은 그렇게 하고 있지만 사실 스완하덴은 악순환 끊기보다 슈라 이나와 접점을 만드는 곳에 관심이 더 쏠려 있었다.

스완하덴은 아카데미를 졸업하자마자 가문의 일들을 정리하기 시 작했다. 공작 부인의 활동 범위를 알아보고 혹시 공작이 두 명 될 수 있는지 알아보고. 그녀의 활동에 방해가 될 수 있는 의례의식이나 장애물 같은 게 있으면 고치거나 없앴다.

그녀는 기사를 지망했기에 혹시 결혼 후에 얻게 되는 직위가 진급 에 방해가 되면 그냥 제 가문을 멸문시킬 생각이었다. 그녀와 결혼 해서 같이 살고 싶은 건데, 결혼에 상관도 없는 것 때문에 슈라이나 가 희생을 해야 한다면 그냥 다 없애버릴 수도 있었다.

그렇게 그동안 스완하덴이 열심히 깽판 치고 다닌 결과, 슈라이나 는 자신도 모르는 사이에 황궁 공무원들 사이에서 위치가 단단해졌고, 스완하덴은 슈라이나를 받아들일 준비를 끝마쳤다. 이제 슈라이나는 몸만 오면 됐다.

"기사단에 정식으로 들어가기 전에 시간이 좀 남아 있잖아. 그 시간 동안 네가 우리 저택에 와서 같이 연구해줬으면 해. 금액은 네가 부르는 대로 조율해줄게. 어때?"

살짝 긴장한 것 같은 스완하덴을 물끄러미 바라보던 슈라이나는 뜸을 들이며 고민하는 척했다. 블란치 가문으로 놀러 가면 스완과 함께할 수 있는 시간이 많아진다. 완전 좋다. 게다가 블란치 가문의 백마력은 언제나 연구하고 싶었던 주제였다.

'슈라이나, 이제 슬슬 인정하자.'

어느 순간부터 자신은 스완하덴을 정말로 좋아하고 있었다. 스완하덴의 일이면 돌아오는 이익이 없더라도 발 벗고 나서는 경향이 없지 않아 있었다. 지금까지 그를 모르는 척했던 이유는 확신이 없어서였다. 그러나 오늘 그의 속마음 일부를 듣자 그 불안함이 말끔히 사라졌다.

슈라이나는 스완의 가슴팍 쪽에 머리를 기대고 부끄러운지 손가락을 꼼지락거렸다.

"너한테는 돈 안 받아."

"……?"

"돈 대신 네 마법석을 받을게. 쌓아두었던 마법석 더미가 점점 바닥을 보이고 있어."

자신의 방에 한가득 쌓여 있는 여러 종류의 마법석과 저번에 느와르엘에게 받은 백마법석 기둥을 떠올리며 슈라이나는 뻔뻔하게 말했다.

"마법석은 그냥 줄게."

"그냥 네 일엔 돈 받고 일하기 싫다는 거야. 그렇다고 아무것도 안 받고 일하면 공작님이나 네가 부담스러울 테니까 마법석이나 줘."

"……."

별안간 슈라이나의 몸이 위아래로 잘게 떨리고 있었다. 마치 안마의자에 몸을 맡긴 것처럼 몸이 들썩거린다. 옅은 진동이 스완의 팔쪽에서 느껴졌다.

"……왜 받기 싫은 건데."

걸음을 멈추고 스완하덴은 슈라이나를 다시 올곧이 쳐다보았다. 그의 동공이 잔잔히 떨리고 있었다. 표정의 큰 변화는 없지만 슈라이나는 그가 지금 엄청 당황하고 있다는 걸 느낄 수 있었다.

슈라이나는 덜덜 떨리는 손을 그의 머리카락에 올려 만지작거렸다. 잠시 대답에 뜸을 들일 동안 자신에게 쏟아지는 스완하덴의 눈빛이 매우 집요하다. 당장 대답을 하라고 재촉하는 것 같다.

"그러게. 왜지."

한참을 망설이다가 슈라이나는 몸을 살짝 틀어 팔로 스완하덴의 목을 휘감았다. 그리고 그 상태로 그를 꼬옥 끌어안았다. 잠시 그의 뒷머리를 만지작거리던 슈라이나는 그의 귀에 자신의 입을 가져다 대고 아주 작게 속삭였다. 그만 들을 수 있게끔.

"네가 정말 좋아서?"

너무 좋아서. 또 속삭였다. 그의 목에 팔을 두른 채 상체만 뒤로 빼서 그와 눈을 다시 마주했다. 슈라이나는 그의 한쪽 볼을 쓰다듬으며 눈을 반달로 접어 미소를 지어 보였다. 야릇하면서도 나른한 표정이었다.

"나…… 안 찰 거지?"

슈라이나는 이상하게도 부끄러우면 귀와 함께 눈가도 붉어졌다. 다홍색의 눈동자가 휘어지며 방금까지 경직되어 있던 얼굴에 미소가 그려졌다.

그 순간, 스완하덴은 무너졌다. 잘 걷고 있다가 다리에 힘을 풀려 버려 그 자리에 주저앉아 버렸다. 그 와중에도 그는 슈라이나를 다치지 않게 하려고 팔을 위로 들어 올렸다가 다시 자신의 쪽으로 가까이 이끌었다.

스완하덴은 그녀의 시선을 피하지 않고 그대로 마주했다. 남작가에 오기 전 수없이 슈라이나를 상상하며 연습했기 때문에 이번엔 그나마 그녀를 제대로 바라보며 대화할 수 있었다. 그러나 지금 스완하덴은 자신의 행동을 뼈저리게 후회했다. 그냥 계속 시선을 피할 걸 그랬다.

눈앞이 아득해져 갔다. 강하게 한 방, 두 방, 세 방 계속 연속으로 얻어맞는 듯한 느낌이다. 자신의 존재가 옅어져 사라졌고 그 공간을 슈라이나가 가득 채웠다. 속에서부터 들끓어 오르는, 스스로도 알 수 없는 욕구가 자신을 괴롭게 했다. 숨을 쉬는 것조차 힘들었다.

스완하덴은 자신이 잘못 들은 거라 확신했다. 눈치가 빠른 스완하덴은 슈라이나도 어느 정도 자신에게 호감을 가지고 있을 거라고 추측하고 있었지만, 그 추측이 확신으로 굳어질 거라곤 생각하지 못했다. 이렇게도 빨리.

"나 차지 마. 받아줘."

그가 바로 대답하지 않자, 슈라이나는 불안해져서 미간을 구기며 칭얼거렸다. 받아줘. 받아주란 말이야. 받아달라고. 대답해. 받아랏.

받아 달랏.

"⋯⋯."

스완하덴은 할 말을 잃었다. 자신의 품속에서 조잘거리는 슈라이나를 바라보다가 시선이 눈동자에서 아기 새 부리처럼 톡 튀어나온 입술로 옮겨졌다.

"⋯⋯."

스완은 인상을 쓰며 저도 모르게 숨을 들이켰다. 슈라이나의 감정이 눈동자와 표정에 너무 명확히 드러났기에 눈을 돌려 그 모든 작은 감정들을 놓치는 바보 같은 짓은 하기 싫었다.

"살다 살다⋯⋯."

너무도 사랑스러운 슈라이나의 모습에 스완하덴은 소름이 발가락에서부터 머리카락 끝까지 올라오는 것이 느껴졌다. 자연스럽게 주먹이 꽈악 쥐어졌다.

문득 어린 시절의 슈라이나가 자연스럽게 떠올랐다. 그때 그 아이는 아주 작았지만 당찼다. 사납고 차가워 보였지만 동시에 상냥하기도 했다. 짧은 주황색 머리카락에 다홍색 눈을 가진 자신의 다정한 친우가 지금 귀와 볼을 붉히며 너무도 사랑스러운 모습으로 사랑을 속삭이고 있다니.

이어서 자신이 여기까지 오려고 감당해냈던 수많은 역경이 같이 떠올랐다. 이 사람을 그리워하고 바랐던 시간이 길었던 만큼 조심스러웠고 애절했다. 스완하덴은 자신이 그토록 원하고 갈구했던 사람의 입에서 제일 듣고 싶었던 말을 듣게 되었다. 그는 지금 이 현실이 믿어지지 않았다.

어렸을 때는 무작정 슈라이나와 평생 같이 살 수 있을 거라 생각했었다. 그러나 커가면서 자신이 아무리 슈라이나를 원해도 그녀가 자신을 택해주지 않으면 연이 끊길 수도 있다는 생각에 매일 불안했었다. 그 불안정함에 슈라이나를 독점하고 싶어 몇 번이고 납치하고 방 안에 가두는 상상을 했다. 자신만 바라보라고 세뇌시킨 후, 혼자 그녀를 독점하고 싶었다.

그러나 차마 자신의 행복을 빌어주려고 스스로를 아끼지 않았던 그녀의 의리를 저버릴 수 없었다. 그리고 집착 어린 행동은 그녀의 미움만 산다는 사실 또한 알고 있었다. 그래서 재회 후에도 전쟁터에서 느꼈던 그 불안함을 가지고 지금까지 그녀를 바라봤었다. 여기까지 오는 순간에도 불안함에 다리만 떨었었는데. 지금, 뭐라고?

그녀가 자신을 기꺼이 받아들이겠다고 했다. 어린아이의 소원이 이뤄지는 기적 같은 순간이었다. 스완은 불안한 희망에서 확실한 희망을 보았다. 가슴 깊숙한 곳에서부터 전율이 일어 몸이 떨렸다.

실수였다. 그 눈을 똑바로 바라보면 안 됐었다.

스완은 저도 모르게 자신의 입술을 매만졌다. 그녀의 시선을 피하지 않아 생긴 부작용이었다. 언제나 그랬다. 슈라이나를 올곧이 바라볼 때면 언제나 죄를 짓는 기분이었다. 그저 부끄러워서 그동안 슈라이나의 시선을 피했던 게 아니었다. 뿌리부터 검은, 악한 이유가 있었다. 처음 느껴보는 욕구였다.

아카데미에 오기 전까지만 해도 이러지 않았던 것 같은데 재회하고 나서 꼭 뱃속에서부터 뜨거운 기운이 올라왔다. 처음엔 그 느낌이 강하지 않았으나 그녀를 향한 마음이 점점 커질수록 심해졌다. 몸속에 불을 키우고 있는 기분이었다.

스완하덴은 충동적으로 손을 뻗어 그녀의 목을 부드럽게 잡아 지

탱했다. 그리고 그녀의 턱을 잡아 올려 고개를 들게 한 뒤, 자신의 얼굴과 마주 보게 했다. 어느 순간부터 스완하덴은 굉장히 몽롱한 기분에 사로잡혔다.

'위험해.'

머릿속에서 경보음이 울렸다. 삼켜버리고 싶었다. 위험한 생각이 머릿속을 가득 채웠다. 눈빛이 탁해지고 동공이 벌어지기 시작했다.

그는 이대로 눈앞의 사랑스럽기 그지없는 이를 그대로 받아들이고 싶었다. 그때처럼 눈물과 땀으로 범벅이 되어 현실을 헷갈릴 정도로 입맞춤을 퍼붓고 싶었다. 평소의 그였더라면 그대로 도망쳤을 것이다. 이 거친 자극을 아직은 감당 못 할 것이라 생각하면서. 유리 조각 같은 그녀를 거칠게 다룰 것 같아 불안해하면서.

하지만 지금은 상황이 달랐다. 그녀가 자신을 받아들였으니까. 스완하덴은 슈라이나의 입술을 내려다보았다. 언젠가 그녀와 입술이 닿은 적이 있었다. 기억을 되짚어보면 비단같이 부드러웠고 꿀같이 달콤했던 것 같다.

이성을 잃은 스완하덴은 망설임 없이 눈앞의 입술을 머금었다. 슈라이나에게 고백을 받고, 키스를 한 후 스완하덴은 우주를 부술 수 있을 것 같은 기분이었다. 정신을 차리자마자 스완하덴은 난리 치고 싶은 것을 꾸욱 참고 견뎌내었다. 웨스트가 저택을 빠져나왔을 때야 그 들뜬 감정을 표출해냈다. 많은 시설들이 파괴되었다.

머릿속이 뒤집힌 건 비단 스완하덴뿐만이 아니었다. 슈라이나 또한 만만치 않게 충격에 휩싸였다.

슈라이나는 아까의 일을 떠올리며 손가락을 들어 자신의 입술을 매만졌다. 자신의 얼굴 상태가 문득 궁금해서 두리번거렸다. 다행스럽게도 고개를 돌린 곳에는 바로 거울이 있었다. 입술이 붕어의 것처럼 아주 통통 부어 있었다.

으아아악.

슈라이나는 베개에 얼굴을 묻고 배에 힘을 주며 있는 힘껏 소리를 내질렀다. 눈을 감을 때마다 아까의 일이 영화처럼 머릿속에 그려졌다. 스완하덴의 대답을 기다리며 그를 재촉했었고, 돌연 그의 기세가 날카로워지더니 그대로 입을 맞추었지. 거의 몇십 분 아니, 몇 시간을 입 맞추는 데에 쓰지 않았을까.

저택의 외진 곳에는 사람이 없었고 방해하는 사람도 없었다. 그래서 에밀리가 찾으러 오기 전까지 계속 입을 맞췄던 것 같다. 당황하던 에밀리의 모습이 아직도 눈에 선했다.

스완하덴의 입술은 멀쩡했지만 유독 슈라이나의 입술만 통통 부었다. 슈라이나는 그 이유를 생각해보려 했다. 당황한 나머지 그의 입맞춤을 받고만 있었기 때문인 것 같았다. 거칠게 키스를 한 그는 슈라이나의 입술이 통통 부어오른 것을 보고 힐을 쓰려고 했으나 슈라이나는 단호히 하지 말라고 했다.

그렇게 길고 긴 입맞춤을 하고 헤어져야 할 때쯤, 스완하덴은 슈라이나를 언호스에 태우고 그대로 납치하려 했다. 블란치 공작이 제 후계자의 닭살 돋는 모습을 보곤 경악하며 겨우겨우 뜯어말리고 나서야 멈출 수 있었다.

슈라이나가 짐 챙겨서 금방 가겠다고 말을 하지 않았더라면 가족들에게 상황 설명도 다 못 한 채 또 행방불명 될 뻔했다. 스완하덴은 아무것도 신경 쓰지 말고 자신한테 오기만 하면 전부 다 마련해주겠다고 했지만 슈라이나는 자신의 것은 자신이 챙기는 게 마음이 편하고 좋았기에, 그녀는 의뢰를 명분으로 기사단에 들어가기 전까지 공작가에서 신세 지기로 했다. 백마법에 대해 연구하며 그 악순환을 끊을 방법을 찾는 것이 주목적이었다. 어느새 연인이 된 스완하덴과 붙어 있으려 하는 것은 부차적인 목적이었고.

짐을 싸주겠다던 시녀들을 물리고 혼자 짐을 열심히 싸며 생각을 정리하던 슈라이나는 문득 떠오르는 생각에 등골이 싸해졌다. 잠시만.

'스완…… 결국 대답 안 했어?'

연인이라고 함부로 단정 지을 수가 없었다. 스완하덴이 대답을 하지 않았기 때문이었다.

뭐지. 뭐야. 대답을 피하려고 입을 맞춘 건가? 모호한 상태에서 그렇게 자신의 마음을 가지고 놀다가 나중에 정이 떨어지게 되면 '받아준단 말은 없었는데?' 하면서 시치미 뚝 떼는 건 아니겠지?

칫솔 하나 사려고 대형 마트에 들어갔다가 온갖 할인 행사에 휩쓸려 정작 칫솔은 못 사고 초코칩과 나쵸칩을 잔뜩 사서 집에 돌아온 기분이다.

'아냐. 그래도 반응은 긍정적이었으니까.'

그러면 사은품으로 칫솔을 얻어낸 꼴인가.

짐을 싸다가 불안해진 슈라이나는 더욱 서둘러 짐을 싸기 시작했다.

슈라이나는 누군가 확실히 '이거다' 하고 정의 내려주지 않는 이상 멋대로 단정 짓지 않았다. 그녀가 눈치가 없었기 때문이었다. 상황에 관한 눈치는 어느 정도 발달한 편이지만 감정이나 인간관계에 있어서 서툰 부분이 많았기에 여러모로 센스가 부족했다. 타인의 평가에 상처를 입은 적이 많아 아예 신경을 끄려고 노력하다 보니 무뎌진 것이다. 신경을 써야만 한다면 그 감정에 대한 확실한 증거를 찾으려고 노력하는 편이었다.

"아가씨! 소공자님과 그렇고 그런 사이가 된 건가요? 안 돼요! 말도 안 돼!"

그래서 에밀리가 슈라이나를 붙잡고 혹시 소공자와 교제하게 된 거냐며 물어도 고개를 저었다.

"누나, 설마. 아니지? 제발 아니라고 해줘. 나랑 평생 살아. 스완 형도 좋긴 하지만 역시 누나가 더 좋단 말이야!"

카림이 찾아와 물어도 고개를 저었고,

"이브보다 더한 놈은 반대야. 그냥 넌 누구를 데려와도 반대야."

하룬이 찾아와 물어도 고개를 저었다. 뒤이어 부모님도 찾아와 슈라이나의 양어깨를 잡고 탈탈 털며 물어보았지만 슈라이나는 몇 번이고 아니라고 말하며 고개를 저을 뿐이었다.

아직 슈라이나를 떠나보내기 싫은 그들이 그녀의 부정에 가슴을 붙잡고 안도를 하자, 슈라이나는 태연한 얼굴로 대답했다.

"그래서 이번에 공작가에 가면 확실히 확인 도장 받아내려고."

슈라이나는 난리가 나기 전에 집을 떴다.

* * *

블란치 공작가.

폐쇄적인 가문이기 때문에 외부인 출입을 엄하게 금지시킨다. 때문에 지금까지 고용인을 제외하고 저택에 들어간 사람들은 대부분 안주인이 되려고 들어온 사람이었다. 대체로 그랬지만 예외가 있긴 했는데 슈라이나도 그중 한 명이었다.

블란치 공작가가 외부인을 출입 금지시키는 이유는 공작가의 비밀을 숨기려는 데에 있었지만 최근 들어서는 그 이유가 살짝 변질되고 있었다. 율리넬이 가주가 된 지 어언 몇 년째. 외부인을 들이지 않는 이유는 매우 간단했다.

사람을 접대하려면 엄청난 시간과 노력이 필요하다. 음식을 마련해야 했고, 손님이 지루하지 않게 유흥거리도 생각해야 했으며 그 이외에도 세세한 것들을 신경 쓰며 챙겨줘야 했다. 현 가주, 율리넬은 완벽주의자였지만 동시에 힘과 체력이 부족했기에 어차피 완벽하게 못 할 거라면 아예 아무런 행동도 취하지 않는 것을 선택했다. 어차피 블란치 공작가는 조용하면서 비밀스러운 가문이었기에 그렇게 행동해도 불만이 나오지는 않았다.

'그 꼬맹이가 온다고?'

때문에 슈라이나가 블란치 공작가를 방문한다고 했을 때 율리넬은 그녀가 반가우면서도 한편으론 부담스러웠다.

그는 구시렁거리며 불평을 하면서도 신경 써야 할 부분은 다 신경썼다. 심지어 엄청 꼼꼼히 챙겼다. 그러고선 체력이 방전되고 나서야 후회했다.

그리고 율리넬은 또 후회할 짓을 계속하고 있었다. 자신의 책상에 산더미처럼 쌓여 있는 일을 뒤로하고 모처럼 온 손님을 신경 써주려고 하다가 어떻게 할지 감이 안 잡혀 책상 위에 널브러져 끙끙댔다.

"뭐 해요?"

혼자 앓고 있는 공작을 한심한 눈으로 바라보던 스완하덴이 그에게 찬물을 건네며 물어왔다.

"웨스트 남작 영애 온다며. 신경 쓸 게 한두 가지가 아니잖아. 아무리 개가 털털하다 해도 귀족 영애인데 식습관이나, 생활 환경이나, 붙여줘야 하는 고용인이나…… 불편하게 지내면 안 되잖아."

공작이 책상에 머리를 박은 채 괴롭게 중얼거리자 스완하덴이 고개를 갸웃거렸다.

"……준비는 다 끝냈는데요?"

"……너 게을러터졌잖아. 내가 맡긴 일은 항상 다 해놓고 일부러 마감일 하루 넘겨서 주던 네가 준비를 미리 마쳤다고?"

"슈라이나 일이잖아요."

당연하다는 듯 초롱초롱한 눈빛으로 자신을 바라보는 스완하덴을 마주 보고 있자니 율리넬의 속이 뒤집힐 것 같았다.

"가문의 일이나 신경 써! 빨리 계승해서 나에게서 일을 가져가란 말이야! 멸문시키든지, 부흥시키든지 그 뒤는 네 마음이니까!"

끼익 탁.

율리넬이 펜촉을 구부러뜨리며 말했지만 스완하덴은 이미 방을 나서고 없었다.

* * *

한편, 슈라이나는 현재 자신이 몇 달에 걸쳐 만든 개인용 언호스를 타고 블란치가로 이동 중이었다.

몰래 집안을 빠져나왔기에 슈라이나는 더욱 조심스럽게 움직였다. 많은 사람들이 자신이 블란치 저택으로 가는 걸 반대했다. 정직하게 마차를 불러 정문으로 지나가려는데 사람들이 바짓가랑이를 잡고 늘어져 결국 그다음 날로 출발 일정이 지연되었고, 또 그다음 날 가려니까 비슷한 상황으로 못 나갈 것 같길래 모두에게 편지를 쓰고 새벽에 몰래 나왔다.

고작 몇 달 정도 있는 건데, 그렇게 호들갑 떨 일인가. 이해가 되지 않았다. 아카데미 다닐 때는 오래 비워도 별말 안 하더니.

슈라이나를 태운 언호스가 거친 길을 부드럽게 달렸다. 아무래도 새벽에 불쑥 찾아가 들여보내 달라는 건 민폐인 것 같아, 블란치 공작가의 영토에 다다른 슈라이나는 저택 근처에서 잠시 시간을 보내다가 점심쯤 들어가려고 했다.

그녀가 잠시 드라이브를 즐기다가 저택 앞으로 가자, 새벽부터 웬 사람이 한 명 정문에 우뚝 서 있었다. 슈라이나는 이 시간에 누굴까 의아해, 개인용 언호스는 대충 아무 곳에나 주차해서 아공간에 돌려 넣은 뒤 그 정문 앞으로 가까이 가보았다. 점심까지 마냥 기다리는 건 심심한데 말동무가 되어주지 않을까 해서 말이다.

그 사람은 저택의 고용인처럼 보였다. 아까부터 계속 두리번거리며 누군가를 찾고 있던 그 고용인은 슈라이나를 보자마자 고개를 숙여 인사를 했다.

"슈라이나 님! 어서 오십시오! 듣던 대로 우람하시고 아름다우시고 듬직하십니다!"

"……."

새벽부터 나와 자신을 기다리고 있는 고용인을 바라보며 슈라이나는 인상을 썼다. 우람하고 듬직하다는 말이 퍽 마음에 들었지만, 이 늦은 시간까지 안 자고 자신을 기다리고 있었던 건가?

슈라이나는 무척 당황했지만 고용인은 아주 자연스럽게 그녀의 짐을 챙기고 저택으로 가는 길을 열어주었다. 아니, 이미 애초에 활짝 열려 있었다. 슈라이나는 몰랐던 사실이지만 스완하덴이 혹시 모를 상황을 대비해 슈라이나가 언제나 들어올 수 있도록 문을 열어두라고 했던 것이다. 도둑같이 불순한 목적을 가진 사람이 몇 번이고 들어올 법했으나 저택의 주인이 그 극악무도한 스완하덴이니 몇 번 당하고는 얼씬도 하지 못했다.

고용인은 슈라이나에게 아주 극진했다.

"일단 방에 짐을 푸시고 출출하시면 저택 내 슈라이나 님을 위해 준비한 디저트를 구경시켜 드리겠습니다. 하지만 새벽부터 움직이셔서 피곤하실 테니 먼저 주무시는 것을 추천드립니다."

"……."

고용인은 스완하덴에게 슈라이나를 어떻게 대해야 할지 미리 교육을 받았다. 슈라이나는 아까부터 자신이 원하는 걸 쏙쏙 골라 말하는 고용인이 그저 신기했다. 당황스러워 머리부터 발끝까지 얼어붙은 슈라이나는 펭귄 같은 걸음으로 그 고용인을 쫓아갔다.

"저기…… 제가 새벽에 올 걸 어떻게 알고 기다리고 계셨나요."

"슈라이나 님께서 언제 오실지 모르니 밖에 서 있으라는 지시가 있었습니다."

고용인은 그렇게 말하고선 슈라이나의 눈치를 살피다가 다시 입을 열었다.

"아, 걱정하지 마십시오. 교대로 슈라이나 님을 마중 나온 거니까요. 원래는 소공자님도 같이 기다리셨는데 지금은 시내에 잠시 나가셨습니다."

문득 잠꼬대가 심한 그녀의 모습을 떠올린 스완하덴은 슈라이나의 방에 쿠션이 좀 부족한 것 같다며 사러 나간 참이었다.

"이 시간에요?"

"네. 걱정 마십시오. 한숨 자고 일어나시면 돌아오실 겁니다."

고용인은 웃음을 계속 얼굴에 띄우며 그녀의 질문에 또박또박 대답해줬다. 이야기하며 걷다 보니 어느새 방문 바로 앞까지 다다랐다. 고용인은 짐을 방 안에 가져다가 내려놓고 슈라이나에게 자신이 들고 있던 빛 마법구를 건네줬다.

"계시는 동안 편하게 지내시면 좋겠습니다. 불편한 게 있으면 그 빛 마법구에 달린 버튼을 누르시면 저나 다른 고용인이 달려올 것입니다. 마음에 들지 않거나 불쾌하게 구는 사람이 있으면 꼭 말해주십시오. 바로 해고시키겠습니다."

"……."

"원하시는 게 있으면 언제든지 부담 없이 말씀하셔도 됩니다. 구해드리기 어려운 물건도 사표를 쓸 각오하고 기필코 꼭 얻어드리겠습니다."

슈라이나가 뭔가 불편한 것 같은 표정을 짓자, 고용인은 인상을 쓰고 혀를 살짝 깨물었다. 젠장, 벌써 실수한 건가? 도대체 얼마나 신경 써야 만족하는 거야. 고개를 들어 눈앞의 주황색 머리카락의 소녀를 바라보았다. 아카데미를 갓 졸업해서 그런지 조금 앳된 느낌이 났다.

저택에서 일하며 소공자를 보필한 사람은 알 것이다. 소공자가 제대로 저 아이에게 빠져 미쳐 있다는 것을. 어느 순간부터인진 모르겠다. 아카데미 들어가기 전부터 그랬던 것 같기도 하고 그 이후이기도 한 것 같다. 저 영애를 소름이 끼치도록 아끼기에 모든 저택 사람들이 그녀의 존재를 알고 있었다.

그녀가 온다고 따로 고용인들을 교육시키고 조심에 조심을 하라고 말한 것만 봐도 알았다. 만약 자신들이 조금이라도 잘못해서 이 영애의 심기를 거슬리게 해 만에 하나 중간에 돌아가기라도 한다면 단순히 목숨만으로 끝나지 않을 수 있었다.

명분으로는 가문의 일을 도와주려고 불러들인 거라고 알려져 있지만 믿지 않았다. 고작 영애가 뭘 할 수 있겠는가. 그냥 소공자님이랑 연애하려고 들어온 거겠지.

그나저나, 고용인은 좀 의아해졌다. 소공자님은 이 영애의 뭐에 그렇게 빠지신 걸까. 솔직히 기대한 것만큼 예쁘장한 것은 아니었다. 그렇게 목을 매시길래 엄청난 절세미녀일 줄 알았는데.

소공자님은 왠지 자신이 개처럼 부릴 수 있는 연상의 절세미인을 짝으로 데려올 것 같은 이미지였는데 이렇게 인상도 사납고 어린아이 느낌 나는 애를 데려오시다니. 취향이 참 독특했다. 사나운 성격을 꺾는 걸 좋아하시는 건가. 아니던데, 엄청 휘어잡히는 것 같던데.

아니면, 미친놈을 잡는 건 미친놈이라고, 저 소녀가 소공자님을 뛰어넘는 괴랄한 성격인 건가. 그래서 그를 막 휘두르며 다닌다든지. 도련님이 꼼짝 못 하시는 이유가 그건가. 얼마나 괴팍한 거야 그럼.

고용인은 슈라이나에게 불통한 시선이 쏟아지려 하는 걸 애써 참으며 눈빛을 부드럽게 하려고 노력했다. 또 소공자에게 괴롭힘당하고 싶지 않았다.

"데려다주셔서 감사합니다."

방에 도착한 슈라이나는 고개를 살짝 숙이고 그 하인의 손에 자신이 오는 길에 먹었던 사탕들을 쥐어 줬다.

"……아. 예. 푹 쉬십시오."

슈라이나가 일개 고용인인 자신에게 퍽 예의 바르게 굴자, 퍽 당황한 고용인은 옷 끝을 매만졌다. 아까까진 말없이 따라오기만 해서 굉장히 예민한 성격 같았는데 다정히 입꼬리를 끌어올리는 저 모습을 보니 딱히 그런 것 같진 않은 것 같다.

'그래도 성격은 외모만큼 사나운 건 아닌가 봐.'

그냥 너무 까탈스럽지만 않았으면 좋겠다.

방으로 들어온 슈라이나는 그대로 침대 위로 널브러졌다. 씻어야 했기에 화장실 쪽을 바라보았지만, 곧 너무 귀찮아 고개를 돌렸다. 마법을 써서 깨끗해지는 과정을 생략한 그녀는 옷을 툭툭 벗어 던지고 잠옷으로 갈아입은 뒤 이불 속에 들어갔다.

"윽. 스완하덴. 센스쟁이."

이불에 안락 마법이 걸려 있었다. 이불이 두꺼웠기 때문에 슈라이나는 그 속에 파묻히듯 눕게 되었다. 방의 온도도 딱 자기 좋을 정도로 적당히 시원했다. 마치 반신욕을 하는 것처럼 늘어지는 느낌이 들어 기분이 좋았다. 슈라이나는 누가 업어가도 모를 듯 잠에 빠졌다.

* * *

슈라이나는 자신의 이마를 쓰다듬는 느낌에 눈을 작게 떴다. 시원한 손의 촉감이 기분 좋았다. 침침한 시야 속에서 스완하덴이 보였다.

"……스완?"

졸음에 겨워 그의 이름을 힘겹게 부르니 큰 손이 슈라이나의 눈을 덮는다.

"……."

스완하덴은 일어나려는 슈라이나를 다시 침대에 눕히며 흐트러졌던 이불을 턱 밑까지 올려주었다. 이미 하루의 시간은 절반이 지나가 있었다. 해가 중천에 떴고 창문 사이로 강한 햇빛이 쏟아져 내려왔다. 스완하덴은 침대가에 앉아 있다가 일어나서 커튼을 치고 다시 그녀 곁으로 돌아와 앉았다.

사방이 어두워지니 슈라이나는 다시 눈을 꼬옥 감고 잠에 빠지려고 했다. 하지만 그 순간.

'배고파.'

배꼽시계가 기상 시간을 알려왔다. 슈라이나는 하는 수 없이 눈을 뜨고 일어나야 했다. 스완하덴에게 먹을 것 좀 달라고 하고. 공작님께도 인사를 드려야 하고. 이렇게 남의 집에 와서 늦게까지 퍼질러 자는 건 좀 아니었다.

그렇게 생각하며 졸음을 억지로 떨쳐내고 상체를 들어 올리는데 스완하덴이 다시 그녀를 눕히고 이불을 올려 재우려고 했다. 도로 침대에 눕게 된 슈라이나가 인상을 쓰며 그를 노려보자 스완하덴이 눈을 껌벅인다.

"해보고 싶은 게 있어."

"뭐."

퉁명스레 대답하니 스완하덴이 고개를 숙여 침대 아래에서 뭔가를 꺼낸다. 한참 부스럭거리던 그는 곧 엄청난 양과 종류의 음식들을 큰 받침대 위에 올려놓았다. 음식을 바라보던 슈라이나는 서서히 상체를 들어 올렸고 스완하덴은 다시 그녀를 눕혔다.

윤기가 좔좔 흐르는 음식을 앞에 두고도 먹지 못하자 슈라이나는 괴로워하며 눈을 동그랗게 떴다.

"신종 고문이야?"

"널 상대로 그런 건 안 해."

대답한 스완하덴은 생각에 잠겼다가 이어 대답했다.

"다른 사람들한테도 안 해."

스완하덴은 숟가락에 오믈렛을 퍼담았다. 김이 모락모락 피어나자 입김을 호호 불며 너무 뜨겁지 않게 그 열기를 식혔다.

"자."

그가 숟가락을 자신의 입 바로 앞에 내밀자 슈라이나는 오만상을 썼다.

"가져다준 건 고맙지만 내 손으로 먹을게."

다시 상체를 들어 올리며 숟가락을 뺏으려고 하자 스완하덴은 그녀를 다시 눕히고서 고개를 절레절레 저었다. 그리고 그녀를 위해 펐던 오믈렛을 자신의 입에 털어 넣었다.

"스완……?"

자신이 직접 떠먹여 주는 음식을 받아먹지 않으면 못 먹게 한다는 건가. 우와, 치사해.

"그럼 너 많이 먹어."

슈라이나가 눈을 가늘게 뜨며 그를 노려보자 스완하덴이 슬퍼하는 눈빛을 보냈다.

스완하덴은 손바닥으로 음식 쪽을 부채질하며 먹음직스러운 냄새가 그녀 쪽으로 향하게 했다. 슈라이나가 식욕 때문에 잠들지 못하고 군침을 삼키니 그가 재차 오믈렛을 퍼서 그녀의 입 앞에 가져다 대었다.

그녀를 바라보는 그의 눈빛이 무척 반짝거렸다. 말없이 그녀의 입

에 음식을 가져다 대며 지켜보기를 반복하고 있었다. 스완이 그렇게
도 간절히 자신을 먹이고 싶어 하니 슈라이나는 하는 수 없이 그의
요구에 따라주기로 했다.

"게으르게 누워서 먹으면 소화 잘 안 돼서 죽어."

"내가 살려줄게."

"짜증 나 죽어."

"……."

스완하덴은 슈라이나의 상체를 일으켜 세워줬다.

슈라이나 앞에 다시 숟가락이 놓였다. 팔도 안 아픈 건지 한참을
그러고 있었다. 스완하덴이 아니었더라면 음식 가지고 장난을 치는
거냐며 신경질 낼 텐데, 스완하덴이니까 용서가 된다.

한숨을 내쉰 슈라이나가 고개를 틀며 입을 열어 숟가락을 물려고
하자 숟가락이 뒤로 빠진다. 공기만 물어 허전해진 입안이 느껴지
자, 슈라이나가 눈동자를 들어 올려 스완하덴을 바라보았다. 스완하
덴은 멀뚱멀뚱 자신을 그저 무심하게 마주 쳐다보며 숟가락을 뒤로
뺐다.

얄밉게 뒤로 뺀 숟가락을 좌우로 살랑거린다. 포크로 햄을 집어
오믈렛 위에 올려놓았고 또 숟가락을 움직였다.

"뭐 해?"

"빨리 먹어줘. 빨리."

……이게 장난하나. 그럼 숟가락을 뒤로 빼질 말던가. 다시 숟가
락 쪽으로 입을 가져다 대니 숟가락이 옆으로 또 빠진다. 승부욕이
생긴 슈라이나는 한번 받아먹어 보겠다고 열심히 숟가락을 쫓아다
녔다. 그러다가 숟가락이 스완의 바로 앞에 놓였고 슈라이나는 그걸

먹으려고 필사적으로 몸을 앞으로 던졌다.

쪽.

숟가락을 자신의 뒤로 뺀 스완하덴은 가까워지는 슈라이나의 입에 작게 뽀뽀했다. 그러다가 부족한지 다시 쪽- 소리 나게 가벼운 뽀뽀를 하며 놓아주었다. 스완하덴의 표정은 얄미울 정도로 태연했지만, 귀와 목덜미 쪽이 무척 붉었다.

스완은 멍청한 표정을 짓고 있는 슈라이나의 입에 그제야 밥을 집어 넣어주었다. 너무도 당황한 나머지 밥을 못 삼키자, 당황한 스완하덴이 그녀에게 물을 건넸다.

"뽀뽀 받고 싶으면 말을 해."

슈라이나는 숟가락과 포크를 뺏고 고개를 돌려 한숨을 쉬었다. 그리고 다시 얼굴을 앞으로 내밀어 스완하덴의 입에 또 귀엽게 입을 맞춰줬다.

열이 아래에서부터 올라와 그녀의 얼굴과 귀를 새빨갛게 적셨다. 심장이 미칠 것같이 뛰고 있어서 괴로웠다. 파괴적인 본능이 올라왔다. 베개를 던지고 이불을 던지고 소리를 지르고 싶을 만큼 간지러웠다. 스완하덴, 이렇게 갑자기 훅 들어올 줄이야. 후, 위험하다.

슬슬 제대로 밥을 먹어보려고 하는데 왠지 옆이 휑했다. 아까까지 자신을 부담스러울 정도로 지켜보고 있던 스완하덴이 사라졌다. 어디 갔나 싶어 오믈렛 접시를 내려놓고 두리번거리는데 침대 밑쪽에 무릎을 꿇고 침대 시트를 그러쥔 스완하덴이 보였다.

그는 슈라이나보다 더욱 붉어져서 고개를 푸욱 숙이고 몸을 잘게 떨고 있었다. 슈라이나가 자신에게 먼저 입을 맞춘 것도 심장 떨려 죽겠는데 자신을 보며 부끄럽다는 듯 볼을 붉혔다. 미치겠다.

"스완."

"……."

"너 내 고백, 받아준 거 맞지? 우리 연인 맞지?"

여태 믿을 수 없던 사실을 슈라이나 입으로 확인 사살당하자 스완하덴이 대답을 하지 못하고 바닥에 더욱 주저앉았다. 슈라이나가 포크 뒤쪽으로 스완을 쿡쿡 찌르며 집요하게 대답을 촉구하자 스완이 고개를 힘겹게 끄덕였다.

* * *

슈라이나는 본격적으로 블란치가의 문제를 파헤쳐보려고 소매를 걷어 올렸다. 원래 눈을 뜨면 가장 먼저 재료를 구하러 가보려고 했다. 종이에 필요한 재료들을 끝까지 다 적어 보니, 몇몇 재료는 산 깊숙이 들어가서 직접 캐와야 했다.

"어디 가."

"재료 좀 구하려고. 상점 들렀다가 직접 구해야 하는 재료는 산에서 캐게."

슈라이나가 저택에 오자마자 밖으로 나가 재료를 구하려고 하자 스완하덴이 불만스러운 표정을 지었다.

"줘."

스완하덴은 슈라이나가 입은 겉옷을 벗기고 손에 들린 종이를 가져갔다.

"나 시켜."

"구해야 할 게 꽤 많아서 힘들 텐데? 내가 갈게. 2~3일 정도 있다가 다시 올 거야.”

“…….”

스완은 멍한 표정을 짓다가 어디선가 호미를 챙겨와 그대로 밖으로 뛰쳐나갔다.

“재료 다 구해서 저녁에 올 테니까 잔인한 소리 하지 마.”

크게 티는 나지 않았지만 그는 조금 절박해 보였다.

슈라이나는 2~3일에 걸쳐서 모아야 할 재료들을 반나절 만에 다 모으고 저택에 돌아오겠다는 스완의 말을 믿지 않았다. 그러나 눈에 보일 정도로 빠르게 움직이는 그를 보니 가능할 수도 있을 것 같았다.

번개처럼 빠르게 사라진 스완하덴을 미련스럽게 바라보던 슈라이나가 혀를 찼다.

‘그냥 같이 갈 걸 그랬나.’

남의 집에 혼자 덩그러니 남은 게 조금 어색했기에 슈라이나는 뒤늦은 후회를 했다.

그가 재료를 구하고 있을 동안 슈라이나는 정보를 조금 더 모아보려고 걸음을 옮겼다. 스완을 보내고 뒤를 도니 저택의 고용인들이 삼삼오오 모여 멍청한 표정을 짓고 있었다. 하녀들은 손에 들고 있던 물 양동이를 떨어뜨릴 뻔했고, 하인들은 들고 있던 유리잔을 그대로 떨어뜨렸다.

“도련님을 마구 부려먹다니. 듣던 것보다 더 대단…… 하신 데?”

“그 스완하덴 님이 조련당하고 있어…… 떠나보내기 싫어서 자발적으로 허드렛일을 하는 거 진짜야?”

“저 아가씨 오신 뒤로 도련님 상냥해진 거 소름 끼치지 않아?”

“소름 끼치고 불안한데 전보단 나은 것 같기도 하고.”

스완하덴의 잔인함과 극악무도함을 맛본 하인과 하녀들은 그저 달라진 그의 모습이 두려울 뿐이었다. 블란치가의 고용인들은 대부분 부모에게 직업을 물려받는다. 비밀이 많고 폐쇄적인 가문이기 때문에 웬만해선 고용인들을 밖에서 추가로 고용하거나 저택 밖으로 내보내지 않는다.

즉, 해고라는 뜻은 곧 죽음을 말하는 것이었다.

참고로 후계자 수업을 진행하던 고용인들은 모두 스완에게 해고당했다. 솔직히 수업을 담당하던 고용인들이 짓궂은 면이 없잖아 있었다. 어리고 예쁜 소년을 학대하는 재미가 좋아 도를 넘게 스완하덴을 짓이겼다. 스완하덴이 몇 차례 그들을 공격하여 상처를 입히려고 하면, 그 고용인들은 자신들에게 교육용으로 주어진 마법 물품을 써서 스완에게 더욱 큰 고통을 안겨주었다.

게다가 돈 좀 벌겠다고 병들고 다친 사람들을 데려와 스완에게 억지로 치료를 강요했다. 어릴 때부터 애정이나 사랑을 받지 못하고 온갖 전염병과 상처에 노출되었던 스완하덴은 슈라이나 덕에 가까스로 정신이 도는 걸 막을 수 있었다. 대신 지금은 사랑에 정신이 돌았지만.

스완은 수업을 받는 방에서 나오자마자 그 수업을 진행하던 고용인들을 그 방에 처넣고 몇 주일 동안 계속 잔인하게 괴롭혔다. 사람의 비명 소리가 며칠 동안 끊이질 않았고, 다른 하녀와 하인들은 그게 곧 자신들의 차례가 될까 벌벌 떨었었다.

그 작은 방에서 그들을 막 처리하고 나온 소년을 많은 이들이 목격했다. 천사같이 아름다운 소년이 피를 뒤집어쓴 채로 무감각하게 자신들을 바라보던 모습이 아직도 뇌리에 선명히 남아 소름 끼쳤다.

소공자는 그 사건 이후로 고용인들에게 무관심했기 때문에 그들은 그나마 거기서 안도했다. 그래도 가끔 주황색 외계인이 그려진 그림을 보고 똥이라고 입을 잘못 놀리거나, 자고 있는데 실수로 깨우거나 하면 해고하진 않아도 심리적으로 괴롭혔기 때문에 여전히 그는 공포의 대상이었다.

그런 그들에게 스완하덴을 부리는 슈라이나는 새로운 공포 대상이었다. 겉으로는 무해해 보이지만, 사악함을 숨기고 있을 수도.

"할 말이 있으신가요?"

슈라이나가 자신을 뚫어지게 쳐다보는 사람들의 시선이 부담스러워 고개를 기울였다. 그리곤 바짝 굳어 있는 입꼬리를 들어 올려 눈꼬리를 휘어 미소를 지어 보였다.

최근 들어 슈라이나는 최대한 많이 웃으려고 했다. 슬슬 사회 생활하려면 싹싹해야 하고 인상이 좋아야 하는데 자신은 인상이 너무 더러웠다. 예전엔 자신의 얼굴이 가지고 있는 장점을 무시했었지만, 지금은 현실을 직시해야 했다.

슈라이나는 최대한 눈동자에 힘을 풀고 과하지 않게 입꼬리를 들어 올리며 웃었다. 점점 자랄수록 얼굴이 성숙해지며 몽환적인 분위기가 나기 시작한 슈라이나가 다정히 웃으니 온몸이 오싹해질 정도로 묘한 분위기가 났다. 그들은 일제히 어깨를 움츠리며 고개를 빠르게 저었다. 이상했다. 아까까지는 분명 공포스러웠는데, 미소 한 번에 분위기가 갑자기 계란 프라이의 노른자같이 노글노글해지니 당황스러웠다.

"뭐지."

분위기가 어수선하자 당황한 슈라이나는 머리카락을 만지작거렸다. 우글우글 모여 자신을 마치 기이한 생물 취급하는 고용인들 무리가 흩어지자 그 뒤에 또 자신을 괴물 바라보듯 하는 다른 한 사람이 우두커니 서 있었다.

'스완하덴을 저렇게 다룰 수 있다니……'

블란치 공작이었다.

블란치 공작, 율리넬 블란치가 인생을 살면서 도저히 이길 수 없다고 생각되는 강적이 여러 명 있었다. 그건 드보아스 후작, 란티야와 카라딜 에브게딘 그리고 역대 최고 강적, 스완하덴 블란치.

카라딜 에브게딘은 살아있을 적에 말괄량이에다 막무가내여서 강적이었고, 란티야는 굉장히 다정하게 잘 돌려 까서 강적이었다. 그리고 스완하덴은 그 두 명을 모두 능가했다. 행동하는 것이 그냥 고삐 풀린 망나니였다. 틈만 나면 자신을 골탕 먹이려고 그 명석한 두뇌를 굴렸다.

어릴 때부터 가소롭게 예의가 바른 척을 하며 존댓말을 썼다. 부모를 공경한답시고 어깨를 두들기며 안마를 해주거나, 물이나 커피를 가져다주기도 했는데 스완이 포장을 잘해서 다른 사람의 눈에는 효자처럼 보였지만, 사실과 달랐다. 안마한답시고 뼈를 으스러뜨릴 정도의 힘으로 어깨를 만진다거나, 물이나 커피에 꼭 괴상한 걸 타곤 했다.

일을 시키면 처음엔 겸손히 일을 받아들이고 열심히 이행하는 척한다. 그리고 내놓은 결과물은 언제나 그 정반대의 것이다. 특정 자료가 필요해서 열심히 알아보고 있으면 스완은 자신이 자료를 얻기 전에 미리 빼돌려서 자신이 꼭 야근을 하게 만들었다. 그러다가 그 자료의 가치가 없어지면 그제야 이거 찾았냐며 자신의 앞에 내밀었고.

스완에 대해 깊게 생각하면 할수록 분통이 터진다. 속으로 킬킬거리며 자신을 비웃고 있으면서 겉으로는 아무것도 모른다는 듯 굴었다.

　아버지로서의 존중은 바라지도 않았고 그냥 자신을 그만 괴롭혔으면 좋겠다는 마음이 가득한 가운데 율리넬은 스완하덴이 슈라이나를 대하는 태도를 보았다. 그녀 앞에서 절절매는 꼴을 보니 유쾌상쾌 통쾌했다.

　오늘치 처리 서류를 한가득 안은 공작은 그녀의 어깨를 몇 번 두들기고 지나갔다.

　"더욱 부려먹어주길 바라. 휘어잡아, 막. 스완을 험하게 다뤄줘. 그럼 평생 여기에 눌어붙는 걸 허락해주겠다."

　"네?"

　"하하하! 그 애새끼, 하하하! 하, 하하, 하아…… 힘들다."

　율리넬은 그녀를 지나쳐가며 답지 않은 통쾌한 웃음을 보이다가 곧 웃는 것에 기력을 너무 쏟아 무기력해졌다. 슈라이나가 와서 반가운 건 둘째치고 처리할 일이 조금 더 쌓여 불평불만이 많았었는데 그 체증이 쑤욱 내려갔다.

　율리넬은 요 며칠 밤새워 서류 처리하는 데에 몰두하다 보니 다크서클이 턱 밑까지 내려와 있었지만, 현재 그는 이상하리만치 기분이 좋았다. 졸음이 몰려와 정신이 없었지만 그 망할 놈이 당황한 모습을 보니 오늘 좀 더 많은 양의 서류를 끝낼 수 있을 것 같았다.

　아직도 많은 서류들이 자신의 승인을 기다리고 있었다. 결재 서류는 기본이고 최근에 황실에서 바뀐 제도법에 관한 동의 서류를 또 보내왔다. 게다가 대귀족 연맹에 관한 서류와…… 기타 등등.

　숨이 막힐 것 같았지만 카페인을 좀 더 들이킨다면 오늘 내에 작년 서류는 모두 마감할 수 있을 것 같다. 마감일을 넘겨 벌금 서류가 날아온다고. 늦장 부렸다간, 더 많은 서류가 날아올 것 같다.

주방으로 들어간 율리넬은 컵을 꺼내 들고 커피와 뜨거운 물을 함께 들이부었다. 커피잔을 들어 올리다가 무기력해져서 잠시 책상을 잡고 비틀거렸다. 당이 부족한 것 같아 옆에 놓인 빵을 잡아 우물거렸다.

"공, 공작님! 왜, 왜 여기에! 저희가 알아서 커피를 올려드리겠습니다!"

"아…… 스완 나갔었지? 부탁하지."

항상 그런 건 아니었지만 하인이나 하녀를 시키면 중간에 괴상한 음료로 바꿔치기 되는 경우가 많아, 몰래 주방에 기어들어 가 커피를 타 먹는 습관이 생겼다. 자신의 신세가 너무 애처롭게 느껴진 율리넬은 쓴웃음을 삼키고 다시 서류를 챙겨 들었다.

"서류도 올려 보내드리겠습니다! 빨리 들어가 쉬시는 게!"

"아니다. 그만 내놔라…… 내놓으라고."

하인이 두툼한 서류를 대신 들려고 하자 율리넬이 뺏어 들었다.

율리넬은 스완하덴처럼 말투가 퍽 저렴하고 가벼웠지만, 자신의 저택 사람들 앞에서만큼은 귀족다운 말투를 유지했다. 가끔은 말투를 신경 쓰는 것도 힘들어서 말이 짧아질 때도 있었다. 언제나 들쭉 날쭉한 공작이라, 고용인들은 그의 말투에 대해 그러려니 했다.

지금 들고 있는 서류가 오늘 꼭 끝내야 할 서류인데 지금 들고 가서 바로 처리하지 않으면 자신은 분명히 이 일을 내일의 자신에게 미룰 테고, 그러면 내일도 야근해야 한다. 언제나 야근이었지만.

미적미적 복도를 걷다가 또 슈라이나와 마주쳤다. 슈라이나가 허리를 푹 숙여서 인사하자 율리넬은 그녀에게 대충 고개를 까닥였다.

"공작님, 혹시 도서관이 어느 쪽인지 아시나요?"

"모른다."

"……?"

집무실로 가는 길이 너무 멀다고 생각하고 있었는데 돌연 슈라이나가 질문을 하며 자신의 걸음을 멈추게 했다. 그냥 놔두면 스완하덴이 알려주겠지 싶어 그냥 무시한 채 가려고 했다.

집무실에 돌아가려는데 괜히 멋쩍어하는 슈라이나의 표정이 마음에 밟혀 걸음을 돌렸다. 정당히 돈을 지불한다고 해도, 우리 가문의 악순환을 끊어준다고 굳이 여기까지 온 아이인데, 이렇게 대하는 건좀 그렇지 않나. 어차피 내 차례가 끝났으니 아무래도 상관없는데. 아니, 그래도 나름 신경 써 준 건데. 아니…… 으아악.

표정을 잔뜩 구긴 공작이 그녀 앞에 우뚝 섰다. 그가 깊게 한숨을 내쉬었다.

"한 번만 말할 거야, 잘 들어."

"아, 옙."

"도서관은지금걸음을돌려서직진하고바로보이는코너에서우편잠시걷다가왼쪽으로틀어. 그리고계단이나오면올라갔다가오른쪽으로가. 창문밖에연결된계단이바로하나보일거거기로올라가서직진했다가또오른쪽으로가. 그러면도서관이야. 아 숨차."

"……?"

"계단 아래 발조심하고."

"아…… 감사합니다."

한숨에 모든 말을 다 하느라 말이 너무 빨라졌다. 슈라이나는 사실 하나도 못 알아들었지만, 고개를 끄덕이며 알아들은 척했다.

율리넬은 방금 자신이 너무 빨리 말했다는 것을 인식하고 있었고 말의 순서가 꼬였다는 것도 인식하고 있었다. 아무리 청각이 발달된 사람도 자신의 말을 알아듣는 건 무리일 것이다.

한 번 말할 때 잘 말할 걸, 숨을 아낀다고 한숨에 말하지 말 걸 그랬다.

'아아, 짜증 나아아!'

"따라와라!"

"아니, 그냥 저기 일하시는 분에게……."

"걔넨 몰라!"

쓸데없이 친절한 율리넬은 슈라이나의 팔목을 잡고 성큼성큼 이동했다. 블란치 공작가의 도서관은 비밀이 많은 곳이었기에 웬만한 고용인들은 그 장소를 몰랐다. 게다가 도서관에 들어가려면 스완하덴이나 자신이 직접 문을 열어야 그 안에 들어갈 수 있었다.

"직진!"

"우측!"

"기억해, 다시는 안 알려줄 거다!"

"좌측!"

"여기 계단 틈 사이로 발 빠진 사람 많으니까 조심하고!"

"여기 올라가!"

"직진해서 우측!"

그리고 우여곡절 끝에 슈라이나는 도서관에 도착할 수 있었다. 공작이 도서관 문에 손을 가져다 대니 그 문이 빛을 뿜어내며 앞으로 슬슬 밀렸다.

"도서관!"

율리넬은 슈라이나를 데리고 친절히 도서관까지 바래다주고선 만족했다. 그리고 자신의 구겨졌던 셔츠를 잡고 한 번 털어 쫘악 폈다가 잠시 도서관 의자에 널브러졌다.

"수, 수고하셨어요."

"……."

율리넬은 힘없이 고개를 끄덕이더니, 서류를 잠시 옆으로 치워놓고 도서관 책상 위에 엎어졌다.

"나갈 때 문 잠가야 하니까, 볼 책 다 고르고…… 깨워주면…… 고맙겠군."

"아, 옙. 최대한 천천히 고를까요, 빨리 고를까요?"

"천천히……."

졸음과 지침에 허덕이는 율리넬의 모습이 후작 계승을 앞둔 코리와 겹쳐졌다. 코리가 후작이 되면 저런 모습이 아닐까, 서류에 파묻혀서 책상에 엎드려진 채 괴로워하는 코리의 모습이 머릿속에 그려졌다. 코리의 모습을 상상하니 자연스레 자신의 전생이 떠올랐다. 율리넬이 더더욱 측은하게 느껴졌다.

슈라이나는 드래곤의 특성에 관한 자세한 설명이 담긴 책과 인간의 해부학도 그리고 마력에 반응하는 광물에 관한 책을 고르고 그걸 자신의 아공간에 잠시 넣어두었다.

'문을 잠그고 나가야 한다고 했지?'

율리넬이 도서관 문을 잠그기 위해 자신을 기다리고 있었다. 도서관 문은 백마력으로 여닫는 것 같았다. 주머니에는 백마력이 가득 담긴 스완하덴의 백마법석이 가득했다. 이걸로 문을 잠글 수 있지 않을까? 마법석 하나를 잡아들어 문에 가까이 가져다 대니 알아서 문이 잠겼다.

그녀는 발걸음을 돌려 율리넬 쪽으로 이동했다. 짧은 순간에 깊게 잠에 빠져든 율리넬을 잠시 바라본 슈라이나는 그를 깨우기보단 그의 중지 손가락을 잡아 들어 올렸다. 슈라이나는 최근에 새로 고안해낸 마법진을 그려 율리넬의 손가락을 잡은 자신의 손에 씌웠다.

슈라이나는 그의 손가락을 움직이며 이동 마법진을 그렸다. 그의 몸속에 흐르는 마력이 슈라이나가 그린 마법진에 따라 손가락 끝으로 방출되었고 마법진이 순조롭게 그려졌다. 그의 집무실 쪽으로 이동하게끔 좌표를 잡았다.

[이동]

두 사람은 금방 집무실에 도착할 수 있었다. 어느새 율리넬은 도서관 책상이 아닌 집무실 책상에 엎어져 있었고, 슈라이나는 자연스럽게 집무실 의자에 앉았다.

집무실 안은 살짝 정리되지 않은 서류들로 난잡했다. 치우지 않은 커피잔이 몇 개씩 한쪽 테이블에 쌓여 있었다.

"……?"

율리넬은 갑자기 느껴진 부유감에 당황하다가 눈을 살포시 들어 올렸다. 정신없이 방을 살펴보던 그는 눈을 비비며 하품을 크게 했다.

"누가 집무실로 옮겨줬으면 좋겠다고 생각했는데. 꿈에서 이뤄질 줄이야."

공작은 졸음에 잠긴 목소리로 거의 들리지 않게 중얼거렸다. 율리넬 블란치는 정신이 너무 몽롱해 현실을 꿈으로 착각하고야 만 것이다.

이곳이 자신의 집무실임을 깨달은 율리넬은 기계적으로 상체를 들어 올렸다. 옆에 쌓인 서류를 자신의 앞에 쏟고 그 위에 얼굴을 박았다. 한 손을 뻗어 뚜껑을 잃어버린 자신의 만년필을 찾아 책상 위를 더듬거렸다.

뚜껑 없는 만년필들이 책상 위에 널브러져 있었다. 반대로 바닥에는 만년필 뚜껑들이 널브러져 있었다. 율리넬은 손에 만년필을 쥐고 자신의 얼굴 아래 깔려 있는 서류를 곁눈질로 대충 읽어내려갔다.

"……도로를 새로 하나 뚫는다고?"

대충 읽다가 그는 눈을 감았다. 그가 낸 목소리는 마치 병자의 것처럼 앓는 소리에 가까웠다.

"저번에도 뚫었잖아…… 제발 한 번에 해…… 서류 계속 보내지 마……."

그는 확인란에 만년필을 가져다 대었다. 열심히 팔목을 움직여 끄적거리는데 잉크가 안 나온다는 걸 뒤늦게 확인하고 그대로 펜을 뒤로 던져버렸다. 그의 바로 뒤에 쓰레기통이 있었는데 명중이었다. 쓰레기통에는 뚜껑을 잃어버린 펜이 한가득이었다.

책상 밑 서랍에 손을 넣은 공작은 새로운 펜 하나를 꺼냈다. 입으로 새 펜의 뚜껑을 따고 책상 위에 아무렇게 뱉었다. 그리고 다시 끄적끄적 서명을 했다.

"꿈에서도 서류질이라니."

펜을 너무 세게 쥐어 펜촉 끝이 구부러졌다.

"도서관 문 잠그고 나와야 하는데…… 잠에서 어떻게 깨어나지. 영애는 날 언제 깨우는 거야. 이런 꿈을 꿀 줄 알았으면 책 빨리 고르라고 하는 거였는데."

율리넬은 책상에 얼굴을 박은 채로 잘도 서류를 끄적였다. 서류에만 꽂혀 있던 시선이 문득 앞쪽으로 향했다. 시선에 뻘쭘한 표정으로 그를 바라보고 있는 슈라이나가 보였다.

"빨리 좀 깨워달란 말이야…… 여기서 퇴장하고 싶어……."

아니, 그냥 인생 퇴장……. 투덜거리면서도 율리넬은 꿋꿋이 집중하려고 노력하며 서류를 처리했다.

어떻게 하면 공작이 잠꼬대에서 깨어날 수 있을까 고민하던 슈라이나는 잠시 인상을 쓰다가 한마디를 내뱉었다.

"스완하덴?"

에릭 쫓는 데도 유용하게 쓰였던 스완하덴의 이름이 과연 율리넬 아버님의 잠을 쫓아내는 데에도 유용할까. 문득 궁금해졌다.

효과는 굉장했다. 그 네 글자에 율리넬은 눈을 번쩍 들었다. 졸음이 달아났다. 현실을 바로 자각했다. 율리넬은 책상에 박듯 하던 고개를 들어 올렸다.

슈라이나의 집요한 시선에 율리넬은 식은땀을 흘렸다. 처음엔 스완하덴이라는 단어에 반응해 잠이 달아났다면 그다음은 슈라이나에게 보인 자신의 바보 같던 모습 때문에 잠이 달아났다.

"힘들면 쉬었다가 하세요."

"……아니다."

살짝 부끄러웠기에 율리넬은 슈라이나를 쳐다보지 못했다.

"도와드릴까요? 대충 정리만 해드릴게요."

"나를 돕는다고?"

슈라이나는 책상 구석에 쌓인 커피잔과 바닥에 수두룩 떨어져 있는 펜 뚜껑들을 말끔히 치웠다. 평소라면 당연히 거절했을 테지만 체력이 바닥난 율리넬에게 도와주겠다는 슈라이나의 말은 꿈같이 달콤했다. 사실 체력은 언제나 떨어져 있었지만.

"못 미더워하시는 것 같아서 제 경력을 말씀드리자면, 전 루나아샤 상단의 대리인이 처리하던 서류를 대신 정리해서 처리한 적이 있었고, 반 이타샤 브랜드의 중요한 기록과 정보들을 정리해서 보관해 주던 일도 했었고 또……."

"알겠어, 알겠어."

"또, 앞으로 공작님과 질리도록 볼 가능성이 높으니 중요 정보가 담긴 서류를 빼돌리거나 조작해서 공작님께 해가 될 짓은 당연히 안 하고요."

"……그런 일을 했었나?"

"옛날에는요. 그래서 큰일 날 뻔한 적이 있었습니다. 도와드려도 되나요? 정리만 해드릴게요."

아까보단 말끔해진 집무실 바닥과 주변을 바라보던 율리넬은 고개를 겸연쩍게 끄덕였다.

"잠시 책상에서 손을 떼주세요."

슈라이나는 스완하덴의 마법석을 쥐고 양손을 들어 올렸다. 갑자기 주변 물건이 두둥실 떠오르자 율리넬은 책상에서 손을 떼고 팔짱을 꼈다. 그러다가 팔짱을 빼서 무릎 위에 올려놓았다가 어색해서 늘어뜨렸다가 다시 팔짱을 꼈다. 언제나 책상에 널브러져 있거나, 누워 있거나 하던 그였기에 책상에 기대지 못하자 좀 불편했다.

"대충해, 대충……."

하품을 크게 한 율리넬은 별 큰 기대 없이 슈라이나를 바라보았다.

"일단 여기에 서명해주세요."

"······왜."

슈라이나가 빈 종이를 내밀며 서명을 해달라고 하자 율리넬은 의
아한 표정을 지으면서도 시원스레 서명을 해줬다. 율리넬은 슈라이
나가 스완하덴을 개처럼 부릴 수 있다는 점에서 매우 높게 평가하고
있었기에, 순순히 그녀의 말에 따랐다. 율리넬의 서명을 받아낸 슈
라이나는 사인이 적힌 빈 종이를 허공에 띄우더니 마법진을 슥슥 그
리기 시작했다.

"단순히 서명만 필요로 하는 고정 결재 서류들은 따로 마법을 걸
어둬서 알아서 처리되도록 할게요. 이 기억된 서명으로 자동 승인될
거예요. 확인해주세요."

"어? 어······ 잠시만. 맞아. 이것들 다 굳이 읽어 볼 필요 없이 알아
서 결재되도록 다 사인만 하면 돼."

공작의 허락이 떨어지자, 따로 빼놓은 서류의 서명란에 공작의 서
명이 한 번에 기재되었다. 처리해야 할 서류가 숭덩 사라졌다.

"언제든지 공작님께서 마법진의 내용을 수정할 수 있게끔 마법진
의 관리자를 공작님으로 해놓을게요. 공작님이 수정하시고 접근 범
위를 공작님 한 명으로 좁히시면 외부 마법사들이 쉽게 결재 서류에
접근하지 못할 거예요."

슈라이나의 시선이 집무실 구석에 있는 서류 더미에 꽂혔다. 날짜
를 보니 재작년과 작년 그리고 4년 전 서류들이었는데, 영토 문제와
법적인 문제 등 여러 다양한 문제를 다룬 서류들이었다.

"이건 처리가 다 끝난 서류죠?"

슈라이나가 구석의 서류 더미를 가리키며 물어보니 율리넬이 고
개를 찬찬히 끄덕였다. 맞다고 하자, 슈라이나는 그 서류 더미에 손

을 뻗어 서류의 내용들을 마법으로 하나하나 기억시켰다. 수많은 내용들 중 두세 면 이상 겹치는 부분이 있으면 패턴으로 인식되게 만들고 그걸 또 다른 빈 마법진에 기억시켰다.

"반복되는 내용의 서류는 공작님께서 이전에 처리한 서류들을 바탕으로 대충 채워 넣어질 거예요. 공작님이 검토하신 뒤 오류가 있으면 고치시고, 맞다 싶으면 그대로 쓰시면 됩니다. 또 공작님께서 수정을 바라면 수정이 바로 진행되게끔 할게요."

그렇게 또 서류의 대부분이 숭덩 처리되었다. 자동으로 처리된 서류들은 확인이 필요하니 따로 분류해서 빼놓았다. 아무런 패턴도 감지되지 않아 그대로 빠져나온 서류들은 별도로 빼놓았다. 서류의 내용이 비슷하더라도 처리한 기록이 없으니 따로 꼼꼼히 처리해야 한다. 또 집중하며 봐야 할 내용의 서류가……

"주요 기관에서 날아온 서류들은 처리 후 재검토가 필요할 테니까…… 중요한 서류들은 대체로 어디에서 날아오나요?"

차근차근 정리되는 서류를 멍하니 바라보던 율리넬은 종이 위에 기관들 이름 몇 개를 끄적이고 슈라이나 앞에 내밀었다. 그저 그는 멍할 뿐이다.

슈라이나는 작게 마법진을 그리고 그 글씨들을 끄집어내어 마법진에 기억시켰다. 그리고 또 그 이름에 따른 서류들을 따로 모아 분류시켰다. 혹시 오류가 생길까 봐 재검토 기능을 강화했다. 익숙하게 방대한 내용의 서류들을 정리하고 분류하고. 그다음 내용별로 정리하고, 분류하고 마법진으로 묶어 간추리고.

"자동화 마법이 있으면 편해요. 제가 했던 과정을 마법 속에 기억시켜둘게요."

일반 계열 마법진들을 엮고 꼬아서 한곳으로 모아 더욱 큰 마법진에 이어 붙였다. 아공간 주머니에서 플라스틱의 투명한 통을 꺼내 거기에 마력이 가득한 스완하덴의 마법석을 집어넣었다. 그리고 율리넬에게 계속 마법석을 채워 넣어주라고도 일러두었다.

"블란치 가문 특성상 비서를 들이기엔 조심스러우시죠? 그래서 다 혼자 하고 계셨던 거고요. 이 마법이 그 역할을 대신해 줄 겁니다. 다시 한번 말하지만 마법진은 사람만큼 세심하지 않아서 오류가 있을 수 있으니 재검토가 꼭 필요합니다. 마법진이 분류와 정리를 마치면 꼭 다시 한번 쭉 확인해주세요."

정리가 마쳤을 땐 책상 위가 아주 깔끔했다. 불필요한 서류를 간추리니 처리해야 할 양이 반으로 줄어들었다. 정작 집중해서 처리해야 할 서류는 몇 되지 않았다. 그러나 그 몇 안 되는 서류마저 슈라이나가 저장해둔 서류 패턴에 따라 반쯤 완성된 형태였다.

"아버님, 웬만한 건 이미 다 처리하셨네요. 이것들만 확인하시면 될 것 같아요."

슈라이나는 말하면서 몰래 사심을 흘려 넣었지만 율리넬은 눈치채지 못했다. 슈라이나는 손가락으로 종이들을 펄럭펄럭 넘기며 재확인한 뒤 율리넬 앞에 딱 내밀었다. 율리넬이 멍한 표정으로 그 몇 안 되는 서류를 모두 처리하자, 슈라이나가 그 서류도 처리가 끝난 서류를 모아 놓는 곳에 쌓아 놓고 박수를 한 번 쳤다.

"끝."

슈라이나는 아공간에서 컵과 수면을 돕는 차를 꺼냈다. 주머니에 스완의 마법석이 한가득 쌓여 있었는데 어느새 바닥을 보이고 있었다. 마지막 남은 마법석으로 수면을 돕는 차를 뜨거운 물로 우려내어 율리넬 앞으로 건넸다.

"야근도 끝입니다."

율리넬은 아직도 멍한 표정이었다. 마법진이 돌아가며 알아서 서류들을 뚝딱뚝딱 정리하고 있었다. 말로만 정리지 기실 알아서 대부분 처리하고 있었다.

"스완, 공작님을 침대로 바래다 드리자. 거기까지 걷는 것도 귀찮아하실 것 같아."

"응."

창문 밖의 해는 저물어 달이 떠 있었다. 스완하덴은 약속대로 하루 만에 모든 재료들을 구하고 돌아왔다. 어느샌가 소리소문없이 나타나 슈라이나 옆에 딱 붙어 있었다. 슈라이나가 부탁한 재료들을 모두 구해 의자 위에 올려놓은 그는 아직까지 멍하니 있는 율리넬을 짐짝처럼 들어 올렸다. 그리고 손가락을 들어 이동 마법진을 그리더니 그대로 공작의 침실로 이동했다.

스완하덴은 율리넬을 눕히고서 이불을 덮어주었다.

"안녕히 주무세요."

"잘 자요."

보통 때라면 스완하덴의 가증스러운 모습에 혀를 찼을 테지만 율리넬은 아직도 아무 말도 못 하고 굳어 있었다.

"난 아버지한테 자기 전에 굿나잇 뽀뽀를 해 드렸는데. 좋아하시더라고."

"……."

아무래도 서로 상처받은 시간도 꽤 있었고 여러모로 부자지간이 좀 삭막한 것 같아 슈라이나는 말을 흘렸다. 눈치 빠른 스완하덴은 재빨리 그녀의 말의 의도를 알아채고 고개를 끄덕였다. 율리넬 앞으로 성큼성큼 다가간 스완하덴은 뽀뽀하는 척하다가 율리넬의 머리를 잡고 이마를 세게 박았다.

돌아온 스완하덴은 슈라이나를 또 번쩍 안아 들고 공작의 침실을 빠져나왔다.

"해드렸어."

"……."

"너는 안 필요해?"

"……이마 박치기는 사양할게."

슈라이나가 정색하며 두 손을 들어 올려 자신의 이마를 가리자 스완이 고개를 저었다.

"굿나잇 키스 말하는 건데. 난 필요하니까 해줘."

굿나잇 키스라. 잠시 고민하던 슈라이나는 고개를 끄덕였다.

"그래."

당황하면서 거절할 줄 알았는데 의외로 흔쾌히 허락하자 스완하덴은 또 심장이 벅차올라 잠시 고개를 푹 숙였다.

신난다. 그는 작게 중얼거리며 그녀를 꼬옥 안아 든 채 자신의 방으로 천천히 걸어갔다.

* * *

한편, 아주 오랜만에 할 일을 다 마쳐놓고 일찌감치 침대에 누운 율리넬 블란치는 잠이 다 달아나서 눈이 말똥말똥했다.

침대에 이렇게 제대로 누워보는 게 몇 달 만인 건지. 매일 집무실 소파나 의자에 널브러져서 자거나 책상에 엎어져서 잤다. 모처럼 슈라이나가 일을 깔끔히 정리해줘서 쉴 시간이 갑자기 많아졌다. 그렇게 생긴 취침 시간인데 잠이 오지 않는다.

잠이 왜 안 올까.

[야근도 끝입니다.]

율리넬의 머릿속에는 아까의 일이 계속 맴돌았다. 슈라이나의 짧고 강력한 대사가 자꾸 반복 재생되었다. 너무 정신이 말똥말똥해 잠을 좀 제대로 자보기 위해 몸을 뒤척였다. 자세를 바꿔도 잠은 오지 않는다.

율리넬에게 있어서 슈라이나 웨스트는 그녀가 저택에 오기 이전부터 여러모로 이미지가 강력했다. 그녀가 코딱지만 하던 때부터 알고 있었다. 뭐가 되려는지 어렸을 때부터 손이 부르틀 정도로 검을 잡아 몸을 혹사시키는 것이었다. 처음엔 뭐 하는 건지 싶었다가 나중에 기어코 목각 인형의 목을 깔끔히 잘랐을 때, 율리넬은 감탄할 수밖에 없었다. 엉성한 자세여도 목 자체를 기어코 하늘 높이 날려버렸을 때, 율리넬은 박수를 치고 싶었다.

그때도 한참 쌓이는 서류 때문에 힘들었던 시기라, 목각 인형의 목이 깔끔히 잘리는 광경이 무척 인상 깊었다. 그래서 그렇게 자신도 죽었으면 좋겠다는 생각에 스완하덴을 독방에서 잠시 풀어주어 검을 배우게 했다.

그 코딱지만 한 아이는 계속 상처투성이가 되어 자신 앞에 나타났다. 처음엔 겁도 없이 블란치가의 마력을 몸에 담아서 피떡이 되어서 오더니 그다음엔 또 이상한 흑마력을 몸에 담은 채 무리하게 마법을 써서 또 피떡이 되어왔다. 자잘한 검상은 덤이었고.

나중에는 그녀가 조금이라도 덜 피떡이 되어 나타나기라도 하면 다행이라는 생각까지 들 정도였다. 율리넬 자신도 모르는 사이에 그녀에게 정이 든 것이다. 어릴 때부터 봐와서 그런지 남들보다 애착이 생긴 것 같다. 또, 자신은 스완하덴과 카드 게임이라도 하면 언제나 지곤 했는데, 슈라이나 역시 자신과 게임 실력이 비슷해 마찬가지로 스완하덴에게 진다는 그 점이 또 반가웠던 것 같다.

그렇게 무의식적으로 점점 쌓여가던 정과 호감은, 슈라이나가 율리넬의 서류를 멋지게 정리한 후 "야근 끝!"을 외치자 최대치를 찍게 되었다.

[야근도 끝입니다.]

또 머릿속에서 음성과 함께 영상이 틀어져 나왔다. 예전엔 여러모로 의기소침한 느낌이 있었으나 방금 봤던 모습은 당당하기 그지없다. 턱을 치켜들고 미소를 짓자 또 그렇게 귀엽기 그지없었다. 문득 그때 그 피떡이 잘 자랐구나, 하는 생각에 멍해졌고 그 코딱지에게 챙김을 받는다는 느낌이 생소해서 또 멍해졌다.

'생각해보니 나보고 아버님이라고…….'

슈라이나는 율리넬이 그 단어를 못 들었을 거라 생각했지만 그는 그녀가 한 모든 말을 기억하고 있었다. 율리넬은 다시 기억을 되새기며 입꼬리를 만지작거렸다.

아버님이라……. 가슴께가 간질거린다. 아버님이라. 그 쪼그만 피떡이 내 며늘아기라.

남편이 스완하덴인 것은 조금 미안했지만, 그 야무지고 귀여운 아이가 자신의 며느리가 되어준다면 더도 없이 좋을 것 같다는 생각이 들었다.

처음엔 스완하덴이 그렇게 난리를 쳐도 정말 집으로 데려올 거라고 생각하지 않았기에 그 피떡이 자신의 며느리가 된다는 생각을 한 번도 하지 못했었다.

그 애는 외모를 보지 않았기에, 장점이 외모밖에 없는 스완하덴과 당연히 이어지지 않을 거라 생각했다. 장점이 꼴랑 하나인 스완하덴과 다르게 그 영애는 외모나 성격이나 부족한 것이 없었다. 다른 좋은 애가 많이 꼬일 텐데 굳이 성격이 지랄 맞은 스완하덴과 교제할 이유가 없다고 생각했었다.

그러나 그 스완하덴이 슈라이나 앞에서 그렇게 내숭을 부리고 있었을 줄이야. 무서운 녀석이다. 그 정도로 자신을 감추고 꼬리를 살랑살랑 흔들어대고 있을 거라 전혀 예상하지 못했다. 남들 앞에선 그 날카로운 이를 드러내다가 슈라이나 앞에선 그 이를 감추다 못해 뽑아버렸다.

생각해보면 그녀가 오고 나서 그 흔한 욕설 하나 하지 않았지. 행동거지도 많이 얌전해졌다.

암튼 스완하덴이 그렇게 노력한 결과 슈라이나가 그를 받아들인 것 같고, 율리넬은 이제야 둘이 서로 좋아하고 있다는 사실을 인정했다. 둘이 계속 좋아하면 곧 결혼할 테고, 결혼하면 며느리가 생긴다. 예상치도 못한 애가 자신에게 예상치도 못한 존재가 되니 갑자기 그 존재가 더욱 각별하게 느껴졌다.

왠지 굉장히 뿌듯해져서 자신도 모르게 입꼬리를 씰룩이는데 문득 머릿속에 황태자, 후작 영식, 뺀질뺀질한 상단주 등등 그녀를 노리고 있는 것 같은 사람이 스쳐 지나갔다.

그리고, 슈라이나가 드보아스 후작을 보며 아버님이라고 말하는 장면이 같이 스쳐 지나갔다.

율리넬은 침대에서 벌떡 일어났다.

"……절대 안 돼."

한편, 슈라이나를 안아 든 채 자신의 방으로 이동하던 스완하덴은 몇몇 하녀와 하인들과 마주치자, 무심한 표정을 피고 예쁜 미소를 지었다. 그 덕에 그 고용인들은 소름이 돋아 들고 있던 물건을 후드득 떨어뜨렸다.

"왜 가는 방향이 네 방 쪽이야?"

"굿나잇 키스하고 나 재워줘."

말하는 게 꽤 당돌하다.

"싫으면?"

"내가 너 키스하고 재우고."

슈라이나는 그 말에 황당해서 헛웃음을 짓고는 손을 뻗어 스완하덴의 붉어진 귀를 만지작거렸다. 잔 흉터 자국이 만져진다.

"오른쪽으로 틀어. 내 방 먼저 가자."

"……?"

"곧 잘 시간인데 나 잠옷으로 좀 갈아입게. 이거 외출용 옷이잖아."

"내 거 빌려줄게."

꿋꿋이 자신의 방으로 가려고 하기에 슈라이나는 두 손을 들었다.

슈라이나를 소중히 안아 자신의 방으로 들어간 스완은 그녀를 자신의 침대 위에 올려놓았다. 삐거덕하며 침대가 움푹 파였다.

슈라이나가 잠옷을 요청했기에 스완은 자신의 검소한 옷장 쪽으로 발걸음을 옮겼다. 문을 열어 잠시 무슨 옷이 있나 훑어본 스완하덴은 대충 편하고 얇은 바지와 티를 꺼내 슈라이나 앞에 내밀었다.

그는 그저 깨끗하고 편한 옷이 잠옷이었기에 자신도 새로 빤 옷 아무거나 집어 들었다. 윗도리를 벗으려니 슈라이나가 자신 앞에서 벗지 말라며 마법으로 갈아 입혀줬기 때문에 민망한 일은 없었다.

이미 침대에 누워 양치와 세수 그리고 손발을 닦기 귀찮아진 슈라이나는 마법으로 한 번에 해결했다. 화장실 쪽으로 발걸음을 옮기던 스완은 그 마법이 자신에게도 적용된 것을 보고 발걸음을 돌려 그녀에게로 돌아갔다.

"빨리 와."

슈라이나는 자신의 옆자리를 치며 스완하덴을 불렀다.

그가 가까이 다가가자 슈라이나는 그의 볼에 뽀뽀를 하며 그가 그토록 바라던 굿나잇 키스를 해줬다.

"이제 슬슬 자자. 졸려. 너 재우고 갈 거야."

"……?"

태평한 그녀는 이불을 턱 아래까지 끌어올리고 이불을 살짝 들어 팔 사이로 그가 들어올 수 있는 공간을 만들었다.

스완은 입술이 닿았던 볼을 만지작거리며 그녀를 노려보았다. 키스가 아니어서 살짝 불만이었지만 슈라이나가 친히 만들어준 공간을 바라보며 그냥 넘어가 주기로 했다. 자신을 향해 벌려진 팔이 굉장히 마음에 들었기 때문이었다.

그가 가까이 다가오자마자 슈라이나는 그를 강하게 끌어당겨 와락 안았다. 그의 몸 위로 발을 올릴까 말까 망설이다가 그냥 올리기로 했다. 높이가 딱 적당해서 매우 편했다.

막상 자려고 하니까 반대로 잠이 달아나고 있었다.

'이 방 왜지 익숙한데……'

자세도 편했고 스완은 따뜻해서 좋았고 여러모로 부족한 것이 없었으나 문득 든 생각에 온몸이 굳었다. 발가락이 오그라들기 시작하며 식은땀이 살짝 났다. 조금 긴장한 슈라이나는 잠시 눈동자를 데굴데굴 굴리다가 문득 입을 열었다.

"네 방, 옛날이랑 그대로네?"

"……."

어렸을 때 실수로 스완하덴의 방으로 들어간 적이 있었다. 피가 사방팔방에 묻어 있어 무서웠지만 그만큼 애틋했던 추억의 장소였다. 여기서 그에게 목숨의 위협도 받고, 서로 머리를 쥐어뜯고 싸우고, 그러다가 친해져서 체스도 하고. 같이 침대에 누워서 잠에 못 드는 그를 위해 노래를 불러주기도 했었다. 비록 노래를 부르다 먼저 잠들어 버렸지만.

다시 오게 된 그의 방은 아주 깔끔했다. 피나 쇠사슬은 당연히 보이지 않았고 창문도 새로 설치되어 있었다. 예전처럼 탈출하지 않을 거라 약속하자 율리넬이 다시 뚫어준 창문이었다. 그 사이로 달빛과 선선한 바람이 들어왔다.

슈라이나는 그 창가 근처에 둥둥 떠서 고정되어 있는 사진구에 문득 시선이 갔다. 지금은 사진을 종이로 가지고 다니지만 어렸을 때는 저런 사진구가 유행했었다. 사진구는 엄청 오래되어 보였다. 닳고 닳아 너덜너덜한 느낌이었다. 금이 많이 가 있었고 그 틈에는 피가 말라붙어 있다. 곧 깨질 것 같았으나 겉에 보호 마법이 새로 걸려 있어 여태 깨지진 않았다.

그 사진구 속에는 두 아이의 이미지가 저장되어 있었다. 짧은 주황색 머리카락의 아이가 사진구를 들고 있어 가장 앞부분에 찍혀 있고 그 뒤엔 은발 머리 소년이 한심하다는 눈빛으로 그 주황 머리의 아이를 바라보고 있었다. 서로 꽤 친해 보였다. 사진구 속 아이들은 어린 스완하덴과 슈라이나였다.

슈라이나는 문득 저 사진구를 들고 사진을 찍었을 때가 떠올라 숨을 들이쉬었다. 그날은 수십 번의 게임 끝에 겨우 1승을 기록한 날이었다. 그마저도 스완이 봐줘서 이길 수 있었지만 기쁜 마음에 기념사진까지 찍었었다.

살벌했던 첫 부분만 제외하면 자신은 이 방에서 좋았던 기억밖에 없었기에 그저 아련함만이 가득했다. 그러나 반대로 스완하덴은 여기서 고문당했던 기억밖에 없을 텐데 왜 아직도 이 방을 쓰고 있지? 의문이 머릿속을 가득 채웠고 슈라이나는 옆에 누워 자신의 머리카락을 가만히 쓰다듬고 있는 스완하덴을 바라보았다.

"방 왜 안 바꾸고 있어. 좋은 기억이 있는 방은 아닐 텐데. 다른 방 많잖아."

스완하덴은 팔을 뻗어 슈라이나 주변에 쿠션을 깔아주다가 고개를 들어 올렸다.

그는 잠시 고개를 들어 창문 쪽을 바라보다가 그 옆의 사진구를 바라보았다. 그리곤 그 속의 주황색 머리의 짧은 머리의 소녀를 바라보다가 자신의 바로 옆에 누운 긴 머리의 주황색 머리카락의 소녀를 번갈아 바라보았다.

"여기서 얌전히 기다리면 네가 또 실수로 올 것 같았어."

스완하덴은 손을 뻗어 슈라이나의 턱을 쓸다가 그대로 고개를 푹 숙여 입을 맞췄다. 아까 뽀뽀만 한 게 정말 마음에 들지 않는다는 듯.

"그리고 결국 왔잖아."

눈꼬리가 낭창 휘며 뚱한 표정에서 예쁜 미소가 나왔다.

나지막이 속삭인 그는 또다시 입을 맞췄다. 몇 번 입을 맞추고도 부족했다. 정말 턱없이 부족했다. 고문만 받다 바로 전쟁터에 들어간 스완하덴은 그동안 슈라이나를 볼 때마다 느꼈던 알 수 없는 오싹거림이 무엇인지 이제야 이해할 수 있었다. 어릴 땐 마냥 그녀가 좋았다면 점점 커갈수록 다른 욕구가 생긴 것이다.

그는 이제야 이해할 수 있었다. 자신이 뭘 원했는지.

단순히 같이 놀고 웃는 것도 나쁘지는 않았다. 그것만으로도 충분히 좋았다. 충분한 줄 알았는데.

"슈슈."

끈질긴 시선이 슈라이나를 쫓았다. 그녀를 아끼느라 억눌러 왔었던 집착이 스멀스멀 올라와 오색으로 빛나는 기묘한 눈동자에 맴돌았다. 뱃속이 또 아릿해진다. 꼭 약에 취한 것만 같다. 엉망이 되고 싶었다. 엉망으로 만들고 싶었다. 그녀의 감촉이 아직까지도 입술 위에 촉촉하게 남아 있었다.

스완하덴은 평소와 답지 않게 굉장히 색정적이고 도발적인 느낌이었다. 붕대를 감고 있지 않았기에 겉으로 잔 상처들이 드문드문 보였다. 뒤척이느라 살짝 올라간 옷 아래로 근육이 단단히 잡혀 있었다.

"지금 너무 어지러워. 왜지. 흥분한 것 같은데. 네가 너무 좋아서 토 나올 것 같아."

"……너무 솔직한데 너."

"너는 그래? 누가 너무 좋아서, 존재만으로 눈물이 나올 것 같은 적 있어?"

스완은 손을 뻗어 슈라이나의 머리카락을 조금 잡아 들어 올렸다.

"예전엔 네가 내 곁에 없는 걸 참을 수 있었는데, 지금은 잘 모르겠어."

붉은빛이 도는 다홍색의 눈동자가 슬픈 빛으로 일렁이며 자신을 쳐다보고 있었다. 눈에 힘이 풀려 눈꼬리가 밑으로 내려가 있었고 살짝 벌어진 입술은 달싹이며 자신의 이름을 마주 중얼거리고 있었다. 색색거리는 숨소리가 들려왔다.

"……."

대답 대신 따뜻한 손이 더욱 강하게 자신을 끌어당겼다. 위로해주듯 아주 애정 어린 손길이었다.

그녀의 살갗이 닿는 곳마다 불타는 것 같다. 높은 절벽에서 떨어지는 느낌이다. 끝까지 가면 얼마나 더 아찔해질까 궁금했다.

머릿속에는 경보가 울리고 있었다. 뭔가가 당장 시급했으나 하면 안 된다고 자신의 이성이 소리쳤다. 대신 손가락을 뻗어 슈라이나의 목덜미 끝을 쓸었다. 가는 목이 느껴졌다. 꽈악 쥐면 부러질 것 같이 연약해 보였다. 그래서 스완은 쓸던 손을 거뒀다.

슈라이나에게서 좋은 냄새가 났다. 부드러운 피부에 달큰한 향이 맴돌고 있었다. 그녀를 꼬옥 껴안은 채 목덜미 쪽으로 얼굴을 옮겼다. 그 상태로 잠시 숨을 들이쉬었다. 입 쪽에 자꾸 침이 고인다. 머뭇거리다가 목덜미에 입을 맞추려고 했으나 바로 떼어냈다.

저리 말라서야 잘못 깨물면 동맥이 터지지 않을까 걱정이었다.

'아 짜증.'

스완하덴은 욕구 조절을 못 하는 자신이 진심으로 짜증 나 중얼거렸다. 결혼하기 전까진 초인적으로 참자. 정신 차려. 네 욕구야 아니면 슈라이나의 건강이야? 지금 살짝 이성을 잃은 것 같은데 이 상태로 충동적으로 일을 저질렀다가 슈라이나가 다치기라도 하면 문제가 커진다고. 이러다 자기혐오에 빠질 수도 있어. 계획적으로 해야 한다. 계획적으로.

비단 슈라이나의 문제만이 아니었다. 스완하덴 자신에게도 문제가 생길 수 있다. 생각해보면 최근 잦은 스킨십으로 슈라이나에 대한 면역력이 많이 증가했으나, 막상 일을 저지르면 달라질 수 있었다.

'그래도 복상사는 좀.'

옷을 벗으려는 슈라이나의 옷깃을 잡는 것까지가 현재 스완하덴이 할 수 있는 최대의 상상이었다. 그 후는 감히 상상도 하지 못하겠다. 상상만으로 복상사다.

눈 마주치는 것도 한참 연습한 결과였다. 저번엔 손잡았다가 좋아서 소리 질렀고, 껴안았다가 연무장을 돌았고, 키스 한 번에 몇 주동안 후유증을 앓았었다. 그 이상은 자신이 어떤 반응을 보일지도 상상조차 가지 않았다. 방금은 겨우 용기를 낸 것이고.

스스로에게 불평이 많아진 스완은 눈을 가늘게 뜨며 침대에서 일어났다. 쿠션을 한가득 챙겨와 슈라이나와 자신 사이에 쿠션으로 벽을 만들었다. 침대가 넓어서 다행이었다. 쿠션으로 줄을 세워도 자리는 넉넉했다.

"스완?"

스완하덴의 돌발 행동에 당황한 슈라이나는 눈을 동그랗게 떴다.

"넘어오면 안 돼."

"왜?"

"큰일 나."

"누가."

"둘 다."

큰일 난다는 소리를 무시하고 슈라이나는 데굴데굴 굴러서 스완하덴의 위에 올라타 누웠다.

"왜. 나 뭐 어쩌게?"

턱을 괴며 고개를 갸웃거리며 물어본 슈라이나는 말갛게 웃었다. 그러나 그 웃음은 곧 점차 굳어졌고 그녀의 시선은 곧 아래로 향했다.

"방금 막 이해했어."

"어."

"근데 너라면 난 괜찮은데?"

"……."

슈라이나가 무심코 던진 말에 스완하덴이 쿠션을 들어 얼굴을 가렸다. 목덜미에서부터 붉은 기가 타고 올라와 그의 얼굴을 새빨갛게 물들였다.

"그래서 떨어져 달라?"

슈라이나가 붉어진 스완하덴의 귀를 만지작거리며 묻자 그가 고개를 끄덕였다.

"그래도 너무…… 떨어지진 마."

그 말에 슈라이나는 작게 키득거렸다. 요새 자주 웃는다.

침대의 영역을 나눈 스완하덴은 슈라이나에게 베개와 이불을 양보해 넘기고는 침대 끄트머리에 웅크려서 누웠다. 슈라이나는 온갖 침구류에 폭 파묻혀서 고개를 돌렸다.

"근데 이러면 너 자는지, 안 자는지 모르잖아. 너 재우고 가려고 했는데. 그리고 이것들 좀 도로 가져가."

"여기서 자. 재워 줄게."

높게 쌓인 쿠션 때문에 스완하덴이 보이지 않았으나 곧 쿠션 위로 스완 얼굴의 반이 빼꼼 튀어나왔다. 방금까지 엄청 붉었던 얼굴이 많이 가라앉아 있었다.

"애초에 널 앞에 두고 잠잘 수 있을 거라 생각 안 했어."

"뭐야 재워달라며. 너 처음부터 안 잘 생각이었다면…… 아, 너 내가 여기서 자고 가길 바랐던 거야?"

"……."

"근데 나 잘 때 뭐 끌어안고 자야 하는데. 안 그럼 못 자서 과로사로 죽어."

스완하덴은 쿠션 사이로 팔을 슬금슬금 내밀었다.

"아니, 뭔가 발도 올릴 수 있을 정도의 크기여야 해."

스완하덴은 쿠션 위를 탕탕 두들겼다.

"아니, 아니. 뭔가 스완하덴이어야 해."

쿠션 사이로 고개를 푹 숙인 흰색 머리통이 불쑥 나왔다. 덕분에 쌓아 올린 쿠션이 후두두 떨어졌다. 슈라이나는 작게 웃으며 손을 들어 그 머리통을 쓰다듬었다.

결국 끝까지 잠을 자지 못했던 둘은 카드 게임으로 밤을 새웠다.

* * *

'할 일이 없어…….'

율리넬은 깨끗한 책상 앞에 앉아 고민에 빠졌다. 손가락 끝으로 텅 빈 책상 위를 쓸었다. 먼지만 묻어 나올 뿐 책상 위에 서류는 없었다. 기분이 싱숭생숭하다. 알아서 정리된 서류를 꼼꼼히 재검토했고 새로 날아온 몇 안 되는 서류들도 몇 분 만에 다 끝내버렸다.

'뭐하지.'

평소 같으면 숙면을 취했겠지만, 아까도 할 일이 없어서 5시간 정도 잤었다. 이젠 정말 할 일이 바닥났다.

책상에 엎드려서 따뜻한 커피를 마시지 않고 그저 컵의 온기를 느끼고 있던 율리넬이 눈동자만 도록 굴리고 있는데······.

"점심 식사 준비되었습니다. 곧 올려 보내드리겠습니다."

노크 소리와 함께 하녀가 들어왔다. 치마에 물기를 쓱쓱 닦으며 말하자 율리넬이 고개를 끄덕이다가 곧 고개를 저었다.

"······그래 ······아냐."

"네?"

"오늘은 내가 내려가서 먹겠다."

······웬일이시지. 의아한 하녀는 고개를 갸웃거렸다.

공작은 항상 식사를 위로 가져오도록 지시했다. 할 일이 많기도 했지만, 방에서 벗어나는 것을 무척 귀찮아해서 방 안에서 모든 일을 다 처리할 수 있도록 한 것이다.

하녀는 혹시 남작가의 그 영애가 와서 내려와 드시는 건가 생각해 봤는데 자신이 아는 공작님은 그런 거 신경 쓰실 분이 아니었다. 손님인 영애를 이미 충분히 챙겨줬다고 만족해하던 공작이 움직일 리가 없었다. 하녀는 혹시 율리넬이 어디 몸이 좋지 않나 걱정했다가 곧 평소보다 밝은 낯을 보며 안도의 한숨을 쉬었다. 그렇게 방 안을 둘러보던 그녀는 이상한 점을 발견했다.

'서류가······!'

서류를 모두 마감하셨어! 하녀는 믿을 수 없어 눈을 동그랗게 떴다. 어떻게 서류를 모두 마감하셨지? 공작님의 일상은 서류로 시작해서 서류로 끝나는데? 서류에 얼굴을 박지 않은 공작님은 상상도 할 수가 없다. 그런데 지금 상상할 수 없는 일이 벌어지고 있었다.

"축…… 축하드립니다. 이제 좀 푹 쉬셔도 되겠네요."

"……? 아, 영애가 정리해줘서 빨리 끝냈다."

며느리가? 슈라이나가? 슈슈가? 율리넬이 영애라는 단어를 바꾸고 싶어 입이 간질거렸지만, 가까스로 욕구를 삼켰다. 낯부끄러웠기 때문이었다.

'영애라면 그 남작 영애 말씀하시는 건가?'

책 속에 파묻혀서 무척 열심히 일하던 한 소녀가 떠올랐다. 여러모로 의아하고 놀랄 점이 많은 영애였다. 그 소공자님과 연인 사이라고 해서 일단 첫째로 놀랐고, 결혼 문제로 왔나 싶었는데 그런 게아니라 의뢰를 받고 왔다길래 두 번째로 놀랐다.

저택에 오는 사람은 정말 고위 귀족 아니면 결혼해서 저택에 눌어붙을 배우자. 그 둘 중 하나였다. 처음에는 후자인 줄 알았지만 이야기를 들어보니 아니었다. 무려 황실 기사단에 합격을 해서 의뢰받은 일만 끝나면 돌아가신 댄다. 그 이야기를 듣고 영애를 바라보니 정말 연애보단 일하러 온 사람 같았다.

소공자를 휘어잡는다기에 괴팍한 성격을 예상하여 처음엔 조금 비호감이었고 무서웠다. 그러나 점점 보면 볼수록 존경심이 생겨났다. 오자마자 연인인 소공자에게 재료나 찾으라고 밖으로 보내버리고 자신은 방바닥에 책을 한가득 늘어놓고 종이에 마법진을 끄적이며 계속 연구했다.

게다가 여러모로 귀여운 점이 많았다. 밥을 챙겨주면 고맙다고 고개를 푹 숙이며 인사하고. 먹는 모습을 지켜보면 혼자 엄청 찔리는 표정을 짓다가 엄청 선심 쓰듯이 조그만 쿠키 조각을 건네고.

요새는 그 영애가 좋아서 자신도 모르게 관찰 중이었다. 게다가 성질이 더럽게 생긴 얼굴도 계속 보다 보니 귀엽기도 했고, 또 어떻게 보면 매혹적인 것 같기도 하고. 가끔 웃을 때면 여자인 자신이 봐도 조금 설렌다. 처음에는 다들 무서워했지만, 지금은 모두 그녀를 무척 긍정적으로 바라보고 있었다.

그나저나 그 영애가 공작님의 일까지 도와줬다니. 아카데미 수석이었다는 소문이 들리는데, 엄청 유능한가 보다. 하녀는 슈라이나를 떠올리며 미소를 지었다.

나중에 또 케이크 가져다줘야지. 영애는 뭘 먹이면 조금 더 살가워진다. 고양이를 키우는 기분이기도 하고. 영애를 보면 자꾸 무릎 위에 올려놓고 그 복슬복슬한 주황색 머리카락을 쓰다듬고 싶다. 손등에 뺨을 가져다 대면 갸르릉거릴 것 같다.

혼자 히죽히죽 미소를 짓던 하녀는 식사 테이블을 세팅하기 위해 방을 나가려고 했다.

"잠시만. 물어볼 게 있다."

"네, 말씀하세요."

멈춰선 하녀는 율리넬 앞으로 다시 걸어갔다.

"스완하덴과 슈라이나 사이 어때 보이나?"

"공자님이 절절매는 것처럼 보이긴 해도 슈라이나 님도 꽤 표현을 하며 좋아하십니다."

"무슨 일 없었지?"

"며칠 전에 슈라이나 님이 스완하덴 님의 방에 들어가 밤을 새우신 것 같은데……."

둘이 같이 방을 쓴 적이 있었다고? 율리넬의 동공이 커졌다. 율리넬은 깜짝 놀라 잠시 손을 떨다가 몸에 힘을 모으고 자리에서 벌떡 일어났다.

"그래! 어쩔 수 없지! 남작가에 연락을 넣어야겠다. 바로 식을 올리……."

"카드 게임만 하고 침침한 눈으로 나오셨습니다."

"……?"

"네."

맥이 빠진 율리넬은 다시 의자에 털썩 앉았다. 카드…… 카드 게임…… 진짜냐. 진심이야?

"……그래도 혹시 모르지 않나?"

"……."

절레절레. 하녀는 슬픈 눈빛으로 고개를 저었다. 분명 손에 카드를 쥔 상태로 잠든 걸 발견했다. 혹시 몰라 슈라이나에게 "경축드립니다." 하고 떠보니, "아니에요. 또 졌어요. 스페이드 때문에……." 하며 동문서답을 내뱉었다.

"슈라이나가 스완하덴에게 애정이 식어버리면 끝이다. 얼굴도 예쁘고 능력도 좋고 돈도 많고 하니 걔는 별로 아쉬울 게 없다."

"그게 저도 걱정입니다."

"스완하덴이 매력이 없으니 애정이 식을 가능성이 높고."

"맞습니다."

"어떻게 하면 슈라이나가 계속 여기 있고 싶다는 생각을 하게 만들 수 있을까? 난 며느리가 걔밖에 없다. 지원해 줄 테니 너나 다른 고용인들도 한번 머리를 써서 방법을 생각해봐."

공작도 슈라이나를 퍽 마음에 들어 하는 것 같아 하녀는 가슴이 벅차올랐다. 불평불만이 많은 공작님이 누구를 마음에 들어 할 줄 몰랐지만, 그 영애를 긍정적으로 보고 있으니 괜히 기분이 좋아졌다.

'슈라이나 님이 며느리라면…… 소공자님이 곧 공작님이 될 테니까…… 새 안주인?'

"네! 적극적으로 돕겠습니다!"

"그래."

"슈라이나 님은 먹는 걸 매우 좋아하니 주방을 조금 확대해도 좋을 것 같습니다."

의견을 하나 내놓자, 율리넬은 빈 책상 위에 종이를 하나 꺼내놓고 끄적이기 시작했다.

"시내의 유명 디저트 집 셰프를 새로 고용하는 건 어때요? 슈라이나 디저트 엄청 좋아하던데."

문이 여닫히는 소리도 들리지 않았는데 스완하덴은 어느 순간부터 방에 들어와 그 둘의 이야기를 듣고 있었다. 그리고 자연스레 의견을 제시했다. 율리넬과 하녀는 돌연히 나타난 스완하덴을 잠시 물끄러미 쳐다보다가 계속 대화를 진행했다.

"뭐야, 그런 걸 알면 진작에 나한테 말했어야지. 시내의 디저트 집이 많으니까 한 집당 한 명씩 데려올까?"

"그냥 다 데려와요."

스완하덴과 율리넬의 대화를 가만히 듣고 있던 하녀는 손가락을 꼼지락거리며 인상을 썼다. 블란치 공작가는 폐쇄적이고 비밀스러운 가문이었고 그 타이틀을 유지하기 위해 웬만해서는 고용인을 새로 들이지 않는 편이었다. 보통 고용인의 자식이 블란치가의 고용인이 되는 편이고, 새로운 고용인을 들이고 싶다면 갈 곳 없고 배고픈 어린아이를 위주로 데리고 온다.

하녀는 용기를 내어 입을 열었다. 자신도 블란치가의 전통이 마음에 드는 건 아니었지만, 그래도 저분들은 가문의 수장이시니…….

"그, 그런데…… 사람을 새로 고용하면, 공작가의 전통이……."

"깨."

그렇게 몇백 년 동안 이어온 블란치가의 전통이 깨졌다.

동시에 대답한 스완과 율리넬은 웬일로 말이 통하냐는 듯 고개를 갸웃거리며 서로를 쳐다보았다.

"또 슈라이나는 뭐 좋아하지?"

"예전엔 돈이라면 환장했는데,"

"그럼 공작가가 딱이네. 돈 별로 안 써서 남아돌잖아."

"근데 요새 돈에 욕심이 별로 없어졌어요."

스완하덴은 많은 양의 골드로 딱지치기하는 슈라이나를 떠올리며 고개를 저었다. 아카데미 시절 때 그녀가 이브네스를 통해서 시장에 내놓은 마법 물품이 대성했다. 그게 개인이 끌 수 있는 언호스냐.

"마법에 관심이 많아서 공작가의 도서관 엄청 좋아해요."

"제기랄, 마법에 관심 있으면 드보아스도 끌리겠네. 그래도 은폐된 정보는 우리 측이 더 많으니까 다행인가? 그럼 방에 도서관으로 바로 이동되는 워프 마법을 하나 만들어주고……."

"이미 스스로 만들어놨던데요. 아, 그리고 저번에 뭐 가지고 싶은 거 있냐고 물어보니까 자기는 의식주만 해결되면 된대요."

"뭐 그렇게 소탈해. 하기야, 그렇게 소탈하니까 고작 황실 기사단에 만족하는 거지."

고작 황실 기사단이라는 말에 스완하덴은 고개를 끄덕였고 그 옆의 하녀는 숨을 들이쉬었다. 황실 기사단은 모두가 꿈꾸는 꿈의 직장인데 그런 말을……

"슈슈는 마법석 좋아하고, 정성스러운 거 좋아해요. 비싼 선물은 거절하는데 정성이 들어간 건 부담스러워해도 거절은 안 해요."

"그래? 그러면 마법석으로 방을 만들어볼까."

"마법석으로 슈슈 동상 어때요. 아니다. 부끄러워서 뛰쳐나가려나."

슈슈 동상이라는 말에 모두가 만장일치로 고개를 끄덕였지만 뛰쳐나갈 수 있다는 스완하덴의 말에 무척 아쉬워했다.

아니다. 그래도 전보다 자기애가 부쩍 느는 슈라이나를 생각해보면 자기 동상 은근히 좋아할 수도. 스완하덴은 일단 리스트에 올려놓기로 했다.

"마법석으로 10층 마탑을 만들어 선물할까요?"

"오…… 아니야, 좀 더 부담스러운 걸 생각해봐."

"……성? 1인 궁전? 아. 세계를 멸망시키고 대륙을 전체를 마법석으로 꾸며서 선물로 주는 것도 꽤 정성스럽겠다. 슈슈 황제로 세워요. 나는 황후. 공작은 발 닦개."

"뭐?"

소시민인 하녀는 심장이 쫄려서 몰래 나갔다. 스완하덴 공자님이라면 정말 그 일을 저지르고도 남을 사람이다. 세계 정복은 몰라도 슈슈 동상은 좀 끌리니 만들어줬으면.

* * *

스완하덴이 슈라이나에게 의뢰라며 블란치가의 비밀을 풀어달라고 말한 이유에는 여러 가지가 있었다.

첫 번째로는 슈라이나와 같이 있기 위해서였고, 두 번째는 그녀가 자신과의 미래를 생각해줬으면 해서였으며, 세 번째는 그녀가 백마법 자체에 큰 흥미를 느끼고 파헤치는 것을 재미있어 한다는 걸 알고 있었기 때문이었다.

사실 스완하덴은 느와르엘에게 저주를 끊는 방법을 들어 알고 있었다. 예전에 슈라이나가 자신에게 썼던 방법과 비슷한 방법인데, 아이가 태어나면 그 마력을 잠시 다른 그릇에 보관해둬서 계속 정제시키는 것이다. 그리고 성인이 되어 신체가 완전해지면 다시 그 마력을 돌려주면 된다.

그러면 학대당할 이유도 없고 백마법도 자연스레 쓸 수 있게 된다. 마력이 조금 약해질 순 있어도 안전하게 그 마력을 이어받을 수 있다.

언제든지 스스로 자신의 가문 일을 해결할 수 있었지만, 곧 기사단에 들어가 당분간 마법 연구에 손을 떼야 할 슈라이나가 떠올라 그녀를 불렀다.

"스완하덴, 포폴 잎이랑 베르트 꽃 빻아서 마법진 위에 올려줘."

"……."

고개를 끄덕인 스완하덴은 막대를 들고 그녀 옆에서 열심히 나무 막대를 굴렸다.

스완하덴은 맡은 일을 하면서 그녀를 힐끔힐끔 쳐다보았다. 분주히 움직이는데 그렇게 활기가 넘쳐 보일 수가 없었다.

알려주지 않았는데도 느와르엘이 언급한 방법을 알아서 찾아내었고, 지금 마력을 대신 받아낼 그릇을 만들고 있었다. 슈라이나는 공책에 여러 수식들을 슥슥 적어 내려가면서 그릇에 쓰일 완벽한 마법진의 형태를 찾아갔다.

"크으. 발견했어! 천잰가 봐 난. 하하하! 신난다."

결국 원하는 마법진을 발견한 슈라이나가 책상을 탕하고 치며 스완하덴을 와락 끌어안았다. 성취감에 볼과 눈가가 붉게 상기된 채 슈라이나는 크게 웃음을 터뜨렸다.

스완은 슈라이나가 일에 몰두하다가 잘 풀렸을 때 짓는 저 미소가 너무 좋았다. 귀에 들리는 웃음소리가 또 설레였다.

"슈슈, 백마법이랑 흑마법 금서 필요하지 않아? 도서관 뒤지다가 찾았는데. 심리 탐지 관련 물품에 응용하면 좋을 것 같아."

"으윽, 스완 진짜 사랑해."

"……."

스완은 입을 틀어막고 고개를 돌리다가 주먹을 들어 벽을 쳤다. 물론 화나서가 아니라 좋아서였다.

좋아하는 사람을 이해해 갈 때 얻어지는 달콤함. 사랑하는 사람이 원하는 걸 그 손에 쥐여 줄 때의 행복감.

잠시 숨을 돌린 스완하덴은 그녀가 부탁한 식물을 잘게 빻아 마법진에 올려놓았다. 그 사이에 슈라이나는 찰흙으로 사람 모양의 마력 그릇을 빚었다. 그리고 얇은 막대기로 그 사람 모양 그릇의 배 위에 마법진을 그렸다.

찰흙이 마를 동안 얌전히 기다리기에는 심심했기에 슈라이나는 스완하덴의 어깨를 툭 잡았다.

"스완, 나 기사단에 들어가기 전에 너랑 대련해보고 싶어."

"……가자."

슈라이나가 검 연습을 하고 싶어 하기에 스완이 얼굴을 까닥이며 자리에서 일어났다.

두 사람은 블란치가의 넓은 저택을 누비다가 곧 연무장에 도착했다. 공작가 소유 연무장답게 무척 넓고 잘 정리되어 있었다.

스완하덴은 연무장 구석 창고 쪽으로 발걸음을 옮기더니 검을 하나 집어 들었다. 그를 따라 그녀도 검을 하나 잡아들려고 하자 스완하덴이 그녀의 손목을 붙잡았다.

"선물이 있어."

"……?"

잠시 창고를 뒤적이던 스완하덴은 저 구석에서 천으로 둘둘 동봉된 검을 하나 꺼내 그녀에게 툭 건넸다.

"갑자기 무슨 선물……?"

슈라이나는 요새 스완하덴이 자신에게 하는 짓들이 퍽 깜찍했다. 자꾸 서프라이즈 같은 걸 준비한다. 저번에는 한밤중, 한창 출출할 때 찾아와 깜짝 야식을 줬지.

슈라이나는 얼굴에 미소를 띠며 방금 스완하덴이 건넨 검을 집어 들었다. 그리고 검을 싸고 있던 천을 냉큼 풀어내었다.

"……와."

세 가지 종류의 마법석으로 만들어진 검이었다. 백마법석은 스완하덴 본인의 것일 것 같고, 일반 마법석은 어디서 얻어냈는지 모르겠지만 주황색이었다. 아마 일반 마법사에게서 얻어낸 것 같다. 그

귀한 흑마법석은 느와르엘에게서 받아낸 것 같고.

검을 집어 든 슈라이나의 손은 기쁨으로 떨리고 있었다. 슈라이나는 검을 쓸 때 마법을 같이 응용해서 사용한다. 언제나 마력의 양이 딸려서 검을 쓸 때 막히는 부분이 있었는데, 검으로 된 마법석이라면 그 부분을 보완해줄 수 있었다.

"언제 또 만들었대."

"틈틈이, 10번 농축한 마법석이라 반영구야. 드래곤의 마력은 너무 세서 한 5번 정도 농축해서 담아뒀어."

'확실히······.'

슈라이나는 검안에서 느껴지는 엄청난 힘에 손에서 땀이 나기 시작했다. 팔에 힘을 실어 검을 한 번 휘두르니 바람이 한 번 크게 일었다. 슈라이나의 머리카락이 바람에 따라 뒤로 크게 일렁였다. 스완하덴은 자신의 머리카락도 바람에 따라 뒤로 넘어가자 인상을 살짝 썼다가 곧 고개를 거칠게 흔들어 원래 자리로 되돌리고는 검을 들어 올려 슬슬 자세를 잡았다.

"나랑 대련하려면 그 정도 힘은 있어야지."

"굉장히 거만하다."

검을 잡아든 슈라이나와 스완하덴은 거리를 조금 두고 서로를 마주 본 채 원을 돌았다. 바람이 또 일었다. 옅은 먼지가 연무장 내를 자욱이 채웠다.

"봐주지 마. 스완."

"너도."

눈앞에 상대에 집중하느라 각자의 눈빛이 살벌하게 빛났다. 슈라이나가 다칠까 봐 걱정되었던 스완하덴은 그녀 앞에선 날을 세우고 싶지 않았지만, 슈라이나가 자신과 검을 부딪쳐 보고 싶어 한다는 걸 알았기에 기꺼이 검을 잡았다. 그녀의 실력을 무시하지 않으려면 자신도 전력을 다해야 할 텐데, 그렇게 되면 그녀가 다칠 수 있는 가능성이 있었다.

자신의 힘을 낮추며 건성으로 상대하기보다, 그녀의 힘을 최대로 높여서 자신이 전력을 다해도 그녀가 다치지 않을 쪽을 선택했다. 예전 같았더라면 무작정 그녀를 보호했을 테지만, 슈라이나는 그걸 질색했다. 스완하덴은 하는 수 없이 자신의 욕심을 힘겹게 내려놓을 수밖에 없었다.

긴장감이 연무장 안을 맴돌았다. 두 사람은 계속 원의 형태로 돌며 서로를 견제했다. 그러다가 스완하덴이 먼저 발걸음을 뗐다. 그의 입꼬리가 한껏 올라가 있었다.

그가 슈라이나를 향해 검을 휘두르자, 슈라이나는 그가 다가오는 것을 바라보며 허벅지에 힘을 주고 검을 휘감고 있는 마력을 끌어다가 자신의 신체를 강화시켰다. 그녀의 눈동자도 긴장감과 흥분에 젖어 있었다. 스완하덴의 움직임은 빠르게 따라잡혔다. 슈라이나가 그의 뒤로 잽싸게 이동해 검을 휘두르자 그가 등을 돌려 가까스로 공격을 막았다.

그가 그녀의 공격을 막자, 또 한 번 크게 바람이 일었다.

약속된 대련 속에서 다치는 사람은 없었지만, 긴박감만은 대단했다. 슈라이나는 스완하덴을 전력을 다해 상대했고 그건 스완하덴도 마찬가지였다.

슈라이나는 스완하덴의 매서운 공격을 피하려 뒤로 몇 보 물러나고선 다시 검의 날을 세웠다.

검이 몇 차례 매섭게 부딪혔다. 둘 다 무척 힘겨워 보였으나 짜릿함에 입꼬리는 올라가 있었다.

스완하덴 좁아진 시야에 단 한 사람밖에 보이지 않았다. 단 한 사람만을 쫓았다. 주황색 머리카락을 높게 올려묶어 그 눈동자가 날카로운 소녀가 언제 어느 방향에서 들이닥칠지 모른다. 빠른 스피드에 정신을 집중해야 했다.

저번에 그녀가 에릭을 처치했을 때도 느꼈던 거지만, 스완하덴은 그녀의 검술에 대한 집요함과 노력 그리고 한계를 넘어선 성장을 정말 높이 샀다.

슈라이나는 검에 쏟는 시간에 비해 실력의 성장이 턱없이 느렸다. 부단한 노력으로 그래도 기준치를 넘어섰지만, 검에 재능이 있는 사람이 슈라이나만큼 노력했다면 훨씬 더 큰 성장을 보였을 것이다.

스완하덴은 어렸을 때 그녀가 검보다 마법 쪽으로 방향을 틀 거라 생각했지만, 그녀는 기어코 검술과 마법 두 개를 모두 다 잡았다.

스완은 슈라이나가 지금까지 검을 놓지 않은 이유를 알고 있었다. 바로 기사단에 들어가기 위해서.

스완하덴은 그녀가 이번 생에서는 아무 일도 하지 않고 자신이 하고 싶은 일에만 열중하길 바랐다. 저번 생에서는 율리넬보다 더한 수준으로 일에, 사람들에, 인생에 목매며 살았으니까.

그녀의 감정과 기억에 동화된 적이 있었기에 슈라이나가 얼마나 지쳐 있었는지 알고 있었다. 슈라이나는 자유롭게 살고 싶은 마음이 컸다.

그러나 이상보단 현실을 생각했기에 여러모로 상황에 자신을 맞춰 그 바람을 억눌렀다. 슈라이나의 성향을 생각하면 기사단보단 마법 연구회에 들어가는 게 옳았다. 그러나 연구회는 스폰서를 구해 매번 연구비를 얻어내야 해서 수입이 일정하지 않았다. 높지도 않았고. 그래서 그녀는 모든 이의 꿈의 직장인 황실 기사단에 들어가려고 했다.

마법은 조금만 신경을 써도 실력이 훅훅 느는데 검은 죽도록 노력해야 실력이 조금 올랐다. 그럼에도 그녀는 검에 자신의 시간을 아끼지 않고 투자했다. 그놈의 기사단이 뭐라고 슈라이나는 환생하자마자 어렸을 때부터 또 거기에 목을 맸다. 물론 슈라이나가 돈이 무척 궁할 때의 이야기였다.

'그래도 기사 중엔 마법 검사도 있고, 마법 검사면 마법도 쓸 수 있잖아.'

어려웠던 과거와 상처가 있기에 슈라이나는 자신의 이상을 따르는 것을 망설였고, 결국 거부했다. 그리고 나름대로 현실과 이상 사이에서 타협점을 찾았다. 융합 기술은 더욱 높게 쳐주기에 봉급도 더욱 높았으니 슈라이나 입장에선 더도 없이 좋은 것이었다.

결국, 부단한 노력은 실력이 되었고, 이렇게 빛을 발하게 되었다. 실력에 따른 재미도 생겼다. 마법만 팠더라면 슈라이나는 마법 영역에서 일인자가 되었겠지만, 슈라이나는 심리적 안정을 위해 모호함을 택했다. 그리고 거기서 오는 만족감으로도 충분히 행복하고 있었다.

그녀의 검이 하늘을 향해 높게 뻗었다가 곧 강한 힘으로 아래를 내리찍었다. 허공에서 날아드는 공격에 거센 바람 소리가 또 났다. 키기긱. 탕! 스완하덴은 몸을 틀어 그 공격을 막아보지만, 그의 검이 공격을 버티지 못해 튕겨져 나갔다.

스완하덴은 자신의 목 앞으로 뻗은 검을 바라보며 양손을 들어 올리고 입꼬리 한쪽을 비스듬히 올렸다.

"이겼네. 축하해."

슈라이나의 가슴이 팽창했다가 수축했다를 반복했다. 힘들어서 땀을 뚝뚝 흘리고 있었으나 다홍색 눈동자는 아직도 밝은 빛을 머금고 있었다.

"재밌지."

"어."

스완하덴의 말에 긍정한 슈라이나는 이를 보이며 웃었다.

슈라이나는 스스로 만들어 낸 타협점에 대해 정말 만족스러워했다. 게다가 그녀는 자신의 모든 기억과 경험을 소중히 여겼기에. 스완하덴은 그 점을 존중해주려고 했고 최대한 살려주고 싶었다.

대련을 마치고 둘은 바닥에 누워 숨을 골랐다. 스완하덴은 자신이 그녀에게 해줄 수 있는 최선을 생각해보았다. 스완하덴은 원래 누군가의 입장을 이해하거나, 신경 쓰는 성격이 아니었다. 오히려 자기의 입맛대로 바꾸고 엉망으로 만드는 것에 더 소질이 있었다. 힘들었던 어린 시절 때문에 성격이 비뚤어졌다고 하지만 애초에 처음부터 좋은 성격으로 태어나지 않았다.

그러나 스완하덴은 슈라이나를 간절히 원했고 그녀가 코리에게 심리적으로 의지를 하는 것을 보고 몹시 질투가 났다. 슈라이나를 꼭 뺏길 것만 같았다. 그래서 그녀의 감정과 기억을 읽은 후 그녀의 입장과 방향에서 생각을 많이 해보았다. 그답지 않게 말이다.

슈라이나를 너무 바랐기에 스완하덴은 성격과 맞지 않는 행동을 했고 그도 결국 타협점을 찾아낼 수 있었다. 그리고 타협에서 오는 결과물 또한 그에게 무척 만족스러웠다.

"곧 기사단에 들어갈 거지?"

"어. 그 마력 담는 그릇만 완성하고 갈 건데."

"잔인해."

"……미안."

문제는, 서로의 감정까지 공유했는데 또 한동안 그녀를 놔줘야 한다는 것이었다.

"기다림의 연속인가."

"……?"

"기사단에 들어가면 의무적으로 몇 년간 거기서 숙식해야 하잖아. 그 후엔 좀 자유롭더라도."

"그렇지. 그럼 잠시 헤어져야 하겠지?"

슈라이나가 태연히 말하자 스완하덴은 자신의 양손을 들어 올려 얼굴을 덮었다.

"……아."

깊게 숨을 내쉰 스완하덴은 작게 앓는 소리를 냈다. 아아.

"슈라이나."

마른세수를 하자 그녀의 이름이 뭉개져 나왔다. 슈라이나는 바닥에 누운 스완하덴의 곁으로 다가가 껴안았다. 자신이 땀 범벅이어서 스완하덴이 찝찝해할까 봐 걱정되었지만, 거부는 하지 않아 그대로 있었다.

왠지 죄책감이 들었다. 진작에 스완하덴이 자신에게 관심이 있는 줄 알았으면 좀 더 빨리 고백하는 건데, 시기를 잘못 잡았다. 스완하덴을 놔두고 에릭이랑 사귀다니…….

슈라이나가 자신을 먼저 꼬옥 껴안아 굉장히 기분이 좋을 법했지만, 곧 이 달콤함이 끝난다고 생각하자 기분이 한없이 가라앉았다.

"너도 불안한 거야?"

"뭘."

"사실 내가 먼저 고백한 이유도 그런 이유거든. 널 다른 사람들에게 뺏길까 봐 불안해서. 기사단 들어가기 전에 고백했다는 게 좀 이기적이긴 했지만."

그녀의 입에서 나온 말들이 스완에게 퍽 생소했다. 자신을 뺏길까 봐 두려워했다니. 슈라이나가? 내가 다른 여자한테 갈까 봐?

스완하덴에겐 다른 여자의 개념이 없었다. 아니, 남자 여자 구분이 없었다. 슈라이나 아니면 육체 덩어리. 이렇게 사람을 두 종류로 구분할 뿐이었다. 그런데 슈라이나가 그런 걱정을 했다니 신기했다.

게다가 뭐? 기사단 들어가기 전에야 고백해서 이기적이라니. 이기적인 사람 다 죽었나 보다. 그녀가 자신에게 고백을 했다는 그 자체만으로도 스완하덴은 자신이 이번 생에 받을 행운을 다 받았다고 생각하고 있었다.

"너 바람나면 네가 준 검으로 목에 바람구멍 뚫어버릴 거야. 좀 떨어져 지냈다고 정떨어져서 차는 것도 안 돼. 차이는 건 정말 지긋지긋하거든."

슈라이나가 눈을 가늘게 뜨며 협박하자 스완하덴이 더욱 깜짝 놀랐다.

"널 차? 바람? 내가? 그게 가능해?"

진심으로 깜짝 놀랐다. 스완하덴이 이렇게까지 놀란 적은 손에 꼽았다. 그의 눈동자가 더욱 커다래졌다.

"왜 그걸 나한테 물어."

반면 스완하덴의 반응에 당황한 슈라이나는 눈썹 한쪽을 들어 올리며 인상을 썼다.

슈라이나가 자신이 바람피우거나 뻥 차버리는 것을 걱정하길래 스완하덴은 그 반대의 상황을 떠올려 보았다. 솔직히 더 불안해할 사람은 스완하덴이었다. 처음부터 끝까지 슈라이나 밖에 없던 스완하덴과 달리 슈라이나는 중간에 좋아하는 사람이 여러 번 바뀌었고, 사람을 스완하덴과 덩어리로 구분하지 않았으니까.

게다가 그녀가 소속될 제1 기사단은 그녀 빼고 다 남자였다. 여자가 많다고 해도 문제였다. 슈라이나의 매력 때문에 다 꼬이면 어떡하지. 헤스티아 같은 애들이 여럿 있을 수도. 스완하덴은 절망에 빠졌다.

"반대로 난 네가…… 네가."

다른 사람이랑 눈이 맞으면…….

무슨 상상을 하는 건지 스완하덴의 초점이 흐려지며 몸에서 스멀스멀 살기가 올라오기 시작했다. 그의 기세가 퍽 사나워지자 슈라이나는 고개를 기울였다.

"기사단에 들어가면 일단 만나는 사람마다 몸조심하라고 해."

"응?"

스완하덴은 차마 슈라이나에게 바람피우지 말라고 말하지 못했다. 그냥 말문이 막혀 말할 수가 없었다. 숨이 턱 막혀 막막했다. 사실 그녀가 바람피우든 말든 달라질 건 없었다. 일단 잡은 이상 놔줄 생각이 없었다.

자신을 놔두고 기사단에서 새 남친을 만들면 일단 자객을 보내 없애고……. 슈라이나가 새 남자가 너무 좋아서 결국 자신 몰래 결혼까지 하게 된다면 자신은 그녀의 첩으로 들어가 새 남편을 몰래 독살해서 없애고……. 만일 슈라이나가 자신과 결혼해서 첩으로 새 남자를 들인다면 그 첩을 비틀어서 없애고…….

슈라이나가 자신을 배신해도 그녀 앞에서 화를 내거나 소리를 지르거나 그러진 않을 것 같다. 그냥 눈물을 뚝뚝 흘리며 자신이 뭐가 마음에 안 드냐고 구질구질하게 매달리다 얌전히 그녀가 마음을 돌려주길 기다릴 것 같고. 울고불고 매달리다가 그대로 미쳐버릴 수도.

그 뒤에는 뭐 어떻게 행동할지 잘 모르겠다. 그녀가 다른 남자에게 가서 행복하면 그녀가 제 인생 다 살고 호호 할머니가 되어 행복하게 죽을 때까지 얌전히 기다렸다가 그 뒤 그녀가 죽으면 제국을 멸망시켜 시간을 되돌리지 않을까.

슈라이나는 갑자기 공허한 표정을 지으며 불안한 기색을 감추지 못하는 스완하덴을 멀거니 바라보았다. 문득 스완하덴이 자신을 얼마나 좋아하는지에 대해 털어놓은 것이 떠올랐다. 슈라이나가 예상한 것보다 엄청 좋아하고 있었다. 자신이 느끼는 불안함보다 훨씬 더 큰 불안함을 느끼면 느꼈지, 그보다 적게 느끼진 않을 것이다.

"스완, 나도 선물 있어. 일어나 봐."

"……?"

대련하느라 가빠졌던 숨이 좀 진정되자, 슈라이나는 스완하덴의 팔을 잡고 일으켜줬다.

잠시 정신이 붕괴되어 비틀거리는 스완하덴을 벽에 세운 그녀는 그 앞에 한쪽 무릎을 꿇었다. 스완이 놀라 허리를 바로 세우고 눈을 가늘게 뜨며 그녀를 응시하자 그녀가 겉옷 주머니에 손을 넣었다.

슈라이나는 주머니에서 작은 박스를 꺼내 그 뚜껑을 열었다. 스완하덴은 슈라이나가 한쪽 무릎을 꿇자마자 바로 일으켜 세워주고 싶었지만 그녀가 꺼낸 물건에 몸이 굳었다.

"짠."

"……!"

열어진 박스 뚜껑 안에 반지 두 개가 있었다. 반지는 각각 다른 색이었다. 하나는 주황색 보석이었고 하나는 흰색 보석이었다. 슈라이나는 자신이 흰색 보석 반지를 먼저 낀 다음 스완하덴의 왼손을 잡았다.

그리고 그의 약지에 주황색 보석 반지를 끼워줬다.

"약혼반지야. 시간이 없어서 식은 못 치르지만 의미가 중요하니까. 너무 불안해하지 않아도 돼."

앞으로 쏠리는 주황색 머리카락을 귀 뒤로 넘긴 슈라이나는 항상 반쯤 감긴 눈을 더욱 가늘게 뜨며 앙큼스럽게 웃었다.

"영원히 나랑 묶여 있자."

그녀의 목소리는 살짝 갈라져 있었지만, 무척 또박또박하게 들렸다.

"……."

* * *

한참의 시간이 흘렀다.

위험해질 뻔했던 스완하덴은 가까스로 자신을 억눌렀다. 진정한 스완하덴은 슈라이나의 부은 입술을 손으로 한 번 덮더니 손을 뗐다. 마법이었다. 그가 손을 떼자마자 슈라이나의 입술은 원래의 상태로 돌아와 있었다.

"여기도 해줘."

슈라이나는 자신의 팔과 목 등 여러 곳을 추가로 가리켰다.

목덜미와 팔에도 군데군데 붉은 점이 있었기에 스완은 고개를 기울이고 그곳에 손을 가져다 댔다. 그의 손이 지나가자 깨끗한 피부가 돌아왔다.

"오. 깨끗해졌어."

그러나 곧 스완하덴이 손을 반대 방향으로 움직였다. 그러자 다시 붉은 점이 생겨났다.

"보기 좋아. 남기자."

"없애."

스완하덴은 슈라이나의 입술을 손으로 한 번 더 덮더니 떼어냈다. 그러자 입술이 다시 퉁퉁 부은 상태로 돌아왔다.

"싫어."

싫다며 스완하덴이 반항하자, 슈라이나가 눈을 가늘게 떴다. 그는 그놈의 치료 능력 때문에 혼자만 멀쩡했다. 언제나 자신만 붕어 입이 된다. 왜 웃긴 건 항상 내 역할일까. 불공평하네. 불공평하다.

슈라이나가 퉁퉁 부은 입술로 스완을 끈질기게 노려보았다. 스완은 그 모습이 너무 웃겼지만 따가운 눈총에 마지못해 입술을 원상 복구해 주었다. 그리고는 슈라이나를 벽에 기대 앉혀놓고 자신은 조용히 연무장을 한 바퀴 돌기 시작했다. 그가 다시 돌아왔을 때 그의 손에는 뭔가가 들려 있었다.

슈라이나 옆에 털썩 주저앉은 그는 그녀의 손에 뭔가를 쥐여 주었다.

"뭐야. 너도?"

"응. 근데 네가 선수 쳤어."

슈라이나의 손에 들린 건 또 다른 반지였다. 스완하덴은 그녀의 손바닥 위의 반지를 집어 그녀의 왼손 약지에 끼웠다. 왼손 약지에만 반지가 두 개가 되었다.

반지 참 많아졌다. 저번에 스완하덴이 준 치료 반지만 해도 열 개가 넘는데.

그 치료 반지들은 마법석으로 즉석에서 만든 거라면 방금 그가 건넨 반지는 꽤 정교하고 비싸 보였다. 반지 옆에는 세밀한 세공이 있었고 보석은 반지 안쪽에 작게 박혀 있는 신기한 디자인이었다.

슈라이나는 손을 뻗어 왼손 약지에 껴 있는 두 개의 반지를 바라보았다. 그리고 자신의 옆에 앉아 턱을 괴며 자신을 멍한 표정으로 바라보는 스완하덴의 손을 잡았다. 그리고 그의 손에 껴 있는 두 개의 반지에 손을 가져다 대었다.

스완의 손가락에 껴 있는 두 개의 반지를 만지작거리며 슈라이나는 자신이 꼭 알려주고 싶었던 말을 꺼냈다.

"내 일들이 어느 정도 안정기에 접어들면 청혼하러 갈게. 이걸로 참아줘. 네가 미혼에 잘생긴 공작이라고 사람들이 달라붙으면 이걸 보여주고."

청혼이라는 단어에 스완의 멍했던 눈동자에 초점이 잡혔다. 그는 뭐가 마음에 들지 않는 건지 인상을 썼으나 굉장히 신나 보였다.

"그만해. 청혼은 양보하자."

고백에서부터 약혼까지 슈라이나가 먼저 해버렸다. 나 뭐해. 스완하덴은 자괴감에 빠졌다. 행복하게 해주고 싶은데 자신만 너무 행복하다.

잠시만, 방금 슈라이나가 뭐라고 했지? 청혼?

청혼이라는 단어의 여파는 뒤늦게 터졌다.

"나랑 결혼하려고 마음먹은 거야?"

"응."

스완하덴의 겉은 태연했지만 속은 난장판이었다. 난장판을 부릴 만한 일이 연속으로 터지고 있어서 머리가 새하얗다. 스완하덴은 상황에 맞춰 자신을 진화시켰고 이젠 겉으로 난리를 피우지 않아도 태연한 척을 할 수 있었다. 슈라이나와 뭔 일만 있으면 뛰거나 소리를 지르거나 호수에 빠졌던 과거에 비하면 정말 장족의 발전이었다.

"언제부터?"

"연애한 순간부터. 그럼 너는 언제 결혼 생각했는데."

"……."

오래전 일이었기에 기억이 가물가물하다. 그냥 자신도 모르는 사이에 슈라이나가 자신에게 아주 깊숙이 스며들었고 그래서 계속 같이 있고 싶었다.

스완하덴은 슈라이나를 처음 만났던 때 나이의 수만큼 손가락을 펼쳤다.

"뭐야. 완전 아기 때잖아. 그때부터 나 좋아한 거야? 그렇게 오래?"

고개를 끄덕인 스완은 아까의 난리에 흐트러진 붕대를 다시 감으려고 했다. 붕대의 틈에 손가락을 집어넣어 잡아당기자 잔 상처들이 조금 드러났다.

"그니까 청혼은 양보해."

스완은 붕대를 강하게 조여 감으며 단호하게 말했다.

* * *

　기사단에 들어가기 전까지 시간이 얼마 남지 않았기에 슈라이나는 일을 빨리 끝내놓고 남은 시간을 즐기기로 했다. 마력을 담는 그릇을 만들어 잘 작동하는지 확인해본 뒤 슈라이나는 블란치가의 도서관에만 있는 금서를 읽으며 시간을 보내…… 려고 했다.

　"……."

　크게 티는 나지 않지만, 턱을 괸 채 왠지 원망스러운 눈빛으로 자신을 빤히 쳐다보는 스완하덴만 아니면 말이다.

　책을 덮고 입맞춤 몇 번 해주니 바로 원망스러운 기세가 누그러졌다. 스완하덴의 눈에서 곧 꿀이 떨어질 듯 부드럽게 휘었다. 둔감한 슈라이나가 느끼기에도 너무 애정이 떨어지는 눈빛이라 어깨를 움츠렸다. 스완하덴은 저도 모르게 작위적이지 않은 미소를 지었다. 그리고 손을 뻗어 주황색 머리카락을 만지작거렸다.

　'어우…… 단내.'

　그 옆을 지나가던 율리넬의 감상평이었다.

　저택 내에는 꿀 냄새가 가득했다. 고용인들도 그 냄새를 맡고 인상을 찌푸렸다. 스완하덴은 그저 너무너무 행복해서 짓는 미소였지만, 언제나 일을 저지를 때마다 맑은 미소를 짓는 그였기에 많은 이들이 좋게 보진 않았다.

　스완하덴과 깨를 볶으며 잘 지낼 동안 슈라이나는 저택 내의 사람들과 더욱 친해졌다. 특히 공작과 부쩍 가까워졌다.

　율리넬의 카드 실력이 자신의 카드 실력과 비슷하다고 들은 슈라이나는 곧 은퇴를 앞둔 공작에게 감히 대결을 신청해보았다. 그러나 승부가 나지 않아 저녁을 넘기려고 하기에 스완하덴이 중간에 슈라이나 쪽에 끼어들어 단번에 끝냈다. 둘의 야유를 들었지만 스완은 묵묵히 슈라이나를 데리고 자신의 방으로 돌아가려 했다.

"며느리이…… 가지 마……."

슈라이나가 땋아준 머리카락을 한쪽 어깨에 늘어놓은 율리넬이 카드를 쥐고 있는 손을 뻗으며 힘없이 부르짖자, 슈라이나는 시아버님의 애잔한 모습에 잠시 망설여졌다. 너무 친해진 바람에 결혼도 하지 않았는데 어느새 며느리와 시아버지의 사이가 되어 있었다. 스완하덴은 왠지 친한 그 둘의 모습이 거슬렸지만 서로 며느리, 아버님이라고 부르면 결혼을 무를 수 없게 되니까 어느 부분은 참기로 했다.

나는 뭐 호칭 없나. 남편, 자기. 이런 거 없나. 스완하덴은 율리넬이 얻은 친근한 호칭에 질투심이 무럭무럭 피어올랐다. 내가 먼저 부르면 똑같이 불러주려나. 스완하덴은 생각이 많아졌다.

스완하덴이 잠시 깊게 생각에 잠기자 슈라이나는 몰래 율리넬 쪽으로 다가가 다시 판을 펼쳤다. 끌끌. 픽 저렴하게 웃은 슈라이나가 스완만큼은 아니지만 아주 찰지게 카드를 섞었다. 슈라이나는 카드를 펼치고 자리를 잡아 앉았다.

"아버님, 제가 방금 1승 한 거죠? 3판 승부니까 한 번만 더 이기면 되네요. 하하."

"으윽. 치사해. 스완하덴 공이 컸잖아."

"제 공은 모두 슈슈 공이죠."

호적수를 만나 신나 보이는 슈라이나의 머리에 손을 얹은 스완하덴은 그녀를 끌고 나가는 걸 포기하고 게임에 졌다. 놀고 싶어 하는데 놀게 내버려 둬야지.

시간이 또 흘러갔다. 본가에서 슈라이나에게 연락이 왔다. 놀러 온 헤스티아가 슈라이나 어딨냐며 마구 난리를 피운다는 내용이 담긴 편지였다. 기사단 들어가기 전에 만나자는 연락이 참 많았다.

헤스티아는 물론 코리, 이브, 하일리, 헤이즐 등 친한 사람이 기사단 합격을 축하해주며 만나자고 했지만 스완이랑 데이트하니까 방해하지 말라고 모두에게 일일이 답신을 보냈다.

그리고 그 뒤 공작가에 엄청나게 많은 연락이 쏟아졌다. 스완하덴은 쏟아지는 연락들을 보며 하나하나 연락 통로를 끊어낼 뿐이었다.

기사단에 슬슬 입단하라는 편지도 날아왔다. 스완하덴은 그 편지를 조심스레 불태우려다가 결국 슈라이나에게 걸려 편지를 뺏겼다.

슈라이나는 돌아가기 위해 짐을 싸기 시작했다. 사랑스러웠던, 바로 안주인님이 될 줄 알아 정을 많이 줬던 첫 외부 손님이 다시 나간다고 하자 다들 굉장히 싱숭생숭해했다.

"아가씨. 꼭 돌아오셔야 해요, 꼭!"

"디저트 산처럼 쌓아 놓고 있을게요. 아니, 저택 안에 제과점을 차릴게요."

짐을 다 싸고 아공간에 차곡차곡 짐을 넣은 슈라이나는 간단한 배낭 하나 메고 출구 앞에 섰다. 그동안 친해진 고용인들이 자신을 둘러싸며 아쉬워하는 기색을 보이자, 슈라이나도 그 감정에 부응하기 위해 최대한 아쉬운 표정을 지으려고 노력했다.

"아가씨, 화나셨어요?"

……잘되지 않아 우스꽝스러운 표정만 나왔지만.

율리넬은 잠을 못 잔 건지 퀭한 눈으로 밖으로 나와 마른세수를 했다. 떠나려고 하는 슈라이나를 바라보다가 못내 또 마음에 들지 않은 듯 인상을 썼다.

"그냥 지금 결혼해서 들어오면 안 되는 건가?"

"네, 안 돼요."

그러고 싶지만 일단 입단 후 자신의 능력을 발휘하여 기사단에서 위치를 단단히 다진 후 올 것이다. 결혼하고 들어가면 여러모로 불리한 게 많기 때문이다. 능력을 보이기도 전에 얕잡아 본다든지, 여러모로 불이익이 생길 수도. 일단 자신이 가진 능력으로 인정을 받고, 황실에서 정한 의무 숙식 기간이 끝나면 결혼할 예정이었다.

처음 몇 년 동안 하는 훈련만 잘 마치면 부쩍 여유로워져서 문제없었다.

"결혼한 후에도 기사 생활에 문제가 없게 해주마."

"그건 나중에 돌아오면 부탁드릴게요. 감사해요."

"결혼했다고 뭐라고 하는 사람 있으면 앞서서 쳐부숴 줄게. 결혼의 의미를 변질시키는 사람들은 혼날 필요가 있다. 불이익 있으면 그냥 다 막아줄게."

"나중에 부탁드릴게요."

"너무 단호한 거 아니야? 가지 말아……. 네가 없으면 무슨 재미로 살아……. 돈도 많으면서 그냥 쉬란 말이야……."

"사람이 그래도 일하고 살아야죠."

율리넬이 상처를 받은 듯 인상을 살풋 쓰며 말하자 슈라이나가 고개를 기울이고 살짝 웃었다.

"아버님께도 종종 연락드릴게요. 귀찮다고 안 받지 마시고 꼭 받으세요?"

눈을 잠시 천천히 껌벅이며 슈라이나를 바라보던 율리넬은 뒤를 돌아 스완하덴의 어깨를 잡고 고개를 푹 숙였다.

"……후."

최고 귀엽다. 딸 가질걸. 율리넬이 스완하덴을 보며 불만이 가득한 표정을 짓자 스완하덴도 불만이 가득한 표정을 마주 지었다.

"자그마한 상처라도 생기면 시아버지한테 연락해라."

종이에 베여도 연락하고, 발목이 삐끗해도 연락하고, 잠자다가 몸이 뻐근해져도 연락하고.

율리넬이 예시 상황을 하나하나 읊자 슈라이나는 데자뷔를 느꼈다. 왠지 스완하덴한테서 비슷한 말을 들었던 것 같은데. 역시 피는 못 속이나.

스완하덴은 작별 인사를 하지 않았다. 언호스에 타서 옆을 보니 계속 곁에 있었다. 끝까지 따라올 기세기에 율리넬이 황당해하며 그를 질질 끌고 나갔다.

"안 돼, 슈슈. 으악."

극악무도하기로 소문난 자신의 애인이 너무도 애처로워 보인 슈라이나는 언호스 뒷자리에 쌓아두던 쓰레기를 그에게 맡기고 떠났다.

* * *

황실 제1 기사단 전용 연무장은 그 명성에 걸맞게 시설이 아주 무시무시하게 좋았다. 온갖 몸 움직임과 기술을 연마할 수 있게 연무장의 벽에는 온갖 종류의 무기들이 나열되어 있었다. 그리고 그 연무장을 이용하는 기사들은 모든 무기들을 익숙히 쓸 수 있도록 해야 했다.

명성이 자자한 제1 기사단인 만큼 훈련의 양도 극악무도했다. 새벽부터 들어와 기초 체력 단련 후 그 뒤로는 계속 상대를 바꿔가며 대련을 하다가 마법 내성 훈련도 이어 하고. 일반인은 절대로 소화해낼 수 없는 양의 훈련을 거듭하며 계속 스스로의 몸을 단련시켰다.

매일 토 나오는 양의 훈련을 계속하면서도 중간에 포기하지 않고 계속 이어 하는 이유는 이 의무 숙식 훈련 기간이 끝난 후에 얻을 수 있는 혜택이 어마어마하기 때문이었다.

훈련 기간이 끝나면 일하는 양이 다른 직업에 비해 폭삭 줄어드는 것은 다 아는 사실이다. 평화로워진 제국의 기사는 그저 전력을 보여주기 위한 용이기 때문이었다. 게다가 엄청난 명예는 물론 두둑한 월급도 주어졌다. 그 이외에 받을 수 있는 복지 혜택이 너무나도 많았다.

그래서 다들 묵묵히 훈련을 감당하고 있었다. 많은 이들이 훈련하는 중에 억 소리를 많이 내긴 하지만 그래도 실력으로 검증된 이들이었기에 힘들수록 불타올랐다. 그곳에서 홍일점인 슈라이나는 처음에 무척 무시를 당해야만 했다.

물론 스완하덴을 아는 기사들은 그녀를 무시할 엄두도 내지 않으나 그렇지 않은 기사들은 그녀를 아예 대놓고 깔봤다. 대련에서도 소외를 당하는 분위기였고 연습을 할 때도 끼워주지 않았다. 솔직히 어느 정도 예상은 했었기에 슈라이나는 조금도 상처받지 않았다. 원래 사람들은 겉으로 보이는 조건으로 사람을 판단하니까. 자신도 그렇고.

그러나 소외를 당하면 자신의 능력을 입증할 수 있는 기회가 사라지니 슈라이나는 적극적으로 '신입 밟기' 아닌 '선배 밟기'에 나섰다. 대련을 청하고 그냥 바르는 것이다.

"으아아악! 으아악! 으아아!"

그저 검만 우직하게 잡은 기사들은 슈라이나의 다양한 공격 패턴에 속절없이 무너지고 말았다. 그렇게 한 명씩 무너져 가자, 다른 기사들은 자신만 무너질 수 없어 일부러 다른 기사들을 부추겨 그녀와 대련을 붙였다.

그녀는 한 명, 한 명 동료 기사들의 콧대를 꺾어 내리며 즐겁게 시간을 보냈다.

"하하. 옛날 생각이 나는군."

슈라이나를 보러 연무장에 놀러 온 하일리가 그녀의 다양한 공격에 당황스러워하는 그들을 보며 통쾌하다는 듯 웃었다.

하일리는 요새 즉위식 준비 때문에 바빠 연무장에 자주 오지 못했다. 이번에 기사단에 입단한 슈라이나가 무시당하고 있을 것 같아 서둘러 발을 뗐지만 걱정한 게 무색하게도 잘 지내고 있었다. 하일리는 깊게 안도했다.

기사단에 간간이 놀러 올 때면 하일리는 슈라이나에게 대련을 신청했다. 슈라이나에게 할 말이 정말 많은 하일리는 대련을 핑계로 그녀와 대화를 해보려고 했다. 궁금한 게 산더미였다.

제일 궁금한 건. 스완하덴에 관한 것이고.

검을 아주 오랜만에 맞부딪히면서 그 둘은 잠시 아카데미 시절의 감상에 젖어 수다를 떨다, 자연스럽게 그녀의 연인에 관한 주제가 나왔다.

"스완하덴이랑 교제를 하고 있다고 들었다. 그 짧은 사이에 고백을 받은 건가? 부끄러워하더니 용케 했네, 스완하덴."

"제가 고백했는데요."

"······!"

하일리는 예상치 못한 슈라니아의 말에 당황했다. 누가 뭘? 뭘 해? 슈라이나가 먼저 고백을 해? 왜? 좋아한 건 딱 봐도 스완하덴이었고 슈라이나는 관심도 없어 보였는데 어째서? 상황이?

강한 충격을 받은 하일리는 하마터면 슈라이나의 공격을 못 받아칠 뻔했다.

"대체 언제부터 좋아했나? 왜?"

말도 안 돼. 분명 슈라이나는 스완하덴을 꽤 무서워했었는데.

스완하덴이 무작정 그녀에게 호의를 베풀던 시절, 슈라이나는 스완하덴에게 꿍꿍이가 있다고 생각해 언제나 그에게 까이는 하일리를 데리고 스완하덴을 피해 도망 다닌 적이 있었다.

"스완하덴이랑 소꿉친구였는데 지금 생각해보면 처음부터 그냥 이유 없이 끌렸던 것 같아요. 예쁘고 귀엽고 잘생겼고."

"확실히 얼굴 하나는 제국 제일이지······."

하일리는 못내 인정했다. 얼굴이 성격의 구멍을 메우고도 넘쳤다. 얼굴 하나는 그냥 기가 막힌다. 남녀노소 분별없이 먹힐 얼굴. 하일리도 스완하덴을 처음 봤을 때 그 외모에 감탄했었다. 성격 때문에 바로 깼지만. 으. 몸서리가 쳐진다.

"암튼, 좋아 보이니 다행이네. 코리나 이브나 소식 들었을 텐데 조용한 걸 보니 알아서 삭히고 있을 테고. 아아, 그래서 저번에 둘이 블란치 처리하러 가자고 했었던 거군."

"⋯⋯?"

"나중에 스완 데리고 그 둘 앞에 가서 염장 지르고 와라. 그들은 단념 좀 해야 한다."

⋯⋯그리고 나도.

하일리는 티가 나지 않게 씁쓸히 웃고선 중얼거렸다. 웃음은 곧 굳어졌다.

피융!

그때 서쪽 윗부분에서 엄청난 바람 소리와 함께 작살 같은 막대가 날아왔다. 공기를 꿰뚫는 소리가 날 정도로 빠르게 날아왔다.

콰앙!

"워!"

하일리는 그 막대가 자신에게 날아오고 있다는 걸 눈치채자마자 눈동자를 동그랗게 뜨며 뒤로 물러났다. 너무 갑작스럽게 움직여야 했기 때문에 뒤로 넘어졌는데 그 막대기가 정확히 두 다리 사이 공간에 꽂혔다. 간담이 서늘해지고 다리가 떨렸다. 날아온 막대 덕에 하일리는 슈라이나에게서 저만치 떨어지게 되었다.

하일리의 동공이 떨려왔다. 이 익숙한 기분은 뭐지. 누구지. 아는데. 고개를 들어 왼쪽 위를 바라보았다. 아까 그 막대가 날아온 방향이었다.

"황제 폐하, 그간 강녕하셨습니까?"

머리카락을 멋들어지게 넘기고 단정한 양복을 입은 스완하덴이 시야에 잡혔다. 정중한 말투였지만 빈정거리고 있다는 게 확 느껴졌다. 이번에 계승을 마쳐 새 블란치 공작이 된 스완하덴은 최근 들어 더 성숙한 모습이었다. 난간에 기댄 스완하덴의 손에는 철퇴의 구가 들려 있었다. 연무장 벽에 전시되어 있는 무기들 중 하나였다.

"스완!"

슈라이나는 그가 너무 반가워 손을 흔들었다.

스완하덴은 슈라이나가 거처를 옮기고 난 후에도 자주 그녀를 찾아왔다. 처음엔 너무 자주 찾아와 난감했었지. 슈라이나는 표를 짜서 그가 올 수 있는 시간과 날과 장소를 알려줬고 스완은 거기에 맞춰 그녀를 찾아왔다. 맛있는 걸 들고 오니 거부할 수가 없었다.

공작이 된 후 스완하덴은 황실에서 할 일들이 꽤 생겨 정식으로 찾아올 수 있었다. 그러면 표 이외의 시간에도 찾아가는 것이 허락되었기에 요새 엄청 열심히 일하고 있는 스완이었다.

자주 봐도 볼 때마다 반가웠다. 슈라이나가 스완하덴을 무척 달가워하며 반기자, 스완하덴이 잠시 입꼬리를 씰룩이더니 난간에서 폴짝 뛰어 내려왔다. 꽤 높았던 높이였으나 익숙한 듯 가볍게 착지했다. 어깨에 걸친 흰색 양복 재킷이 펄럭였다.

슈라이나가 스완하덴에게 뛰어 달려가 폴짝 안겼다. 스완하덴은 자신의 품으로 폴짝 뛰어 매미처럼 매달린 슈라이나를 받아 안았다.

하일리는 스완하덴의 모습에 당황하기도 했지만 슈라이나의 애교에 더욱 충격에 빠졌다. 쟤 원래 저런 애 아니었지 않나? 왠지 슈라이나의 몸 어딘가에 꼬리가 있을 것만 같다.

스완하덴은 주변에 아무도 없는 것을 확인하곤 슈라이나에게 입을 여러 번 맞췄다. 슈라이나가 다른 사람이 보지 않을 때는 스킨십을 허용해줬기 때문이었다. 스완하덴에게 하일리는 존재하는 사람도 아니었으니 그는 당연히 무시했다.

하일리는 그사이에 껴서 그저 입을 다물지 못했다. 소름이 돋는

다. 동창끼리 저런 모습이라니. 게다가 둘이 연애하니까 서로의 이미지가 딴판이다. 괜히 얼굴이 붉어져서 나가서 연애하라고 막 물건을 던지자, 스완하덴이 입을 떼고 멀뚱히 하일리를 쳐다보다 아까 가지고 있던 철퇴를 던졌다.

"오늘도 다치지 않게 조심해."

슈라이나의 얼굴을 감싼 스완하덴의 약지에는 반지가 두 개 껴 있었다. 곧 세 개가 될 예정이다. 슈라이나가 청혼을 포기하지 않으면 네 개가 될 수도.

스완하덴은 눈꺼풀도 별로 깜박이지 않고 그녀와 가만히 눈을 맞췄다. 귀가 붉게 물들어가는 줄도 모르고 미소를 지은 채 속삭였다.

"자기."

이브네스

외전 2

If 이브네스

    요새 부쩍 처리해야 하는 의뢰가 늘었다. 이브네스가 요새 끌릴 수밖에 없는 고수익에 흥미로운 의뢰들만 골라서 앞에 내밀었다.

    이브가 직접 물품의 도안과 디자인을 건네면 슈라이나는 이브가 요청한 물품의 사용 용도에 맞춰 마법진을 그려 안에 박아넣었다. 그가 건네주는 의뢰는 매우 많았고 다양했으나 건네주는 도안과 디자인은 매번 비슷한 느낌이었다. 어둡고 침침했으나 고급진 느낌.

    슈라이나는 아카데미를 졸업하자마자 책상 앞에 바짝 당겨 앉고 물품을 만드는 것에 매진했다. 옷걸이로 쓰고 있는 백마법석 기둥에서 마법석을 조금 떼어내어 다시 의자로 돌아와 앉았다.

    세밀한 부분을 다듬기 위해 벽에 고정되어 있는 돋보기를 잡고 가까이 이끌었다. 끼익거리는 철 소리가 들렸다.

    마법석을 잘게 빻아 물품의 틈 안에 흘려 넣고 그 위에 마법진을 그렸다. 가루가 흐르지 않게 끝처리를 하고 마지막으로 뾰족한 부분을 다듬었다.

"슈니발렌 이름 이제 써도 되려나."

루나아샤 상단주 처치 후 잠시 봉인해뒀던 자신의 상업 이름. 뒷일에서 손을 뗀 지도 꽤 되었고, 슈라이나는 그 가명을 써서 다시 예전처럼 활약하고 싶었다.

의뢰 때문에 물품을 만들며 마법을 자주 연구하다 보니 요새 검을 못 잡고 있었다. 솔직히 마법이 조금 더 자신에게 매력적이었기에 오랜만에 마음껏 취미 생활을 계속할 수 있게 되니 즐거웠다.

게다가 기사단 입단이 급한 건 아니었기에 2~3년 뒤로 미룰까 고민에 빠졌다. 지금 들어가면 굉장히 이른 거였고 한 3년 후쯤이 딱 기사 되기 좋을 나이였고.

슈라이나는 망설이다 물품에 자신의 사인을 박아 넣었다. 잠시 나만의 시간을 가지며 슈니발렌으로 활동하는 것도 나쁘지 않다. 돈도 이제 꽤 많이 쌓였고. 그렇게 궁하지 않았기에 욕심을 부리고 싶었다.

"이번 의뢰만 끝내면, 최근에 만든 물품들 개인적으로 팔아달라고 할까?"

언젠가 이브가 자신에게 적어줬던 집 주소 종이를 꺼내며 생각에 잠겼다.

흠, 나쁘지 않아.

슈라이나는 완성된 물품을 가방 속에 하나하나 챙겨 넣고 자리에서 일어났다. 언제나 이브가 자신을 찾아왔지 찾아간 적이 없었다. 의뢰를 위해 연락할 때면, 만나기 귀찮으니 통신구를 이용하라고 했기에 목소리만 간간이 들었다. 물론 자신이 그렇게 하자고 한 거지만.

슈라이나는 이브에게 연락을 넣었다. 삑. 삑. 삑. 통신구 속의 마법진이 정신없이 돌아가며 신호음을 뱉어냈다.

[……여보세요.]

"아, 죄송해요. 자고 있었어요? 지금 찾아갈 건데 괜찮아요?"

통신구에서 나긋이 갈라진 목소리가 들려왔다. 졸음에 겨워 톤이 평소보다 낮았다. 작게 하품 소리가 들렸다.

[그래. 빨리 와. 내가 이불 속도 덥혀놨어.]

"뭔 이불이요."

[같이 자려고 한 거 아니었어?]

"뭔 소리."

[난 아침 5시까진 자야 하거든. 네가 지금 오면 난 자고 있을 거야. 네가 알아서 이불 속에 기어들어 와.]

슈라이나는 이브가 왜 헛소리를 하지 생각하다가 고개를 돌려 시계를 바라보았다.

"죄송해요. 새벽 2시네요. 점심인 줄 알았어요."

[……]

너무 열중해서 물품을 만드느라 지금이 몇 시인지도 확인을 못 하고 있었다. 미쳤나 보다. 정말 실례였다.

이브는 잠시 졸았는지 말이 없다가 좀 있다 입을 열었다.

[자다가 네 목소리 들으니까 좋다. 너랑 계속 통화하고 싶은데 지금 너무 졸려. 잠 좀 깨게 노래 불러주라.]

슈라이나는 통신구를 껐다. 나지막한 그의 웃음소리가 마지막으로 들렸다.

커튼을 치니 정말 한밤중이었다. 밤낮없이 일하다 보니 시간 개념도 사라진 것 같다. 이러면 안 되는데. 이브같이 규칙적인 생활이 중요한데.

어차피 이미 너무 시간이 늦어져 버렸고, 슈라이나는 앉은 자리에서 의뢰를 두세 개 더 처리했다.

집중이 흩어지며 슬슬 졸음이 쏟아지기 시작하자 통화하면서 입었던 외출복을 홀라당 다 벗어 던져 버렸다. 그리고 침대 속으로 꾸물꾸물 기어들어 갔다.

* * *

시계를 본 슈라이나는 절망에 **빠졌**다.

"아, 어떻게 해."

자다가 한 점심쯤에 일어나 이브를 찾아갈 생각이었다. 그러나 그동안 밤을 자주 새워서 그런지, 꼬박 하루를 자버렸다.

시계를 보니 새벽 2시였다. 새벽 2시의 저주인가.

슈라이나는 자신의 통신구를 들어 올렸다. 연락이 몇 통 와 있었다. 발송인의 이름을 확인하니 이브네스였다.

[새벽이어도 전화해도 돼. 일어나면 연락해.]

전화하진 않았다. 곤히 자고 있는 사람 또 깨워서 시답잖은 말을 하고 싶진 않았기 때문이다. 슈라이나는 통신구를 멀리 치워놓고 어제 하다가 만 의뢰를 마저 처리했다.

배가 고파서 방을 나가 주방으로 갔다. 접시에 식빵 10조각, 잼 한 통 그리고 우유 한 팩을 올려놓고 다시 방으로 기어들어 갔다. 방으로 들어가려는데 문득 자신의 방문에 뭔가가 덕지덕지 붙어 있었다.

[누나…… 살아있어? 보고 싶어. 왜 집에 있는데 못 보는 거야.]

[슈슈, 마법 연구도 좋지만 네가 너무 보고 싶어…… 방 밖으로 나

와줘……]

슈라이나는 자주 방 안에 틀어박혀 나오지 않았다. 종종 큰 프로젝트나 의뢰나 일을 처리할 때 종종 이런 모습을 보여줬기에 가족들은 그녀의 이런 생활을 이상히 여기지 않았다. 그저 걱정만 할 뿐.

슈라이나는 집중하고 있는 자신을 건드리는 것을 몹시 싫어했기에 문을 두세 번 걸어 잠그고, 문에 "작업 중"이라는 간판을 붙여놓은 상태였다. 그 간판 밑에 저런 편지들이 다닥다닥 붙어 있는 것이었다. 자신의 오빠, 동생의 편지뿐만 아니라 고용인들의 편지도 있었고 부모님도 편지를 보내오셨다.

그리고.

[잠꾸러기.]

익숙한 필기체가 보였다. 단정한 글씨를 보니 이브네스인 것 같다. 하룬의 편지에 붙어 있는 테이프를 떼어내어 붙인 것 같다. 하룬의 편지가 저기 구석에 나뒹굴고 있으니. 그나저나 언제 놀러 온 거지. 하룬 보러 왔나.

슈라이나는 편지를 모두 챙겨 방으로 가지고 들어갔다. 그리고 빈 종이에 [생존]이라는 글씨를 적어 방문에 떡하니 붙여놓았다.

'슬슬 수면 리듬을 돌려놔야 될 것 같은데……'

슈라이나는 하루 종일 자버린 것을 후회하며 의자에 앉았다. 자신이 따로 구한 의뢰를 처리해 나가기 시작했다. 이젠 흑마법도 응용해서 사용할 수 있어 의뢰 처리 범위와 가격 범위가 굉장히 넓어졌다.

건당 최대 800골드의 일도 가능했다. 그러니 슈라이나가 눈에 불을 켜고 밤낮없이 일하고 있는 것이다. 딱히 돈이 필요한 일은 없었으나 그냥 모으면 좋으니 알차게 모으고 있다.

슈라이나는 작업대에 앉아 다시 끼릭끼릭 부품을 조립했다. 거의 몇 시간을 계속 작업하다 보니 해가 밝았고 현재 시각은 아침 11시쯤 되었다. 슈라이나는 한 1시간만 더 자다가 옷을 갈아입고 이브한테 가려고 했다.

[오늘 3시쯤에 물품 들고 찾아갈게요.]

메시지를 하나 보내놓고 슈라이나는 다시 침대 속으로 꾸물꾸물 기어들어 갔다. 알람 시계도 제대로 맞춰놨다. 한 시간 뒤에 일어나서 이브한테 찾아가 물건을 전하고. 새로 내 이름으로 판매할 물건 소개하고. 가족들에게 걱정시켜서 미안하다고 하고.

"좋았어…… 완벽……."

슈라이나는 한 시간 뒤에 일어나기 위해 일부러 바닥으로 내려와 잤다. 이불도 덮지 않은 채였다. 몸이 불편하면 벌떡 일어나겠지? 후.

슈라이나가 잠이 들고 몇 시간이 흘러 해가 져버리고 말았다. 해 대신 밝은 달이 하늘에 떠 있다.

지금 시간은 새벽 2시.

"으아아……."

슈라이나는 시계를 들고 절망했다.

왜 이 망할 놈의 알람을 듣지 못했지?

한 시간은커녕 열 시간을 넘겨버렸다. 일어나면 뭘 할 건지 계획도 다 세워놨었는데 모두 와르르 무너져버리고 말았다. 게다가 일어나보겠다고 바닥에서 쭈그려 자다 보니 몸이 욱신거렸다. 이럴 줄 알았으면 편하게 침대에서 잘걸. 괜히 쓸데없는 짓을 했다.

슈라이나는 몸에 이불을 두르고 연락이 왔었다고 빛을 내며 둥둥 떠 있는 통신구 쪽으로 이동했다.

온 연락을 보니 다름이 아닌 이브네스다. 이브한테 3시쯤 간다고 했는데 연락이 없었으니 이상하게 여겼을 것이다.

슈라이나는 통신구에 와 있는 메시지를 열어 읽었다.

[최대한 깨어 있을게. 열쇠는 슈슈 집에 넣어뒀어. 의뢰 물품들도 들고 와.]

이 이상 이브를 찾아가는 일을 지체하면 영원히 못 갈 것 같았다. 조금 미안했지만 이브도 최대한 깨어 있겠다고 했고 열쇠 위치도 알려줬고. 그를 이 시간에 찾아가지 않을 이유가 없다고 생각했다.

그나저나 열쇠를 슈슈 집에 넣어뒀다는 뜻은 그 강아지 슈슈 말하는 거겠지? 슈라이나는 외출용 옷을 주섬주섬 챙겨입고 로브를 썼다. 지금까지 만들었던 물품들을 모두 가방에 넣고 집을 나섰다.

"아, 비닐봉지."

슈라이나는 강아지 집 안에 슈슈 똥이 있을 걸 대비해서 비닐봉지도 챙겨 들었다.

* * *

이브의 거처에 가는 것은 이번이 처음은 아니었다. 예전에도 놀러간 적이 있었다. 그때도 의뢰 일로 그를 방문했고 의뢰 일을 마치고 강아지 슈슈를 같이 산책시켜줬다.

그가 자취하는 곳은 그가 가진 부에 비해 꽤 소박했다. 아니 개인이 사는 곳 치곤 넓나? 그러나 그렇게 부가 흐르는 느낌은 아니었다. 심플하고 정갈했다.

슈라이나는 그가 그려준 지도를 들고 천천히 걸어갔다. 곧 언젠가 걸었던 것 같은 익숙한 길을 걸으니 이브가 살고 있는 곳이 나왔다.

그의 집 건물 앞에 작은 강아지 집이 있었다. 강아지 슈슈의 집은 저번에 봤을 때 보다 더욱 으리으리해졌다. 자신의 주인보다 더욱 으리으리한 곳에서 살고 있다. 고작 강아지 집인데 보석으로 꾸며져 있다. 슈슈의 개목걸이는 쓸데없이 유명 명품 브랜드의 것이었다.

슈슈의 밥그릇은 하나가 아니었다. 간식용, 밥용, 디저트용, 이갈이용, 등등 여러 종류의 밥그릇이 그 쪼그만 강아지 앞에 늘어져 있었다. 강아지 슈슈는 못 본 사이에 더욱 돼지가 되어 있었다. 슈슈가 입은 옷을 보니 그 옷마저 명품이다.

"돼지야 집에서 나와랏."

살랑살랑. 강아지풀이 작은 주황색 강아지를 간지럽히며 희롱했다. 슈라이나는 강아지풀을 들고 강아지 슈슈 앞에 살랑였다. 인간 슈라이나처럼 이 늦은 시간까지 자지 않는 강아지 슈슈는 그저 헥헥거리며 멍청한 표정을 지었다. 강아지 슈슈는 살이 잔뜩 올라 나갈 기색이 없어 보였다. 몸이 무거워 보였다. 비대한 몸통에 비해 다리가 너무 짧고 얇았다.

슈라이나는 똥똥한 강아지의 양쪽 다리를 잡고 질질 끌어냈다. 죽어도 나오기 싫어하자, 슈라이나는 밥그릇을 집 반대편 쪽으로 움직였다. 강아지 슈슈는 오만상을 쓰며 헥헥거리며 뚱, 뚱 굴러가듯 열심히 뛰어갔다.

으리으리한 강아지 슈슈 집주인이 드디어 자리를 비우자, 슈라이나는 쾌재를 부르며 그 안으로 머리를 집어넣었다. 열쇠가 보이지 않자 몸을 더 집어넣었다. 개똥을 만지지 않게 최선을 다했다.

열심히 찾아보았으나 열쇠는 없었다.

"슈슈 찾아왔네?"

나이트가운을 입은 이브가 크게 하품을 하며 졸린 눈으로 강아지 집에 머리를 넣은 슈슈를 쳐다봤다.

"열쇠 찾아?"

"장난해요? 없잖아요."

이브가 계단을 내려왔다. 무릎을 꿇고 강아지 집을 살펴보는 슈라이나의 허리를 잡아 일으켜 세워줬다.

"나한테 있어. 그냥 네가 마음대로 들어올 수 있게 문 열어놓고 기다리고 있었어."

"일부러 안 말했죠."

"글쎄."

이브네스는 대답을 회피했다.

오랜만에 슈라이나를 볼 수 있어 마냥 좋은 이브는 그녀의 어깨를 아주 자연스럽게 감쌌다.

"들어와."

"……."

슈라이나는 이브의 집게손가락을 떼어내고 농락당했다는 것에 입이 댓 발 튀어나와 그의 집으로 들어갔다.

그의 거처의 1층은 사무실로 쓰고 있었고 2층은 그가 먹고 자고 하는 곳이었다. 슈라이나는 익숙하게 그의 책상 위에 물품과 의뢰 내용이 담긴 서류를 차례차례 올려놓고 소파에 앉았다.

"바로 떠나지 않는 걸 보니, 나한테 말하고 싶은 게 있나 보네?"

"네."

그러다 어느새 정신 차려보니 이브의 무릎 위에 앉아 있었고, 그가 주는 음식을 야금야금 받아먹고 있었다. 이브가 슈라이나의 허리에 감은 손에 힘을 더 줘서 세게 끌어안자 슈라이나는 캑, 하는 소리를 냈다. 숨 막힐 정도는 아니었지만 숨 막히다고 거짓말을 쳐서 그가 팔에서 힘을 빼도록 했다.

껴안기는 건 익숙해서 상관없었는데 그가 꼴랑 가운 하나만 입고 있는 것이 신경 쓰였다. 안에 잠옷 입은 거 맞지? 자꾸 쓸데없는 생각이 들기에 슈라이나는 이브가 주는 음식에만 신경을 쏟으려고 노력했다.

"이브. 최근에 흑마법의 정신 계열 마법을 좀 응용해서 신박한 물품을 하나 만들었는데요."

슈라이나가 자신의 물품 기획서를 이브 앞에 펼쳐 들고 조곤조곤 설명했다. 이브는 물품들을 쭈욱 훑어보다 입을 열었다.

"유통해줘? 가격대는 얼마로 생각해두고 있는데."

슈라이나가 머리카락을 깔끔하게 올려묶고 있었기에 목덜미가 훤히 드러났다. 자신의 무릎 위에 앉아 조잘조잘 떠드는 슈라이나를 보니 자꾸 아득한 기분이 든다. 손을 뻗어 머리카락을 만지는 척하다 목덜미를 엄지로 쓸었다.

점점 손을 아래로 뻗을수록 슈라이나의 온기가 더 강하게 느껴졌다. 옷 아래의 피부가 더 따뜻했기에 거기에 손을 뻗고 싶었으나, 이 이상은 그녀가 거부감을 느낄 수도 있었다. 손을 거둔 이브는 다시 시선을 검은색 글씨가 적힌 종이 위로 옮겼다.

슈라이나는 이브의 스킨십에 너무 길들여져 있었다. 차츰차츰 그 농도가 짙어져 가는데 눈에 보이지 않을 정도로 차이가 미묘해서, 둔감한 슈라이나는 눈치를 못 채고 있었다. 자신이 가져온 서류를 쭈욱 훑던 슈라이나는 이브가 자신을 만지든지 말든지 신경 쓰지 않고 자신의 일에 집중했다. 종이와 펜을 꺼내 뭔가를 계산하던 슈라이나는 입을 열었다.

"300골드요."

"오오."

"가격이 좀 세긴 하지만 나름 합리적인 가격이라고요. 정신 계열 마법 물품이 희귀한 이유가 흑마법이나 백마법을 쓸 수 있는 사람이 한정되어 있기 때문이잖아요? 그 정신 계열 마법을 물품으로 만드는 건 대륙 전체에서 저밖에 못 하고. 희귀성이 있으니 높게 쳐줘야죠. 여러 가지를 따져보면 300골드가 딱 좋아요."

손가락을 세 개 피며 당당히 말하자 이브는 그 손가락을 쥐고 흔들었다. 그 이상의 가격으로도 불티나게 팔아줄 수 있으니까 걱정하지 마. 이브가 슈라이나에게 얼굴을 가까이 가져다 대며 입꼬리를 끌어 올렸다.

"슈슈, 다시 정식으로 마법 물품 만드는 사람으로 활동하고 싶은 거야?"

"네. 기사단 들어가기 전까지는요."

"브랜드 이름은 슈니발렌으로 해줄까?"

"음…… 네."

이브네스는 그녀의 손에 들린 제품 기획서를 바라보았다. 꿈을 영화처럼 보여주는 제품, 거짓말인지 아닌지 확인해 주는 제품 등등 엄청난 기능을 가진 제품들이 많았다. 기능 자체는 그저 놀라웠다. 300골드가 딱 적정 가격이긴 한데 잘만 불리면 1,500골드까지 부를 수 있게 만들 수 있었다.

1,500골드까지 돈을 불리려면 일단 디자인부터 고쳐야 할 것 같다. 색도 그렇고 여러모로 내구성이 떨어져 보이는 디자인이다. 어린애 장난감 같다.

 "슈라이나. 디자이너 고용해보는 거 어떻게 생각해? 물품 색이랑 디자인이 전체적으로 제품을 저렴해 보이게 해. 구매하는 소비자층이 대체로 상류층 사람일 걸 고려하면 조금 더 고급스러운 디자인을 생각해볼 필요가 있어."

 "그 뒤 가격대를 올리고요?"

 "어. 프리미엄으로 붙여서 조금 더 비싸게 팔아도 괜찮을 것 같아. 그동안 슈니발렌의 제품들은 참 실용적이었는데 디자인이 좀…… 너무 실용 위주여서 고객들이 불만이 꽤 많았어. 근데 초반부터 가격을 너무 높게 잡으면 아무도 제품을 사지 않을 테니까 일단 네 제품을 꼭 필요로 할 법한 사람들의 리스트를 뽑아서 며칠 대여해 주는 방법으로 홍보해 볼래? 근데 일단 홍보는 둘째치고 디자인이 문제야."

 그냥 한번 제안해본 건데 이브네스가 꽤 적극적으로 나오자 기분이 좋아진 슈라이나는 발가락을 꼼지락거렸다. 저렇게 냉철히 말해 주니까 좋다.

 "전 디자인은 젬병이에요."

 "그럼 디자이너는 내가 알아볼게."

 슈라이나의 머리카락을 만지작거리던 이브는 곧 그녀를 안더니 자리에서 일어났다.

 "근데 왜 저 2층으로 데려가요?"

 "악몽을 꿨어."

"저런, 그래서요?"

"상단주가 나와서 별로 기분이 좋지 않아."

"저런."

이브네스는 이미 미련도 상처도 다 떼버려 그저 껍데기밖에 남지 않은 어두운 과거를 이용할 수 있어 좋았다. 상단주의 이야기를 꺼내면 슈라이나는 아주 조금 더 관대해진다. 아, 상단주 꿈을 꾼 건 사실이었지만. 기분이 나빴던 것도 사실이고.

자신의 품속의 자그마한 아이는 무심한 눈동자를 도록 굴리다 자신의 등을 두 번 토닥였다. 살짝 걱정 어린 눈이다.

"아침까지 같이 있어 줘. 그냥 껴안고 있기만 할게."

그녀를 침대 위에 올려놓고 몸을 가까이 붙였다.

"오븐에 치아바타 넣어두고 나왔는데. 식을 것 같아요."

침대 위에 앉은 슈라이나는 다리를 흔들며 고민을 하다가 치아바타를 떠올리고 츄릅 침을 삼켰다. 집에 돌아가겠다는 뜻이었다. 그녀의 말에 그저 황당한 이브는 눈썹 한쪽을 들어 올렸다.

"고작 치아바타?"

이브는 슈라이나를 데리고 방으로 이동했다. 음식도 별로 좋아하지 않으면서 음식 창고가 따로 있었다. 음식 창고에 진열되어 있는 음식들을 보면 치아바타는 '고작'이 맞았다.

호밀빵, 견과류 빵, 바게트 빵······.

카망베르 치즈, 체더 치즈, 고다 치즈······.

잼은 과일별로 있었고, 견과류 잼, 초콜릿 잼도 보인다. 과자들은 크기별로, 색별로 정리되어 있었다. 파스타 면발들도 종류별로 진열되어 있고. 모두 썩지 않게 마법으로 잘 보존되어 있었다.

그리고 와인이 또 종류별로 있었다. 뭘 입에 잘 대지 않는 이브도 와인은 마시는지, 와인 진열대에 빈자리가 꽤 있었다. 슈라이나는 술보단 먹을 것들이 눈에 들어왔다. 잘 정리된 과자들이 눈에 들어왔다. 짭조름한 게 땡겼다.

"그, 그냥 여기 있을게요."

나지막이 웃은 이브는 혹시 몰라 음식 창고를 만들어둔 걸 다행이라고 생각했다. 자신은 와인이나 자잘한 음료 이외엔 먹을 게 없었지만 슈라이나가 오면 자신의 집에 붙잡아둘 게 필요했다. 잘한 것 같다.

이브는 슈라이나의 시선이 과자 코너에 꽂힌 걸 보고 그녀의 품에 과자를 종류별로, 색별로 한가득 안겨줬다.

"여기저기 흘리고 먹어도 이해해줘요. 나올 때는 꼭 클린 마법으로 깨끗이 청소하고 나올 테니까."

"괜찮아. 내가 치울게."

붉은색 봉지의 과자가 제일 먹음직스러운 것 같아 가장 먼저 뜯었다. 고소한 감자 칩 냄새가 났고 슈라이나는 우걱우걱 집어먹었다.

이브의 시선은 아직도 슈라이나에게 닿아 있었다. 볼이 부풀어서 열심히 먹는 모습이 참 귀여웠다. 허당 같은 모습을 보여주면 강아지 같기도 한데, 특유 조심스러운 몸짓은 고양이 같다가 먹을 땐 또 다람쥐 같다. 아니다. 햄스터.

"입 주변에 과자 묻었다."

아직도 젖살이 좀 남아 있는 그녀의 볼을 바라보고 있는데 작은 입 주변에 묻은 큰 과자 가루들도 같이 눈에 들어왔다. 손을 뻗어 그녀의 입가의 가루들을 털어주려고 했다.

그러나 슈라이나가 자신의 얼굴 쪽으로 뻗은 이브의 손을 보며 인상을 쓰더니 혀를 내밀어 진작에 묻은 과자를 핥아 먹었다. 그 바람의 이브의 손가락도 같이 핥게 되었다.

"아, 에테테."

붉고 작은 혀가 과자 가루뿐만 아니라 이브의 손가락 또한 날름 쓸고 지나갔다. 이브는 슈라이나의 혀가 닿고 지나간 자신의 엄지를 지그시 쳐다보다 입매를 굳혔다.

맛있는 음식들을 품에 잔뜩 안을 수 있어 마냥 신난 슈라이나의 어깨에 팔을 걸치고 기댔다. 손을 들어 올려 그녀의 붉은 귓불을 만지작거리던 이브는 나른한 어조로 입을 뗐다.

"근데 슈슈, 강아지 집에 들어가서 더러워졌으니까 좀 씻을래?"

이브는 "내 샤워실 써."라고 천천히 뒷말을 덧붙였다.

"네네. 이브는 깔끔하니까 이해해드릴게요. 침대에 개똥 묻으면 엄청 신경 쓰이겠죠."

슈라이나는 과자 가루와 흙먼지로 엉망이 된 자신의 몰골을 한번 보다가 고개를 끄덕였다. 이브는 약간의 결벽증이 있으니 이 꼴로 자신의 침대에 있는 게 신경 쓰일 것이다. 아니, 굳이 이브가 아니더라도 불쾌할 듯.

그만큼 슈라이나는 꾀죄죄했다.

"자, 갈아입을 옷이랑 수건."

"감사."

이브에게서 옷과 수건을 받은 슈라이나는 샤워실로 바로 들어갔다. 다른 곳은 소박하면서 샤워실은 꽤 넓었다. 깨끗한 걸 좋아하니 목욕도 좋아하나? 샴푸와 린스가 향별로 진열되어 있었다. 바디 워시도 향별로 있었고. 이야. 스완하덴이 괜히 이브보고 변태라고 한

게 아니네. 아까 음식 창고 정리한 것도 그렇고, 여기도 그렇고 일상적인 부분에서 신기한 모습이 있었다.

'편의점 알바 하면 잘 정리하겠군.'

슈라이나는 옷을 훌렁훌렁 벗어 던지며 생각했다.

향의 종류가 많았지만 슈라이나는 고르기 귀찮아서 대충 눈에 보이는 걸로 집었다. 쭉쭉 짜서 대충 몸과 머리에 펴 발랐다.

'이브 냄새……'

그도 최근에 이 향을 쓴 것 같았다. 어쩐지 가장 잘 보이는 곳에 있다 했어. 그의 향이 물씬 몸에 가득 퍼졌다. 왠지 성숙하고 어른스러운 향기였다.

샤워를 마친 슈라이나는 이브가 준 옷으로 갈아입기 전에 거울 앞에 서서 자신의 근육을 구경했다. 요새 운동을 좀 안 했더니 복근 선이 조금 죽어있었다. 쩝. 아쉽네.

이브가 준 잠옷은 드레스 형태의 잠옷이었는데 무척 부들부들하고 편했다. 원래 슈라이나에게 선물로 주려고 했다가 너무 비싼 브랜드라며 한 번 까인 옷이었다. 슈라이나의 키가 작아서 그런지 치마가 바닥에 질질 끌렸다.

수건을 머리 위에 인 슈라이나는 물에 젖은 주황색 머리카락을 탈탈 시원스레 털며 화장실을 나왔다. 머리카락 때문에 시야가 어둑해지고, 차마 긴 치마를 신경 쓰지 못해 그 끝자락을 밟고 넘어질 뻔했다.

"이대로 넘어졌으면 웃겼을 텐데."

"……"

"따라와. 머리 말려 줄게."

넘어지려는 찰나, 때마침 이브가 와서 그녀를 받쳐줬다. 그는 얇고 섬세한 손가락을 들어 그녀의 젖은 머리카락을 뒤로 넘겼다. 머리카락 때문에 가려진 얼굴이 훤히 드러났다.

따뜻한 물로 샤워한 슈라이나의 몸은 전체적으로 붉었다. 손가락 끝도, 코끝도, 귀 끝도, 입술도. 커튼을 치고 방에만 처박혀 있던 슈라이나의 피부는 우유같이 하얗다. 화장실의 수증기 때문에 그녀의 몸에서도 모락모락 김이 나고 있었다.

이브는 슈라이나에게 따뜻한 우유를 쥐여 주었다. 그리고 그녀를 침대로 이끌어 수건을 들고 머리카락을 탈탈 말려줬다.

"이브 엄청 졸려 보여요."

"원래 이 시간이면 자거든."

자신의 머리카락을 말려 주는 이브와 마주 앉아 슈라이나는 그를 멀거니 쳐다보았다. 따뜻한 우유를 홀짝이며 그의 쳐진 은안을 바라보았다. 왜인지 그가 자신을 보려고 하지 않았다.

따뜻한 우유를 홀짝이니 졸음이 오기 시작한 슈라이나는 고개를 꾸벅꾸벅 흔들었다. 자신의 머리를 만져주는 이브의 손길이 좋아서이기도 했다.

"슈슈 너도 졸려?"

"네, 왠지 나른나른해져서."

꾸벅꾸벅 졸다 그 작은 머리가 이브의 가슴께에 닿자, 이브는 그녀의 머리카락을 말리는 손을 거뒀다. 머리카락은 이미 어느 정도 말라 있었다. 흰 이불을 조심스레 들어 올리니 바스락거리는 소리가 났다. 그녀를 그 아래 조심스럽게 눕히고 그 옆에 이브가 누웠다. 이브는 두 손을 뻗어 슈라이나의 얇은 몸을 껴안았다. 그녀에게 자신의 냄새가 나자 퍽 만족스러웠다.

"오······ 시원하다."

이브는 슈라이나의 목과 등에 손을 뻗어 꾸욱 꾹 지압해줬다. 작은 등을 보이며 누운 슈라이나를 멀거니 바라보았다. 막 샤워를 끝내고 나와 전체적으로 붉은 몸과 새하얀 잠옷이 대조를 이뤘다.

이브는 그래도 나름 그녀 사이에서 지켜오던 선이 있었다. 찐하게 붙어 있을지언정 입술을 가져다 대지 않았다. 스스로가 인내심이 뛰어나다 생각하고 있었으나 조금 그 자신감에 금이 가기 시작했다.

슈라이나의 피부에 코를 가까이 가져다 대니 또 자신의 향이 물씬 난다. 몸이 뜨끈뜨끈했다. 이브는 자신도 모르게 그녀의 목덜미에 입술을 가져다 대었다.

"모기인가요. 떨어지세요."

"그렇지만, 네가 단걸. 등 돌려 눕지 마. 얼굴 보여줘."

그의 말투가 퍽 애절해, 슈라이나는 몸을 돌려 누웠다. 그저 졸려 죽겠다는 그녀의 신경질적인 얼굴이 바로 보였다.

"이브가 심적 평안함을 얻으려고 스킨십을 좋아하는 건 알고 있어요. 저도 이브랑 하는 스킨십이 익숙해져서 어느 정도 넘어가 주고 있고요. 그래도 목덜미, 등, 팔 안쪽은 입으로 건들지 맙시다."

"왜?"

더욱 집요하게 물어보자 슈라이나가 더욱 인상을 구겼다.

"왠지 느낌이 이상해서요. 기분도 이상하고."

"느낌이 이상해? 어떻게?"

계속 그녀의 기분을 물어보고 싶다. 자신이 여기를 자극하면 그녀는 어떤 반응을 보일까. 무슨 감정을 느낄까. 그렇게 생각한 이브는 놀라 숨을 들이쉬고 행동을 멈췄다.

또다. 시간이 지날수록 이성과 참을성을 잃어간다. 자신의 추악한 이기심 때문에 슈라이나를 아주 제멋대로 하려고 할까 봐 무서웠다. 슈라이나를 힘들게 하는 관계는 원치 않는데, 정신을 차려보면 스스로의 욕심 때문에 자꾸 자신도 모르게 그녀를 강압적으로 몰아가고 있었다. 긴장하지 않으면 계속 자신의 이성보다 욕심이 앞선다.

그러나 이브는 슈라이나를 놔주지 않았다. 통제가 되지 않았다. 어떻게 해야 하지, 큰일인데.

이브가 자신의 머릿속에서 벌어지는 일들에 당황하며 침묵하고 있자 슈라이나는 동요하는 이브를 보며 같이 동요했다. 아까부터 계속 훅 들어오는 이브네스의 행동에 티는 내지 않았지만 크게 당황하고 있었다.

오랜만에 만나니 그가 더욱 자신을 집요하게 쫓았다. 그의 페이스에 계속 휘둘리는 기분이다. 스킨십을 한 번 허용해주니 어느 순간 그 범위가 너무 넓어져 지금 웬만한 연인들보다 진하게 몸을 마주 대는 것 같다.

이브네스에게 인간 대 인간으로서 호감을 느끼고 있던 슈라이나는 이브의 염려와 다르게 이런 그의 행동에 크게 거부감을 느끼진 않았다. 심리적 안정감을 위해 자신의 품을 내어줄 순 있었다. 그러나 포옹이 아닌 아까같이 몸을 혀로 훑는 건 좀 어색했다. 연인도 아닌데 이런 짓을 하는 건 옳지 않은 것 같았다. 그리고 별 이유는 아니지만······.

"산낙지한테 먹히는 괴상한 느낌이에요. 배에 지렁이가 알 깐 것 같고."

"······."

"허튼짓하지 말고 빨리 자요. 간지러워."

한편, 이브네스에게 슈라이나는 함부로 굴기에 너무도 사랑스러운 존재였다. 그는 힘겹게 입술을 떼어내고 그녀의 어깨에 얼굴을 올렸다.

"이마에 뽀뽀해도 돼?"

"저번에 입술에 했으니까 안 돼요. 그때 진짜 왜 그런 거예요? 느와르엘한테 황실의 가보 돌려줄 때 말이에요. 조건이 볼 뽀뽀라니. 볼 뽀뽀······ 유치해."

슈라이나는 저번에 느와르엘에게 심장을 돌려줬을 때의 일을 떠올렸다. 볼 뽀뽀한다면서 입에 뽀뽀했던 그 사건. 적잖이 당황스러웠지.

그녀의 졸음에 겨운 말투에 또 이브가 나지막이 웃음을 흘렸다.

"뽀뽀가 유치하면 키스는 어때."

키스라는 말에 슈라이나가 감고 있던 눈을 들어 올렸다. 평소엔 퍽 사납던 다홍색의 눈동자가 졸음 때문에 나른히 풀려 있었다. 이브를 덧없다는 눈으로 한번 바라본 그녀는 다시 눈을 감았다.

"······정신 차려요. 아까부터 안 하던 짓을 하고. 혹시 저 좋아해요?"

"······."

슈라이나는 갑자기 조용해진 그의 반응에 어깨를 으쓱이며 크게 하품을 했다.

"아님 말고요. 절 좋아하는 것도 아니고 연인 사이도 아니면 헷갈리니까 그런 짓 하지 마요. 당황스러우니까. 껴안는 것까지는 봐줄게요."

지금 이 시간에 자면 내일 점심쯤 일어나려나. 제발 생활 리듬을 되찾았으면 좋겠다. 슈라이나는 어색해서 자신도 모르게 몸을 돌려 눕다가 이브가 돌려 눕지 말라는 게 떠올라 다시 몸을 돌렸다. 그의 허리에 손을 올리고 자신의 동생들에게 해주듯 천천히 토닥였다.

이브는 잠에 빠르게 빠진 슈라이나의 얼굴을 멀거니 바라보았다. 이미 새벽은 지나가 날이 밝아오고 있었다. 그녀의 피부에 닿는 햇빛이 싫은 이브는 커튼을 쳤다. 다시 어두움이 찾아오자 만족한 그는 다시 슈라이나의 얼굴에 손을 가져다 대었다.

이목구비마저 하나하나 앙증맞다. 선이 고왔다. 이브는 손가락을 들어 그녀의 턱선부터 저 아래까지 쓸었다. 그녀의 턱선을 배회하던 손가락은 곧 입술에 멈췄다. 이브는 슈라이나의 부리처럼 툭 튀어나온 입술을 만지작거렸다.

그녀를 끌어안아 자신의 품에 가뒀다. 손을 뻗어 그녀의 얼굴을 소중히 그러쥐었다. 이브는 자고 있는 슈라이나에게 입을 맞췄다. 평생 마지막 키스인 것처럼 애절하게 입을 맞췄다.

"……으."

슈라이나가 몸을 뒤척이며 결국 또 등을 돌렸다. 이브는 아예 그녀를 자신의 몸 위에 올려놓았다.

"……."

이브네스는 원 없이 그녀의 얼굴을 바라보았다. 그동안 그녀가 자신을 피했기 때문에 굉장히 목말랐던 만큼 원 없이 누렸다.

자신의 행동이 퍽 한심스러웠다. 자신이 자는 사람에게 이런 행동을 보일 줄 몰랐다. 아니, 아예 사람을 사랑할 수 없을 거라 생각했다. 과거의 자신은 자신이 누굴 진심으로 사랑하는 모습조차 상상하지 못했다. 그러는 사진의 모습을 생각하면 구역질이 났었지. 질투하고 미워하고 짓밟는 건 또 모를까.

'절 좋아하는 것도 아니고 연인 사이도 아니면 헷갈리니까 그런 짓 하지 마요. 당황스러우니까.'

"좋아한다라……."

이브는 아까 슈라이나가 했던 말을 떠올리며 중얼거리다 피식 웃었다. 단순히 좋아하기만 하면 다행이게. 단순하게, 순수하게 널 좋아했으면 얼마나 좋았을까. 내가 루나아샤 아래에서 태어나지 않고 올바른 환경에서 순수히 자라, 널 순수하게 존중해주고 배려해줄 수 있는 사람이었으면 얼마나 좋았을까.

그녀를 사랑하고 있었으나 온전히 책임질 준비는 되지 않았다. 두려움이 있었다. 과거에 뿌리내려 현재까지 가지를 뻗고 있는 두려움. 좋아하는 마음이 앞서 행동을 하면, 뒤늦게 두려움을 담은 이성이 그녀에게 한 발자국 더 가까워지는 걸 막았다.

무척 아끼고 있는 그녀를 자신보다 나은 사람에게 넘겨주고 싶었다. 아끼고 아껴서 자신이 생각한 최고의 사람에게 넘겨주며 제발 평생 상처나 금이 가지 않게 소중하게 다뤄달라고 애원하고 싶었다. 물론 사랑할 사람을 선택하는 건 그녀의 몫이었고 넘겨주고 받고 할 것 없이 슈라이나는 스스로의 일을 감당할 수 있는 강한 사람이었다. 그래도 그녀의 주위에는 더럽지 않은 것만 있었으면 했다.

자신이 슈라이나를 데리고 있는 건 도저히 상상이 가지 않는다. 자신은 절대 슈라이나를 받아들일 수 없었다. 자기 자신만의 문제였다. 사람들을 짓밟을 때의 잔인함을 양분 삼아 자란 이브의 이기심과 잔혹은 슈라이나에게도 가끔 반응했다. 티는 내지 않았지만.

그녀 주변엔 그녀의 행복을 최선으로 생각해주며 아껴줄 사람이 많았다. 그녀에게 자신을 완벽히 맞추며. 아니, 서로 맞춰가며 건강한 사랑을 키울 수 있는 관계가 가능한 사람들이 많았다.

이브는 스스로가 불안정한 사람이라는 걸 알았다. 예전의 스완하덴처럼 어딘가 비뚤어져 있었다. 사람을 믿지 못했다. 그 누구도 영원히 자신의 편이 되어줄 거라 생각 않는다. 그 스스로 영원히 한 사람의 편이 되어주지 않을 것이기 때문에.

그러나 이상하게도 슈라이나, 이 아이와는 일말의 틈도 없이 꽁꽁 묶이고 싶었다. 이미 잔뜩 더럽혀진 자신이 깨끗한 그녀처럼 될 수 없으니 그녀를 자신의 색으로 물들여 자신에게 묶고 싶었다. 그녀에게 배신당하기 싫었다. 그녀를 배신하고 싶지 않았다. 완전히 하나의 생각과 몸이 되고 싶다.

이브는 슈라이나를 멀리하려고 노력하지만 그녀가 주는 따스함에 계속 끌어당기게 된다. 그녀가 계속 자신을 밀어내는 게 싫으면서도 그저 다행이라고 생각한다. 그녀가 끌어당기기 시작하면 자신은 속절없이 무너질 것이다. 이기적으로 행동하며 그녀를 완전히 가지려 하겠지. 불안하니까.

'돌이킬 수 없는 게 무서워.'

일그러진 집착과 질투와 욕망. 여러 불안정한 감정이 섞인 눈동자가 아스라한 빛을 내다, 곧 잠잠해졌다.

* * *

슈라이나는 이브의 침대에 대자로 누워 고민에 빠졌다.

'어쩌다가 이렇게 됐을까.'

이브의 집에 방문한 지 여러 일이 지났다. 분명 잠시 왔다가 아침에 집으로 돌아가려고 했으나 계속 그의 집에 눌어붙어 있게 되었다. 집으로 돌아가려고 하면 계속 용건을 만들어 떠나지 못하게 했다. 그러다 언제는 또 '이제 슬슬 집에 돌아가야 하지 않을까?' 하며 슈라이나를 데려다주려고 하다가 또다시 용건을 만들어 그녀가 자신의 집에 있게 했다.

창문이 훤히 열어져 있었고 바람이 그 창문 틈 사이로 강하게 불어왔다. 슈라이나는 바람을 맞으며 천장을 바라보고 있다가 곧 눈을 감았다.

"이브. 맡겨준 일 다 했어요."

슈라이나가 침대에 누운 채, 널브러진 서류를 정리하며 크게 그를 불렀다. 맞은편 책상에 기대앉은 채로 수건으로 목덜미와 얼굴을 닦던 이브가 그녀를 바라보았다. 샤워를 막 끝낸 이브는 가운을 입고 있었고, 젖은 그의 머리카락에선 물기가 남아 있었다.

수건을 내려놓은 이브는 슈라이나에게 천천히 걸어갔다. 그녀는 몸을 웅크려서 공처럼 만든 채 맥없이 누워 있었다. 대낮이었기 때문이었다. 아직 생활 리듬이 맞춰지지 않아 슈라이나는 죽을 맛이었다. 아직도 낮에 졸리고 밤이 되면 쌩쌩해졌다. 두툼한 서류를 잡은 손이 파들파들 떨리며 이브에게 뻗어졌다.

"저…… 자도 돼요?"

"안 돼. 밤에 나랑 같이 자."

졸려어. 슈라이나는 베개를 자신의 얼굴 위에 올려놓고 탄식을 크게 내뱉었다. 이브가 슈라이나의 올빼미 생활을 청산할 수 있도록 도와주고 있었다. 슈라이나에게서 잠 쫓기용 서류를 받아든 이브는 잠을 깬다면서 침대 속으로 파고드는 슈라이나를 끄집어내어 그대로 자신의 무릎 위에 앉혔다. 그리고 언제나 그래왔듯 손을 뻗어 얇은 허리를 감싸고 자신 쪽으로 가까이 끌어당겼다.

졸음에 허덕이던 슈라이나는 샤워를 막 마치고 따뜻해져 있는 이브의 품이 참 포근하게 느껴졌다. 코끝에 맴도는 그의 향도 무척 좋았다.

"춥다……."

눈이 자꾸 감겨 정신을 차리지 못하고 있던 슈라이나는 자신도 모르게 이브에게 손을 뻗었다.

"……!"

이브의 허리에 팔을 두르고 그의 가슴팍에 머리를 기대다가 잠시 볼을 비볐다. 그녀는 거의 반쯤 잠에 빠져 있던 상태였다. 그녀가 세게 껴안아 입고 있던 가운이 살짝 흘러내렸다. 슈라이나의 볼에 이브의 맨살이 닿았다.

"슈라이나, 많이 추워?"

흘러내린 가운을 다시 끌어 올리고 이브가 다정히 물어보았다. 그녀는 간간이 숨소리만 낼 뿐 대답하지 않았다. 아마 또 낮 시간을 버티는 걸 실패해 잠에 빠진 것 같았다.

슈라이나가 먼저 자신에게 다가온 것은 거의 처음이었다. 왠지 감격스러워져서 손끝이 이상하게 떨렸다. 혹시 자신이 잘못 움직여서 그녀가 마음을 바꿔 몸을 떼어낼까 조심스럽게 움직여 이불을 잡았다. 춥다고 투정 부린 그녀의 몸에 소중하게 둘러주려고 했다.

그러나 곧 그녀가 추워서 자신의 품속에 파고들었다는 것을 깨닫고서, 그 이불을 치웠다. 이브는 이불 대신 그녀를 더욱 꼬옥 마주 껴안았다.

아직 잘 시간이 아니었으나 침대에 누운 이브는 자고 있는 슈라이나의 얼굴을 한참을 쳐다보았다. 샤워 후 따뜻했던 몸은 차가운 바람을 맞고 점점 식어갔다. 조금 추워진 슈라이나는 본능적으로 손을 더듬거리며 이불을 찾았으나 이브가 그 손을 잡고 다시 자신의 몸쪽에 두르게 했다.

"추워서 감기 걸리면 키스해줄게."

병나면 옮아줄 테니까, 좀 춥게 있어.

슈라이나의 귀를 만지작거리다 귓불에 입을 가져다 대어 지분거렸다. 슈라이나의 쇄골 쪽을 손가락으로 꾹꾹 눌러보기도 하고 옷 사이로 손을 넣고 그녀의 배를 쓸어보기도 했다. 습관적으로 배 아래로 손을 뻗으려고 하자, 이브는 인상을 쓰고 주먹을 꽈악 쥐었다.

"넌 나와 다르게 참 깨끗한 사람이지."

씁쓸한 웃음을 지은 이브가 그녀의 이마를 쓸었다. 지금까지 해왔던 일들을 떠올려보면 자신은 다시는 슈라이나처럼 깨끗해질 수 없는 사람이었다. 순수해질 수가 없었다.

이브는 이제 슈라이나를 놓고 싶어도 놓을 용기가 나지 않았다. 아카데미에선 여러 사람이 정신없게 굴어서 그녀 사이에 생긴 선을 불쑥 넘지 않을 수 있었다. 그랬기에 자신의 개인적인 욕심보다 그녀의 행복을 우선시로 둘 수 있었고.

그러나 그녀와 단둘이 시간을 보내며 그녀의 시간을 온전히 차지할 수 있게 되자, 생각이 달라졌다. 그녀의 시간뿐만 아니라 마음, 머리, 그 모든 것을 차지하고 싶었다. 그녀가 그 깨끗함을 잃게 되어도 말이다.

"……."

가증스러운 놈. 역겨운 놈. 이브네스는 자신을 욕하고 비난했다. 욕이란 욕은 다 먹을 수 있으니, 너를 가질 수만 있다면…….

돌이킬 수 없다. 그녀가 자신을 찾아올 때부터 이미 이성을 잃었던 것 같다. 보지 말았어야 했는데. 마음이 더 커지기 전에 빨리 다른 사람과 엮어줬어야 했는데. 하다못해 스완하덴이라도. 그래도 걔는 자기 자신보다 슈라이나가 우선이니 자신의 개인적인 욕망이 아무리 추악해도, 어쩌면 자신보다 더 추악하다 해도 태연히 억누를 수 있을 것이다.

가정이라고 해도 다른 사람과 슈라이나가 이어진다고 생각하니 이젠 정신이 돌 것 같았다. 슈라이나의 어깨에 자신의 머리를 기대고 숨을 깊게 내뱉었다.

"한 발자국만 더 다가와 줘, 슈라이나."

네가 직접 더러운 나를 허락해 줘.

* * *

'맛있는 냄새…….'

슈라이나는 희고 푹신한 이불 속에 파묻혀 잠에 허덕이고 있다가 고소한 냄새에 코를 찡그렸다. 자신도 모르게 몇 번 킁킁거린 그녀는 상체를 일으켰다.

고개를 턱 치켜세우고 음식 냄새를 따라 걸어갔다. 날씨가 많이 쌀쌀해졌기에 집에 있을 때의 습관처럼 흰색 이불을 몸에 두르다 여기가 이브의 집인 걸 깨달은 슈라이나는 이불을 원상 복구시켜 놓았다. 잠옷 치마가 자꾸 질질 끌려서 허리 부분을 몇 번 접어 긴 수건으로 묶었다. 멀쩡한 옷도 괴상한 패션으로 만들어버리고 마는 그녀다.

졸음에 겨워 눈을 감은 채 음식 냄새를 쫓아가니 그 끝에 이브가 있었다. 여러 음식 재료를 꺼내 요리를 하고 있었다. 프라이팬 위에 잘게 썰린 채소가 들어 있었다. 여러 소스를 첨가하며 중간중간 살짝 맛을 보다, 간이 맞았는지 살짝 고개를 끄덕였다.

"음식 냄새 맡고 일어났지?"

뒤도 돌아보지 않고 슈라이나가 자신의 근처에 있음을 눈치챈 이브가 입을 열었다. 정곡을 찔린 슈라이나는 왠지 바짝 메마른 입술을 잠시 물다가 말을 돌렸다.

"근데 요리도 할 줄 알아요?"

"아…… 응. 나는 잘 못 먹지만, 사람들은 음식을 좋아하잖아. 배워두면 여러모로 점수를 따기 쉬워."

마사지도 그렇고, 암술도 그렇고 못 하는 게 있을까. 이브는 여러 자잘한 일들을 잘하는 것 같다.

"물도 마시면서 먹어."

공복의 슈라이나가 걸신들린 듯 맛있게 먹자, 이브가 그녀 앞에 물잔을 내밀었다.

"슈슈, 너도 이상형이 있어?"

"뭐예요. 왜 갑자기 그런 걸 물어요."

이브에게 불퉁한 시선을 보낸 슈라이나가 눈을 가늘게 떴다. 비엔나소시지를 포크로 집으니 톡- 소리가 나며 육즙이 새어 나왔다. 소시지를 입에 물며 마저 대답을 했다.

"예전엔 저 좋아해 주는 사람이 좋았어요. 근데 요새 제가 눈이 좀 높아져서.”

“높아져서?”

“모르겠어요. 그냥 그때그때 끌리는 사람.”

슈라이나는 그 말을 하며 머릿속에 스완하뎬을 잠시 떠올렸다. 그러다가 왜 스완을 떠올렸을까 의문이 들어 고개를 저었다. 싱숭생숭한 기분이다.

슈라이나가 잠시 말이 없어지자 이브는 미간을 찌푸렸다. 누군가를 떠올리는 것 같은 표정에 심기가 무척 불편해졌다. 그 대상이 누군지 알 것 같았기에 더욱.

자신과 같이, 어쩌면 자신보다 더 제대로 비뚤어졌으나 슈라이나 앞에서 죽어도 티를 내지 않으려고 하는 사람.

스완 같은 애가 슈라이나와 엮일 가능성이 있다면 자신이라고 안 될 것이 뭘까. 걔도 슈라이나에게 악영향을 끼치지 않으려 노력하고 있는데 나도 노력하면 되지 않을까. 나 자신을 꺾어 그녀에게 맞추면 되지 않을까. 요새 그런 생각이 자주 든다.

이브는 구겼던 미간을 피고 입꼬리를 애써 끌어올렸다.

“끌린다는 기준이 뭐야.”

“뭔가 화악! 후욱! 다가오는 느낌.”

“화악, 후욱……? 에릭한테도 그랬어?”

팔에 자신의 머리를 기댄 이브가 눈을 나른히 뜨며 웃음기 어린 목소리로 물어보았다.

“걔는 전자 쪽 이상형이에요. 자신감이 없어서 저를 좋아해 줄 사람은 없다고 생각했거든요. 고백하니까 그냥 넘어갔죠. 걔 아니면 제 인생에 연애는 없겠다 생각했고.”

"지금은?"

"지금은 저도 나름 잘난 구석이 있다고 생각해서."

아무나 안 만납니다. 나는 소중하니까.

슈라이나는 단호히 입을 뗐다.

퍽 당당해진 슈라이나의 모습에 이브는 짙은 미소를 짓다 곧 생각에 잠긴 듯 아무 말이 없었다.

얼마 지나지 않아, 이브네스는 화제를 돌렸다.

"참, 슈슈. 저번에 했던 이야기 말인데."

"……?"

"네 물품의 디자인을 맡을 사람들을 알아봤어."

이브네스는 책상에 슈라이나가 그렸던 도안을 펼치고 그 밑에 여러 디자이너들의 이력서를 펼쳐 깔았다. 프로필 맨 위에는 각 디자이너만의 고유 느낌이 표현된 사진들도 같이 첨부되어 있었다.

"원하는 느낌을 고르면 그 디자이너에게 연락을 넣어볼게."

일이 팍팍 진행되는 느낌에 나지막이 감탄한 슈라이나는 고개를 작게 끄덕였다. 이브의 행동력에 다시금 감탄했다. 그가 내민 서류들을 하나하나 훑어보며 슈라이나는 파스타를 입에 넣었다.

깔끔한 느낌으로 디자인하는 디자이너도 있었고, 패턴이 많아 화려한 느낌의 디자이너도 있었다.

왼쪽 끝부터 오른쪽 끝까지 작가가 가진 고유의 느낌을 훑는데, 문득 눈에 확 들어오는 디자이너가 한 명 있었다. 그 디자이너의 작품들은 살짝 암울하고 침침한 느낌이 있었으나 무척 고급스러웠다. 디자인이 예쁘고 예쁘지 않고를 잘 분간하지 못하는 슈라이나였으나, 그 디자인만큼은 독창적이었다. 그냥 눈에 확 들어왔다.

뿐만 아니라, 왠지 익숙하고 친숙한 느낌이 들어 더욱 마음에 들었다. 이 사람 혹시 자신에게 물품 의뢰 넣었던 적이 있었나? 슈라이나는 가장 가장자리에 놓인 그 서류를 집으려고 손을 뻗었다. 그러나 집기 전에 이브네스가 퍽 당황하며 그 서류를 잡아채 뒤로 뺐다.

"미안, 이게 왜 여기 흘러들어 왔는지 모르겠다. 이건 뺄게."

뭐야, 왜 줬다 뺏어요. 슈라이나는 포크로 파스타를 쿡쿡 찌르며 미련이 담긴 눈으로 멀어진 서류를 바라보았다. 뭐길래 저렇게 당황하며 숨기는 거지? 본인이 저리 싫어하니 무슨 사정이 있는 거겠지. 물어보고 싶었으나 입을 닫았다.

어느 것을 고를까요. 알아맞혀 봅시다. 딩동 댕동. 딱히 맘에 드는 디자이너가 없자 슈라이나는 손가락을 들어 까닥이며 랜덤으로 디자이너를 정하기로 했다. 아까의 그 디자이너가 아른거려서 않는 소리를 냈다. 차근차근 골라보려고 두 눈을 부릅떴으나 자꾸 이브가 가져간 그 디자이너가 떠오른다.

슈라이나가 오랜 시간 동안 디자이너를 고르지 못하자, 이브는 이윽고 긴 한숨을 쉬었다. 그리고 빼돌렸던 그 디자이너의 서류를 앞에 내밀었다.

"이 사람이 좋아?"

"아…… 옙. 눈에 확 들어와서."

무척 마음에 드는 건 사실이었기에 고개를 찬찬히 끄덕였다. 허락해 준다는데 굳이 거절할 이유가 없었다.

"원래 아는 사이인가 봐요. 이 사람이랑."

"……음 아는 사이지. 그럼, 이 사람이 좋으면 연락을 넣어볼게. 나갈 준비 할래?"

이브가 슈라이나 앞에 쌓인 빈 접시들을 싱크대 밑 공간에 넣었고, 거기에 그려진 클린 마법이 접시를 깨끗이 씻어줬다. 이브는 거실 저편에 놓여 있는 연락구들 쪽으로 다가가 그중 한 개를 잡아들었다.

이브가 그 디자이너에게 연락을 할 동안 슈라이나는 자신의 마음에 들던 디자이너의 정보가 담긴 서류를 잡아들고 자세히 읽었다.

[스디하 루나아샤]

프로필을 읽어 보니 절로 탄식이 나왔다. 이브가 꺼린 이유가 있었네. 디자이너는 그의 무수한 형제자매 중 한 명이었다. 꺼려지면 굳이 이 사람이 아니어도 된다고 뒤늦게 말하려고 했으나 이브는 이미 연락을 마치고 나갈 준비를 하고 있었다.

"슈라이나. 입고 나갈 옷이 없지 않아? 네가 어제 입고 온 옷은 지금 빨고 있는데."

이브는 아주 얕은 죄책감에 인상을 쓰고 있던 슈라이나의 손을 잡고 방으로 이끌었다. 그 방에는 옷장들이 가득했는데 그 안엔 옷들이 빽빽이 있었다. 전부 여성 의류였다. 슈라이나의 몸에 맞춰져 이브에겐 전부 사이즈가 무척 작았다. 이브가 정리해 넣은 건지, 옷이 색과 종류별로 아주 야무지게 정돈되어 있었다.

"……여장 취미 있어요?"

그 말에 이브의 고운 미간에 살짝 금이 갔다.

"이거 전부 네 옷이잖아. 네가 거부한 내 선물들을 여기에 모아 뒀어."

"아…… 아하. 그냥 환불하지."

"너 어울릴 거 생각하면서 샀는데 남이 입는다고 생각하니 속이 뒤틀려서."

"……."

이브의 선물은 정말 정성과 생각이 가득 담긴 것 제외하곤 다 거절했는데 그걸 다 여기에 쌓아두고 있었다니. 꽤 많이 받았다고 생각했는데 지금 와서 보니까 거절한 옷이나 장신구들이 훨씬 더 많았다. 이브에게 돈이란 그저 철 쪼가리, 종이 쪼가리에 불가하다는 걸 알고 있었지만 정말 막 쓴다. 자기 자신한테 쓰는 돈은 별로 없어 보이는 게 의아했지만.

"다른 방도 있는데. 가볼래? 거기엔 신발이랑 장신구들을 모아뒀어. 한 번씩 다 착용해 봐."

"……워."

슈라이나는 당황하면서도 이브의 신나 보이는 감정을 읽어 얌전히 다 착용해줬다. 다만 탈의하는 것이 번거로웠던 슈라이나는 옷을 수십 겹 겹쳐 입고, 30개가 넘는 보석을 주렁주렁 단 채로 이브 앞에 섰다.

* * *

이브가 골라준 예쁘고 깨끗한 옷을 입은 슈라이나는 그의 손을 잡고 길거리로 나갔다. 가는 길에 이브는 슈라이나에게 퍽 다정히 대해줬다. 길거리 음식에 한눈을 팔면 꼭 거기에 들러 모든 음식을 사주고, 가다가 잠시 시선이 머문 물건이 있으면 꼭 그 물건을 쥐여 줬다.

슈라이나는 어느새 자신의 손에 들린 장미 비누 세트를 보며 당황했다. 너무 예쁘게 진열되어 한 번 시선을 준 인형 세트도 어느새 자신의 손에 들려 있었다.

"아니. 그냥 이 물건 근처에 앉은 점원이 샌드위치를 너무 맛있게 먹길래 그쪽 본 건데……."

"아. 그럼 저 샌드위치 구해줘?"

"아니, 아니. 이미 양손에 양 꼬치며, 닭 꼬치며, 스트로베리 치즈 쿠키며 잔뜩 들고 있잖아요. 왜 뭘 못 사 줘서 안달이에요. 충분하다니까. 필요 없어요."

"왜에. 어차피 네가 거절해도 그 방에 쌓일 뿐이야."

"나중에 얼마나 뜯어가려고……."

슈라이나가 덜덜 떨리는 손으로 이브에게 받은 물건들을 쥐고 있자, 이브는 여느 때와 같이 느른한 웃음을 지으며 작게 속삭인다.

"넌 나한테 아무것도 안 해줘도 돼. 받기만 해."

그러나 슈라이나는 그에게 물건을 받으면 받을수록 그에게 물질적으로 묶이는 기분이 들었다. 기브 앤 테이크 정신이 투철한 이브가 받는 것도 없이 이렇게 해주기만 하는 게 여러모로 불안했다. 단순히 그저 주고 싶어서 주는 걸 수도 있겠지만, 본래 사람이라는 게 기대하는 것이 있기에 남에게 뭘 베풀고 주는 것이다.

어머니가 자녀의 높은 성적을 기대하며 비싼 학원을 끊어주고, 친구와의 관계 개선을 위해 선물과 편지를 주고, 알바 사장은 헌신을 기대하며 쥐똥 같은 월급을 주고.

슈라이나는 한숨을 길게 내쉬고 양꼬치를 한 입 베어 물었다. 이브의 주머니에 몰래 물건들의 값에 해당하는 돈을 넣었으나 어느새 그 돈은 원위치로 돌아와 있다. 최근 들어 자신에게 쓰는 이브의 사치가 부쩍 늘었다.

이브는 자신의 어깨에 팔을 걸치고 딱 달라붙었다. 한참 괜찮더니 이브는 퍽 불안한 기색을 보이고 있었다. 마치 상단주에게 복수하러 갈 때와 비슷하다. 슈라이나는 그 미세한 변화의 이유들을 알아내 보려고 인상을 찌푸렸다. 어쩌면 자신에게 향한 이브의 '기대'를 알 수 있지 않을까.

생각해봤는데 이브는 언제나 괜찮은 듯싶어도 사람들과 거리를 두며 조금 불안해 보일 때도 있는 것 같다. 언제나 불안정했는데 신경을 못 써줘서 내가 눈치를 못 챈 건가? 더욱 깊게 생각해보면 에릭과 사귀고 그와 거리를 뒀을 때부터 스킨십이 더욱 심해졌으니 그때부터인가? 아니, 그때 일을 끄집어 올리기엔 너무 예전 일이다. 오랜만에 스완을 볼 일이 있어 혼자선 절대로 안 가던 옷가게에 들렀었는데 그때 이브와 마주쳤었다. 그때 이후로 그가 더 불안해 보이는 것 같기도.

이브와 수년을 알고 지냈지만 여전히 꿰뚫어 볼 수 없는 그의 속내에 두뇌를 열심히 굴려보았다.

머리를 싸매고 끙끙 앓는 슈라이나와 다르게 이브는 그저 지금 단순히 무척 즐거웠다. 손에 먹을 것을 잔뜩 쥐고 혼자 세상 심각한 표정을 짓는 슈라이나를 바라보다 미소를 지었다.

"슈슈. 뭘 생각해? 도착했어."

그녀의 둥근 어깨를 감싼 이브는 그대로 한 건물 안으로 들어갔다. 건물 들어가기 전 보았던 하늘은 무척 어둑어둑했다. 곧 비가 올 것같이 구름이 침침하고 무거웠다. 얕은 비가 내리기 시작했지만 곧 그 비들이 공기 사이를 빽빽이 채우며 억세게 내리기 시작했다.

이브가 말한 스디하 루나아샤라고 하는 디자이너는 웃을 때마다 금니가 여럿 보였다. 잿빛 머리카락에 은색 눈동자를 가진 남자로, 언뜻 보면 평범하게 생겼어도 상단주의 미모가 어디 가진 않는 건지 자세히 보면 매력 있었다. 이력서에 적힌 그의 나이는 적지 않았으나 실제로 보니 나이와 다르게 소년 같았다.

"여어 이브으. 필요할 때만 찾더니, 또 필요할 때만 나 찾네?"

스디하는 물감으로 얼룩덜룩하고 잔뜩 뜯어진 소파 위에 다리를 꼬고 느긋하게 앉아 있었다. 담배를 입에 문 채 옷소매에서 검은색 손가락 크기의 발화 물품을 꺼내 불을 지폈다. 담배를 뻑뻑 피우고서 스디하는 익살스럽게 웃었다. 금니가 번쩍번쩍하다. 꼭 약을 한 것처럼 눈동자가 살짝 맛이 가 있었다. 슈라이나의 것과 비슷하게 눈동자의 절반이 눈꺼풀 속에 숨었다.

주머니에 손을 푹 꽂고 자리에서 힘겹게 일어나 팔자걸음으로 비틀비틀 앞으로 걸어갔다. 걸을 때마다 간간이 옷 사이로 보이는 손목에는 초승달 문양 문신이 하나 그려져 있었고 그 위로 흉터 자국이 무수히 남아 있었다.

아직 앳된 느낌이 있는 소녀에게 다가간 스디하는 그녀가 생각한 것보다 어리다는 걸 깨닫자, 눈썹 한쪽을 들어 올렸다. 슈라이나 바로 앞에서 우뚝 멈춰선 스디하는 담배 연기를 크게 들이키더니, 곧.

후우우욱. 슈라이나 얼굴 바로 앞에 뱉었다. 이브는 연기가 슈라이나 얼굴에 닿기 전에 주머니에서 물건을 하나 꺼내더니 연기를 싸악 거둬줬다.

이브가 옆의 여자아이에게 퍽 다정히 굴자 스디하가 고개를 갸웃 거리다가 미소를 지었다.

"요 조그만 애가 슈니발렌? 이야. 예상치도 못했어. 이번엔 돈 많은 애 말고 능력 있는 애야?"

"전 비흡연자여서 담배 연기는 괴롭습니다. 에티켓은 지켜주시죠. 스디하 님."

슈라이나는 참다못해 한마디 했다. 차가운 표정을 지으며 그의 입에서 담배를 빼냈다. 무례한 행동이었으나 스디하도 무례하게 나오니 뻔뻔하게 나오기로 했다. 테이블 위 아직 술이 조금 남아 있는 술잔에 담배를 넣어 담뱃불을 껐다. 치이익. 열기가 꺼지며 마지막 연기가 컵 속에서 피어나왔다.

"낄낄. 아가씨 되게 앙칼지네? 근데 내 이름을 어떻게 알아? 아. 우리 최연소 대리인 이브으네스으 루나아샤아 님이 알려줬으려나."

말투가 느릿느릿하고 잔뜩 꼬여 있었다. 특히 이브에 대해 말할 때는 더욱 비꼬는 듯 말했다.

"역시 우리 폐륜아의 옛 습관은 여전하는구나? 하하. 그럴 줄 알았어. 요새 착한 척 떳떳한 척하더니. 사람으은. 안 변해에. 큭."

스디하는 구시렁거리며 터덜터덜 제자리로 돌아갔다. 그리곤 비린 미소를 지으며 머리를 잔뜩 헝클이더니 책상 위에 엎어졌다. 책상에도 마르지 않은 물감이 얼룩덜룩 묻어 있었다. 얼굴과 몸이 물감으로 더러워졌으나 스디하는 아랑곳하지 않았다. 엎어진 상태로 손을 들어 올려 슈라이나에게 손가락을 까닥여 보였다.

슈라이나는 대충 그의 의중을 눈치채고 가방에서 서류를 꺼내 그 앞에 내려놓았다. 디자인 맡기고 싶은 물품들의 정보가 담긴 서류였다. 꽤 두툼한 종이 뭉치를 받은 스디하는 서류를 대충 훌훌 넘겨보았다. 그는 물품의 정보들을 읽어내려가다가 나지막이 감탄했다.

"이거 내가 어렸을 때 상상만 했던 물건들인데. 이런 걸 진짜 만들수 있어? 우와아."

대충 보다가 물품 그 자체들이 흥미로웠던 스디하는 다시 첫 페이지로 돌아와 꼼꼼히 읽어내렸다.

"세상 발전 참 빠르네~ 저택에서 나오고 요런데 짱박혀 있으니까 어떻게 흘러가는지도 모르겠어."

짤막한 칭찬을 남긴 후 그는 서류를 책상 옆으로 치워뒀다. 어지러운 책상 위에 두 다리를 턱, 턱 올려두었다. 슈라이나가 건넨 계약서를 받아 또 대충 그 조건들을 넘겨본 스디하는 다시 품속에서 담배를 하나 꺼내 뻐끔뻐끔 피웠다. 턱을 뒤로 젖히고 잠시 천장을 쳐다보았다. 자신의 입에서 피어올라 새하얀 천장에 덧입혀지는 담배연기를 바라보았다.

스디하는 언제나 이브가 데려오는 사람들을 쓸데없이 동정했다. 슈니발렌이라고 하는 저 소녀가 무척 측은했고 불쌍했다. 아주 예전에 왔던 그 귀족 부인도 불쌍했고, 그 이전에 왔던 부잣집의 외동딸도 불쌍했으며 이번에 온 마법사 소녀도 불쌍했다. 이브네스에게 휘말린 모든 사람들이 불쌍했다. 스스로를 잃어버린 자기 자신도 불쌍했다.

"흐으. 잠시만 나 오줌만 갈기고 올게."

말없이 담배만 조용히 피던 스디하는 바지춤을 잡으며 자리에서 일어났다. 치이익. 자신의 손으로 담뱃불을 끈 그는 비틀비틀 벽 뒤의 화장실로 이동했다.

슈라이나는 스디하의 뒤통수를 멀거니 바라보았다. 계약서에 바로 사인을 하지 않고 망설이는 걸 보니 생각할 시간이 필요한 건가. 그의 괴팍한 성격과 별개로 그의 실력은 인정했기에 군말하지 않고 그의 이상한 행동들을 모두 받아주었다.

바로 화장실로 바로 간 줄 알았던 스디하는 곧 얼굴을 벽 뒤에서 빼꼼 내밀었다. 바닥에 엎드리고 있는 건지, 스디하의 얼굴은 벽의 하단 부분 쪽에 있었다. 이브는 자신을 볼 수 없고, 슈라이나만 자신을 발견할 수 있는 각도에 맞춰 바닥에 납작 엎드린 것이다.

"……?"

그의 의도대로 스디하를 발견한 슈라이나는 고개를 갸우뚱 기울였다.

슈라이나가 자신과 눈이 마주친 걸 확인한 스디하는 곧 얼굴을 다시 빼고 종이 위에 뭔가를 쓱쓱 적었다. 다시 슈라이나만 볼 수 있는 위치와 각도쯤에서 아까 적은 낙서를 꺼내 보였다.

[←]

화살표 하나가 그려져 있었다. 벽 뒤로 따라오라는 뜻 같았다. 슈라이나가 그 화살표를 발견하자마자 스디하는 그 낙서를 구겨서 버렸다.

[따라와.]

아까 그 위치에서 스디하의 얼굴이 빼꼼 튀어나왔다. 입을 벙긋벙긋하다 다시 벽 뒤로 사라진 그였다.

뭐지. 자신을 따라 벽 뒤로 오라는 건가? 슈라이나는 인상을 구겼다. 도대체 종잡을 수 없는 사람이었다. 저렇게 이브 몰래 자신에게 신호를 주는 걸 보면 그를 따돌리고 오라는 것 같은데. 슈라이나는 고개를 돌려 이브네스를 쳐다보았다. 팔짱을 낀 채 평온해 보이는 표정이었다.

현재 이브의 반응을 보면 방금 스디하의 신호를 못 본 것이 분명했다. 이브와 슈라이나, 단둘이 남게 된 방 안은 침묵이 꽉 채웠다. 숨 쉬는 소리가 유독 크게 들렸다.

"특이하신 분이네요. 오길 망설인 건 단순히 그가 꺼려져서예요?"

슈라이나가 갈까 말까 망설이며 입을 뗐다. 침묵이 깨지며 이브가 슈라이나를 지그시 바라보았다.

"어. 난 내 과거와 연관되어 있는 사람들을 좋아하지 않아서 오기 싫었어. 과거의 내가 역겨워서 그런 내 모습을 알고 있는 사람들도 같이 역겨워."

"……."

그 말에 슈라이나는 잠시 어색하게 목을 매만졌다. 손에 땀이 차기 시작했다. 이브를 따돌리고 잠시 스디하를 따라가 무슨 말을 할지 들어볼까 생각했으나 얌전히 앉아 있었다. 그냥 무시하기로 했다.

[왜 안 와.]

그녀가 자리에서 나올 기색을 보이지 않자, 다시 벽 뒤에서 익숙한 잿빛 머리통이 하나 튀어나왔다. 슈라이나가 따라가지 않을 거라고 고개를 젓자, 다시 벽 뒤로 숨었다.

곧 바지 벨트가 쥐어진 손이 벽 뒤로 불쑥 튀어나왔다. 벨트는 역시 또 그녀만 보이는 공간의 바닥에 얌전히 놓였다. 그다음, 아까 그가 사인하지 않은 계약서와 슈라이나가 작성한 물품 설명서를 벨트 위에다 올려놓았다. 아주 작게 지퍼가 열리는 소리가 들리더니, 곧.

쪼르르.

노란색 물줄기가 그 계약서를 향해 뿌려졌다. 노란색 물이 위아래로 사정없이 종이 위로 휘갈겨졌다.

슈라이나는 종이 위에 보이는 선명한 노란색을 보고 나지막이 미소를 지었다.

"잠시 사람 한 명 작살내고 올게요."

"……?"

"아니, 화장실 다녀올게요."

벽 뒤에 시선을 떼지 않은 채, 슈라이나는 자리에서 일어났다. 이브는 스디하를 기다릴 동안 자신의 스케줄 표를 수정하고 있었다. 슈라이나가 이브 집에 온 날 이후의 모든 일정에 'X'표를 치며 취소시키고 있었다. 슈라이나와 여유롭게 놀 생각을 하면서.

슈라이나가 돌연 화장실에 간다고 하자 눈썹 한쪽을 들어 올리며 고개를 갸웃거리다가 곧 끄덕였다. 이브는 벽 뒤를 가리키며 화장실의 방향을 알려주자 슈라이나는 발걸음을 그쪽으로 옮겼다. 스디하가 숨어 있는 벽은 꽤 멀찍한 곳에 있었다. 성큼성큼 그쪽으로 이동하면서 오만상을 썼다.

벽 뒤에 아직도 스디하가 바닥에 누워 있는 상태였다. 손에는 음식 소스 통이 들려 있었고 그 안에는 노란색 물이 채워져 있었다. 주변에는 노란색 물감 통과 천장에서 새는 빗물을 받아놓는 대야가 있었다. 비가 세차게 내리고 있었기에 대야에 물이 후두둑 떨어지고 있었다. 오줌인 줄 알았으나 물감 물이었다.

"속았지?"

스디하는 물감 나이프로 노란색 물감을 푸욱 한가득 푸고 자신의 얼굴에 발랐다. 슈라이나가 반응이 없자, 손을 뻗어 그녀의 발목에도 물감을 묻혔다. 슈라이나를 이브에게서 빼돌리려는 자신의 일차 목표가 성공하자, 누워 있던 그는 상체를 벌떡 일으켰다.

그는 그녀의 손을 잡은 채로 건너편의 문으로 조용히 뛰어갔다. 문밖을 나오니 옥상으로 이어진 계단이 바로 보였다. 억세게 내리는 비 때문에 계단이 살짝 젖어 있었으나 스디하는 아랑곳하지 않고 그 위에 털썩 앉았다. 그리곤 슈라이나의 팔을 잡아당겼다.

결국 슈라이나도 계단에 엉덩이를 붙이고 앉을 수밖에 없었다.

"무슨 말을 하려고 했던 거예요."

그의 행동이 너무 당황스러워 화도 나지 않았다. 그가 계약서에 오줌을 뿌린 것으로 착각했을 때는 그를 작살내고 싶었지만, 지금은 그런 마음이 많이 사그라든 상태였다.

그는 자신에게 간절히 할 말이 있는 것처럼 보였다. 방금 만난 사람에게 뭐가 그리 할 말이 많은가 싶었지만, 슈라이나는 순순히 스디하가 입을 열기를 기다렸다.

"모처럼 선행을 베풀려는 거니까 잘 새겨들어. 후우, 넌 내가 이렇게 선량한 사라암이라는 걸 감사해야 해."

"……네, 네엡."

"지금 당장 여기 계단에서 떨어져서 이브네스 몰래 빠져나가라고 말하고 싶지만…… 흐음, 네 성격을 봐선 이유를 말해주지 않으면 도망치지도 않을 것 같고."

스디하는 자신을 따로 불러내더니 다짜고짜 도망치라고 말하고 있었다. 갑작스러운 그의 말에 잠시 당황한 슈라이나는 눈썹을 꿈틀거리다, 고개를 끄덕였다. 이브를 떨쳐내고 도망치라니. 황당한 소리였다. 지금 눈앞에 있는 스디하를 떨쳐내고 도망치는 건 몰라도.

슈라이나는 이유를 설명해주려는 스디하를 바라보며 얌전히 앉아 고개를 크게 끄덕였다.

"맞아요."

"좋았어. 그럼 일단 네가 알아야 할 사항 몇 가지가 있어."

스디하는 손가락을 하나 들어 올렸다.

"일단 처엇 번째에. 지금까지 아득바득 살아남은 루나아샤들은 즈언부다 음탕한 새끼들이야. 어차피 살아남은 사람들은 별루 별루 없지만! 저택에 남아 있던 애들은 상단이 무너진 후 전부 자결했거든."

스디하는 손가락을 하나 더 폈다.

"두우 번째에. 우리들은 겉과 속이 뒤집혀 있어. 나나 걔만 봐도 알 수 있지. 이브네스는 특히 아주 머리가 비상해서 아주 제대로 빽! 삐뚤어져 있어."

"네가 더 미친놈 같은데요."

"아냐 아냐. 난 아냐. 지금은 몰라도 예전엔 아냐. 아닌가? 예전엔 몰라도 지금은 아냐. 맞나? 아무튼. 맞다고 해도 루나아샤 중 이브네스가 가장 미친놈이야. 진짜 얼마나 소름 끼치게 미친놈이냐면, 걔는 지금 너랑 내가 이렇게 대화할 거라는 걸 어제부터 예상하고 있었을걸."

그는 내게 루나아샤와 이브에 관한 것을 설명해주다가 곧 멈칫했다. 이상한 사실을 하나 발견했는지 머리를 거꾸로 뒤집으며 턱을 만지작거렸다.

"그런데 말이야, 신기하단 말이지. 그가 데려온 사람들을 구해주려고 매번 그 사람들에게 그의 실체를 밝히려고 할 때마다 이브가 단칼에 잘라냈었는데…… 왜 넌 그냥 나한테 보내줬지이? 신기하다. 앗, 혹시 내가 모르는 그의 계획인가."

"……무슨, 그게."

"암튼! 네가 여기로 온 건 정말로 위험하다고. 쉬이잇! 걔가 너의 골수까지 빨아먹고 말려 죽이려고 하는 거야. 그의 잘난 미모에 속아 그동안 숱한 사람들이 그에게 영혼까지 홀홀 팔았었지. 나에게 데려오는 의뢰인들은 주로 귀족에다가, 연상이었는데…… 축하해! 네가 첫 연하야! 능력 있는 연하 마법사에게 뭘 **빼**가려고 하는 걸까? 낄낄, 더러운 새끼."

서슴지 않게 쓰는 저급한 단어들에 슈라이나는 인상을 썼다. 아무래도 이브는 이전에 스디하라는 사람에게 자신 이외에도 사람을 여럿 데려왔었던 것 같다. 자신은 마법 물품을 디자인해 달라는 목적이었으나 다른 사람들은 잘 모르겠다. 이브의 과거를 대충 알고 있었기에 표정이 절로 굳어졌다. 왠지 마음 한편이 쓰렸다.

"난 솔직히 걔가 뒷일에서 손을 뗐다고 하는데 안 믿어. 걔 때문에 잃어버린 이들이 하나, 두울, 세엣."

스디하는 손가락으로 입술을 들어 올려 자신의 금니를 여러 개 보여줬다. 금이 아주 번쩍거린다.

"평생 따악 한 번 나 살겠다고 사람의 뒤통수를 친 적이 있었던 것 같아. 그게 제기랄, 기억은 잘 나지 않지만 이브네스였고. 그 뒤로 난 통수를 몇 번 맞았지? 하나, 두울, 세엣. 기억도 안 나. 얼핏 나는 기억이라곤 그때 내 이름은 스디하가 아니었는데. 뭐였지?"

인상을 쓰며 기억을 떠올리려 하다가 고개를 세차게 저었다. 머리가 아파 왔다.

"아암튼! 또 본론으로 돌아와서. 요새 걔 하는 짓 보면 퍽 얌전해

서 변한 줄 알았더니, 널 데려오는 걸 보면 그건 또 아닌가 봐. 변한
게 아니라면 네가 위험해."

"위험해요?"

"으응. 으응."

상황 파악을 마친 슈라이나가 그의 말에 태연히, 당황하지 않고
받아쳐 줬다.

"일단 네가 그를 사랑하는 건 당연한 사실일 테고. 그렇겠지, 네가
쓸모 있는 구석이 있으니 그가 자신을 사랑할 수밖에 없게 널 꾀어
냈겠지. 너무 비슷한 패턴이라 이젠 그냥 보여."

"……흠."

"근데 내가 소름 끼치는 사실 하나 알려줘? 걔가 관계를 할 때 외
에는 자신 몸에 손도 못 대게 하지 않아? 걔가 결벽증이 아주 조금
있어서 사람과의 스킨십을 극도로 싫어하거든. 걔는 널 사랑하긴커
녕 역겨워하고 있을걸."

스디하는 이브가 저택을 나와 상단의 아주 말단에서 일할 때의 일
을 이야기해줬다. 그의 이야기 속에서 이브네스는 사람이 맞나 의심
이 될 정도로 잔인했다. 자신이 살기 위해, 올라가기 위해 고작 사람
한두 명의 인생을 지옥으로 몰아넣은 것이 아니었다. 그러나 그 당
시 이브네스, 그 자신의 인생은 이미 지옥의 밑바닥이었다.

뒷일에선 사람과의 관계가 아주 중히 여겨지기 때문에 이브네스
는 사람들의 호감을 사야만 했다. 그 과정에서 이브네스는 원치 않
은 여자관계가 꽤 많았던 것 같다.

스디하는 슈라이나도 그 여자관계 중 하나일 것이라 착각했다. 이
브와 엮인 사람 중 끝까지 정상인이었던 사람은 본 적이 없었다. 늙

눅한 공기가 짜증스러워 말하다가 가슴을 쳤다.

"걘 입으로 아주 달큰한 사랑을 속삭여. 심장으론 쓴 저주를 읊고."

슈라이나는 가만히 그의 말을 들었다.

"그가 읊는 저주는 꼭 이뤄져서 너는 곧 불행해질 거야. 수많은 여인들이 자신은 다르다고 특별하다고 하지만 결국 마지막은 똑같아. 자신의 밑천까지 탈탈 털리고도 그에게 줄 것이 없어 머리카락을 박박 밀어 팔게 돼. 모든 걸 잃게 되면 그때 그가 칼자루를 쥐여줘."

상상으로 투명 칼자루를 만들어 그것을 쥔 스디하는 그걸 자신의 가슴께에 가까이 가져다 댔다.

"그리고 팍! 넌 스스로의 심장을 찌르고 비참히 죽어. 구질구질하게 굴면 그가 손써서 쓱싹 죽이고. 아니면 정신 이상자가 되거나. 네가 앞으로 마주할 미래는 바로 그런 거야."

스디하는 자리에서 일어섰다. 계단 난간에 자신의 몸을 기댔다. 삐거덕하며 녹슨 철 소리가 나, 굉장히 아슬아슬해 보여 슈라이나도 같이 일어났다. 스디하는 고개를 뒤로 빼며 자신의 얼굴 위로 후두둑 떨어지는 억센 비를 즐겼다. 비 맛이 씁쓸했다.

"다른 여인들처럼 차마 그를 못 잊겠다면 지금 당장 여기서 떨어져 죽는 것도 나쁘지 않은 방법이야."

계단의 일부분이 기어코 파손되어 스디하가 뒤로 넘어져 그대로 건물 아래로 낙하할 뻔하자, 슈라이나가 잽싸게 그의 멱살을 잡아 떨어지는 것을 막았다. 스디하는 당황하는 슈라이나를 보며 낄낄 웃었다.

"그를 깔끔히 잊을 수 있을 것 같으면 저기 뒤 계단을 통해서 몰래 도망가. 자, 여기 네 가방."

방금 죽을 뻔한 사람답지 않게 태연한 표정을 지으며 슈라이나의 손에 아까 몰래 가져온 그녀의 가방을 쥐여 주었다.

"멍청한 표정이네? 못 믿는 눈치야. 너 이브에게 이용당하고 있다 니까? 이브에게 그동안 사랑의 이름으로 퍼줬던 것들을 떠올려봐."

너무도 태연히 서서 아무런 감정의 변화도 보이지 않는 슈라이나 를 보아, 그녀가 자신의 말귀를 못 알아들은 것이라고 생각했다. 아 니면 믿고 싶지 않아 사실을 피하려고 한다던가. 그래서 사실을 인 지시켜주기 위해 질문을 하나 했다. 그러나 그녀에게 되돌아오는 대 답은 전혀 예상치도 못한 말이었다.

"여우…… 인형?"

"뭐? 그런 쓸데없는 걸 그가 왜 받아. 여우 눈이 이따만한 다이아 몬드고 그래?"

"게임으로 뽑아준 건데요."

"……게에이임? 효율과 시간을 목숨처럼 여기는 애가 게임 같은 시간 낭비를 왜 해? 도박장이었어?"

도박장이었냐는 말에 고개를 세차게 저었다. 머리로 벽돌 깨기 같 은 차력 게임입니다.

"이브가 저한테 사랑을 속삭인 적은 한 번도 없어요. 결벽증이 있 다는 건 알고 있지만 스킨십을 싫어한다는 건 처음 들어요. 엄청 좋 아하는 것 같던데요."

슈라이나는 어제 그가 자고 있던 자신에게 입을 맞췄었던 순간을 떠올렸다. 그와 키스하다가 중간에 잠에서 깼고, 잘 모르겠지만 그 와중에 이브와 언뜻 눈도 마주쳤던 것 같다. 뭐 하는 거냐며 화를 낼 수도 있었으나 너무 애절하고 간절한 입맞춤에 그냥 그대로 눈을 감 아줬다.

"그가 저한테 칼자루를 쥐여준 적은 없어요. 오늘 그가 칼자루를 쥐고 오믈렛에 넣을 야채를 써는 건 봤어도."

"……?"

슈라이나는 지금 자신이 보고 있는 이브네스에 대해 설명하니 스디하의 표정이 점차 괴상해져 간다. 저 아이, 망상증 있는 게 아닐까. 그렇게 되면 사알짝 더 불쌍한데.

"이야기 잘 들었어요."

상황을 정리해보자면 이렇다. 이브네스는 이 스디하라는 사람과 자신이 대화를 할 것이라는 것도 알고 있었고 대충 내가 무슨 이야기를 들을 것인지 알고 있었을 것이다. 아마도 이브는 자신이 스디하를 선택할 것이라는 사실도 알고 있었을 것이다. 아니, 그가 자신에게 건네주는 의뢰들을 통해 자신이 스디하를 선택할 수밖에 없게 만들었다.

괴상해 보이지만 스디하가 착한 구석이 있다는 건 사실이었고, 나름대로 자신을 도와주려고 했다. 이브는 그런 스디하의 습성을 이용해 자신에게 간접적으로 무언가를 전달하려고 했다.

"그렇게 안 봤는데 겁쟁이인가 봐요. 이렇게 나오는 걸 보면."

이브네스는 슈라이나를 무척 아끼고 있었고, 슈라이나 또한 이브네스를 아끼고 있었다. 동정심에서 시작된 유대 관계였다.

"확실히, 어딘가 비뚤어져 있는 사람은 맞는 것 같아요."

그러나 슈라이나는 사람이라는 종족은 태어났을 때부터 비뚤어진 채 태어났다고 생각하는 사람이었다. 모두 사악하고 잔인하고 더럽고 추악하다. 자신도 그렇다. 다만 의지나 노력에 따라 그 결함을 조금 보일 수도 있고 많이 보일 수도 있다. 그리고 그 능력에 따라 선하다는 평을 받을 수도 있고 악하다는 평을 받을 수 있다.

　이브가 사람들의 원한을 굉장히 많이 사고 다녔다는 것은 알고 있다. 스디하가 말해준 내용만 보더라도 그는 존재해서는 안 될 쓰레기였다. 그는 살아남기 위해 자발적으로 쓰레기가 되었고, 그 과정에서 남들에게 상처를 입혀 그들도 점차 쓰레기로 만들었다. 이로써 이 세상에는 쓰레기가 마치 병균 퍼지는 속도로 퍼지게 되고 다시 그 상처는 자신에게 돌아오고 또 자신은 다른 사람에게 상처를 주고 또 입고…… 무한 반복. 흡사 드보아스 시간 마법진 같은 시간 루프.

　이브네스는 후에 상처를 딛고 일어섰고 뒤늦게 속죄하며 자신의 과거와 뒷일을 청산하려 했다. 아직도 자신에게 원한을 가진 사람이 많아 쫓기고 있는 것 같으나 지은 죄를 인정하고 묵묵히 받아들였다.

　사람들에게 상처만 주는 삶만 살았으니 온전한 사랑을 줄 용기가 없는 거지. 이브는 자신이 감히 사랑이란 걸 할 수 있는 사람이 아니라고 생각했던 것이다.

　그러나. 그럼에도. 결국에는. 기어코.

　"나를 사랑하고 있었구나, 이브네스."

　슈라이나는 쓰게 웃으며 스디하에게 손을 천천히 뻗었다. 그의 목덜미 쪽 옷깃에 붙어 있는 도청 장치를 떼어냈다. 도청 장치는 아직도 약한 불빛을 깜박이며 작동하고 있었다.

　슈라이나는 도청 장치에 입술을 가까이 가져다 댔다.

　"네 고백 잘 들었어."

　목소리가 복잡한 감정으로 살짝 떨리고 있었다. 그 말을 마지막으로 슈라이나는 도청 장치를 우두둑 부쉈다.

　이 모든 건 차마 슈라이나를 내치지도, 끌어안지도 못하는 이브의 비겁한 구애였다.

* * *

쏴아아아. 아직도 비가 쏟아지고 있었다. 길거리에는 아무 사람도 서 있지 않았다. 모두 무거운 비를 피해 각자의 집으로 되돌아갔다. 눈앞에 펼쳐지는 모든 장면이 비 때문에 뿌옇다. 푸르고 시리다. 공기는 눅눅하다 못해 축축했다.

아무도 없는 텅 빈 길에 두 사람이 걷고 있었다. 방금 막 스디하의 작업실에서 나온 이브네스와 슈라이나였다. 우산을 쓰지 않아 두 명 다 비에 파묻혔으나 아무도 신경 쓰지 않았다. 이브가 슈라이나에게 우산을 씌웠으나 그 우산을 거절했다. 그저 앞으로 성큼성큼 걸어 나가며 비를 맞자, 이브도 우산을 접어 비를 맞았다. 그리고 그녀의 뒤를 따라 걸었다.

"아침에 제 이상형을 물어봤었죠."

젖어 들어가는 자신의 옷과 머리카락 그리고 신발을 멀뚱히 바라보다, 슈라이나는 입을 열었다.

그 한마디를 내뱉고 슈라이나는 다시 입을 꾸욱 다물었다. 몇 발자국을 말없이 걷다가 곧 입을 열었다.

"저는 솔직한 사람이 좋아요, 이브네스."

"……."

"이브네스 루나아샤."

자박자박 걷고 있던 걸음을 침침히 불을 뿜어내고 있는 가로등 밑에서 멈추었다. 가로등 속의 마력이 떨어져 가고 있는지 불빛이 약하게 깜박인다. 탁, 하며 그 불마저 꺼지자 세상이 더욱 푸른빛이었다.

"저를 붙잡고 싶은 거예요. 뿌리치고 싶은 거예요?"

빗방울이 떨어지는 소리와 비슷한 목소리였다. 화난 것 같기도 하고, 슬프기도 한 것 같기도 했다. 목소리는 떨리고 있었다.

"……."

슈라이나가 멈추자, 이브도 발걸음을 멈추었다. 슈라이나가 몸을 돌려 이브를 쳐다보자 이브는 시선을 피했다. 슈라이나가 한 발자국 다가오자 이브가 한 발자국 멀어졌다. 입술을 달싹이며 말을 뱉으려 하다가 곧 꾸욱 다물었다.

아주 조심스레 손을 뻗어 슈라이나의 손에 자신의 손을 가져다 대었다. 내쳐질 거라 생각했으나 슈라이나는 얌전히 있었다. 여리고 작지만 굳센 손을 잡았다. 대답 대신 그녀를 강하게 붙잡았다.

슈라이나는 자신을 붙든 그의 손을 멀거니 바라보았다. 길고 흰, 고운 손이었다.

이 길을 걸어올 때처럼, 돌아갈 때도 서로 손을 잡은 채 길을 걸었다. 아까 같은 침묵이 둘 사이에 머물렀다. 그러나 아까와 달리 이젠 손을 잡고 있었다. 손만 잡은 것이었으나 좀 더 편안한 공기가 둘 사이를 맴돌았다.

뿌연 하늘에서 달을 찾아보려고 고개를 들어 인상을 쓴 슈라이나는 입을 옴죽거렸다.

"굳이 스디하의 말이 아니어도 충분히 이브를 불쌍히 여겨요. 그래서 같이 있어 주는 거 알고 있죠?"

"알아."

"뭘 알아요? 거짓말인데."

슈라이나는 비를 맞으며 눈을 감았고 웃음을 터뜨렸다.

"이브의 힘들었던 시간 따윈 저와 관련이 없어요. 처음 봤을 때엔 불쌍하다 생각이 들어 받아준 건 맞지만 그 이후엔 그저 같이 있었던 시간이 퍽 즐거워서 받아준 거예요. 그러니까 불쌍한 척으로 제 관심을 끌어보려는 수법은 이미 유통기한이 한참 지났어요."

"……."

"이브가 오해하고 있는 것 같아서 제대로 제 생각을 말하고 싶었어요."

그렇게 말하며 이브를 바라보았다. 이브는 어느샌가 자신을 줄곧 쳐다보고 있었다. 시선이 마주쳤고 슈라이나는 화를 내거나 두려워 떨거나 윽박지르기보단 다정히 입을 열었다.

"이브가 솔직해지길 바란다면 저부터 솔직해져야겠죠."

걸어가다가 멈춰 서서 손을 뻗어 이브의 볼을 감쌌다.

"안기는 것도 그렇게 나쁘진 않아요. 따뜻해서 기분이 좋을 때도 있고."

이브는 자신의 볼을 감싼 그녀의 손이 살짝 떨리고 있다는 걸 발견하고 그 손 위에 자신의 손을 겹쳤다. 슈라이나가 어깨를 살짝 움츠리며 떨고 있는 것을 보자 이브의 눈동자가 당황으로 천천히 벌려졌다.

"잘 알고 있다고 생각한 사람이 갑자기 멀게 느껴질 때 무서워요. 아까 같은 행동에 정말 기분이 더럽고 역겨웠어요. 저를 밀쳐내려고 했던 거라면 실패했고, 끌어당기려고 했던 거라도 실패했어요."

이브가 숨을 삼켰다.

"미……."

먼저 한 단어를 내뱉었다. 그리고 다시 숨을 내쉬었다.

"미안해."

고개를 푹 숙인 채 어깨를 떨고 있는 슈라이나를 지그시 바라보았다. 이브는 슈라이나를 몰아세운 자신이 무척 미웠다. 혐오스러웠다. 그러나 이젠 슈라이나가 무척 필요했다. 솔직해지라는 말이 빗소리와 함께 이브의 귓가에 뱅뱅 맴돌았다.

"어차피 서로를 배신할 수도 없잖아요. 이 유대감을 좋아하고 있으면서."

슈라이나는 이브의 넥타이를 잡아당겼다. 이브는 속절없이 고개가 푹 숙여졌고 그녀와 시선이 맞춰졌다. 이브의 눈동자를 똑바로 쳐다보았다. 끄집어내지 못해 꼭꼭 숨긴 감정들이 그의 눈빛에 녹아 있었다. 그의 동공이 수축했다.

슈라이나는 넥타이를 쥔 손에 힘을 더 줘서 이브의 귀에 자신의 입이 가까이 닿게 했다.

"그 속에 담은 게 무엇이든 솔직하게 말해. 어쩌면 내가 받아줄 수도 있잖아."

그의 목을 살짝 끌어안고 아주 나지막이, 빗물에 녹아내릴 듯 작은 목소리로, 속삭였다.

"있는 그대로의 널."

슈라이나의 손을 잡고 거처로 돌아가는 내내 이브는 잠시 과거 회상에 잠겼다.

자신은 오물에서 자라났다. 오물 속에서 굴렀다. 사방이 오물이었고 모든 사람이 오물이었고 그중 자신이 제일 오물이었다. 그러나 그게 자신이 지금까지 살아남을 수 있었던 이유였다.

마음을 고쳐먹고 선량하게 살아가겠다는 다짐은 이브에게 모순적이었다. 속에 묻은 오물은 잘 지워지지 않으니까. 행동은 선량해 보일 수 있어도 생각으로 범죄를 저지를 것이다. 겉을 꾸미는 건 쉽기에 깨끗한 척할 수 있었다.

종종 상상한다. 방 안에 꽁꽁 묶여 어디에도 가지 못해 자신에게만 남아 있는 슈라이나를. 종종 상상으로 슈라이나를 갖는다. 상상 속의 슈라이나는 아무리 자신이 비뚤어져도 그런 자신마저 사랑하고 있었다. 괴로워하면서도 자신의 오물을 같이 기꺼이 뒤집어써 주며 망가져 주고.

하지만 그런 건 바라지 않는다. 네가 더러워지지 않고 언제나 행복했으면 했다. 하고 싶은 거 하고. 먹고 싶은 거 먹고. 만나고 싶은 사람을 만나고. 날개를 달아줘서 저 하늘 높이 날려주고 싶었다.

이중적인 마음이 서로 대립했다. 그러다가. 그러다가. 그러다가.

그들은 말없이 빗길을 줄곧 걸었다. 이윽고 거처에 도착했을 때 현관 불빛에 비친 슈라이나를 바라보았다. 이브네스는 일그러진 미소를 지었다.

솔직히 말해? 솔직히 말할게. 솔직히 말하자면.

"네가 나만큼 더러워졌으면 좋겠어."

죄책감이 사라지게. 안심하며 너를 온전히 사랑할 수 있게.

이브네스의 죄악감 가득한 눈동자에서 눈물이 뚝뚝 흘렀다. 잔혹한 미소를 띠고 있었으나 결국엔 소리 없이 눈물만 흘리며 울었다. 젖은 머리카락과 얼굴을 적힌 빗물 그리고 눈물. 공격적인 말과 다르게 이브는 퍽 처량해 보였다. 자신 안의 벽을 강하게 허물고 있었다.

속박하고 싶고 가둬놓고 싶고 이기적이게 굴고 싶어. 널 아끼고 싶지 않아. 놔주기 싫으니까.

이브는 숨김없이 말했다. 퍽 괴롭게 말을 띄엄띄엄 이었다. 슈라이나를 처음 만나 경계의 벽을 허물고 자신의 이기심에 그녀를 괴롭게 할까 봐 벽을 다시 세웠으며 결국엔 그 이기심에 무너져 그 벽을 또 허물고야 마는 자신의 한심함에 숨이 막혔다. 그토록 바랐으나 원치 않았던 상황이다.

슈라이나는 자신의 젖은 머리카락을 손가락 끝으로 빙빙 꼬며 그의 말을 가만히 들었다. 잠시 눈동자를 굴린 슈라이나는 이윽고 고개를 끄덕였다. 빗물에 무거워진 자신의 옷 한 겹을 벗어 이브의 발 앞에 던졌다.

"그럼 그렇게 해요."

오랜 시간 동안 묵묵히 썩던 이브의 갈등이 그 대답 하나로 흔쾌히 해결되었다. 이브는 슈라이나를 와락 안아 들고 그대로 입을 맞췄다. 자신이 원하는 대로 되었다. 그 이상으로 일이 잘 풀렸다. 그러나 가슴이 찢어질 것같이 아팠다. 미안해, 슈라이나. 미안.

한 겹, 두 겹. 걸쳤던 옷들이 가벼워져 간다.

이브의 키스를 받는 슈라이나의 표정에 슬픔이 드리워져 있다. 솔직하지 못한 건 어쩌면 자신일 수도 있었다. 말로는 아닌 척했으나 슈라이나는 결국 같잖은 동정심 때문에 그를 받아주고 있었다. 이브도 그 사실을 모르고 있는 건 아니었다. 그래도 연민이라도 있어 그녀를 붙잡아둘 수 있다는 생각에 기쁘고도 슬펐다.

* * *

아주 간단하게 사건을 정리하자면, 슈라이나는 이브의 연인이 되었다. 그와 교제하기 시작한 이후, 슈라이나는 그가 자취하는 집에 거의 눌어붙어 살았다. 슈라이나가 집으로 돌아가려고 할 때마다 이브네스가 끈덕지게 막았기 때문이었다.

그녀가 편히 자신의 집에 있을 수 있게 그녀의 새 작업실도 하나 만들어주고 그녀를 위한 음식 창고도 새로 하나 만들어줬다. 이브는 그녀에게 해줄 수 있는 모든 걸 다 해주려고 했다. 가지고 싶은 거, 줄 수 있는 거 모두 그녀의 손에 쥐여 주었다.

딱 한 가지 빼고. 슈라이나는 이브에게 자신이 묵을 수 있는 방도 하나 달라고 했으나, 그것만은 거절했다. "내 방이 있는데 왜 굳이? 검소하게 살자." 하며 어이없는 말을 내뱉는 것이다. '슈라이나 장난감 방', '단맛 간식 방',' 짠맛 간식 방'같이 필요 없는 방들을 계속 만들어주면서 유독 자는 곳만은 고집스럽게 자신의 방으로 통일시켰다.

"오늘은 건들지 않기."

슈라이나는 이브에게 한 수 접어주는 대신 항상 조건을 걸었다. 그 조건에 이브는 살짝 불만스러워 보였으나 그래도 매일같이 누워 껴안고 잘 수 있다는 사실이 좋아 고개를 끄덕였다.

이브는 슈라이나와 손으로 한 약속은 물론 입으로 한 약속도 잘 지켜줬다. 슈라이나도 자신과 한 약속을 잘 지키려 노력했기 때문에 그녀가 하지 말라고 하면 안 했고, 그 말이 없으면 자신이 하고 싶은 대로 했다.

그러나 해도 된다고 허락한 날과 허락하지 않은 날 아침에 맞이하는 자신의 상태는 언제나 똑같았다. 일단 언제나 이브에게 숨 막히도록 껴안긴 상태인 건 설명할 필요도 없고,

"저 왜 또 벗고 있냐고요."

아침에 눈을 뜨면 언제나 속옷 차림이었다. 나신일 때도 가끔 있었다. 분명 자기 전까지 잠옷에 나이트가운에 모두 챙겨입고 눈을 감았으나 해가 밝고 아침이 되면 챙겨입은 옷들이 실종되어 있다.

"그러게. 자면서 옷을 벗는 잠버릇이 있는 줄 몰랐어, 슈슈."

자신이 모두 벗겼으면서 천연덕스럽게 거짓말을 치는 이브네스였다. 슈라이나의 부드러운 피부 위에 입술을 문대고 장난스럽게 입을 열었다. 쪽쪽. 이마와 볼에 입을 또 맞추곤 그녀를 더욱 세게 끌어안았다.

"웃기지 마요. 이브 짓이잖아요."

"그치만, 너 잘 때 몸이 무척 따뜻해져서 껴안으면 기분이 좋아."

"그럼 이브도 벗어요. 불공평해."

슈라이나가 손을 뻗어 이브의 셔츠 단추를 풀려다가 곧 멈췄다. 다시 하나하나 잠가 턱 바로 아래까지 꼼꼼히 잠가줬다.

후, 후회할 만한 짓을 할 뻔했다. 자신을 도발적인 눈으로 지그시 쳐다보는 이브네스를 뒤늦게 발견하고 숨을 내쉬었다. 자신이 하지 말라고 하면 그 말을 지켜주는 이브였으나 대신 다른 스킨십으로 그 울분을 풀었다. 며칠 연속 거절하면 종종 머리를 써서 자신이 허락할 수밖에 없는 상황을 만들 때도 있었다.

슈라이나는 어색하게 웃으며 꿍꿍이가 있는 것 같은 그의 눈동자를 손으로 가렸다.

문득 목이 말라 물 좀 마시려고 일어나려고 했다. 그러나 이브가 그녀의 팔을 잡아끌어 못 가게 했다. 슈라이나가 그의 품 안에서 바둥거리자 그가 그녀의 등을 토닥이며 다시 눕혔다.

언제 준비한 건지 이브가 팔을 뻗어 옆에 놓인 물컵을 슈라이나의 입에 가져다 대줬다. 그가 주는 물을 꼴딱꼴딱 받아마신 슈라이나는 하는 수 없이 도로 침대에 편안히 누웠다.

"좀 더 자자 슈라이나……."

두툼한 이불을 끌어 자신과 슈라이나의 몸을 덮었다. 이브는 슈라이나의 허리를 만지작거리고 작은 머리통 위에 자신의 턱을 올려놓았다.

"근데 제 생활 패턴에 맞춰 지내는 거예요? 보통 이 시간에 일어나서 서류 정리하고 화단 가꾸고……."

"취미보단 너야. 묵은 습관보단 너고."

이미 잠에서 완전히 깨어나 맑은 눈이 된 슈라이나는 똘망똘망 천장을 바라보았다. 이제 자신의 집이 된 이브의 집 안에서 계속 알몸으로 돌아다니니 문득 전생 때 일이 떠올랐다.

아주 어렸을 때 팬티만 입고 망토라며 커다란 비닐봉지를 어깨에 걸친 채 거실을 뛰어다니던 게 떠올랐다. 소파 위에 올라가 폴짝폴짝 뛰고, 낮은 책상 위에 올라가 폴짝폴짝 뛰고. 발가벗고 집 안을 돌아다녀도 부끄럽지 않던 때가 떠올랐다.

"하도 벗고 있으니까 자연인이 된 기분이에요. 이브 덕분에 이 상태로 길거리를 싸돌아다녀도 안 부끄러울 듯."

이브가 그 말에 자다가 눈을 들고 웃었다.

"웃지 마요. 비꼬는 거니까. 옷이나 줘요."

"다 되팔아버렸는데. 네가 돈 아깝다고 다 환불하라고 했잖아. 집이니까 그냥 알몸으로 다녀."

"절 속박하려는 방법이 참 신선하시네요. 시도도 좋고 머리도 좋지만 이브가 간과한 게 있는데 내가 좀 대담해졌다는 거예요. 거리를 뛰어다니면서 이브한테 원한 있는 사람들에게 이브 신상을 탈탈 털고 다닐 수도 있어요."

이브는 슈라이나의 머리에 이마를 가져다 대고 큭큭 웃었다.

"네가 그렇게 쉽게 속박될 거라 생각 안 해. 적어도⋯⋯."

슈라이나의 귀에 자신이 생각해봤던 한 계획을 소곤소곤 읊어보았다. 슈라이나는 그가 자신을 묶어두려 짠 계획의 치밀함과 그 수위에 소름이 돋아 몸을 떨다 곧 태연한 표정을 되찾았다.

"마음대로 하세요. 대신 저도 이브한테."

이번엔 슈라이나가 작은 손을 뻗어 이브의 귀에 그에 따른 보복을 속삭였다. 슈라이나도 이브가 말했던 내용의 비슷한 수위로 대답했다. 팔다리를 뒤로 꺾어 묶고⋯⋯ 그리고⋯⋯ 속닥속닥.

이브는 그녀의 말에 눈썹 한쪽을 들어 올리더니 그녀의 귀를 가까이 잡아끌었다.

"그래? 그럼 나는 그럼."

"⋯⋯허. 그런 방법이. 그럼 나는."

그럼. 아니, 나는. 또 속닥속닥. 소곤소곤.

서로 집착 어린 말들을 열심히 속닥거렸다. 슈라이나는 소름에 소름을 거듭하는 그의 큰 그림에 혀를 내둘렀다. 슈라이나가 코를 찡그리며 "난 큰일 났다." 하며 중얼거리자 이브가 또 웃었다.

"너무 귀여워서 터뜨려 뭉개버리고 싶다."

"난 네가 재수 없어서 뭉개버리고 싶어요."

이브의 가슴팍에 머리를 기댄 채 종알거렸다. 작은 입술이 톡 튀어나온 게 꼭 새 부리 같았다.

"좋은 냄새. 너한테서 내 냄새나."

이브도 잠에서 깬 건지, 눈을 도로 감을 생각이 없어 보였다. 슈라이나의 목덜미에 얼굴을 묻고 살갗에서 은은히 퍼지는 향을 맡았다.

"군침 고이는데."

슈라이나는 이브의 머리를 살짝 끌어안고 그가 가져다 놓은 것 같은 치아바타를 집어 우물우물 먹었다.

* * *

예전엔 할 일이 너무 많았다면, 요샌 할 일이 부쩍 줄었다. 이브와 슈라이나 둘 다 포함되는 말이었다. 이브는 여유로우면 허튼 생각이 들까 봐 열심히 일했던 것이고 슈라이나는 그저 돈에 쫓기는 삶을 살기 싫어 열심히 일했던 것이다. 그러나 이브에게 슈라이나가 왔고, 슈라이나는 이브 덕에 의도치 않게 많은 돈을 쥐게 되었다.

슈라이나는 취미로 종종 마법 물품을 만들기도 하였으나 한두 개 만들곤 내려놓았다. 간간이 마법 책을 읽고 검을 잡아보았으나 새로 배우는 게 없으니 흥미를 잃어갔다. 슈라이나가 지루해 보이는 것 같으면 이브는 그녀가 가지고 놀 수 있게 새 사업을 열어줬다. 음식집, 옷집, 금융업계, 정보소 등.

슈라이나가 시작한 사업이 번창하면 그저 많은 돈에 돈이 쌓일 뿐이고, 망해도 아쉬울 것이 없었다. 인생이 참 쉬웠다.

이브의 그늘 안에 있으니 모든 것에서 자유로워진 동시에 꽁꽁 모든 것에서 묶였다. 같이 있는 시간이 깊어지고 쌓여갈수록 슈라이나는 몸뿐만 아니라 마음도 그에게 슬슬 내줬다. 이브가 완전히 자신의 사람, 자신이 완전히 이브의 사람이라는 사실을 온 마음으로 받아들이기까지 꽤 시간이 걸렸다.

그리고 마침내 마음으로까지 그를 받아들였을 때, 슈라이나는 전보다 조금 더 순순히 그의 마음을 받아들였다. 그래서 가끔 무척 적극적으로 나오는 경우가 많았다. 먼저 유혹을 한다든지, 먼저 입을 맞춘다든지, 먼저 그에게 달려가 그를 껴안는다든지.

"이브네스. 나 등이 뻐근해."

"……"

슈라이나는 그의 허리에 매달려 눈꼬리를 밑으로 휘어 느른히 웃자 이브는 표정을 굳혔다. 이브는 슈라이나가 변할 거라 예상했지만 이런 식으로 변할 줄 몰랐다. 그저 귀엽다고만 생각했었으나 가끔 당황스러울 정도로 유혹적이었다. 삼백안이 마냥 사나운 건 아니었다.

치이익. 성냥에 불이 붙었다. 회색 연기가 꼬불거리다가 공기 중에 사라진다.

이브네스는 라벤더 꽃 향이 나는 양초에 불을 붙였다. 방 안에 좋은 향이 가득 퍼지기 시작했다. 손에 젤을 발라 슈라이나의 등에 가져다 댔다.

"시원해?"

"엉."

척추의 뼈를 하나하나 눌러주며 정성스럽게 그녀의 등을 풀어줬다. 자신의 손길에 따라 추임새를 털털히 내뱉는 그녀를 바라보며 입꼬리를 들어 올렸다.

문득 예전에 아카데미에 있었을 때 슈라이나가 나무에 등을 탕탕 부딪히며 혼자 뭉친 근육을 풀려고 했던 때가 떠올랐다. 그때 급한 대로 의자 위에 눕혀 근육을 풀어줬었던 것도 같이 떠올랐다. 그때의 슈라이나를 떠올려 보니 또 웃음이 나왔다.

"왜 웃어."

"아무것도 아냐."

"……?"

슈라이나는 침대 위에 늘어져서 얌전히 미간에 주름을 만들었다. 거참 시원히 잘 지압하니 그의 재수 없는 웃음을 봐주기로 했다. 금방 미간에 주름을 풀었다.

큰 수건이 슈라이나의 하반신을 가리고 있었는데 수건 밖으로 오렌지 모양 문신이 반쯤 보였다. 계약의 증거로 엉덩이에 오렌지 모양 계약 표시가 새겨졌다고 말했으나, 엄밀히 말하자면 그보다 조금 더 위쪽에 위치되어 있었다. 등과 엉덩이 사이의 경계에 자리잡혔다.

이브네스의 시선이 그 문신에 머물렀다. 슈라이나와 비슷한 위치에 자신도 저 모양의 문신이 박혀 있었다.

"네가 나보고 솔직해지라고 했지? 나 너랑 하고 싶은 게 있는데."

손가락을 세워 그 위를 쓸며 슈라이나의 귀에 속삭였다.

* * *

슈라이나는 긴 주황색 머리카락을 틀어 올려 동그란 안경을 쓰고 의자에 편안히 기대 노트 위에 새 물품에 대한 마법진을 끄적이고 있었다. 그렇게 방 안에서 뒹굴거리고 콧잔등을 찡그리며 어떻게 하면 더 효율적으로 수식을 배열시킬 수 있을까 고민하고 있었는데 이브네스가 그녀의 작업실 안으로 들어왔다.

"아. 이게 네가 저번에 하고 싶다고 했던 거야?"

"응. 영구 계약."

이브가 슈라이나의 작업실 의자 위에 앉아 도구들을 책상 위에 늘어놓았다. 슈라이나는 무릎을 껴안고 그를 멀거니 쳐다보다가 종종걸어가 그의 허벅지 위에 앉았다.

손을 뻗어 그가 들고 온 날카로운 도구들을 만져보았다. 날이 선 부분에 손을 가져다 대니 붉은 피가 찔끔 나왔다. 슈라이나는 이브 볼에 그 피를 닦았다.

"도대체 어디서 이런 걸 얻어온 거야. 불법 아니야?"

"어둠의 경로지."

영구 계약은 옛날에 오직 노예들에게만 쓰던 계약이었다. 계약의 갑이 죽어도 계약에 따라 발생하는 문신을 없앨 수 없으며 패널티도 사라지지 않는다. 오렌지 문신이나 이브의 초승달 문신은 그래도 어렵게 지울 수는 있으나 영구 계약을 통해 새긴 문신은 평생 몸에 달고 살아야 했다.

"네가 주니어 때 나와 했던 계약의 마법진의 효과가 떨어지고 있는 것 같아서."

"하긴."

각각 마법진에는 유통기한이 있었다. 이브와의 관계가 이토록 오래갈 거라 예상하지 않았기에 마법진의 수명을 짧게 설정해 놓았었다. 마법진의 패널티 효과가 사라지면 의미 없는 문신만 몸에 남는다. 아마 두 명에게 남아 있는 문신도 이제 겉뿐인 문신일 것이다. 이브는 좀 더 확실한 걸 원했다.

"이걸 하면 넌 나한테 뭘 약속해줄 수 있어?"

이브의 목에 팔을 걸치며 슈라이나는 다정히 물었다.

"약속? 글쎄. 뭘 원해?"

슈라이나의 얼굴이 가깝길래, 그대로 입술을 머금었다. 슈라이나의 요구라면 무엇이든 들어줄 자신 있었다. 자신에게 벗어난다는 말 이외에는.

"나를 온전히 믿어줬으면 좋겠어."

짧지만 깊게 서로의 숨이 엮인 뒤 슈라이나는 그에게 입술을 떼고 갈라진 목소리로 소곤거렸다.

"그래."

노력해볼게. 이브는 슈라이나의 등을 쓰다듬으며 고개를 끄덕였다.

"도청 장치. 위치 추적 같은 걸 달 때 나한테 말하고."

"……그래."

"나도 너한테 마법 물품 몰래 붙일 때 말할 테니까."

"알겠어."

슈라이나는 책상 위에 놓인 날카로운 장비들을 보며 침을 꼴깍 삼켰다. 티는 내지 않았으나 솔직히 좀 무서웠다.

"손."

이브가 손을 내밀자 슈라이나는 망설임을 지우고 그의 손 위에 자신의 손을 다소곳이 내밀었다.

그는 그녀의 허리를 잡아 책상 쪽을 향하게 돌려 앉혔다. 그녀의 왼손 약지 손가락을 책상 위에 올려둔 뒤, 펜같이 생겨 촉이 날카로운 물건을 들어 올렸다.

"윽, 으윽……."

칙. 치직. 지직. 물건이 그녀의 손가락에 닿을 때마다 고운 선을 남겼다. 살타는 냄새가 미약하게 났다. 마법진이 선과 함께 뼛속 깊이 새겨 든다.

슈라이나가 고개를 숙여 그의 몸에 머리를 기댔다. 고통에 입술을 강하게 물었고 입술에서도 곧 피가 나기 시작했다.

"좀만 참아줘."

슈라이나의 손에 얹은 도안의 모양대로 선이 예쁘게 그려지고 있었다. 그리고 곧 손가락 한 바퀴에 전부 선을 그렸을 때 이브는 재빨리 그 도구를 내려놓았다.

"끝이야?"

슈라이나가 울먹이며 물어보자 이브가 고개를 저었다. 아직 한 과정이 더 남아 있다고 했다.

"거의 다 끝났어."

이브는 슈라이나의 등을 두들기고 달래줬다. 아까보다 조금 더 뭉뚝한 촉의 물건을 꺼내 약지 손가락에 그려진 선 한가운데에 가져다 댔다.

지지직. 마지막으로 살이 타들어 가며 마법진이 피부 속에 들어갔다. 이브는 물건 끝에 주황색 보석을 하나 올려놓았다. 물건은 그 보석을 빨아들였다. 곧 그 보석은 슈라이나의 손가락에 깊이 박혔다.

이브는 반지 모양의 문신이 만들어지자마자 손가락 끝을 찢어 슈라이나 손가락의 반지 보석 부분에 자신의 피를 재빨리 떨어뜨렸다. 보석은 이브의 피를 흡수하고 더욱 맑은 빛을 내었다.

"예쁘네."

슈라이나는 눈물이 눈동자에 그렁그렁 맺힌 채 그 반지를 바라보았다.

"이제 내가 해주면 되는 건가? 손 줘봐."

이브가 손을 내밀자 슈라이나는 아까 이브가 했던 절차대로 그의 손에 문신을 그렸다.

"넌 안 아파? 신음 하나 없네."

"아야."

"……"

이브는 자신과 다르게 무척 태연히 고통을 받아들이고 있었다. 아무렇지 않아 하는 이브를 보니 아까 왠지 자신이 호들갑을 떤 것 같아 썩 유쾌하지 않았다.

얼마 지나지 않아 이브의 왼손 약지에도 반지가 완성되었고 슈라이나는 이브의 보석에 자신의 피를 떨어뜨렸다.

"이제 서로가 서로의 노예인 거야."

피가 흐르는 손끼리 마주 잡으며 이브는 흡족해했다. 슈라이나가 살짝 죄책감 어린 눈으로 자신의 손을 바라보자 이브가 불안해하며 마저 성급히 입을 뗐다.

"결혼한 거랑 다를 바가 없지 않아? 나쁜 게 아니야. 이제 우리는 평생 함께 같은 방향과 길을 걷는 거야."

그 말에 슈라이나는 잠시 발가락을 꼼지락거리며 고민하다가 고개를 들어 올렸다. 손을 뻗어 이브의 허리에 팔을 두르고 그의 품속에 자신의 얼굴을 숨겼다. 이브는 훅 들어오는 슈라이나의 행동에 잠시 숨을 들이쉬었다.

슈라이나는 왠지 아무런 생각을 할 수가 없어 입을 열었다. 조금 기쁜 걸 보니 이젠 단순히 동정심이 아닌 것 같다. 다행이다. 안도한 슈라이나는 단지 이브의 품에서 얼굴을 비벼댔다.

"오늘 저녁은 비싼 거 먹을 거야."

이브는 안도의 숨을 내쉬며 고개를 끄덕였다. 그날 저녁은 슈라이나가 상상할 수 없을 정도로 진수성찬이었다.

* * *

돈 많고 한가한 그들은 자주 여행을 떠났다. 꽃의 마을에도 가보기도 하고 바다에도 가보기도 하고. 원 없이 놀며 구경하고 먹었다. 최근에는 낚시도 해서 회도 떠먹었다. 여정에는 강아지 슈슈도 함께였다.

시골 쪽으로 놀러 온 슈라이나는 이브의 무릎에 누워 새파란 하늘을 바라보았다.

"아…… 할 일 쌓였는데…… 기사단 시험…… 그나마 물품은 다 만들었고. 다 언제 해?"

이브가 피부에 좋아지는 백점토를 슈라이나의 얼굴에 치덕치덕 바르다가 손을 멈췄다. 슈라이나도 백점토를 이브의 얼굴에 치덕치덕 바르다가 손을 멈췄다.

잠시 정적이 흘렀다.

"슈슈, 제국 서쪽에 피자 축제 열렸다는데."

그 말에 슈라이나는 자신의 일들을 미래로 미뤄뒀다. 본래 일이란 미루라고 있는 것을.

점토가 마를 때까지 이브와 수박을 먹으며 비 온 뒤 쾌청해진 맑은 하늘을 바라보았다.

코리

외전 3

If 코리

드보아스 가문은 마법 물품 만들기, 마법진 개발 등 마법에 관련된 여러 일에 발을 담고 있다. '오늘의 마법'이라는 잡지를 판매하는 회사도 드보아스 가문 소속이었다. 코리 드보아스는 취미 생활 겸 혹은 차기 드보아스 후작으로서 집안일을 도와줄 겸, 어렸을 때부터 '오늘의 마법'이라는 잡지 일을 도맡아서 했다.

코리가 잡지 회사를 직접 운영하거나 총괄하진 않았지만, 내용 면에서 여러 도움을 주고 있었다. 오류가 있는 정보를 봐준다든지. 신간에서 다룰 마법 주제를 구상한다든지. 코리는 사람들에게 슈니발렌을 널리 알리고 싶어 했기 때문에 사심을 가지고 자발적으로 잡지 일에 나섰다.

['오늘의 마법' 주최 제1회 마법 축제]

잡지 회사에서 나눠준 팸플릿 샘플을 훑어보던 코리는 목덜미를 긁었다.

최근 '오늘의 마법' 잡지 회사에서 새 프로젝트를 진행하고 있었다. 홍보 차원에서 축제를 개최하려는 것이었다. 후작에게 승인도 다 받은 상태고 축제 날짜도 확정되었다.

축제에 관한 서류를 무덤덤하게 읽어내려가던 코리는 손가락으로 톡톡 책상을 건드렸다. 신인 마법사나 경력 있는 마법사가 모여 새로 개발한 마법진이나 물품을 일반 사람들에게 소개하고 체험하게 하는 식으로 축제가 진행된다고 한다. 또, 단순히 자신이 개발한 것이 아니더라도 홍보 차원에서 부스를 만들어도 된다고 적혀 있었다.

"오……."

문득 눈에 들어오는 문구에 코리는 턱을 괴며 나지막이 감탄했다.

마법진을 그린 낙서들에 파묻혀 있던 코리는 자리에서 일어나 침대 쪽으로 향했다. 침대 위는 마법 이론, 마법진 심화서 등등 여러 두꺼운 책들로 너저분했다. 도저히 누울 틈이 보이지 않았다. 책들을 마법으로 간단히 치워낸 그는 침대 저편에 고이 모셔둔 슈니발렌 컬렉션을 꺼냈다.

가끔 슈라이나는 카림과 함께 자신의 집에 놀러 왔다. 들킬 때마다 자꾸 놀리는 슈라이나 탓에 슈니발렌 관련 신문이나 서류는 이렇게 숨겨 두고 몰래 덕질하고 있었다.

열심히 슈니발렌 기사와 마법 물품을 정리해둔 자신의 두꺼운 노트를 소중히 안은 코리는 팸플릿에 다시 시선을 꽂고 눈을 빛냈다.

* * *

"끄아아악."

커튼을 친 방 안, 슈라이나는 침대 위에 엎어져 멍하니 있었다. 이렇게 멍청히 입을 벌린 채 탄식만 내뱉는 생활만 벌써 한 달이었다. 방 안에만 처박혀 이불 속에 숨어 있는 생활도 한 달이었고.

또 제1 기사단 시험에서 떨어진 것도 어언 한 달이었다.

"그때 아침만 먹지 않았어도!"

슈라이나는 제1 기사단 시험을 치르는 도중에 그대로 자리를 뛰쳐나와 자동으로 불합격처리 되었다. 그녀가 시험장을 박차고 향한 곳은 다름이 아닌 화장실이었다. 아침에 뭘 잘못 먹은 건지 시험장에 이르러서 심한 복통을 느낀 그녀는 대장의 건강함을 위해 아카데미 시절 내내 준비했던 시험을 포기했다.

재시험을 보고 싶으나, 격년마다 딱 한 번 있는 시험이었다.

"하하하! 하하하! 살다 살다 그런 거지 같은 이유로!"

계속 침대에 누워서 저 상태였다. 입꼬리는 올라가 웃고는 있지만, 눈이 공허했다. 정신이 붕괴가 되어 회복이 불가능했다. 몸과 마음이 무너진 사이 슈니발렌 앞으로 의뢰도 많이 쌓이고, 저택에 손님도 많이 방문했으나 모두 돌려보냈다. 슈라이나는 회복을 위해 혼자 있는 시간이 필요했다. 노력한 것에 대해서 언제나 성과를 얻어냈던 그녀로서 이 일은 그녀에게 꽤 큰 타격이었다.

의욕이 사라졌다. 다시 운동을 시작하고 내후년에 있을 시험을 또 준비해야 할 텐데 도저히 엄두가 나지 않았다. 시험 전에 너무 심하게 노력했던 탓에 탈진된 것이다.

시험을 준비하느라 검술에만 신경 썼었다. 마법 검사에게 요구되는 능력엔 검술의 비중이 더 컸기에 마법을 내려놓아야 했다. 흑마법을 이용해 여러 새 마법진들을 그려보거나, 시도해보고 싶은 것이 많았으나 꾹 참고 열심히 검만 잡았다. 굳은살 위에 또 굳은살이 박일 정도로 열심이었다.

현재 기사단 시험을 망친 상황. 시간도 많이 남았겠다, 여유롭게 마법에 시간을 쏟을 수 있었으나 지금은 마법에 손을 대고 싶은 기분도 아니었다.

슈라이나의 얼굴이 푹신한 베개에 맞닿아 우스꽝스럽게 찌그러졌다. 동공이 풀린 눈동자는 한 곳을 응시하고 있었다. 2개의 연락구가 방 저편에 둥둥 떠다니는 것이 보였다. 한 연락구는 슈라이나 개인 연락용이고 나머지 한 연락구는 슈니발렌 앞으로 날아오는 연락들을 모아놓는 용이었다.

두 연락구 모두 빛을 껌벅이며 새 연락을 알렸다. 연락이 오면 소리가 나게끔 설정했었으나, 요새 자신에게 연락하는 사람이 퍽 많아 소리도 모두 껐다. 그저 빛만 깜박이며 그동안 쌓인 연락들이 많았다는 사실을 알릴 뿐이었다.

답을 할 정신이 아니었기에 슈라이나는 연락구에서 시선을 떼고 베개에 얼굴을 묻었다. 잠시 눈을 감으며 심란함을 달래보려는데 문득 연락구에 쌓여 있던 슈니발렌의 의뢰들이 아른거렸다.

"……뭐라도 하면 기운이 차려지려나."

돈을 벌어서 성취감을 좀 느끼면 기운이 나지 않을까. 그러다 보면 의욕도 되찾을 것이고, 의욕을 되찾으면 다시 기사단 시험을 준비할 마음이 생기겠지. 다시 원래 페이스를 되찾고 기사단에 입단하는 것이다.

너무 오래 쉬어서 나태의 끝을 찍은 슈라이나는 일하고 싶은 마음이 없었으나 그래도 미적거리며 일어났다. 그동안 씻지도 않고 침대 속에서만 뒤척여서 그런지 슈라이나의 머리카락은 마치 사자의 갈기 같았다. 하나의 덩어리가 된 풍성한 머리카락에 손을 넣고 벅벅 긁으며 슈라이나는 슈니발렌에게 온 연락구를 집어 들었다. 그리고는 다시 침대에 발라당 누워 연락구의 내용을 확인해보았다.

의뢰는 시답잖은 게 많았다. 마법 냉기구 수리, 건물 보안 장치 설치, 날아가 버린 업무 내용 복구, 기타 등등. 일이 쉬운 만큼 보수는 퍽 시원찮았다. 실버에서 10골드 내외. 예전에 뒷일을 했을 때 일이 좀 까다로운 대신 돈을 참 많이 벌었지만 그 일에선 이제 손을 뗐다.

무심하게 의뢰들을 훌훌 넘겨보고 있는데 의뢰의 형태가 아닌 연락에 슈라이나는 눈을 빛냈다.

"마법 축제라…… 슈니발렌 앞으로 왔네?"

가장 최근에 온 연락이었다. 슈라이나가 구독하고 있는 '오늘의 마법' 잡지 회사에서 보낸 초대장이었다. 구독해줘서 고맙다고 이렇게 따로 축제 초대장을 보내는 것 같다.

슈라이나는 고개를 갸웃거리며 안의 내용을 읽어 보았다.

"물품이나 마법진을 소개해 주면서 마법진 사용 권리를 판매하고 뭐 그런 건가?"

가난한 마법사들이 투자자들을 쉽게 구할 수 있게 꽤 큰 기업이나 단체들의 사람들도 초청하는 것 같았다. 때마침 축제가 시작될 날짜도 바로 모레였다.

축제에 가보는 것으로 마음을 정한 슈라이나는 연락구를 끄고 자리에서 일어나 샤워실 쪽으로 향했다. 일도 하기 싫고 마법도 하기 싫고 검을 들고 몸 쓰는 일은 더더욱 싫고. 마냥 빈둥거리고 놀고 싶었으나 뭔가는 해야 할 것 같고. 슈라이나는 자신의 이중적인 바람의 중간점이 이 축제라고 생각했다. 딱 좋았다. 축제니까 볼거리는 물론, 먹거리도 많겠지? 츄릅. 입에 침이 고인다.

"구경만 하고 오는 거야, 구경만."

그러면서 슈라이나는 자신도 모르게 개인 부스를 열 생각을 하고 있었다. 무슨 마법진을 전시할까, 기꺼이 자신에게 투자할 사람이 생기면 어떤 계획안을 보여줄까. 그런 세세한 계획까지 전부 다 잡아놓고 있으면서 정작 입으로는 간단히 구경만 하고 온다고 말하고 있는 것이다.

후. 그래. 잠시 모든 것을 내려놓고 놀다 오자. 이미 모든 것에 손을 놓은 지 오래였지만 슈라이나는 기왕 나태해진 거, 자기 자신에게 조금 더 관대해지기로 했다.

기사단 시험 준비하느라 연무장과 방만 왔다 갔다 하며 바깥바람 쐴 여유도 없었으니 오랜만에 바람을 쐬는 것도 나쁘지 않을 것 같았다. 하지만 샤워실 안에서 기사단 시험의 일을 또 떠올리게 되자 슈라이나는 분해서 다시 벽의 타일을 쾅쾅 쳤다.

* * *

팸플릿을 대충 읽어 보아도 축제의 규모가 상당할 것이라는 걸 알 수 있었다. 겨우 1회째인데 처음부터 영혼을 갈아 넣은 게 아닌가 하는 생각이 들었다. 그러나 큰 기업에서 여는 제국 첫 마법 축제인 만큼 많은 이들이 관심을 보였고, 그 관심에 부응하려 규모를 크게 잡은 것 같다.

축제에는 사람들의 발걸음을 멈추게 할 것들이 많았다. 다양한 먹거리는 물론이고, 참여 마법사가 많다 보니 다양한 마법을 통해 축제 주위 공간을 아주 화려하게 장식했다.

여러 분야의 마법사들이 보인다. 불꽃 마법으로 화염꽃을 만들려는 화염 계열 전문 마법사도 있었고, 새로운 빛 마법진으로 새 형태의 에너지를 만들 수 있다는 이론을 열심히 설명하는 마법사도 있었다.

일반 계열 마법사들은 각자 저마다 맡고 있는 계열이 있었다. 불이나, 빛 등등 자신이 가장 자신 있는 마법 종류를 하나 골라 그걸 평생 연구하는 게 일반적이었다. 슈라이나처럼 마법진의 수식을 마음대로 배치하여 그 속성을 자유롭게 응용해서 바꾸는 건 잘 알려진 마법 접근 방식이 아니었기 때문에 다들 자신에게 익숙한 한 속성의 마법만 팠다.

"오오. 저 사람 잡지에서 봤던 사람인데."

잡지 회사에서 여는 축제이다 보니, '오늘의 마법' 전속 마법사들도 초청되어 축제에 참여하고 있었다. 고개를 살짝 돌려 건너편을 바라보니 잡지에서 숱하게 나와 마법의 배경을 설명해주는 마법사가 보였다. 또 반대쪽으로 몸을 트니 얼음 마법을 설명하는 마법사도 보였다.

유명 인사들을 한자리에서 보니 마냥 신기했다. 슈라이나는 더 자세히 보고 싶어 축제가 진행되는 곳 안으로 들어갔다.

"저…… 혹시 마법사이신가요?"

"아, 예."

축제 장소에 발을 디디자마자 축제 안내인 중 한 명이 다가와 말을 걸었다. 슈라이나는 살짝 당황하다 고개를 끄덕였다.

"아! 혹시 초청받으신 분인가요?"

"아뇨. 그냥 놀러 온 마법사."

"그러시군요. 그렇다면 혹시 성함이 어떻게 되시나요? 활동명이라 든지……?"

슈라이나는 뭐가 이렇게 번거롭나 싶어 소매를 만지작거리다 입을 열었다.

"슈니발……."

슈니발렌. 짤막하게 활동명을 말하려고 했으나 곧 입을 꽈악 다물었다.

아까 초청받으신 분이냐고 물어봤는데 귀찮아서 아니라고 대답해 버렸다. 슈니발렌은 초청받은 마법사였고. 일일이 초청받았느냐고 물어보는 것을 보면 초청받은 사람은 따로 무슨 혜택을 주는 것 같은데 슈라이나는 짤막하게 구경만 하고 올 마음이었기에 그 혜택을 거절하고 싶었다.

"네, 그래서 활동명이?"

"예, 아…… 아니. 이름 뭐로 하지."

"……?"

"음…… 마이콜?"

슈라이나는 재촉하는 안내원의 시선에 어리바리하게 입만 벌리고 있다가 주방장 아저씨의 이름을 댔다. 급하게 이름을 생각하려다 보니 정말 아무 이름이 나와버렸다.

"아아. 마이콜이시구나."

"……네. 이쪽 직업을 선택한 지 오래되지 않아 유명진 않지만."

"리스트에 없는 걸 보니 그런 것 같네요."

기대했던 분이 아니라 김이 팍 샌 안내인은 슈라이나에게 [개인_ 마법사 마이콜]이 적힌 이름표를 걸어주고서 냉큼 떠나갔다.

'후드를 얼굴까지 푹 눌러쓴 사람이 있으면 슈니발렌일 확률이 높다고 들었는데.'

아까 마이콜이라고 자칭하던 이상한 소녀가 후드를 푹 눌러쓰고 있어 혹시나 해서 물어보았다. 이 날씨에 후드를 푹 눌러 쓰고 있을 사람은 극히 적었다. 그래서 여러 번 심문하듯 꼬치꼬치 캐물었던 것이었다.

역시나 아니었다. 그 베일에 싸인 마법사가 이렇게 쉽게 나타날 리가.

현재 축제에 참여하고 있는 드보아스가의 후계자가 슈니발렌의 엄청난 추종자라고 소문이 자자하다. 회사 측에서 슈니발렌을 축제에 참여시켜 축제에 대한 드보아스 후계자의 환심을 사보려고 했으나 왠지 안 올 것 같아 불안하다.

개인적으로도 그 마법사가 어떻게 생겼는지 무척이나 궁금했다. 여러모로 마법이라는 학문에 끼친 영향력이 대단하니 존경스럽기도 했고.

"슈니발렌은 역시 안 오는 걸까? 와주시면 절도 넙죽넙죽할 마음 있는데."

그러나 오라는 슈니발렌은 오지 않고 무명 마법사 마이콜이 왔다. 잠시나마 기대했던 자신이 실망스러워 그저 마이콜 쪽을 미련스럽게 바라보았다.

마이콜은 마법사면서 마법 부스엔 가지도 않고 음식 파는 곳에만 서성이고 있었다. 쉬지 않고 계속 먹는 걸 보니 아마 저 마법사 속성은 튼튼한 장기일 것이다.

* * *

음식 부스를 한 번 쭈욱 돌아 모든 음식을 먹어보고 심심해진 슈라이나는 슬슬 마법 부스를 돌아보려 발걸음을 옮겼다. 정말 다양한 마법사들이 다양한 마법진을 소개하고 있었다. 자신의 생계와 연관이 있는 만큼 꽤 필사적으로 움직이는 마법사들도 있었다.

슈라이나는 여러 부스를 지나가며 그들의 마법진을 구경도 해보고, 무료 샘플 마법진을 그려도 보았다. 얼음 마법진으로 단번에 아이스크림을 만드는 마법에 흥미가 있어 잠시 걸음을 멈췄다. 그 마법사는 아직 마법으로 맛까지 다양하게 만드는 건 못해도 빠르게 대량 생산할 수 있는 마법진을 축제에 내놓았다.

그 마법사가 우유를 마법으로 얼리고 부드럽게 갈았다. 그리고 그 과정을 반복시켜 꽤 많은 아이스크림이 한 번에 생산되었다. 또 추가로 다른 마법진을 그려 자신이 들고 있는 시럽이 저절로 그 아이스크림 위에 뿌려지게 만들었다. 간단한 마법이었으나 반응이 무척 좋았다.

"나도 하나 만들어볼까……."

저 마법사가 쓴 마법진의 형태에서 조금 더 응용해 기호에 따라 맛을 자유롭게 설정하는 것이 가능한 아이스크림 마법 기계를 만드는 것이다. 현재 누리고 있는 방콕 생활에 풍요로움을 더해주지 않을까.

만들어서 팔아볼 생각은 잠시 했으나, 문득 귀찮아져서 자신만 누리기로 다짐했다. 슈라이나는 공짜로 받은 아이스크림 통을 쓰레기통에 버렸다.

"아까 쓰신 마법진 저한테 공개해주실 수 있나요? 얼마 정도 하나요."

"아! 2실버예요! 감사합니다!"

"많이 버세요."

슈라이나는 방금 본 마법진을 샀다. 마법사는 슈라이나에게 자신이 사용했던 마법진을 손가락 끝으로 슥슥 그려 동그란 기억구에 저장시킨 후 슈라이나에게 건넸다. 예쁘게 리본으로 포장까지 해주는 게 무척 친절했다.

사실 그 사람의 마법진을 군이 사지 않아도 대충 어떤 형태로 마법진이 돌아가는지 보였으나, 노력과 성의를 보아 그냥 샀다. 마법사들이여 부흥하라!

슈라이나의 주머니에는 몇십 골드가 들어 있었다. 걸을 때마다 짤랑거리며 금화가 소리를 낸다. 오늘 제대로 사치 부릴 작정하고 온 그녀였다. 서비스로 아까 그 마법사에게 아이스크림을 두세 개 더 받은 슈라이나는 다른 부스를 구경하기 위해 축제장의 더 깊은 곳으로 이동했다.

잠시 생각 없이 두리번거리며 부스들을 둘러보고 있다가 그녀는 곧 발걸음을 우뚝 멈췄다. 그녀의 시선은 곧 이 장소에서 진행되고 있는 가장 큰 부스로 꽂혔다.

"저, 저게 뭘까."

그대로 몸이 굳어 눈이 동그랗게 떠졌다. 하마터면 들고 있던 아이스크림을 그대로 떨어뜨릴 뻔했다.

[살아있는 전설: 대마법사 슈니발렌]

축제장의 구석에 아주 화려한 부스가 숨어 있었다. 크기가 세 개의 일반 부스를 합쳐놓은 것과 같았다.

손이 파르르 떨렸다. 저게 진짜 뭐야. 살아있는 전설? 대마법사? 정말 유치한 문구들이 간판에 적혀 있었다. 온갖 과장이란 과장은 다 섞어놓았다. 많이 뻔뻔해진 슈라이나였지만 저 부스에 적힌 부끄러운 단어들 때문에 얼굴이 확 붉어졌다.

자신의 활동명이 대문짝만하게 걸려 있다니. 왜 이제야 이걸 발견한 건지 모르겠지만, 그 간판이 얼마나 큰지 멀리 떨어져도 눈에 확 들어왔다. 부스 바로 위에서 4개의 보조 영상구들이 직사각형을 만들며 거대한 영상을 띄우고 있었다.

[어느 날, 혜성처럼 등장한 베일에 싸인 마법사 슈니발렌. 그분의 첫 작품에 대해 말해보고자……]

영상구에선 자신이 그동안 개발했던 마법진과 물품의 특징을 설명하는 영상이 나오고 있었다. 나레이션까지 넣어 마법사로서 자신의 역사를 세밀하게 말하고 있다.

영상에서 끝났으면 좋았을 텐데, 내 사인으로 디자인된 컵, 옷, 펜 등등 다양한 물건도 판매하고 있었다.

"아, 요새 가만히 있어도 돈이 쌓인다 싶었는데. 저것 때문이었구나."

언젠가 슈니발렌 앞으로 날아온 홍보 동의서에 사인을 한 적 있었다. 종이가 두툼했고 자신을 홍보해주겠다는 내용이 아주 자세히, 세세히 적혀 있었다. 홍보 방법이 너무도 다양해 거의 백 페이지에 이르렀던 것 같다. 홍보를 하고, 굿즈도 만들고 해서 나온 수익을 모두 슈라이나에게 돌려주겠다는 엄청난 조건이었다.

동의서의 내용을 읽어 보니 자신에게 나쁠 게 없을 것 같아 시원하게 승인했다. 뒷일을 하다가 쫓기는 신세가 된 건 이미 예전 일이었고 이브네스가 자신의 행적을 깔끔히 지워줬기에 자신의 활동명이 널리 퍼져도 괜찮았던 시점이었다.

근데 그때 승인한 것이 여기서도 진행될 줄은 몰랐다.

"……좀 대박인데."

쭈뼛쭈뼛 걸어가 부스에서 나눠주는 책자를 하나 집었다. 너무 정리가 잘 되어 있어 감탄이 절로 나왔다. 체계적으로, 논리적으로 슈니발렌이 사용했던 마법진 종류와 그 마법진의 역할, 그리고 현재 어떤 식으로 응용되어 쓰이고 있는지 설명하고 있다. 슈라이나 자신도 몰랐던 자신의 영향들도 잘 풀어 설명하고 있었다. 그 와중에 신기한 건, 홍보를 하면서도 슈니발렌이 개발한 마법진의 수식이나 배열이 누설되는 걸 엄격히 막고 있다는 것이었다. 저작권을 아주 칼같이 보호해줬다. 공개되면 살짝 난감할 내용들은 전부 피했다.

누군지는 모르겠지만 손해를 감수하면서도 자신을 홍보해 주고 있는 것이다. 그래서 좀 의아했다.

자신이 개발한 물품들을 시기별로, 행태별로, 용도별로 전시한 전시함 주변을 서성거렸다. 전시함 주변에 붙어 있는 설명글을 읽어보니 사실 찬양 글이 아닐까 싶을 정도로 좋은 말을 많이 쓰여 있었다. 글에서 흥분이 살짝 묻어나올 때도 있었다.

'이런. 저건 또 뭐지.'

슈라이나는 자신의 앞에 펼쳐진 신선한 광경에 또 발을 멈췄다.

[슈발사모]

'슈발사모'라고 적힌 팻말 아래에 사람들이 삼삼오오 모여들고 있었다. 사람들은 부스 주변에 책상을 하나 가져다 놓고 그 주위에 둥글게 앉아 있었다. 모두들 '$' 모양의 배지를 가슴팍에 달고 열띤 토론을 하고 있었다. 그들의 말소리가 슈라이나가 서 있는 곳까지 들려왔다.

사람들이 그렇게 많지는 않았으나 목소리만은 아주 우렁차 몇십 명은 모여 있는 것 같았다. 슈라이나는 저 무리에서 간간이 들리는 '슈니발렌', '위대한' 등등의 단어들을 종합해 이 모임의 정체를 추측해보았다. 설마 슈니발렌을 사랑하는 모임일까. 제발. 그러지 말자 우리.

슈라이나는 후드를 푸욱 눌러쓰고 그들이 무슨 말은 하고 있는지 듣기 위해 그 무리 주변에 다가갔다.

"아니이! 슈니발렌 님이 선호하시는 마법진 배열은 수식을 두 개로 분열시키고 그걸 교차로 묶는 방법이라니까? 그게 마력 소모가 적으면서 더 효율적으로 마법진이 시동될 수 있게 해준다고. 슈니발렌 님의 장거리 통신 시리즈 003 모델을 봐봐!"

한 마법사가 슈니발렌 물품 안내서를 펴들고 한 곳을 가리키며 열불을 터뜨렸다.

"아니라고! 제일 효율적인 마법진 배열은 일렬로 나열한 짧은 수식이라고! 슈니발렌 님이 가장 최근에 출품하신 물품을 보면 네가 말한 그 방식을 사용하지 않으셨어! 더 효율적인 마법진 수식 배열을 발견하시고 선호 스타일을 바꾸셨다니까?"

다른 마법사가 자리에서 박차고 일어나 자신의 품에 소중히 간직해두고 있던 슈니발렌의 물품을 꺼내며 소리를 박박 질렀다.

"아니라니까? 최근에도 내가 말하는 방법을 쓰신다고. 잘 보이진 않지만 메인으로 쓰이는 마법진 밑에 내가 말한 마법진이 언제나 깔려 있었어."

"무슨 소리야? 너 진짜 눈 안 좋구나? 그게 어디 있는데?"

슈니발렌 홍보 부스 아래 모인 마법사들은 슈니발렌이 마법진을 그리는 방식에 대해 침 튀기며 토론, 내지 말싸움을 하고 있었다.

자신의 주장을 뒷받침하는 근거에 근거와 근거, 억지 근거와 억지 근거를 붙이다가 결국 두 사람 모두 길을 잃고 말았다. 토론에 끝이 없어 보이자 그들은 서로를 째려보다가 곧 고개를 돌려 테이블의 끝 쪽에 앉아 있는 한 사람을 쳐다보았다.

"코리 님은 어떻게 생각하십니까! 어떤 접근 방법이 더욱 적절한지요!"

'코리'라는 단어가 언급되자마자 사람들의 시선이 일제히 한 사람, 그 코리라는 사람에게 쏠렸다. 시선이 모인 곳에는 금발의 남자 한 명의 의자에 눕듯 앉아 있었다. 혼자 조용히 슈니발렌 안내서를 팔랑팔랑 넘기며 읽던 그는 자신의 이름이 호명되자 고개를 들었다.

녹빛 눈동자가 사납게 치켜 뜨고 있었으나 눈빛만은 나른해 퍽 요사한 느낌이 드는 남자였다. 잠을 오래 못 자 졸린 건지, 눈꺼풀이 아주 천천히 껌벅였다.

슈니발렌 안내서에 정신이 팔린 듯했으나 귀는 열어 그들의 열띤 대화를 듣고 있었던 코리는 그들의 물음에 잠시 땅을 쳐다보더니 입을 열었다.

"슈니발렌이 특징적으로 쓰는 마법진 수식들을 며칠 밤낮을 새며 연구해 보았…… 다."

코리는 아직도 입에 붙지 않은 귀족 말투를 유지하려 인상을 썼다.

"코리 님, 우리밖에 없으니까 말 놓으셔도 됩니다!"

"고마워."

여전히 귀족 말투가 싫었던 코리는 편안한 사람들끼리 있을 때는 집 안에서 쓰는 편안한 말투로 잽싸게 돌아왔다.

눈동자가 모두 자신에게 꽂히자 코리는 어색한 미소를 짓더니 곧 손가락을 들어 올렸다. 마력을 눈에 보이게 만들어 그걸로 허공에 글씨를 적었다. 일반 사람이라면 이해 못 할 마법진의 심오한 수식들이었다.

"눈이 빠지게 연구해서 발견한 사실. 우리 슈니발렌 님은 물품의 용도에 따라, 강조하고 싶은 기능에 따라, 마법진 수식 배열이나 형태가 달라."

마법진을 풀이하기 시작하자 곧 허공에 수식들이 빽빽이 적혀 내려갔다. 그가 손을 움직이며 계속 풀이하자, 그의 주변에 앉아 있는 사람들이 입을 모아 감탄했다.

"……해서 이렇게 보면 슈니발렌 님은 1번의 상황에선 3번의 방식을, 2번의 상황에선 4번의 방식을 사용한다는 걸 알 수 있지. 매 물품을 출시할 때마다 효율과 성량 모두 고려해 아주 적절하게 마법진을 섞어 사용하고 있어. 그러니까 특정 선호 방식이 없다는 거지. 습관에 따라 마법진을 쓰시는 게 아니라 머리를 따라 마법진을 쓰신다는 거야."

코리가 손가락에 마력을 거둬 적는 것을 마치자, 그룹 내의 사람들이 자리에서 일어나 기립박수를 치기 시작했다.

"우리 슈니발렌 님 예술가셔, 흐읍. 진짜 예술의 경지에 오르셨어!"

"그치. 마법사가 아니라 예술가야."

하나같이 슈니발렌을 찬양하기 시작하자 고요했던 코리의 입꼬리가 으쓱거렸다. 슈라이나에게 쏟아지는 칭찬이 곧 자신에게 하는 칭찬같이 느껴졌다. 자신도 같이 옆에서 슈니발렌을 찬양하고 싶었으나 요새는 좀 자중하고 있었다.

열띤 토론 이후, 모두가 펜을 들고 슈니발렌이 재작년에 야심 차게 발표한 마법진을 풀이하기 시작했다. '$'가 박힌 펜으로 종이에 한가득 기호와 숫자들을 적어 내리다가 탁- 깨달음을 얻었는지 모두 흥분해서 펜을 저 하늘 위로 던졌다.

"우와, 코리 님 방금 제가 푼 것 좀 봐주세요! 이런 식으로 풀이해서 수식을 배열하면 오류가 풀려요! 이래서 여기에 이런 수식을 넣으신 것 같아요! 와 진짜 어떻게 이런 생각을 할 수 있지?"

사람들이 흥분해서 속사포로 말을 쏟아내자 코리도 미소를 지으며 고개를 끄덕였다.

"맞아, 우리 슈니발렌 님은 천재셔."

부끄러워하는 표정을 지으며 고개를 끄덕인 코리를 슈라이나는 그저 멍한 눈으로 바라보았다.

문득 아카데미 때 있었던 일이 떠올랐다. 이젠 더 이상 슈니발렌의 추종자가 아니라며, 자신 앞에서 다른 마법사의 기사를 꼬옥 쥐고 말하던 코리, 스완과 방에 쳐들어갔을 때 후다닥 슈니발렌 관련 기사를 벽에서 떼어내던 코리, 아직도 자신의 팬이냐고 물어보면 이젠 아니라며 고개를 젓던 코리.

어느 순간부터 슈라이나 앞에서 탈덕 연기를 선보였었던 코리였지만…….

"슈니발렌은 뭐?"

"최고시다!"

"코리 님도 외쳐요!"

"······아. 슈니발렌 최고."

"모두 크게!"

"최고!"

시끄럽고 활기찬 '슈발사모' 회원들의 구호에 맞춰, 망설이다가 팔을 허공에 힘없이 내던져줬다. 힘없어 보이는 와중에도 들떠 있는 모습이다. 슈라이나는 그런 코리의 모습을 그저 멍한 눈으로 쳐다보았다.

불행인 건지, 다행인 건지 코리는 아직 슈라이나를 발견하기 전이었다. 의외의 장소에서 코리를 발견하자마자 슈라이나는 자신의 모습을 바꿨다. 실수로 이름을 마이콜이라고 말했으니 코리 또래의 남자아이로 모습을 변화시켰다. 문득 저번에 코리가 자신이 모습을 바꾼 걸 예민하게 알아챈 일이 떠오른 슈라이나는 마법진을 뒤틀어 그 안에 마력과 원모습을 완벽히 동봉했다.

이로써 아무리 코리라도 자신이 변장했다는 것은 모를 것이다. 마이콜이라는 사람이 마법으로 변장한 상태라는 걸 알 순 있어도.

그렇게 모습을 바꾼 슈라이나는 뒷짐을 진 채 코리 곁을 서성거리며 그의 생소한 모습을 관찰했다.

소극적이고 내성적인 성격, 다 버려버렸다. 모임 같은 거 질색하는 애였는데, 슈니발렌 이야기를 하며 무척 즐거워하며 떠들고 있다. 살아있는 전설이라던지, 대마법사라던지, 슈발사모라던지 여러모로 부끄러웠으나 코리의 이런 면을 보자마자 그 부끄러움이 모두 깔끔히 사라졌다.

'코리, 그렇게 아니라고 내빼더니.'

처음 그에게 자신이 슈니발렌이라는 사실을 들켰을 때, 그는 슈니발렌을 추종하는 것을 숨기지 않았다. 종종 악수했고 사인도 자신의 학용품이나 옷이나 손등에 그려달라며 아주 착실히 받아냈고 사인이 붙은 물건들을 아주 소중히 간직했다.

그러나 나이를 먹더니 어느 순간부터 그 기색을 감추고 슈라이나 앞에서 자신이 슈니발렌을 숭경하는 티를 숨겼다. 그래서 탈덕인 줄 알았으나 숨덕이었다. 갑자기 아니라고 하니까 섭섭했었는데. 슈라이나는 코리의 그런 행동의 이유를 잘 몰랐으나 일단 그가 귀엽다는 건 인정했다.

코리를 뚫어지라 쳐다보고 있는데, 곧 그와 시선이 마주쳤다.

"……?"

자신이 누구인지 알아보지 못하는 코리의 모습에 슈라이나는 안도의 한숨을 내쉬었다. 코리는 변장한 슈라이나를 보며 잠시 고개를 갸우뚱거리다 입을 열었다. 눈썹 한쪽이 들어 올려져 있었다.

"모임에 가입하고 싶어? 앗. 싫은가?"

"뭐? 아니…… 네?"

코리가 어색하게 말하자, 당황한 슈라이나도 어색하게 행동했다.

아까부터 주변에서 자신의 또래처럼 보이는 남자애가 자신 주변에 서성거리는 것을 수상히 여긴 코리는 그를 힐끔힐끔 쳐다보았다. 자신을 보면서 계속 입꼬리를 비죽비죽 올리는 모습에 소름이 돋은 코리는 그에게 말을 한번 걸어보기로 했다.

그 수상한 남자의 명찰에는 '마이콜'이라고 적혀 있었는데, 행색을 보아하니 마법사 같았다.

그가 슈니발렌에 관심을 보이는 것 같자, 속에서 전도하고 싶은 마음이 솟구쳐 올라왔고, 코리는 그에게 모임에 들어오라고 권유했다. 활동명이 마이콜인 마법사는 자신을 원래 알고 있었다는 듯 친근하게 대답하다 곧 말을 고쳤다.

당황한 마이콜을 바라보며 코리는 이브와 다니며 배운 영업용 미소를 얼굴에 장착했다. 무섭지 않게 웃을 수 있는 방법을 터득한 코리였다. 얼굴에 근육을 풀고 나긋한 미소를 지은 코리는 변장한 슈라이나에게 모임 가입 종이를 내밀었다.

"여기 서명하면 너도 회원이다. 내가 게을러서 모임에서 별로 하는 건 없다. 아마도."

코리의 영업 미소에 좀 홀린 슈라이나는 자신도 모르게 가입서에 마이콜의 이름을 적고 있었다.

"넌 이상하게 왠지 친숙한 기분이다. 동갑처럼 보이는데 말 놔도 된다. 나도 말 편하게 할 테니."

"알겠어."

"휴. 고마워. 이 말투는 거부감이 들거든. 말하다 보면 혀가 막 꼬여."

혀를 내밀며 인상을 쓰던 코리는 원래의 편한 말투로 돌아와 어색하게 볼을 긁적였다. 서명을 마친 슈라이나가 가입서를 건네자, 그는 그걸 아공간에 집어넣어 바로 보관했다. 방금 모임에 가입한 마이콜이 슈라이나가 변장한 상태라는 것을 꿈에도 모른 채 코리는 그녀의 어깨에 팔을 걸쳐 턱을 기울이고 털털히 입을 열었다.

"가입했으니 경고 하나 할게."

"……?"

"슈니발렌을 따르기로 한 마법사 중, 일상생활을 제대로 유지하는 사람은 못 봤어. 나 포함해서."

"……."

슈라이나는 티는 내지 않았으나 속으로 괴성을 질렀다.

으아악! 코리! 너 내 뒤에서 도대체 무슨 말을 하고 다니는 거야, 으아악!

슈라이나의 마음속에서 화산이 몇 개 폭발했고, 화산에 사는 원주민들이 원 형태로 뛰어다녔다. 슈라이나는 코리의 어깨를 붙잡고 제발 그러지 말라고 부탁하고 싶었다. 그러나 변장 중이었기에 티는 낼 수 없어 그저 힘겹게 고개만 끄덕일 뿐이었다.

코리는 자신이 생각하는 것보다 더 자신을 파고 있었다. 그렇게 안 봤는데 광신도 수준이다. 솔직히 자신이 따르는 사람이 친구가 되면 중간에 환상이 깨져 그냥 정말 친구가 되기 마련인데 코리는 꾸준하게 자신의 팬이었다. 느낌이 이상했다.

"코리 님? 신입입니까! 활동명이 마이콜인가? 마이콜, 넌 슈니발렌을 알게 된 계기가 뭐야?"

사교성이 좋은 마법사 한 명이 슈라이나에게 다가와 물었다. 별것을 다 물어본다고 생각한 슈라이나는 인상을 썼다. '내가 슈니발렌이니까 그냥 알아.'라고 대답할 수 없었으니 그냥 대충 둘러대기로 했다.

"아. 그…… '오늘의 마법'을 읽고?"

"오오!"

그 말에 주위 사람들은 일제히 환호하며 코리를 바라보았다.

"역시 코리 님! 코리 님의 피와 땀 그리고 눈물이 담긴 홍보 글이 먹혔나 봅니다!"

"……."

코리가 자신의 입 주변을 만지작거렸다. 표정이 미묘해졌다. 애써 좋아하는 걸 참는 얼굴이다. 귀가 아주 붉어지기 시작했다. 사람들이 박수를 치며 코리에게 손을 내밀자, 그가 망설이더니 손바닥을 쳐주기 시작했다.

"아싸아……."

그가 곧 웃음을 터뜨리며 입을 가렸다. 눈썹이 아래로 휘고 사납던 눈매도 휘어졌다. 너무 순수하게 좋아하는 모습에 슈라이나는 왠지 가슴이 찡해졌다. 나를 알리는 걸 저렇게 좋아하다니.

지금 자신이 그를 속이고 변장하고 있다는 사실이 양심에 쿡쿡 찔리기 시작했다.

"그런데 홍보를 굳이 해야 해?"

살짝 비꼬거나 날카롭게 들릴 수 있는 질문이었으나 코리는 아무런 표정 변화 없이 단호하게 고개를 끄덕이더니 작게 중얼거렸다.

"내 님이 돈을 많이 버셨으면 좋겠어."

신난다. 부자나 되라 슈라이나. 마이콜이라는 마법사가 네 새로운 지갑이야. 코리는 속으로 쾌재를 불렀다.

슈라이나가 어렸을 때부터 재정적으로 많이 힘들어하고 있다는 사실을 알고 있었던 코리는 불쾌하지 않은 방법으로 그녀를 도와주고 싶었다. 또 그와 별개로 마법사 슈니발렌의 원활한 창작 활동을 지원해주고 싶기도 했고.

자신의 홍보를 통해 슈니발렌의 인기가 점차 높아지니 마냥 뿌듯한 코리였다.

"네가 이미 슈니발렌의 팬인 줄 몰랐어. 그분의 작품 중에서 가장 흥미롭다고 느꼈던 부분이 어디야?"

자꾸 대답하기 곤란한 질문만 물으니 슈라이나의 머릿속이 초토

화가 됐다. 슈라이나는 깊이 고민하지 않고 그저 생각나는 대로 입을 열었다.

"솔직히 나한텐 식상해서 흥미로운 부분은 없……."

엷은 미소라도 걸치고 있었던 코리의 얼굴이 순간 싸악 굳어졌다. 코리가 진심으로 정색하는 건 정말 오랜만에 봤다.

"없지 않았어! 많았어! 완전 많았어! 모든 부분이 다 흥미롭더라. 이 세상에 그런 분이 살아 숨 쉬고 계신다는 것도 믿기지 않고 그저 놀라워! 슈니발렌 최고!"

표정을 굳힌 코리가 너무도 무서워서 바로 아무 말이 쏟아져 나왔다. 슈라이나가 자기 자신의 칭찬을 아낌없이 하자 코리의 살벌했던 표정이 누그러졌다. 다른 슈니발렌의 추종자들의 표정도 한층 밝아졌다.

내 추총자들 앞에서 내 욕을 하다니, 미쳤구나 슈라이나. 슈라이나는 전화위복을 위해 숨을 돌리고 재차 입을 열었다.

슈라이나는 그들을 위해 그들이 무척 흥미로워할 이야기들을 풀어주기로 했다. 미공개 정보 말이다.

잘 안 알려진 정보들을 풀어주면 이들은 자신에 대한 경계를 더 풀지 않을까. 슈라이나는 무슨 이야기를 해주면 좋을지 생각하다가 입을 열었다.

"슈니발렌의 차기 제품에 어떤 기능이 추가될지 혹시 알고 있어?"

다들 자신에게 반말을 썼고, 그다지 무겁지 않은 자리였기에 슈라이나도 부담스럽지 않은 말투로 입을 열었다.

그녀의 말에 모두들 일제히 고개를 저었다. 슈니발렌의 차기 제품이라는 말이 언급되자 무수한 회원들의 시선이 그녀에게 꽂혔다. 슈니발렌은 한동안 신제품을 내지 않았다. 무슨 일이 있는 건지는 모르겠으나 쉬고 있는 것 같아 그저 애만 탈뿐이었다. 엄지손가락만 빨고 있었다.

"아니. 알고 있는 사람은 없어. 지금 활동을 쉬고 계시는 것 같은데 추가 기능에 대해 알 리가."

"넌 뭐 알고 있는 것 같은 눈치다?"

슈니발렌의 새 소식에 굶주려 하고 있는 회원들은 눈을 반짝이며 슈라이나에게 바짝 다가왔다.

"그게 아니라, 내가 슈니발렌 님이 가장 최근에 발표하신 물건을 분해해서 한 마법진을 발견했는데, 거기에서 내가 신기한 점을 하나 발견했어."

"……?"

슈라이나는 펜을 잡고 종이 위에 마법진을 하나 스으슥 그리기 시작했다. 슈니발렌이 가장 마지막으로 사용했던 마법진으로, 최신 물품의 수십 개 마법진을 마감 처리할 때 사용했던 마법진이었다. 그나저나 이상하다. 자신들이 그 물품의 마법진들을 확인했을 때 저런 마법진은 본 적이 없었다.

"와, 저거 슈니발렌이 숨겨놓은 마법진 아니야?"

"어떻게 찾은 거야?"

"그냥, 어쩌다 보니 알게 됐어."

마법사들은 가끔 물품에 마법진을 숨겨놓을 때가 있었다. 마법진을 숨기는 이유에는 여러 가지가 있었고 마법사의 상황마다 달랐다. 슈니발렌이 마지막으로 발표한 마법진에도 그런 숨겨진 마법진이 하나 있던 것이다. 숨겨진 마법진에는 가끔 상상을 뛰어넘는 기능을 담아두는 것이 다반사였다. 실력이 뛰어난 마법사일수록 마법진을 잘 숨기고, 또 더욱 마법진의 기능이 엄청났다. 슈니발렌의 숨겨진 마법진이라니, 구미가 무척 당기는 것이다. 그랬기에 마이콜이라는 애가 그 안에서 무엇을 발견했다고 할지, 무척 기대되기 시작했다.

"여길 봐봐. 여기 이 마법진의 끄트머리 부분을 보면 열려져 있지. 그리고 이음매 부분에 일반 계열 마법진이 아닌 흑마법의 마법진 형태로 수식이 배열되어 있어."

"어, 어."

"그래서 내 생각은 이래. 슈니발렌의 차기 제품에선 흑마법이나 백마법을 일반 계열 마법진과 연결시키는 마법 물품이 나올 것 같아. 요새 마물들의 마력을 이용한 정신 계열 마법이 요새 뜨고 있잖아. 이런 숨겨진 마법진은 슈니발렌의 마지막 제품뿐만 아니라 다른 제품들에 하나씩 숨겨져 있어. 앞으로 정신 계열 물품을 만들면, 그 물품과 자신의 이전 물품을 연결시켜 사용할 수 있게 하려고 미리 떡밥을 깔아 놓은 것 같은데."

깊이 있는 분석에 사람들은 입을 모아 감탄했다. 그런 식으로 접근해볼 수 있겠구나. 그녀를 향해 날이 세워졌던 분위기는 한순간에 슈라이나의 바람대로 우호적으로 바뀌었다. 새로운 정보를 살짝 푼 덕분이다.

"오오. 전혀 몰랐어. 넌 어떻게 이걸 안 거야, 신입?"

"꽤 하는데? 분석하는 실력이 남달라. 무명의 마법사라더니 사실 막 엄청난 대마법사 아니야? 슈니발렌에 관한 정보라면 항상 우리 측에서 제공해주곤 했었는데. 살짝 자존심 상하는걸."

다들 새로운 정보에 열광하며 흥분했으나 한 사람만 무척 태연했다. 코리는 팔짱을 끼고 마이콜을 바라보며 눈을 날카롭게 빛냈다. 표정이 살짝 굳은 상태였다.

분위기가 부드럽게 풀리고 다시 마법에 대한 토론이 이어졌다. 토론 내내 자신을 찬양하는 내용만 이어져 슈라이나는 속이 무척 불편했지만 꿋꿋이 웃으며 자화자찬했다. 그래도 간식이 앞에 많이 놓여 있으니 오그라드는 시간을 견딜만했다. 다과를 주섬주섬 주워 먹으며 자신을 치켜세우는 사람들 앞에서 어색한 미소를 지었다.

해가 저물 동안 많은 이야기가 오고 갔다. 어느새 정이 들어 가끔 개인적인 이야기가 오고 갔고 마법으로 만들어진 보드게임도 했다.

"우와. 이런 마법사가 있었구나. 장거리 통신 마법의 시초가 이 마법사라니. 잘 안 알려져서 몰랐는데."

그러다가 가끔 부스에 사람들이 몰려들어 와 관심을 보이면, 회원들은 하던 게임도 내려놓고 슈니발렌 영업에 열의를 보였다. 슈라이나도 슈발사모의 회원이었기에 자신을 사랑하는 마음을 가지고 자기 영업에 강제로 나서게 되었다.

"……그래서 대애마법사 슈니발렌은 처음으로 수식을 뜯어 뒤집는 형식을……."

흑흑, 죽고 싶었다.

* * *

총 3일에 걸쳐 진행되는 축제의 첫째 날이 벌써 끝이 나고 있었다. 날이 끝날 즈음을 알리는 마법 불꽃이 하늘에서 거창하게 터졌다. 퍼엉 펑. 노랑, 파랑, 초록, 빨강. 다채로운 색들이 검은 밤하늘을 채웠다.

화려한 불꽃놀이를 바라보며 사람들은 하나둘씩 짐을 챙기고 돌아갔다. 슈발사모 회원들도 뜨거웠던 열기를 잠재우고 각자 거처에 돌아가기 위해 준비하기 시작했다.

슈라이나도 회원들과 실컷 웃고 떠드느라 기진맥진해져 있었다. 흥미와 관심사가 비슷한 사람들과 대화를 나누니 그렇게 재미있었다. 마법사하면 사람들은 대부분 다크서클, 침침하고 소심한 사람, 그러니까 코리나 슈라이나 같은 사람을 떠올리는데 이곳 사람들은 무척 활발하고 기운찼다. 마법에 대한 열정에 다들 에너지가 넘쳤다.

"내일 또 봐 토마스! 수고했어!"

"마이콜."

"하하 미안. 너무 흔한 이름이라. 활동명 좀 더 멋있는 걸로 지을 생각 없지?"

"가볼게요."

정다운 인사를 나눈 뒤 슈라이나는 빨리 집으로 돌아가려고 했다. 짐들을 모두 챙기고 자리에서 일어났다. 기분 전환하러 밖을 나선 것치곤 꽤 성공적이었다. 칭찬받는 건 부끄러웠으나 그것만 제외하면 다 유쾌했다. 내 입으로 나를 찬양하게 될 줄이야. 세상일은 참모르는 것이다. 이 일을 다른 사람들이 알게 되면 평생 놀림거리가 되겠지.

슈라이나는 집에 빨리 돌아가려고 더욱 필사적으로 짐을 쌌다. 이것저것 많이 구매해 짐가방이 무척 묵직해졌다. 슈발사모 회원들도 신입 선물이라고 자신들이 만든 마법진이나 물품들을 많이 챙겨줘서 짐이 몇 배로 더 많아졌다.

거의 자신의 키의 반 정도 되는 크기의 짐을 등에 멘 채로 슈라이나는 축제장을 벗어나 코너를 돌았다. 자리를 빠져나와 인도 쪽으로 들어서려는데 익숙한 사람이 벽에 등을 기대고 서 있었다. 그 사람은 챙겨온 가방을 땅에 내려놓고 다리가 아파 그 위에 앉을까 말까 고민하고 있었다.

"코리⋯⋯?"

벽에 기대 잠시 멀거니 밤하늘을 쳐다보고 있던 코리 드보아스는 자신을 부르는 목소리에 고개를 돌렸다. 변장한 슈라이나를 바라보며 태연히 손가락을 까닥였다.

"아, 나왔구나. 기다리고 있었어."

슈라이나가 그에게 가까이 다가가자, 그가 미소를 지으며 친근히 어깨에 팔을 둘렀다. 평소에 이런 식으로 코리와 스킨십을 한 적이 별로 없던 슈라이나는 그의 친근한 행동에 살짝 당황했다.

"마이콜, 시간 좀 내줄 수 있어?"

"⋯⋯."

코리가 나지막이 웃으며 말을 이었다.

"나 궁금한 게 있어서."

"뭔데."

슈라이나는 혹시 코리가 제 정체를 눈치챘을까 봐 조마조마했다. 코리가 자신의 정체를 알게 된다면 일단 슈라이나 그 자신도 부끄러울 테지만 무엇보다 코리가 굉장히 수치스러워할 것 같았다. 미안해 코리야. 미안하다. 양심에 몇 개의 날카로운 화살이 박혀 괜히 속으로 계속 사과했다. 끄아악. 미안.

"⋯⋯아니지?"

코리는 변장한 슈라이나 쪽으로 바짝 얼굴을 가까이 대며 살짝 사납게 물었다. 뺑 뜬는 것 같은 분위기다.

"뭐가."

코리는 그런 변장한 슈라이나를 끈질기게 노려보더니 곧 뒷머리를 거칠게 헤집었다. 그러다 번쩍 턱을 들어 슈라이나와 시선을 다시 똑바로 마주했다.

"너……."

코리의 얼굴이 아까보다 더 바짝 가까이 다가오자 식은땀이 났다. 그의 표정이 무척 살벌했다. 들킬 거라 단정 지은 슈라이나는 잠시 숨을 내뱉었다. 고해성사 시간이다.

"슈니발렌이랑 친해?"

흡. 슈라이나는 입을 열려다가 다시 닫았다. 콜록콜록. 헛기침도 몇 번 괜히 했다. 그의 입에서 나온 질문이 맥없어 긴장감이 흐트러지고 말았다.

"아, 아니."

슈라이나는 자신도 모르게 거짓말을 했다. 아니다. 엄밀히 말하면 사실이다. 스스로랑 친할 수 없으니까 말이다. 아니, 가능한 말인가. 잘 모르겠다. 그나저나 코리는 왜 이런 질문을 하는 거지.

"흑마법과 백마법을 독점하고 있는 세력들이 있어서 정신 계열 마법 사용은 살짝 예민한 문제야. 물론 슈니발렌이라면 사용 승인을 얻어냈을 테지만, 슈니발렌이 이유가 있어서 꼼꼼히 숨겨놓은 마법진을 굳이 들춰내고 싶어?"

아 뭐야, 감동이다. 슈라이나는 그의 말에 눈동자를 반짝였다. 그가 살벌해진 데에는 이유가 있었다. 사실, 자신은 그의 말대로 사용

승인을 모두 얻어낸 상태였다. 하일리를 통해 흑마법의 사용 승인을 손쉽게 받아낼 수 있었다. 덕분에 이젠 자유롭게 정신 계열 마법의 마법진을 그릴 수 있었으나, 그때 당시에는 꽤 논란이 생길 수도 있었던 마법진이었다.

가보를 빼앗겨서 사용하지 못하지만, 흑마법은 황실이 독점하고 있다는 것으로 알려져 있었다. 백마법은 블란치 가문이 실제로 독점하고 있고. 최근에 개발한 물품과 미래에 만들 물품이 서로 통신이 가능하도록 하기 위해 넣었던 마법진이었기 때문에 흑마법의 정신 마법이 살짝 이용되었다. 황실 측에서 말이 나올 수도 있었던 마법진이었다.

이젠 어찌 되어도 상관없었지만 깜박했었다.

"그리고 숨겨진 마법진의 보안 마법을 뚫을 수 있는 암호, 슈니발렌이 직접 알려줘야지만 알 수 있어. 근데 그 숨겨놓은 마법진을 찾아 그 내용을 안다는 건 네가 어느 정도 슈니발렌과 친분이 있다는 소리인데 왜 거짓말을 쳐?"

아차. 그랬다. 슈라이나가 쓰는 보안 마법의 모든 암호는 한가지의 암호로 통일되어 있었고, 그 암호는 코리만 알고 있었다. 암호는 바로 '매주 화요일 저녁, 문학 보충 수업. 5시.'였다. 문학 과목을 낙제해서 괴로워하는 코리를 위해 그 보충 수업 날을 상기시켜주려고 암호로 지정해뒀었다. 졸업한 지 꽤 되어서 깜박하고 있었다. 세상에.

슈라이나는 코리가 지금 질투하고 있다는 걸 꿈에도 모른 채 그저 꼬리가 잡혔다는 생각에 눈동자를 쉴새 없이 굴렸다. 어떡하지.

"사실 어느 정도 친분이 있어."

"친분이 있다고?"

슈라이나와 친분이 있는 슈라이나는 고개를 끄덕이며 뒤늦게 말을 바꿨다. 슈라이나가 그때 조금만 덜 당황했었더라면 그냥 계속 시치미를 떼며 아니라고, 암호를 풀 수 있는 방법이 있다며 우겼을 것이다. 그리고 자리를 재빨리 빠져나왔겠지. 그러나 자신에게 보여주던 상냥한 모습과 달리 굉장히 날카로운 모습을 보이는 코리가 조금 당황스러워 얼버무림이 길어졌다.

친하다고 인정하자 코리의 미간에 더욱 깊은 주름이 잡혔다. 표정이 한층 더 사나워졌다.

"얼마나 친해?"

코리는 스스로가 무척 유치해 입술을 살짝 깨물었다.

그가 얼마나 친하냐고 물어보자 슈라이나는 무척 당황했다. 얼마나 친하냐니. 모르겠다. 혼잣말을 많이 하는 편이긴 한데 그걸 친한 거로 치나? 잠시만, 코리 지금 자신보다 더 친한 친구가 있다고 질투하는 거야? 뭐야 유치한데 귀엽잖아.

슈라이나가 깊게 생각에 잠겨 한참 동안 대답을 못 하자, 코리는 벽에 기댄 상태로 쭈그려 앉았다. 그리곤 고개를 비스듬히 들어 힘빠진 상태로 말했다.

"암호도 암호지만, 그 외에 네가 하루 종일 발설한 정보들은 단순히 스스로 알아냈다고 할 수 없는 부분들이 대다수야. 슈니발렌의 기술을 전문적으로 캐내서 유출하는 조직들도 있다던데. 아니지?"

다행히 코리는 아직도 자신을 못 알아봤다. 아직도 슈니발렌의 이익 중심으로 사고가 돌아가고 있었다. 질투와 별개로 슈니발렌에게 해가 될만한 일이면 코리는 퍽 예민해졌다.

"아닌데. 그냥 직접 들은 거야."

"……그럼 둘이 무슨 관계?"

슈라이나가 오늘 하루 종일 회원들에게 풀어준 많은 정보들은 코리 그 자신도 모르는 것들이 많았다. 요새 슈라이나는 기사단에서 떨어진 후 모든 사람들의 연락을 거절하고 잠수를 타고 있는 상태였기 때문에 코리는 한동안 그녀의 소식을 들을 수가 없었다. 아무도 그녀의 소식을 몰랐다.

하일리에게 물어보았으나 대답을 해주지 않았다. 그저 시선을 피하며 슈라이나에게 시간이 필요할 거라는 말밖에 남기지 않았다. 그래서 걱정만 쌓이고 있는 도중, 슈니발렌, 그러니까 슈라이나의 근황을 알고 있는 자, 마이콜이 갑작스레 나타난 것이다.

마이콜의 이야기를 들어보면 슈라이나는 모든 사람의 연락을 끊고 새 제품 출시 준비를 하고 있는 것 같았다. 슈니발렌의 팬으로서 새 제품이 출시된다는 소식은 매우 기뻤으나, 슈라이나는 언제나 이런 소식은 자신에게 먼저 알려줬기 때문에 입이 썼다.

무슨 일이 있었길래 연락을 다 끊고 마법 물품만 잡고 있었을까 걱정도 앞서고, 혼자였을 슈라이나의 곁을 지킨 저 마이콜이라는 사람은 슈라이나에게 도대체 무엇이며, 슈라이나는 그래서 지금 뭘 하고 있을까 궁금했다. 그냥 슈라이나가 너무 보고 싶었다. 우리 슈슈.

코리는 질투심을 억지로 내리누르고 슈라이나의 걱정을 했다. 그래서, 저 마이콜이라는 사람은 도대체 뭐 하는 사람일까. 마법사라는데. 에릭 같은 애를 쉽게 받아준 슈라이나를 보아, 혹시 마이콜이라는 사람은 슈라이나의 새 애인일 가능성이 있었다.

슈라이나의 친구 중에서도 자신은 그녀와 좀 더 가까이 있는 사람이라 생각했다. 슈라이나는 남에게 말하지 못한 자신의 속마음을 자신에게 잘 털어놓곤 했으니까. 그런데 절친한 친구인 자신보다 마이콜이라는 사람은 그녀의 세세한 부분을 더 잘 알고 있었다. 친구보다 더 깊은 사이가 무엇이겠는가. 바로 연인 사이밖에 없다.

슈라이나의 새로운 사람이라고 생각하니 그의 행동 하나하나가 영 못 미더웠다. 우리 슈슈, 또 사랑 때문에 상처받으면 안 되는데. 이렇게 그녀의 기술을 마음대로 떠벌떠벌 말하고 다니는 걸 보면 왠지 불안하다. 이상한 사람이면 어떡하지.

다 떠나서 확실히 마이콜이라는 사람은 매력이 있는 사람이었다. 왠지 모를 마이콜의 친근한 분위기와 느낌에 처음 보자마자 자신도 그에게 호감을 보였으니까.

반면 슈라이나는 자신과의 관계를 물어보는 코리의 질문에 당혹감에 젖었다. 뭐라 말해야 하지? 일단 친구보다 깊은 사이라고 해야 코리가 삐지지 않을 것 같았다. 신작 정보는 언제나 코리에게 제일 먼저 알려줬으니 말이다.

"……연인은 아니지만 친구보단 가까운 사이 같아."

소위 말하는 썸. 슈라이나는 마이콜과 자신이 썸을 타고 있다고 말했다. 스스로가 스스로랑 썸을 타고 있다고 말한 그녀는 허탈한 미소를 지었다.

코리는 연인은 아니라는 말에 안도의 한숨을 내쉬다가도 결국 연인 사이로 발전해가고 있다는 말에 가슴이 답답해졌다. 누군가와 말다툼을 하는 걸 좋아하지 않지만 코리는 인상을 쓰며 날이 선 말투로 입을 열었다.

"그래? 그거 부럽네."

부럽다는 말에 슈라이나는 고개를 갸우뚱거렸다. 뭐가.

"그래도 진지하게 그녀를 바라볼 거 아니면, 다가가지 말아줘. 부탁할게."

그 말을 내뱉은 코리는 자신의 혀를 씹었다. 이크. 아니다. 내가 무슨 자격으로 이런 말을 하는 거지? 꽤 중요 정보를 아는 걸 보면 슈라이나가 그를 퍽 아낀다는 건데. 내가 뭐라고 슈라이나가 소중히 여기는 관계를 망치려는 거지. 누가 나와 슈라이나의 사이를 질투해 망치려고 한다면 굉장히 기분 나쁠 것 같다.

"으. 아니야. 윽. 악."

코리는 손에 자신의 얼굴을 묻고 괴로워했다. 마른세수를 하며 깊게 한숨을 내뱉었다. 자신이 너무 깊게 생각하는 걸까. 슈라이나의 일에 관해선 언제나 생각에 생각을 한다.

한편, 슈라이나는 당황스러운 코리의 행동에 그저 머리를 긁적이며 가만히 있었다. 도망갈까 생각했으나 코리가 굉장히 진지해 보였기에 그냥 가기엔 좀 망설여졌다. 슈라이나, 아니 마이콜은 그저 뻘쭘하게 코리의 앞에 서서 그가 괴로워하는 모습을 얌전히 바라보고 있었다.

머리를 싸매고 한참을 생각에 생각을 반복하며 감히 자신이 나서도 될지 고민하던 코리는 고개를 들어 올렸다. 그의 눈에 담긴 건 멍청한 표정의 마이콜이었다. 마이콜을 바라보고 있자니, 예전에 에릭이 슈라이나의 허리를 감싸며 얄미운 표정을 지은 채 동아리실을 빠져나간 일이 기억났다. 그때도 행복해하는 슈라이나를 보며 자신은 그저 가만히 있을 뿐이었다. 그때는 이미 슈라이나가 에릭과 교제를 시작해서 손쓸 방법이 없었다. 그래서 그저 멀어져가는 슈라이나를 보기만 해야 했던 그 절망감.

그 순간, 자신을 내려다보고 있는 마이콜과 에릭이 겹쳐 보이기 시작했다. 그리고 그때, 코리는 인상을 찌푸리고 한 발자국 더 나아가보기로 했다.

"현재 둘의 관계가 어떻게 되었건 간에, 그 이상의 관계는 이뤄지지 않을 것 같아. 미안."

"······왜?"

슈라이나는 스스로와 하는 썸을 막으려 하는 코리를 이상하게 여기며 고개를 갸웃거렸다.

"그 아이의 일에 있어서 나는 언제나 진심이거든. 우정이든. 존경심이든. 아님 그게······."

코리는 숨을 한 번 들이쉬고는 다시 강경하게 입을 열었다.

"사랑이든."

코리는 쭈그려 앉아 굽혔던 무릎을 펴고 당황스러워하는 것 같은 마이콜을 벽으로 몰아세웠다. 마이콜 앞에 우뚝 서서 구부정했던 허리를 펴니 시선이 조금 달라졌다. 최근에 키가 꽤 컸던 코리는 고개를 갸우뚱 기울이곤 마이콜을 내려다보았다.

"그녀한테 구애할 거야. 몇 번이고. 나 스스로가 무척 싫어질 때까지."

털털한 말투였으나 진심이 묻어나왔다. 코리의 눈이 가늘어지며 눈빛이 매서워졌다. 시리게 빛이 났다.

"꽤 절절하니까, 네 감정이 그저 장난이면 방해하지 말자."

위협적인 태도와 말투라, 분명 위협적으로 들려야 정상이었으나 슈라이나는 그저 태연히 눈을 껌벅였다. 예상치 못한 사람에게서 들은 예상치 못한 고백이라 조금 떨린 것 같다.

나긋한 코리의 의도치 않은 박력 있는 고백 때문인지, 그에서 풍겨져 나오는 특유의 분위기 때문인지, 아니면 그의 잘생긴 얼굴 때문인지, 아니면 그 모든 이유 때문인지는 잘 모르겠어도 심장이 아주 잠시 진동하다 꺼졌다. 슈라이나는 숨을 들이쉬었다. 코리야, 미안해. 정말 미안해. 근데 완전 재미있어. 미안해.

슈라이나는 코리의 시선을 피하지 않고 똑바로 바라보았다. 죄책감이 무럭무럭 피어올랐으나 그와 별개로 너무도 이 상황이 흥미진진했다. 코리가 자신을 그렇게 생각하고 있었을 줄이야. 꿈에도 몰랐다. 너무 편하게 대하길래 그냥 자신을 친구로밖에 생각하지 않는다고 확신했었다. 그리고 지금 그의 마음을 알았다고 해서 그가 크게 달라 보이진 않았다. 그냥 그가 조금 더 귀엽게 느껴졌다.

코리는 계속 입꼬리를 씰룩거리며 웃음을 참는 마이콜을 수상하다는 듯 쳐다보았다. 마이콜이 화내거나, 반박할 거라 예상했다. 그러나 그의 추측과 달리 마이콜이 얼굴과 귀를 화악 붉히고 자꾸 웃으려 하자, 적잖이 당황했다. 눈썹 한쪽을 들어 올린 코리는 마이콜에게 의사 전달이 잘되지 않은 것 같아 다시 입을 열었다.

"그러니까, 섭섭…… 으아아?"

한마디만 더 하고 떠나려는데 돌연 눈앞에 벌어지는 광경에 그대로 얼어버리고 말았다. 입이 떠억 벌어지고 눈동자가 절로 커진다. 슈, 슈, 슈…… 코리는 말을 잇지 못하고 고장 난 음악구처럼 똑같은 단어를 반복하며 중얼거렸다. 위협적이었던 분위기가 단번에 녹아내렸다.

"……뭐야? 마저 해봐."

코리가 얼버무리고 말을 끝까지 하지 않자, 그런 그를 이상하게 여긴 슈라이나는 고개를 갸우뚱거렸다. 슈라이나는 문득 자신의 시야가 무척 낮아진 것을 깨달았다. 아까까지 코리와 시선이 엇비슷했다면 지금은 코리를 보려고 얼굴을 들어야 했다. 좀 불안해서 손을 들어 자신의 손가락을 보니 많이 짧아져 있었다. 허리까지 구불거리며 내려온 자신의 주황색 머리카락을 발견하곤, 슈라이나는 자신이 더 이상 마이콜의 모습이 아니라는 걸 뒤늦게 깨달았다.

축제가 끝나가던 시점에 자신이 원래 가지고 있던 마력은 진작에 바닥났고, 들고 온 마법석의 마력도 슬슬 끝을 보이고 있었던 것을 알고 있었으나, 코리 때문에 잠시 잊고 있었던 슈라이나였다. 망했다. 상황수습을 어떻게 하지. 그녀의 동공이 산산이 떨렸으나 코리만큼은 아니었다.

여전히 코리의 팔이 슈라이나의 어깨에 턱하고 올려져 있었고, 아직도 얼굴과 얼굴이 꽤 가까웠다. 위협하려고 가까이 다가간 건데, 조금도 위협적인 분위기가 흐르지 않았다.

코리가 무척 좋아했던, 무척 좋아하고 있는 한 사람의 얼굴이 보인다. 몽환적인 다홍색 눈동자와 곱슬거리는 주황색 머리카락이 눈동자에 담겼다.

코리는 슈라이나의 모습이 신기루인 줄 알고 손을 뻗어 이목구비를 더듬더듬 만져보았다. 눈, 코, 입. 모두 현실이었다. 졸업 후 거의 몇 달 동안 그녀의 얼굴을 보지 못해 그리움이 컸기에 코리는 더욱 집요하게 그 얼굴을 바라보았다. 못 본 사이 더욱 예뻐진 슈라이나의 모습에 눈을 몇 번 더 깜박였다. 아직 덜 빠진 그녀의 얼굴 젖살을 손가락으로 집어 잡아당겨 보았을 때 코리는 몇 발자국 물러났다. 꿈이지? 꿈일 거야. 꿈이긴 싫은데. 꿈이어야 해.

"망."

망했다. 중얼거린 코리는 잽싸게 사라졌다.

코리 드보아스.

짝사랑만 어언 약 6년째. 심지어 그 사랑이 자신의 첫사랑이다. 하나에 꽂히면 그것만 파는 외골수적인 성격으로 마법에 빠진 후 문학을 포기했고, 슈니발렌에게 빠진 후 다른 마법사의 마법은 쳐다도 보지 않았으며, 슈라이나를 향한 자신의 감정을 자각한 후 그녀밖에 보이지 않았다.

한 번 빠지면 잘 헤어나오진 못하지만 대신 빠지기까지 꽤 오랜 시간이 걸렸다. 첫 만남에선 아무런 감정도 없었지만 점점 함께하는 시간이 많아질수록 인간적인 호감이 생겼고, 슈니발렌이라는 걸 안 이후로 존경 어린 눈으로 바라봤다. 점점 시간이 흐르고 호감이 점점 깊어져서 좋아하게 되었고, 그녀에게 평생 갚지 못할 빚이 생기자 그녀를 전보다 더욱 살피고 아끼게 되었다. 좋아하는 마음과 우정, 호감과 죄책감, 빚과 추억, 설렘과 여러 가지 요소들이 뒤섞여 사랑이 되었다.

자기 감정에 둔했던 코리는 슈라이나를 사랑하게 되었음에도 스스로가 그 감정을 몰랐다. 끌어안아 보고 싶다는 생각, 슈라이나의 입과 자신의 입이 닿으면 무슨 느낌일까 하는 생각 등등 친구의 선을 넘는 생각을 했을 때도 그저 생각에서 멈출 뿐, 자각까지 이르지 못했다. 아니, 하고 싶지 않았다. 괜히 욕심부리다가 지금 슈라이나와의 관계를 잃어버리는 건 아닐까 두려웠던 그였다.

온순한 성격인 코리는 큰 욕심 없이 인생을 살았다. 그저 과자와 마법과 누울 장소만 있으면 만족하고야 마는 퍽 소박한 사람이었다.

그랬기에 슈라이나와 더 가까워질 수 없는 건 아쉬웠지만 그럼에도 만족했다. 자신에게 동아리 시간이 있었고, 그 시간만큼은 아무에게도 방해받지 않고 주기적으로 슈라이나와 함께할 수 있었다. 아카데미에선 그 시간이 주어졌기에 코리는 무척 안일했었다.

그러나 남친이라며 뜬금없이 에릭을 데려왔을 때, 그래서 자신을 멀리했을 때. 졸업을 눈앞에 두고 부실을 같이 정리할 때. 코리는 갑자기 절박해졌다.

그래서 시니어 때부턴 자기 나름대로 티를 팍팍 냈다고 생각했다. 아주 열심히 자신을 그녀에게 어필했다. 사람 앞에서 죽어도 못 뱉었을 낯부끄러운 말들도 슈라이나 앞에서 서슴지 않았다. 그러면 슈라이나는 당황하는 기색 없이 마주 대답했다.

"알았어. 이번에 물품 새로 구상할 때 너한테 먼저 슬쩍 정보를 흘려줄게. 귀엽게 굴긴."

아니야, 아니라고! 슈라이나가 그렇게 대답할 때마다 코리의 속이 탔다. 티를 내보아도 자신의 마음은 왜곡되어 전해졌다. 전혀 닿지 않았다. 슈라이나에게 자신의 이미지는 열혈 팬일 뿐이어서(물론 맞는 말이지만) 그녀는 자신의 모든 피눈물 섞인 작업질을 팬심으로 아주 야무지게 묶어버렸다.

팬심 때문에 마음이 전달되지 않는 것 같아 그녀 앞에서 슈니발렌을 좋아하는 티를 숨겼다. 알차게 숨겼다. 팬심이 아닌, 순수히 그녀를 좋아하고 있다는 티를 내면 슈라이나가 자신에게 관심을 보일까 해서였다.

고백 빼고 다 해본 것 같다. 코리는 도저히 고백만은 할 엄두가 나지 않았다. 그는 슈라이나가 사랑에 빠지거나 호감을 보일 때의 모습을 알았다. 어떤 반응이 나오는지, 어떤 표정을 짓는지 알았다. 자신이 아무리 노력해도 작은 연애 호감 하나 보여주질 않았다.

마음이 서로 같지 않은 상태에서 고백했다가 괜히 어색해져 현재의 관계가 무너질까 봐 도박을 할 수가 없었다. 자신에게 자신이 없던 코리였다. 조금이라도 자신에게 호감을 보이면 고백을 해볼 텐데, 자신에게 친구 이외의 관심은 없었다. 현재도 나름 만족하고 있으니 더더욱 망설여졌다.

그러다가 어느 날 슈라이나가 스완하덴 앞에서 지었었던 표정을 떠올렸다. 에릭 이후로 절대 보이지 않았던 '호감 어린 표정'을 스완 앞에서 보인 것이다. 스완을 볼 때 더욱 자주 웃었고 눈가와 귀가 더욱 자주 붉게 물들었으며 새침한 표정보단 더 다정한 표정을 지었다. 그 슈라이나가 스완 앞에서 수줍어하는 모습을 보일 때도 있었다.

'끝났구나.'

코리는 교실에서 낮잠을 자고 있던 스완하덴의 양 볼을 잡아 늘이며 속으로 눈물을 흘렸다. 에릭은 굉장히 불순한 의도로 슈라이나에게 다가갔기 때문에 그 관계는 결국 이별로 끝났다. 그러나 스완하덴은 상황이 달랐다. 만약, 슈슈가 스완하덴을 좋아하게 된 거라면……

눈치가 빠른 편인 스완은 자신도 뚜렷이 보이는 슈라이나의 감정을 바보같이 가만히 바라보고 있지 않을 테고 무슨 수를 써서라도 그 감정을 붙잡아둘 것이다.

'끝났다.'

코리는 다시 한번 체념했다.

그동안 스완이 열심히 그녀에게 잘 보이고, 자기 자신을 어필하려

부단히 노력했던 걸 알기에 그를 욕할 수도 없었다. 그저 좀 더 대담하지 못한 스스로를 욕할 뿐이었다. 슈라이나가 아직 아무도 좋아하지 않았을 때 고백할걸. 주니어 때 이 마음을 자각했더라면. 스완하덴이 오기 전에 먼저 그녀를 붙잡아뒀더라면.

스완하덴의 성격이 괴팍하고 별로 좋은 편은 아니었으나 슈라이나 앞에서만큼은 세상의 그 어떤 사람보다 자비롭고, 박애를 실천하는 척하고, 다정하고, 준법정신 있는 척하며, 책임감 있었다. 스완하덴은 어딘가 비뚤어져 있는 사람이고, 어두운 면이 있다는 건 분명했으나 슈라이나 앞에선 그 어두움을 없애려고 억지로 눈에다 태양을 집어넣을 사람이니 힘겹게 인정해줬다. 에릭과 다른 종류의 쓰레기였으나 슈라이나는 끔찍이 챙겨주니까. 코리는 그 둘의 행복을 빌다가 스완하덴의 행복은 빼버렸다. 스완하덴, 이 치 떨리게 부러운 놈.

그나마 불행 중 다행은 비이디엘이 슈라이나의 동생 카림과 결혼하겠다고 노래를 부르니, 원하는 형태는 아니어도 머지않은 미래에 먼 가족이 될 수도 있었다. 어쨌거나 슈슈와의 연결고리는 끊어지지 않는다는 점에서 위안을 얻었다.

예전과 같이 선을 치며 그녀를 바라보고 가끔 필요할 때 도와주고. 그녀의 추종자로서 그녀의 활동을 지지해주는 정도. 코리는 자신의 위치를 결정했다.

"슈슈 보고 싶다……."

졸업 후 슈라이나를 자주 볼 수 없어 무기력해진 코리는 바닥에 떨어진 과자를 보며 중얼거리기 일쑤였다. 시체처럼 침대에 늘어져 떨어진 과자를 손가락 끝으로 만지작거리기도 했고, 침대 속에서 며칠을 뒤척이며 후회하기도 했다. 그래도 고백은 해보는 건데. 일을 모두 마치고 이불 속에서 무기력하게 꾸물거렸다.

그러다가 슈라이나가 언제나 자신의 무기력한 모습을 질색했다는 사실을 떠올리고 활기차게 지내보려고 했다. 한동안 하지 않았던 슈니발렌 덕질을 시작했고 자신이 관리하고 있는 기관에서 축제를 준비했다. 그리고 마이콜이라는 사람을 만났다.

예상했던 것과 다르게 스완하덴은 슈라이나 곁에 없었고, 마이콜이라는 뜬금없는 사람이 슈라이나와 잘되어간다는 얘기를 들었다. 에릭이 연상되던 마이콜. 그녀를 먼저 생각하기보다 다른 마법사들에게 슈니발렌의 정보와 기술을 통해 자신을 알리려던 마음이 더욱 크던 그 사람.

묻어두던 후회가 다시 솟구쳐 올라왔다.

'그녀한테 구애할 거야. 몇 번이고. 나 스스로가 무척 싫어질 때까지.'

그리고 어쩌다 보니 고백을 해버렸다. 마이콜이 아닌 본인 앞에서. 마이콜이 슈라이나였다.

속으로 소리를 지르며 집으로 바로 돌아온 코리는 베개를 껴안고 거기에 얼굴을 폭 묻었다.

슈라이나가 자신을 속여 부끄러움을 안겨줬다는 생각은 하나도 들지 않고 그저 왜 그렇게 예뻐졌을까 혼란이 왔다. 오랜만에 본 슈라이나는 부쩍 아름다워졌다. 예전보다 성숙해져서 오묘한 분위기를 내고 있었다. 언제나 외모에 콤플렉스가 있었으나 그 미모가 뒤늦게 개화한 것 같다. 아니, 그냥 콩깍지일 수도.

갑자기 나타나 몸과 마음을 뒤흔든 슈라이나의 얼굴은 기억났으나 제일 중요한 그 표정은 떠오르지 않았다. 자신의 고백을 들은 후의 그 표정. 표정이 어땠더라.

코리는 눈만 천천히 껌벅거리며 아까의 일을 잊으려고 해보았다. 머리가 새하얘졌다.

"……부끄러워."

부스스한 금색 머리카락을 만지작거렸다. 목소리가 이불에 먹혀 먹먹히 퍼졌다. 귀가 새빨개진 코리는 간간이 앓는 소리를 냈다.

베개를 껴안고 침대를 구르다 결국 바닥에 쿵- 하고 떨어졌다. 침대에서 하도 잘 떨어져서 침대 밑에 쿠션을 미리 여러 개 흩트려놓았던지라 별로 아프진 않았다. 바닥에 고꾸라진 채로, 코리는 눈을 감았다. 눈을 감자 곧 빠르게 잠에 빠졌다.

꿈에서 슈라이나가 나왔다. 매일 멸치 샌드위치와 우유만 먹다가 결국 키가 8미터, 어깨 길이는 2미터를 육박하고야만 슈라이나가 드디어 꿈을 이뤘다며, 행복한 표정을 짓고 자신을 껴안는 꿈이었다. 슈라이나가 행복해하는 얼굴을 보며 자신도 같이 행복해서 마주 껴안아 줬다. 꿈속의 슈라이나는 근육이 아주 우락부락해서 무척 건강해 보였다. 근육이 많으면 몸이 단단해야 할 텐데, 이상하게도 무척 푹신푹신했다.

코리가 현실에서 껴안은 것이 쿠션이었기 때문이었다.

* * *

슈라이나는 축제에서 보았던 수많은 형태의 마법진과 새로운 형태의 수식들에 설렌 나머지 밤잠을 설쳤다. 자신이 사 온 마법진들을 책상에 늘어놓은 슈라이나는 하나하나 분석해보았다. 축제에서 만났던 사람들과 마법에 관한 지식들을 공유하면서 식었던 마법에 대한 사랑이 다시 들끓어 오른 것이었다. 이젠 자신이 알고 있는 마법 지식들을 같이 나누고 싶었다.

좋아하는 일을 마음껏 하게 되니 잔뜩 흥분됐다. 좋아서 몸에서 열이 나오는 것 같다. 슈라이나는 자신의 작업 책상 앞의 불을 켜고 펜을 들며 크게 원을 그리고 안에 수식들을 꽉 채워 넣었다. 자신의 차기 제품을 기다리고 있는 사람이 있으니 더욱 열심히 해야겠다는 생각이 들었다.

"······슈발사모?"

몇 시간 동안 자리에 죽치고 앉아서 수식만 끄적이고 있는데 돌연히 연락구에서 새로운 연락이 왔다며 알림이 떴다. 슈니발렌 활동명 앞으로 연락이 온 것이었고 발송인은 슈발사모 단체였다. 자신에게 개인적으로 초대장을 보내온 슈발사모였다. 그쪽 사람들이 한 번씩 번갈아 가며 초대장을 적은 건지, 연락구를 통해 보이는 글씨가 문장마다 들쑥날쑥했다.

[오실 거라고 기대는 하지 않지만, 축제에 와주셔서 슈니발렌 님 전용 홍보 부스는 봐주셨으면 좋겠습니다. 부탁드릴게요. 실물 영접하고 싶어요.]

슈라이나는 그 초대장을 받자마자 바로 웃음이 터져 나왔다. 그녀는 바로 로브를 챙겨 들고 망설임 없이 자리에서 일어났다.

축제 중간에 갑자기 끼어들어서 개인 부스를 여는 건 원래 예의가 아니었다. 부탁한다고 해도 축제 진행인 측에서 달가워하지 않았고. 계획과 일정에 차질이 생기니 말이다. 그래서 슈라이나는 개인 부스를 열려고 하기 전에 축제 진행자에게 미리 연락을 넣었다. 거절당할까 봐 조금 노심초사했었으나, 다행히 승인을 얻어냈다. 슈니발렌의 이름으로 간다고 하니 부담스러울 정도로 환영해줬다.

슈라이나가 최근에 슈니발렌의 활동명으로 발표할 제품은 다름이 아닌 흑마법의 정신 계열 마법을 응용해 만든 물품이었다. 정신 계열 마법을 이용하면 사람의 심리를 이용한 물품을 만들 수 있었다. 다른 마법사들의 마법진에게서 영감을 받아 어젯밤에 사람의 취향이나 기호를 단번에 읽어내어 분석해주는 마법진을 머리를 붙잡으며 그려냈다. 이 마법진을 이용해서 슈라이나 자신도 여러 물품을 만들 테지만, 여러 단체나 회사에서 이 마법진을 사용할 수 있게 하면 더 큰 수익을 거둘 수 있기에 여기저기 가공했다.

아직 물품은 도안만 그려두었다. 지금 그녀가 가진 건 날것의 마법진 샘플뿐이었다. 일단 후원해줄 단체나 회사를 구해 계약을 맺은 후 이 마법진이 얼마나 시장에서 어떻게 사용되고 퍼질지 지켜보고 사람들의 필요에 알맞은 물품을 만들 예정이었다. 아니면 회사나 단체와 재계약하고 그들을 통해 유통하는 것도 나쁘지 않고.

일단 물품 만드는 건 나중이다. 슈라이나는 아직 기사단 일을 내려놓지 않았기 때문이었다.

"슈니발렌 님이신가요? 어서 오십시오!"

축제를 안내하는 사람들은 하나같이 전부 슈라이나에게 깍듯했다. 마이콜로 축제에 왔을 때 받지 못했던 관심과 눈길들에 슈라이나는 후드를 조금 더 눌러썼다. 사람들은 슈라이나를 데리고 그녀가 개인 부스를 열 수 있는 공간으로 데려다줬다.

슈라이나에게 주어진 공간은 분명 어제까지 없던 공간이었다. 슈니발렌이 온다고 새로 공간을 확장한 축제 진행인들이었다. 슈라이나는 자신에게 주어진 넓은 공간을 바라보았다. 자꾸 기사단 일을 내팽개치고 취미 생활에 깊게 손을 뻗어가고 있어 찜찜했으나 잠시 잊기로 했다. 아공간 주머니에서 준비한 물품 샘플들과 도안, 마법진 샘플들을 꺼내 재빠르게 진열했다.

오늘은 마법을 쓸 일이 많을 것 같아 모습을 바꾸진 않았다. 대신 후드를 푹 눌러쓰며 얼굴을 가리는 것으로 대체했다.

"말도 안 돼……."

"진짜인가 봐……. 그 베일에 싸인 분이 오셨어……."

"우리가 보낸 연락 받으시고 온 건가?"

"에이, 그럴 리 없잖! 아니…… 진짜야? 수신했다고 알림이 뜨긴 떴는데."

슈라이나가 자신의 부스에 [슈니발렌]이라고 팻말에 크게 적고 옆에 걸자, 사람들이 웅성거리기 시작했다. 반응이 좋았으면 좋겠다. 슈라이나는 뒷짐을 진 채, 발뒤꿈치를 들썩거리며 구경 올 사람들을 기다렸다. 열심히 설명하며 도안과 샘플을 후원받을 준비가 됐다. 입 아프게 나불댈 준비되었다. 준비됐나? 준비되었다.

그러나 사람들은 먼발치에 서서 자신의 부스를 멀거니 쳐다보며 속닥거릴 뿐, 다가오진 않았다.

현재 축제에 남아 있는 사람들은 대부분 마법사들이었다. 마법사들 사이에서 슈니발렌은 무척 유명했는데, 뛰어난 마법 실력도 마법 실력이었지만 대마법사 가문의 후계자가 슈니발렌 추종자라는 사실이 알려진 탓이었다.

그들은 자신들보다 슈니발렌이라는 마법사를 절박하게 보고 싶어 하는 그 한 사람을 떠올리며 발걸음을 멈췄다. 높으신 한 사람의 꿈이 실현되는 순간인 만큼, 차례를 양보해주려 가만히 있는 착하고 단합력이 좋은 마법사들이었다.

"슈니발렌 님, 슈니발렌 니이임!"

"비켜! 비켜! 코리 님이 먼저야!"

얼떨떨했던 슈라이나는 그저 멍하니 달려오는 무리들을 바라보았다.

"제발 우리 모임 회장의 애처로운 사랑을 알아주세요! 제발 한 번만 만나주세요!"

"우리 코리 님의 평생소원 이제야 성취하네요! 실물 영접! 꿈만 같죠 코리 님!"

"흐윽, 감동이야. 우리도 그렇지만 코리 님이 드디어 슈니발렌 님을 직접 보게 되는 날이 오다니!"

"사인 받아요, 사인!"

달려오는 거대한 무리들은 발버둥 치는 코리를 둘러업었다. 흥분한 무리들과 달리 코리는 필사적으로 버둥거렸다. 민폐라고, 그만두라고 소리쳤으나 코리의 목소리는 다른 목소리들에 묻혀 들리지 않았다.

"그만해! 내려놔! 으아아."

"코리 님. 얼굴 완전 새빨개지셨어요! 하기야, 꿈에만 그리던 슈니발렌 님이 오셨는데 제일 먼저 인사하셔야죠."

슈발사모 회원들은 코리와 슈니발렌이 이미 아는 사이라는 걸 몰랐고 어제 코리가 슈라이나에게 고백했었다는 사실을 꿈에도 몰랐다. 얼굴을 보기가 너무 부끄러워 발버둥 치는 걸, 그저 처음 보는 자신의 님을 보기 너무 설레서 내빼는 걸로 착각했다.

"자신감을 가지세요! 드보아스의 후계자니 잘하면 악수를 해줄 수도 있어요!"

"아니이! 그게 아니라!"

코리는 저번에 슈발사모 안에서 나온 이야기를 떠올렸다. 만약 축제 때 슈니발렌이 실제로 오게 된다면 어떨 것 같냐는 사람들의 말에, 각자 다들 한마디씩 한 적이 있었다. 슈라이나는 현재 잠수 중이었고 그녀에게 마법 축제를 한다고 공지나 홍보 같은 걸 한 적이 없으니 절대 올 리 없다고 생각했다. 그래도 한마디 했다.

"오실 것 같진 않지만, 만약 오신다면 내가 제일 먼저 악수하고 사인 받고 포옹 받고, 나갈 때 그분의 부스 안에 있는 마법진들을 전부 사 갈 거야. 와, 진짜 그랬으면."

그냥 지나가는 소리로 말했으나 진담이 반이었다. 모임의 사람들은 그 말에 울컥하는 표정을 지었고 기필코 그 꿈 이뤄주겠다고 입을 모아 소리쳤다.

그 말의 결과가 현재였다. 회원들은 회장을 위해 제일 먼저 슈니발렌 앞에 갈 수 있도록 주변 사람들에게 양해를 구했고, 쑥스러워서 일생 최대의 기회를 놓치려고 하는 코리를 둘러업고 슈니발렌 앞으로 뛰어갔다. 원래 귀족가의 후계자를 덥석덥석 둘러업는 건 굉장히 실례였으나, 코리 자체가 격식 같은 걸 신경 쓰는 걸 싫어했기에 그를 대하는 사람들도 그를 굉장히 편하게 여겼다.

둘째 날부턴 축제를 구경 온 중요한 사람들이 다 빠져 자유롭고 개방적인 분위기가 흘렀다. 슈니발렌을 만나러 가는 코리를 바라보는 사람들, 마법사들은 모두 박수를 치기 시작했다.

업혀 있는 내내 내내 코리는 양손으로 자신의 붉어진 얼굴을 가리고 있었다. 과거의 나 죽어라.

그렇게 눈앞에 벌어진 난장판에 조금 당황한 슈라이나는 곧 자신의 앞으로 운반된 코리를 물끄러미 쳐다보았다. 자신 앞에 우뚝 서서 아직도 양손으로 자신의 얼굴을 가리고 서 있었다. 얼굴은 물론이고 손까지 붉어져 있었다.

그가 말없이 그렇게 고개를 숙이고만 있자, 주변에서 그를 응원했다.

"코리 님! 멀뚱히 서서 뭐 해요! 하고 싶었던 거 하셔야죠! 악수하고, 자기소개! 떨지 마세요! 할 수 있어요! 슈니발렌 님의 연락 통로를 어렵게 알아내서 저희가 특별히 초청한 거니까 이 기회 절대로 놓치시면 안 돼요! 으악. 보는 내가 긴장된다."

그의 귀에 작게 속삭인 회원 중 한 명은 코리의 손에 종이와 펜을 쥐여주고 떠났다.

사람들의 응원 소리에 코리를 바라보고 있던 슈라이나의 다홍색 눈이 반달로 휘어졌다. 코리는 몰래 고개를 들어 그런 그녀를 바라보았다. 후드 밑에 숨어 있는 눈동자가 웃고 있었다. 놀리는 듯한 눈빛에도 그만 설레고야 말았다. 숨을 크게 들이쉬고 입술을 물었다. 사람들의 눈치를 보던 코리는 곧 입을 열었다.

"그…… 사인해 주세요."

"큭. 네네."

슈라이나는 그저 재미있어서 낄낄거렸다.

사인을 받은 코리는 재빨리 자리를 빠져나가려고 했다. 아카데미 있을 때 수십 번 한 것 같지만 악수도 또 하고 싶고 포옹도 해보고 싶고 더 같이 있고 싶었으나 부끄러웠다. 더 이상 팬이 아닌 척 굴던

것도 들켜 부끄럽고, 고백한 것도 부끄럽고 그냥 너무 반갑고 예뻐
서 쑥스럽고.

"코리 님, 저번에 슈니발렌 님 만나면 껴안아 보고 싶다고 하지 않
았어요? 기회는 지금뿐이…… 읍읍!"

"……시, 시끄러워."

사람들이 계속 새로운 정보들을 불자 코리가 당황하며 그들의 입
을 양손으로 막았다. 입을 틀어막느라 새빨개진 얼굴을 가리지 못하
게 되자, 대신 고개를 푸욱 숙였다. 여러 번 생각과 고민 끝에 코리
는 꾸욱 닫았던 입을 열었다.

"그럼, 한 번만…… 되나요? 포옹…….."

쭈글쭈글해진 코리가 쥐어짜는 듯한 표정과 목소리로 말하자 그
와 친한 마법사들이 경악했다. 정말로 물어보다니. 장난으로 한번
해보라고 한 건데, 진짜로 물어보는 코리의 모습에 마법사들은 그저
당황했다. 사람들은 그의 요청에 슈니발렌이 크게 당황할 거라 예상
했으나 의외로 입가에 미소를 띤 채, 태연했다.

그러다 슈라이나는 코리의 옷깃을 잡고 가까이 이끌어 귀에 작게
속삭였다.

"예전에 해드렸잖아요."

코리도 작게 속삭였다.

"또 해줘요."

그녀의 로브를 살짝 뒤로 빼고 작은 소리로 속삭인 코리는 몸을
뒤로 빼고 다시 말했다. 슈라이나만 들을 수 있는 목소리로.

"또 안아줘요."

고개를 푹 숙이며 두 팔을 벌렸다. 슈라이나는 웃음을 멈추지 못

하고 고개를 끄덕이고 그의 몸통에 팔을 감았다.

"뭐야, 진짜로 해주시는 거예요? 저도, 저도! 저도 마법계의 전설과 포옹을!"

"완전 치사합니다! 저도 포옹 한 번만 해주세요! 평생 이 옷 간직할게요!"

뒤에서 볼멘소리가 터져 나오자 코리가 자신의 품속으로 슈라이나를 아예 숨겼다. 슈라이나의 머리에 턱을 올리고 어깨에 양팔을 둘렀다.

"싫어."

검을 잡았다면서 감겨오는 몸이 퍽 얇았다. 실제로 슈라이나가 힘을 주면 부러지는 건 자신이겠지만 그 반대가 가능할 것 같을 정도로 슈라이나의 몸이 참 얇았다. 그녀 특유의 향기가 온몸의 감각을 일깨웠다. 품속에서 어색하게 꼼지락거리는 모습이 애벌레 같아서 귀여웠다.

너무 오래 붙잡고 있으면 사람들이 수상히 여길 게 뻔해 얼마 지나지 않아 슈라이나를 놔줬다. 이제 마지막으로 할 게 남았다.

"이 테이블이랑 저 테이블. 왼쪽에서 오른쪽."

마법진들이 적힌 종이와 샘플과 소규모 프로젝트의 계획서가 적힌 서류들을 한 곳으로 모으고 손을 올렸다.

"앞으로 무슨 계획을 진행하시든지 간에,"

코리는 하고 싶었던 걸 할 수 있게 되어 무척 설레였다. 두근두근.

"전부 후원해드리겠습니다."

코리는 슈니발렌 홍보 부스를 슈발사모의 다른 회원들에게 맡기고 슈라이나의 옆에서 그녀의 일을 도와줬다. 사실 슈라이나에게 붙잡혔다는 말이 더 정확했다.

"저기, 저번에 이제 슈니발렌 안 좋아한다고 그러지 않으셨나요, 드보아스 님."

"⋯⋯."

마법진 샘플들을 차곡차곡 정리하던 슈라이나가 익살스럽게 물어보았다.

"사인도 받고, 악수도 하고. 소원 성취? 하하하. 으윽."

"⋯⋯."

코리는 대답 대신 한 손으로 슈라이나의 로브 위 얼굴을 살짝 눌렀다. 스완하덴이 왜 그렇게 그녀의 시선을 피하려고 했는지 이제야 알 것 같았다. 얄미울 법한 행동들도 눈을 마주 보면 그저 사랑스럽게 느껴졌다. 좀 중증인데.

슈라이나의 물품 정리를 도와 야무지게 싸서 자신의 아공간 주머니에 넣은 코리는 그대로 조용히 자리를 빠져나오려고 했다. 아무 소리 없이 사라지려 했으나 슈라이나가 쑥스러워서 도망치려 하는 코리의 뒷목을 잡았기에 꼼짝없이 그녀의 옆에 붙어 있게 되었다.

슈니발렌에게 코리와 몇몇 슈발사모 회원들 이외의 사람들은 오지 않았다. 그녀에게 다가오고 싶어하는 마법사들은 적지 않았으나 코리가 독차지하고 있어 감히 올 생각을 못 했다. 용기 내서 다가오려고 하면 코리가 고개를 돌려 지그시 쳐다보았는데, 그러면 알아서 자리를 피해줬다. 자신의 사나운 얼굴이 유용하게 써 먹힐 때도 있어 속으로 쾌재를 부른 코리였다.

하루 종일 슈라이나와 붙어 있게 된 코리는 그녀를 보지 못했던 시간만큼 계속 쳐다보았다. 오랜만에 만났으나 바로 어제 만났던 것처럼 편하게 행동하는 슈라이나의 모습을 보며 옅은 미소를 지었다.

어제의 고백 후, 머리가 터져 죽을 것 같은 코리와 다르게 정작 슈라이나는 아무렇지도 않은 것처럼 보였다. 정말 자신에게 마음이 한 줌도 없는 것인가 싶어 코리는 씁쓸한 미소를 지었다. 그래도 아무렇지 않은 척해주는 것에 다행이라고 생각해야 하는 건가. 원래 관계는 계속 유지할 수 있으니까. 그렇게 생각하니 마음이 좀 편해졌다.

"미안."

"……?"

슈라이나가 관심 있어 할 만한 마법진이 있는 곳으로 데려가는 중이었는데 돌연 슈라이나가 사과했다.

"계속 속이려던 생각은 아니었어."

축제의 두 번째 날이 끝나가고 있었고, 하늘에는 마법 불꽃이 터지고 있었다. 사과를 하는 슈라이나의 얼굴 위로 불꽃의 색이 입혀졌다.

코리는 슈라이나의 사과에 그저 어깨를 으쓱였다. 괜찮다는 뜻이었다. 애초에 마음에 별로 담아두고 있지도 않았다. 좀 놀라고 부끄럽긴 했지만 하고 싶었던 말을 간접적으로 했으니 속은 후련해졌다. 반응을 보니 차인 것 같지만 아무렴 어때. 수치심보다 슈라이나를 오랜만에 봤다는 기쁨이 더 컸다.

"불꽃 조금 더 자세히 보고 싶지 않아?"

하늘에 피는 예쁜 불꽃에 계속 감탄하는 슈라이나를 바라보다 입을 열었다. 완전 좋다는 듯 고개를 세 번 끄덕인 슈라이나의 손을 잡고 몸을 허공에 붕 띄웠다. 아까부터 로브를 푹 눌러쓰고 있어 답답해하고 있는 것 같아 그녀의 모습이 보이지 않게 마법을 걸었다.

"오."

슈라이나는 자신에게 걸린 마법을 확인하다 나지막이 감탄했다.

"탈출."

타인의 시선에서 벗어났다는 걸 깨닫자마자 자신이 입고 있던 두꺼운 로브를 벗어던졌다. 고맙다는 걸 표현하려 고개를 까닥이자, 코리가 미소를 지었다.

"나 네 마법석 조금만 만들어 주면 안 될까?"

불꽃을 바라보던 슈라이나가 자신도 불꽃 몇 개를 만들어보고 싶다며 입을 열었다. 조금 달라고 했으나 코리는 슈라이나의 얼굴만 한 마법석을 그녀의 손에 쥐여주었다. 마법석은 짙은 밤의 어둠 속에서 보석처럼 빛을 뿜어내고 있었고 무척 영롱했다. 슈라이나는 그 엄청난 크기의 마법석을 보며 어이없다는 표정을 짓다 그 위에 손을 올려 마력을 흡수했다.

이윽고 손가락을 하나 들어 올려 불꽃 마법진을 하나 그렸다.

"피융."

불꽃 마법진을 밤하늘로 향하게 하고 작은 마법 불꽃들을 쏘아댔다. 불꽃 마법진의 수식 중 불꽃 형태를 나타내는 부분을 조금 변경해서 슈라이나가 원하는 마법 불꽃을 하늘에 쏘았다. 피자 불꽃, 치아바타 불꽃, 마카롱 불꽃 등등. 어째 죄다 먹는 거였다.

불꽃을 바라보며 눈을 동그랗게 뜨는 슈라이나와 달리 코리의 시선은 줄곧 슈라이나에게 향해 있었다. 신나 보이는 슈라이나를 보니 왠지 가슴 한편이 또 찌르르 아팠다.

"더 큰 거 만들어 줄까?"

"어. 최대한 크게 한번 만들어봐."

여전히 불꽃에 시선을 떼지 못한 채 슈라이나가 재촉하자, 코리는 나지막이 웃으며 하늘 쪽에 거대한 마법진 하나를 그렸다. 슈라이나는 코리가 그리는 마법진의 정교함과 크기에 잠시 당황했다. 얼마나 크게 터뜨릴 거면 저런 사이즈의 마법진을 그리는 거지. 내심 기대하며 슈라이나는 코리가 그리는 마법진 쪽에 얼굴을 가까이 들이댔다.

코리는 빠르게 손가락을 움직였고 대형 불꽃 마법진은 금방 완성되었다. 코리는 그 위에 자신의 마력을 들이부었다. 마력이 매끄럽게 마법진 위로 흘렀고, 곧.

퍼어어엉!

밤하늘 가득 불꽃이 터졌다. 타오르는 듯한 주홍색 불꽃이 하늘을 장악했다. 검던 밤하늘이 일순 노을이 되었다. 온몸이 따뜻해지는 것 같이 느껴지는 색이었다. 이전에 하늘에 작게 터지고 있던 불꽃들은 그 거대한 주황색 불꽃의 색과 절묘하게 섞여 그 큰 불꽃을 더 아름답게 만들어 주었다.

"와……."

슈라이나는 그저 감탄밖에 나오지 않는 광경에 입을 쩌억 벌렸다. 불꽃 속에 금방 빨려 들어갈 것 같았다.

"근데, 코리."

무릎을 껴안으며 멍하니 불꽃을 바라보고 있는데, 슈라이나가 이상한 점을 눈치채고 표정을 굳혔다.

"……불꽃 너무 가까이 쏜 거 아니야? 설마 메테오 마법진이랑 수식 헷갈린 거 아니지?"

코리의 불꽃이 너무 가깝게 터졌다. 쏘아진 불꽃에서 떨어져나오는 불똥이 위협스럽게 아래로 슝슝 떨어지기 시작했다. 땅에 도착할 때쯤에는 모두 없어지겠지만 슈라이나와 코리가 있는 곳은 살짝 위험했다.

"위험!"

코리에게 불똥이 튀려고 하자, 슈라이나는 놀라 그에게 몸을 던졌다. 코리는 당황하는 슈라이나를 그저 태연히 바라보다, 곧 그녀가 자신에게 몸을 던지자 그대로 받아줬다. 의도치 않았지만 슈라이나가 덥석 껴안아 기분이 무척 좋아졌다.

"있어 봐, 곧 예쁜 거 볼 수 있을 거야."

코리는 슈라이나를 마주 껴안아 들고 손을 왼쪽에서 오른쪽으로 움직였다. 쏘아진 불꽃에서 떨어져나오는 불똥이 위협적으로 떨어지는 듯하다가 곧 그 모습을 바꿨다.

살랑살랑. 불꽃의 불똥은 분홍색 꽃잎으로 변해 춤을 추듯 아래로 떨어지기 시작했다. 거대한 불의 꽃이 지니, 무수한 꽃의 비가 내렸다. 사방이 꽃잎으로 가득 차기 시작하고, 이내 분홍빛이 만개했다.

"하하. 이게 뭐야. 그대로 세계 종말인 줄 알았잖아."

"아까 놀린 거에 대한 복수야."

생각해보면 코리는 착하긴 하지만, 당하고만 사는 성격은 아닌 것 같다. 토끼 뒷발차기 같은 보복에 슈라이나는 그저 헛웃음을 지었다.

머리 언저리, 어깨, 손. 꽃잎들을 차례로 슈라이나의 몸 위로 떨어졌다. 손을 드니 그 위로 꽃잎들이 수북하게 쌓였다. 코리가 허공에 투명 바닥을 만들었기 때문에 투명 바닥 위로 또 꽃잎들이 쌓였다. 슈라이나는 점점 쌓이는 꽃잎 더미 속에 손을 넣고 곧 다시 위로 날려 흩뿌렸다. 분홍색 꽃잎들이 다시 아름답게 아래로 쏟아졌다.

코리는 허리까지 곱슬거리며 늘어진 슈라이나의 주황색 머리카락의 끝을 만지작거렸다.

"슈라이나, 내가 적극적으로 나오면 부담스러워할 거야? 열렬히 구애해본다고 했으니까 몇 번 더 고백해보려고."

아직도 슈라이나를 꼬옥 껴안은 채, 코리가 나지막이 물었다. 그저 아름답게 떨어지는 꽃잎을 바라보고 있다가 방심한 슈라이나는 눈동자를 동그랗게 떴다. 꽃잎만 만지작거리기만 할 뿐, 대답은 하지 않았다.

슈라이나는 대신 고개를 들어 코리를 바라보았다. 코리의 시선에는 애정이 가득했다. 이미 슈라이나에게 감정을 들킨 이상 코리는 솔직하기로 했다. 그녀를 똑바로 바라보며 코리는 말을 이었다.

"이젠 걷잡을 수 없이 네가 좋아서 숨기기 힘들어."

코리가 조심스레 슈라이나의 얼굴을 감쌌다. 손에 닿는 슈라이나의 얼굴이 부드러웠고, 또 뜨거웠다. 점점 더 뜨거워졌다.

"부탁이 있는데."

"……."

"계속 차여도 나는 너 어색하게 안 대할 테니까, 너도 나 어색하게 대하지 마."

"……."

슈라이나는 대답이 없었다. 대신 자신의 얼굴을 감싼 그의 두 손을 잡아 자신의 얼굴을 가렸다. 그녀의 얼굴이 공기의 온도보다 훨씬 뜨거워졌다. 불꽃 때문에 그래 보이는 건진 몰라도 슈라이나의 얼굴이 하늘의 불꽃보다 붉어졌다.

밝은색의 불꽃이 또 터지자 그녀의 얼굴색이 더욱 확연히 드러났다. 대답이 없어 불안해하던 코리는 곧 붉어진 슈라이나의 얼굴을 보자 속이 당황으로 뒤집어졌다.

"뭐야, 드보아스."

슈라이나는 자신의 얼굴을 가리고 있는 코리의 손을 잡고 조금 내렸다. 드디어 슈라이나의 눈동자가 드러났다. 시선이 마주쳤고 그 누구도 다른 곳으로 눈동자를 돌릴 생각을 하지 않았다.

"……오글거려."

겨우 나온 목소리는 살짝 격양되어 있었다. 반쯤 떠져 나른한 슈라이나의 눈이 야살스레 반달로 휘었다. 부끄러운지 귀도 붉었지만 눈가도 붉어졌다.

코리는 생각을 잠시 멈췄다. 멈추고 싶어서 멈춘 게 아니라 자동으로 사고가 정지되었다. 언제나 느끼는 거지만, 슈라이나는 정말 뜬금없이 갑자기 너무 예쁠 때가 있다. 방심하고 있으면 갑자기 훅 들어왔다.

"솔직히 널 한 번도 친구 관계 이상으로 생각해본 적이 없었어."

알고 있었다는 듯, 코리는 고개를 끄덕였다. 슈라이나의 수줍어 보이던 표정에 잠시 희망을 느꼈던 코리는 눈을 천천히 끔벅이며 숨을 멈추다, 이어진 말에 어깨를 늘어뜨렸다.

"근데, 최근에 처음 해봤어."

"……어?"

고민하는 듯 잠시 인상을 쓴 슈라이나가 곧 웃었다.

"나쁘진 않은 것 같아."

"그게 뭐야."

"정말 솔직히 말하면 조금 어색하게 느껴지긴 하는데, 아주 조금 신나."

부정적인 결과만 생각하고 있었는데 상황이 예상치 못하게 흘러가고 있었다. 절벽에서 떨어지다가 건져지기를 반복하는 느낌이었다.

슈라이나는 받아줄 듯 안 받아줄 듯 애매하게 굴고 있었다.

"나도 네가 참 좋아. 계속 같이 있는 것도 좋고. 이렇게 딱 붙어 있는 것도 나쁘지 않아. 이게 네가 느끼는 감정과 같진 않겠지만."

"……."

그의 반응이 재미있어 슈라이나는 일부러 그를 바짝 약 올리기 시작했다.

"열렬한 구애? 허락해 줄 테니까 마음껏 해보시던지. 내가 너한테 푹 빠지게 만들어봐."

코리는 고개를 갸우뚱거리며 저게 무슨 말인가 파악해보려고 했다. 그래서 결국 어떻게 되는 건지. 나는 차인 것인가, 아니면 마음을 받아들여 주는 것인가. 무척 혼란스러웠으나 곧 슈라이나의 표정을 보고 모든 것을 이해했다.

"……너."

정말 재미있어 죽겠다는 표정. 도발적인 대사와 다르게 굉장히 반짝거리는 눈빛으로 슈라이나는 코리의 대답을 기대하고 있었다.

"혹시 이 상황, 예전에 네가 세웠던 연애 계획의 일부야?"

"……!"

코리는 언젠가 보았던 슈라이나의 공책에 적힌 연애 계획 리스트를 떠올리며 입을 열었다. 부실에서 계획서를 펼쳐놓고 잠들던 슈라이나를 구경하다가 우연히 그 안의 내용을 본 적이 있었다. 누가 자신을 좋아해서 매달려줬으면 한다는 말이 적혀 있던 게 기억났다.

손을 모으며 기대하던 슈라이나는 갑자기 등골이 서늘해졌다. 표정이 굳어졌고 최대한 아닌 척 해보려 했으나 당황하는 티가 났다. 아, 아닌데. 부정해보지만 목소리가 떨리고 있었다.

"푸핫, 너 이리 와봐."

기어코 웃음을 크게 터뜨린 코리는 슈라이나를 꽈악 끌어안고 그녀의 뒷목을 손으로 받쳤다. 그녀의 어깨에 얼굴을 묻고 하염없이 웃었다. 어깨까지 떨며 끅끅거렸다.

"네가 흡족할 때까지 열심히 들이댈 테니까 그때 그 리스트 같이 채울래?"

"에릭이랑 쫑나고 찢어서 없앴어."

"내가 또 만들면 되지."

"또 찢을 거야."

슈라이나는 계속 부들거리며 웃는 코리를 바라보다가 얼굴이 또 새빨개졌다.

"그만 웃으라고!"

드보아스 후작가에는 후계자 후보가 총 2명이었다. 한 명은 코리, 한 명은 비이디엘. 후작은 자신의 자리를 물려주는 데 있어서 차별을 두지 않으려고 했다. 둘 다 똑같은 자신의 자식이니 똑같이 기회를 주고 싶었다. 그 후계자를 선별하는 방식에 있어서 주변의 많은 눈초리를 샀으나 후작은 단호하게 자신의 뜻을 굳혔다.

가장 유력한 차기 후작 후보인 코리는 후계자 수업도 대충대충 받고 후작 작위를 얻는 데에 별로 관심이 없어 보이는 반면, 비이디엘은 검과 마법을 게을리하지 않으며 성실히 후계자 수업에 임했다.

진작에 후계자를 비이디엘에게 넘겨주고 물러나고 싶었던 코리가 아직도 후계자 자리에 앉아 있는 이유는 딱히 요새 할 게 없어서였다. 밖에 나가서 사람들이 "너 요새 뭐해?"라고 물으면 "아무것도 안 해."라고 대답하면 정말 할 일 없는 사람처럼 보이니, "후계자 수업받아."라고 대답할 수 있는 명분을 만든 것이다. 그렇게 계승 결정 바로 전까지 후계자 자리에 앉아 있다가 물러날 생각이었다.

그러나 물러날 시기가 조금 앞당겨졌다.

'언젠가 같이 마탑 세워 볼래? 재밌겠다.'

'너랑 마탑?'

아카데미 시절, 슈라이나와 계획했던 일을 떠올린 코리는 그걸 실행에 옮기기로 했다. 슈라이나는 그저 하나의 농담으로 받아들이고 가볍게 넘겼으나 그는 지금까지 그 일을 꽤 진지하게 생각하고 있었다. 코리는 드보아스 저택에서 나와 자신의 이름으로 마탑을 하나 세웠다. 마탑을 세워 그 안에 각각 마법 종류별 작업실을 만들고 자신의 방도 만들고 손님의 방도 만들었다. 말만 좋아 손님 방이지 기실 슈라이나를 위한 방이라고 해도 이상할 것이 없었다.

그리고 모든 준비를 마친 코리는 본격적으로 슈라이나를 꼬셔보기 위해 머리를 굴려보았다. 평생 마법만 파던 사람이 좋아하는 사람을 유혹해보려니 막막한 것이다. 참고하기 위해 로맨스 소설이나 연애 팁들을 모은 책을 읽어 보았으나 엉망이어서 손을 뗐다. 건강하지 않은 것들이 대부분이었다.

때문에 코리는 사람을 꼬시는 것보다 슈라이나를 꼬실 방법을 생각해보았다. 사람의 성격이나 생각이 각양각색이고 슈라이나를 넘어오게 하려면 슈라이나라는 사람에 대해서 연구해봐야 한다. 그 사람을 알아야, 그 사람에 맞는 배려와 그에 맞는 행동을 할 수 있을 테니까.

그래서 지금까지 슈라이나가 자신을 아꼈던 이유를 생각해보니 답이 나왔다. 마법과 음식이었다.

"……고작 8시간 줄 서서 기다려야 살 수 있는 생크림 카스텔라로 날 유혹해보시겠다?"

코리는 자신의 무릎 위에 제국 디저트 장인이 만든 생크림 카스텔라를 올려놓고 고개를 끄덕였다. 손을 들어 자신의 무릎을 몇 번 툭툭 쳤다.

슈라이나는 여러 마탑 등록 및 세금 문제 등등 코리를 도와주려고 마탑에 왔다가 마탑의 아름다움에 며칠간 이곳에 붙잡히게 되었다. 자신의 방도 마련되어 있었고, 마법 실험을 할 수 있는 완벽한 작업대가 곳곳에 설치되어 있으니 그야말로 천국이었다.

또, 과자와 단 것을 좋아하는 코리 덕에 주전부리들도 많았다. 코리가 자신을 유혹해본답시고 많은 유명가게 디저트를 가져왔기 때문에 더욱 좋았다.

"별로 안 끌리는데?"

코리의 무릎 위에 얌전히 앉아 카스텔라를 먹으며 시치미를 떼는 슈라이나였다. 코리는 조심스럽게 슈라이나의 허리에 팔을 둘렀다. 둥근 어깨에 턱을 올려 고개를 기울였다. 그의 입가엔 다정한 미소가 걸려 있었다.

"아, 그래? 그럼 어떻게 하면 끌려?"

그 질문에 슈라이나는 잠시 눈을 끔벅이다가 코리의 입에 카스텔라를 넣어줬다.

"몰라. 일단 너도 한입 먹어봐. 엄청 맛있어."

천연덕스러운 표정을 지으며 일부러 대답을 피하자, 코리는 눈을 가늘게 떴다.

"슈슈 꼬시는 거 어렵다."

"나 좀 어려워."

"너는 나를 좋아하지만 나는 너를 사랑하고."

"그런 거지."

입을 비죽 내민 코리는 영 불만족스럽다는 표정을 지었다.

"왜에. 나 좀 사랑해줘, 슈슈……."

코리는 칭얼거리며 슈라이나의 배를 간지럽혔다. 슈라이나가 간지럽히면 언제나 태연한 코리와 다르게 간지러움을 퍽 잘 타는 슈라이나는 눈을 부릅떴다. 곧 웃음이 크게 터져 나왔다. 몸을 비틀며 빠져나오려 했으나, 자신을 껴안은 코리가 놓아주지 않았다.

"넘어와라…… 쉬워져라……."

"하하! 으하학! 야! 으아악! 미안! 알겠어! 넘어갈게! 놔줘! 으아!"

항복이라는 말에 코리가 움직이던 손을 멈췄다. 눈을 장난스레 뜨며 입꼬리를 지그시 끌어올렸다.

"나 사랑해?"

"아니이…… 으하하! 어! 어! 어! 어! 완전 사랑해! 후, 후하하!"

이윽고 인정하자 코리는 간지럼을 멈췄다.

"얼마만큼?"

"눈곱만큼. 아니! 하하하! 으악! 농담! 농담!"

코리가 쉽게 놔주지 않자, 슈라이나는 사랑한다는 증거를 보여주기 위해 그에게 짧게 입을 맞췄다.

장난 가득한 표정을 지었던 코리가 놀라 돌연 눈을 부릅떴다. 가벼웠던 입맞춤은 곧 농도가 짙은 키스로 이어졌다.

＊ ＊ ＊

슈라이나는 코리의 마탑에 자주 놀러 갔다. 거의 산다고 봐도 무방할 정도였다.

코리가 좋아서 찾아가는 것도 있었지만, 그곳의 마법 연구 환경이 너무 좋아서 자연스레 발이 그쪽으로 향했다.

그녀가 마탑에 찾아올 때마다 코리는 그녀와 약속했던 대로 여러 가지 방법으로 그녀를 유혹해보려고 했다. 항상 유혹당하는 건 자신이었지만.

슈라이나는 마탑에 있으면서 코리와 노닥거리기도 했으나, 같이 마법 책을 쌓아두고 동아리 때처럼 마법 연구를 하기도 했다. 이번에 새로 마법 물품을 출품하기로 다짐한 슈라이나는 잠시 기사단 일은 내려놓고 마법에만 몰두하기로 했다.

그녀는 밤을 새워 가며 정신없이 마법진을 연구하고 개발했다. 좋아하는 마법을 계속하고 있었으나 왠지 마음이 편안하지 않았다.

밤새 흑마법에서 자주 쓰이는 수식 유형을 살펴보다가 잠든 슈라이나는 기계적으로 일어나 다시 작업대로 향하다 코리를 발견했다. 그는 어제 그녀가 만들다 끝내지 못한 부분을 손봐주고 있었다.

"일어났어?"

안경을 쓴 코리가 머리카락을 대충 묶으며 침침한 미소를 지었다. 슈라이나는 하품을 크게 하며 미적미적 걸어가 코리의 옆에 앉았다. 요새 하도 어두운 곳에서 책을 오래 보다 보니 시력이 부쩍 나빠진 슈라이나는 최근에 안경을 하나 맞춘 상태였다.

조금 추운 건지 담요를 몸에 칭칭 두르고 몸을 떨다 책상 위에 엎어져 또 잠시 잤다. 부품을 만지고 있던 코리가 손을 들어 그녀의 얼굴을 쓰다듬었다. 자신의 손이 무척 찼기에 코리는 따뜻한 코코아가 들어 있는 머그잔에 손을 가져다 대어 손을 덥혔다. 그리고 그 손을 슈라이나의 얼굴 위에 올려놓았다.

슈라이나는 따뜻한 코리의 손에 기분 좋아 입꼬리를 끌어올리다가 문득 자신의 눈앞에 수북이 쌓인 마법진들과 물품들을 바라보며 한숨을 쉬었다.

"여기 와서 마법만 쓴 지도 벌써 몇 달째네."

"그러게."

방 안의 온도를 마법으로 데운 코리가 긍정했다.

"기사단 준비해야 하는데 이러고 있다."

담요에서 손을 빼고 수북이 쌓인 마법 서적들과 부품 속에서 물품의 나사를 조이고 있던 슈라이나가 별안간 입을 열었다.

"내 인생 왜 점점 산으로 갈까."

축제 이후로 자신이 가고 있는 방향이 점점 틀어지고 있는 것 같았다. 슈라이나는 마법사를 취미로 하고 싶었던 거지, 절대로 본업으로 삼고 싶었던 게 아니었다. 그러나 본의 아니게 점점 마법사의 길을 걷고 있었다.

검사는 하루라도 검을 잡지 않으면 몸이 둔해지고 실력이 떨어지기 때문에 매일 수련해야 했다. 내후년에 다시 볼 시험을 위해서 검을 잡아야 했으나, 계속 내일로 미루고 있었다. 그때 시험에서 떨어진 충격이 큰 것이다.

"아카데미 졸업하고 나서 내가 연락이 없었잖아."

졸음에 겨워 의식에 흐름을 맡기며 슈라이나는 입을 열었다. 코리 앞에선 말하기 어려운 일들도 선뜻 아무렇지 않게 말하게 될 때가 많았다. 쥐어진 따뜻한 코코아를 홀짝이며 마저 말했다.

"사실 기사단 시험에서 떨어졌어. 꽤 어이없는 이유로 탈락당해서 다시 회복하기가 힘들었어. 방문 걸어 잠그고 한동안 폐인처럼 지냈거든."

정말 폐인이었다. 잘 씻지도 않고 먹지도 않고 그대로 침대에 널브러져 멍한 상태로 날들을 보냈다.

"검을 손에 놓고 이렇게 마법만 하고 있으니까 이유 없이 죄책감 드는 거 알아? 마음이 불편해."

눈을 감고 따뜻한 머그잔을 꼬옥 쥔 채 속삭이듯 말했다.

"기사단에 들어가려고 지금까지 준비했는데 지금 마법사의 길을 걷고 있어서 죄책감이 드는 거야?"

"응, 뭐. 맞아."

답답함에 핵심을 찌르는 물음에 슈라이나는 고개를 끄덕였다. 책상에 볼이 눌린 채, 자신을 뚫어지게 쳐다보는 코리를 마주 쳐다보았다. 코리는 알 수 없는 표정을 짓고 있었다. 굉장히 동정하는 것 같기도, 걱정하는 것 같기도 한 표정이었다. 일단 자신을 엄청 생각해 주고 있다는 게 확연히 드러나는 얼굴이었다. 자신의 머리를 천천히 쓰다듬는 손길이 무척 따뜻했다.

코리는 그저 슈라이나를 조용히 바라보며 그녀가 계속 속마음을 털어놓을 수 있게 기다렸다. 조금의 침묵이 흐르고, 코리의 입이 열렸다.

"가끔 널 보면 삶을 잘살아 보려고 하는 게 정말 힘든 일이구나,

라는 생각이 들어.”

낮고 다정한 목소리였다.

“네가 원하는 완벽한 삶도 삶이지만, 네가 하고 싶어 하는 일을 하
는 것도 또 하나의 네 삶이라고 생각해. 왕도는 없어.”

슈라이나는 자신의 눈을 똑바로 마주친 채 나름의 말로 자신을 위
로하는 코리를 바라보았다.

그의 손가락이 자신의 손가락과 얽혔다. 슈라이나는 코리의 손에
자신을 손을 가져다 대다, 곧 깍지를 끼었다.

“어떤 길을 택하든 간에 무엇을 하고 있는지 신경 쓰지 말고 네가
그걸 하며 즐거웠는지, 힘들었는지, 뿌듯했는지, 괴로웠는지 네 감
정과 생각에 신경 써줘. 난 네가 솔직한 너 자신에게 초점을 맞췄으
면 좋겠어. 스스로를 너무 몰아붙이거나 자학하지 마.”

코리는 잡은 슈라이나의 손을 장난스럽게 흔들었다. 눈은 웃고 있
었지만 눈빛에는 걱정스러운 빛이 가득했다.

“기사단 들어가고 싶으면 기사단 준비를 도와줄까? 검은 잘 못 잡
지만 마법으로 함정 같은 건 만들어줄 수 있어.”

코리가 외투를 챙기려고 자리에서 일어나자, 생각에 잠겨 조용히
숨만 내쉬던 슈라이나가 고개를 저었다. 곧 그의 옷깃을 잡아끌고
빙글 미소를 지었다.

“……나중에.”

* * *

동아리에서 그랬던 것처럼 슈라이나는 이번에 새로운 대형 프로

젝트를 진행하게 되었기에 기사단 지원서는 잠시 방의 저 구석에 처박혀 있었다.

아우그란 산의 모형을 만든 것처럼 제국의 전체 지형과 모습을 한눈에 볼 수 있게 그 모습을 마법으로 담는 프로젝트였다. 새 탈것을 위한 도로 개설, 신마법 도시 건설 등 이번에 새로 황제가 된 하일리가 여러 정책을 실시해 보기 전 모형에 시험해보기 위해 슈라이나에게 의뢰를 넣었다. 황제에게 의뢰를 받은 것이었기 때문에 드보아스 가문뿐만 아니라, 황실에서도 후원을 받았다.

이번에 정식으로 마탑의 일원이 된 슈라이나는 짐을 아예 마탑으로 옮기고 그곳에서 먹고 자고 일했다. 일이 빡세서 육체적으로 힘들었으나 정신적으로 그렇게 힘들진 않았다.

"너랑 있으면 정말 편안한 것 같아. 진심으로."

마탑에 있는 넓은 소파에 엎어진 코리 위에 누운 슈라이나가 머핀을 먹으며 입을 옴죽거렸다. 잠시 쉬는 시간이었다.

"설레도 줘."

"음…… 간간이 설레."

"진짜?"

빠르게 뛰는 코리의 심장 소리를 들으며 나지막이 이어 말했다.

"그냥 이렇게 너랑 계속 마법 연구하면서 지내는 것도 나쁘지 않겠다."

코리와 뇌에서 연기가 나기 직전까지 마법 연구를 하다가 이렇게 널브러질 때가 참 좋았다. 마법 연구도 좋고, 코리도 좋고.

숱한 노력을 쏟아부은 만큼 여전히 검과 기사단에 미련이 남아 있긴 하지만.

슈라이나는 머핀을 먹다가 곧 졸음이 쏟아져 눈을 감았다. 슈라이나가 쥔 머핀이 곧 그녀의 손에서 툭, 하고 떨어졌다. 코리는 자신의 품에서 잠이 든 슈라이나를 다정히 바라보았다. 떨어진 머핀을 다시 접시 위에 올려놓고 담요를 끌어당겨 그녀와 자신의 몸 위로 덮었다.

손을 뻗어 슈라이나의 작은 등 뒤로 올려놓고 곧 작게 토닥였다. 쌔쌕거리는 작은 숨소리에 코리도 스르르 눈이 감기기 시작했다. 자고 있는 슈라이나에게 입을 살짝 맞추고서 담요를 좀 더 몸에 두르고 잠에 빠졌다.

마탑 마법 연구실 안, 이제 겨우 앳된 느낌에서 벗어난 두 사람이 고요히 자고 있었다. 창문 사이로 들어오는 따사로운 햇살이 그들을 따뜻하게 감쌌다. 코리가 가져온 허브티와 쿠키가 아직도 따끈했다. 둘 다 행복한 꿈을 꾸는 건지, 서로를 껴안은 채 미소를 짓고 있었다.

하일리

외전 4

If 하일리

　황실 제1 기사단은 그야말로 괴물들의 집합이라고 소문이 자자하다. 1 기사단에 들어가려면 일단 인간이길 포기해야 한다는 말이 있다. 바위를 맨손으로 깰 수 있으며, 검을 한 번 휘두를 때 장정 5명은 거뜬히 쓰러뜨릴 수 있을 정도로 강해야 제1 기사단의 입단이 가능하다고 한다. 그런 괴물들만 뽑는 1 기사단이기에, 입단 시험의 악명이 자자했다.

　"……망했다."

　슈라이나는 1 기사단 입단 시험을 앞두고 망연자실했다. 마법 검사 전형 시험 내용을 보는데 마법석 소지가 불가능하다는 것이다. 마법 검사를 받아들이긴 하지만 기사단 측에서 원하는 마법 검사는 마법보단 검술 쪽에 좀 더 능력이 치중되어 있는 쪽을 선호하는 것 같다. 시험에 마법석을 금지시키는 걸 보니 말이다.

　마법석을 금지시키면 순수한 자신의 마력과 체력으로 시험을 치러야 한다는 건데, 아무래도 좀 자신이 없었다. 체력 버프나 힘 버프

같이 신체적인 능력을 보완해주는 마법을 쓸 수 없을 테니까.

슈라이나는 1 기사단에 꼭 들어가고 싶었다. 아주 오래전부터 바라왔던 일이었기도 하고, 쏟아부은 시간과 노력과 정성이 무척 컸기 때문이기도 했다. 그래서 무슨 일이 있어도 꼬옥 이루고 싶었다.

몸이 편하고 마음이 편한 이 평화로운 삶 속에 자신을 유일하게 긴장시켜주는 건 1 기사단의 기사라는 꿈뿐이었다. 기사라는 안정적이고 보장받는 직업에 목을 매는 이유가 전생 때문이고, 전생을 떠올리면 언제나 안일해진 스스로를 돌아보게 되었다.

슈라이나는 다가오는 기사단 시험을 앞두고 하일리와 더욱 강한 훈련에 들어갔다. 하일리를 거의 매일 불러 같이 대련했고, 그 덕에 하일리의 얼굴을 아카데미에 있을 때보다 더 자주 보게 되었다. 이상하게도 하일리를 보면 전생의 일이 새록새록 떠올라서 더 성실하게 살게 되는 것 같다. 만나서 놀기도 했지만 거의 수련밖에 하지 않았다. 대련 수련 단련. 대련 수련 단련. 마법 부분에선 이미 충분히 자신이 있으니 마법은 잠시 내려두고 검술에만 매진했다.

아침에 일어나자마자 검을 휘두르고 점심 먹고 베고, 저녁 먹고 찌르고. 한숨도 쉴 틈없이 검을 휘두르니 연습 때 쓰는 검의 날이 금방 상했다. 가끔 나무나 돌을 앞에 두고 검을 휘두르거나 베는 연습을 했기에, 오러를 사용하지 않는 이상 금방 상할 수밖에 없었다.

그래서 슈라이나는 지금 하일리와 연습용 검을 사러 잠시 나왔다. 한 번 살 때 많이 사두는 것이 좋을 것 같아 비교적 저렴하고 튼튼한 검 위주로 골랐다. 검 수집이 취미인 하일리는 금방 가성비가 좋은 검을 골라 슈라이나 앞에 내밀었다.

"넌 내가 봤을 때 별문제 없다니까? 다른 1 기사단의 기사들에 비해 힘이나 체력은 떨어질 수 있어도 마법과 검술의 응용력은 네가 최고다. 검술의 응용력은 점수에서 높은 비율을 차지하니, 좋은 점수를 받을 수 있을 거다. 그렇게 불안해하지 않아도 된다."

하일리는 검 진열대에서 몇 개의 검을 집어 들더니 붕붕 휘두르며 말했다. 새로 나온 검들의 내구도를 확인해보다 눈썹 한쪽을 들어 올렸다. 이해가 되지 않는다는 표정이었다.

"아니, 그래도 마법석은 못 들고 가니까요. 순수 마력만 믿고 검을 휘둘러야 하잖아요. 훈련 강도를 더 높여야 할 것 같은데."

슈라이나는 팔짱을 끼고 검을 붕붕 휘둘러보는 하일리 옆에 비뚜름하게 섰다. 방금 전까지 수련을 하느라 몸이 땀과 흙먼지로 뒤덮여 있으면서 더 수련하자고 한다. 흙투성이인 건 하일리도 마찬가지였다. 하일리는 손을 뻗어 슈라이나의 머리와 볼에 묻은 흙들을 툭툭 털어줬다. 방금 휘두른 검이 마음에 들었는지 값을 지불하고 그 검의 장인이 만든 다른 검 몇 개를 더 잡아들었다.

"훈련의 강도를 높이고 싶다?"

"네."

하일리가 긴 검 하나를 땅에 꽂고 손잡이 부분에 손과 얼굴을 올려놓으며 기댔다.

"흐음……."

훈련의 강도는 충분히 높았다. 이미 일반인의 범주를 넘어선 수준으로 연습하고 있었다. 이 상태에서 훈련의 강도를 높이고 싶다? 슈라이나는 어느 정도 훈련에 익숙해져 이제 웬만한 훈련으로 근육의 고통을 느끼지 못할 것이다. 현재의 같은 방법으로 계속 수련하게 된다면 성장이 미미할 것이다.

슈라이나는 단기간에 수련 강도를 올려 실력을 화악 높이고 싶어 하는 것 같았다. 어떤 고통이 따르든지 간에 말이다.

문득 하일리의 머릿속에 그녀에게 적합한 수련 방법이 하나 번뜩 떠올랐으나 곧 고개를 저으며 혀를 찼다. 자신이 힘과 체력을 올리기 위해 썼던 방법인데, 조금 많이 고통스러울 것이다.

"너는 아무리 힘들어도 실력이 느는 걸 택하겠지."

"물론이죠."

슈라이나가 당차게 답하자 하일리는 걱정스러운 표정을 지우고 낄낄 웃었다.

"그럼 슈라이나. 나에게 시간 좀 쏟아라. 내가 화끈하게 네 걱정을 없애주겠다."

그녀의 등을 탕탕 두들기며 꽤 자신만만하게 말했다. 자신에게 시간을 쏟으라는 하일리의 말에 슈라이나는 잠시 눈동자를 굴리다가 고개를 크게 끄덕였다. 웃는 꼴이 왠지 사악해서 재수 없었으나 자신만만해 보이는 그의 모습이 불안함을 지웠다.

"좋았어. 그럼 이틀 뒤에 광장에서 다시 만나도록 하지. 한 한 달 치 짐을 챙겨오는 게 좋을 것 같다."

굉장히 즐거워 보이는 하일리를 이해하지 못해 인상을 쓴 슈라이나는 이틀 뒤에 그의 사악한 웃음을 이해할 수 있었다.

* * *

슈라이나는 벼랑의 절벽에 대롱대롱 매달린 채 소리쳤다.

"야! 이 XX! XX!"

평소엔 입에 잘 담지 않는 험한 말이 입술 사이로 막 비집고 나왔다. 하일리는 벼랑 밑에서 저 위쪽의 슈라이나를 바라보며 함박웃음을 지었다.

슈라이나와 하일리는 숲속의 한가운데에 터를 잡고 며칠 전부터 계속 수련을 하고 있었다. 현재 하일리와 슈라이나가 있는 곳은 황실에서 사람들의 시선을 피해 몰래 쓰던 장소로, 나무와 풀들이 꽤 정돈되어 있었다. 슈라이나가 이곳에 오기 전에 미리 정리를 해뒀던 하일리였다.

이곳은 커튼같이 잎을 늘어뜨린 나뭇잎들을 헤치고 더욱 깊숙이 들어와야 했기 때문에 웬만한 사람들은 발견하기 힘든 곳이었다.

그렇게 외진 장소에서 슈라이나는 천막을 치고, 짐을 풀고, 아침부터 새벽까지 수련만 피똥 싸며 하고 있었다. 슈라이나가 원했던 대로, 아니 하일리가 원했던 대로 아주 지옥 훈련이 진행되었다.

"힘내라! 거의 다 올라갔다!"

밑에서 여유롭게 간식을 먹으며 응원하고 있는 하일리를 보면 너무 얄미워 욕이 절로 나왔다.

"이 황태자 XX! XX!"

"네 체력과 팔 근력에 좋다니까? 빨리 끝내고 와서 간식 먹어라."

"입꼬리 내려요!"

"하하, 싫다!"

편하게 바닥에 누운 채 괴로워하는 자신을 관람하고 있는 하일리가 밉상이었다. 슈라이나는 앞으로 남은 거리를 측정해보다가 우수에 젖었다. 그리고 곧 그 우수 젖은 눈빛으로 하일리를 끈질기게 응시했다. 그러나 하일리는 안 된다고 답하며 그녀의 암묵적인 요청을 거절했다.

'그래, 그 바쁘신 황태자님이 날 위해 굳이 시간을 비워 손수 내 체력 증진에 힘써 주신다는데, 내가 욕하고 불평할 처지는 아니지.'

"으아악! 하일리 오르드 이아네스으!! 이 XX! XX! XX!"

얼마나 힘들었는지 말이 생각을 따라주지 않는다. 말과 생각이 뒤바뀌어서 튀어나온다.

슈라이나는 현재 팔만 이용해서 절벽을 거꾸로 오르고 있었다. 마법석 하나 없이 발과 손에 몸 안의 모든 마력과 오러를 긁어모아 팔에 집중시키고 절벽에 붙어 있었다. 그냥 몸뚱이 하나로 절벽을 올라가는 것도 힘든데 하일리가 팔다리에 무게를 추가했고 등에는 돌덩어리들을 메게 했다.

팔근육 운동이었다. 검술에선 무엇보다 팔 힘이 생명이었기에 다리를 쓰지 않고 팔만 이용해서 절벽을 타는 걸로 팔근육을 다졌다. 팔의 근육 섬유가 뜯어지는 기분이었다.

"으, 으…… 더 이상 못 버티는데."

팔이 후들후들 떨렸고 곧 아래로 떨어질 것 같았다. 아무런 보호 장치가 없어 심장이 미친 듯이 두근거렸다. 팔에 힘을 대주고 있던 마력과 오러가 슬슬 바닥이 나기 시작했다. 슈라이나는 기어코 절벽 바위를 잡은 손에 힘이 풀리고 말았다.

슈우우욱. 갑자기 몸이 벽에서 떨어졌다. 슈라이나는 곧 절벽 아래로 빠르게 떨어졌으나 비명을 지르진 않았다. 이미 6번째 떨어져서 낙하감에 충분히 익숙해진 상태였다.

"……오. 이번엔 조금 더 많이 갔네?"

밑에서 대기하고 있던 하일리가 냉큼 움직여 그녀를 안전하게 받아줬다. 슈라이나는 물에 불은 시금치처럼 시들시들해져서 그저 멀거니 하늘을 바라보았다. 양손은 곱게 모아 배 위에 올려놓았다.

"자, 그럼 십 분만 쉬었다가 다시 올라가지."

슈라이나는 체념한 듯 평온한 표정을 지었다. 평온하게 하일리의 머리카락을 쓰다듬는 척하다가 강하게 쥐었다. 무표정한 얼굴에 투명한 눈물 한줄기가 주룩 흘렀다. 인간적으로…… 너무 힘들다……. 힘들다고…….

슈라이나가 애처로운 표정을 지으며 하일리를 지긋이 바라보았다. 그러나 그는 단호했다.

"투정 부리면 못 써. 강해져라, 슈라이나."

"몸이 아파요……."

"그럴 줄 알고 내가 근육 회복 포션을 챙겨왔다! 앓아누울 걱정하지 마라! 하하. 나도 너 아픈 건 좋아하지 않는다."

"……."

아니, 차라리 아프고 싶다. 늘어진 시금치가 된 슈라이나가 고개를 잔잔히 저었다. 슈라이나의 마음도 모르고, 하일리는 가방에 손을 쑥 집어넣고 뒤적거리더니 모종의 액체가 담긴 수많은 병을 꺼냈다. 그리고 슈라이나를 바닥에 눕혀 그 입에 회복약들을 흘려 넣어줬다.

가져온 약들이 얼마나 성능이 좋은지, 마시자마자 아프던 근육이 모두 회복되었다. 마력과 오러는 다시 최대치로 채워졌고, 이제 다시 벌떡 일어나도 괜찮을 정도로 몸이 회복되었다.

"자, 시간 다 됐다. 다시 올라가자. 속도와 힘이 좋아졌으니 무게를 하나 더 추가하겠다."

"……."

슈라이나가 일어나지 않자 하일리가 그녀를 번쩍 일으켰다. 그리고는 다리를 못 쓰도록 묶인 발에 두꺼운 철을 추가했다. 그녀를 들쳐업고 다시 그 절벽 앞으로 그녀를 이끌었다.

슈라이나는 멀뚱멀뚱 자신 눈 바로 앞에 놓인 돌벽을 바라보다가 고개를 들어 올렸다. 쭈우욱. 높이를 가늠할 수 없었다. 입을 멍청히 벌리고 멍하니 있자, 뒤에서 하일리가 자신의 시계를 꺼내고 그녀를 부추겼다.

"그럼 3초 안에 시작한다. 하나, 둘. 셋!"

"……아, 아니. 잠시만."

"출발!"

"……."

그의 입이 떨어지자마자 슈라이나는 손을 뻗고 절벽의 돌을 잡으며 무서운 속도로 올라갔다. 초반에 많이 올라가 줘야 탄력이 붙어 더 오래 올라갈 수 있었다. 힘들다, 힘들다 하면서도 그의 수련 방식에 잘 따라가 주는 슈라이나였다.

회복약 덕분에 7번째 오르는 중에도 몸은 아프지 않았다. 다만, 그냥 정신적으로 너무 괴로웠다.

기계적으로 팔을 뻗어 절벽을 올라가면서 슈라이나는 문득 아카데미에서 하일리와 수련했던 일이 떠올랐다. 그때는 하일리가 자신을 봐주기보단, 자신이 하일리의 수련을 봐줬었다.

상급 몬스터들과 수십 마리 싸우게 했지. 위험해지기 직전에 자리를 빠져나오게 하는 마법을 걸어두고. 잘 싸우는 것 같으면 맨손으로 싸우게 했다. 하일리는 검술에 있어서 육체적인 단련은 필요 없었기에 전투하는 센스만 늘릴 수 있게 자신이 수련을 진행했다. 그 과정에서 하일리는 수도 없이 처맞고, 뛰어다니고, 도망쳐야 했다.

"복수하는 건 아닐 거라 믿습니다."

등골이 서늘해진 슈라이나가 몸을 떨며 소리쳤다. 눈까지 가늘게 떨며 고개를 돌려 그를 노려보았다. 슬슬 너무 힘들어지기 시작해서 이가 바득바득 갈렸다. 절벽의 절반 정도 다다랐을 때가 자신의 한계였는데 지금 한계를 넘어 한 뼘 정도 조금 더 움직였다.

그리고 슈라이나는 또 낙하했다. 7번째 낙하였다. 슈우우웅. 처음에 떨어질 때는 소리를 고래고래 질렀으나 이제는 아예 팔을 벌리고 얌전히 떨어졌다. 이젠 욕도 나오지 않았다. 험한 말을 할 힘도 없었던 탓이었다.

"웃챠. 수고했다."

떨어지던 슈라이나를 받아 안은 하일리가 또 슬라임같이 축 늘어진 슈라이나를 바라보다 그녀의 얼굴 쪽에 손에 조심스레 뻗었다.

"머리카락 먹지 마라."

팔 운동을 마치고 이제 하체 운동에 들어갔다. 상체 운동으로 다리를 묶어놓고 절벽을 오르게 했다면, 하체 운동으로는 살짝 땅이 꺼질 정도로 무거운 무게들을 한쪽 다리씩 묶어놓고 뛰게 했다. 몇 시간 동안 쉬지 않고 계속 달리게 했다.

중간에 힘들어서 쉬려고 할 때면 그때마다 회복 액체를 마시게 하고 계속 운동을 하게 만들었다. 끊이지 않는 체력 훈련에 슈라이나가 정신이 나가려고 하자, 하일리가 옆에서 깐죽거리며 같이 뛰어줬다. 슈라이나에게 주기로 약속한 황실 디저트를 그녀의 눈앞에서 다 먹어버리고 그 쓰레기를 그녀의 손에 쥐여 주며 도발하기까지 했다.

힘든 건 우주 저편으로 날려버리고 매서운 속도로 자신을 쫓아 뛰며 쌍욕을 내뱉는 슈라이나를 바라본 하일리는 자신이 장수할 수 있을 거라 확신했다. 하여튼 그렇게 당근과 채찍을 병행하며 슈라이나의 체력을 단련시켜줬다.

모든 체력 훈련이 다 끝나면 슈라이나는 몸이 더러워지는 것을 신경 쓰지 않고 바닥에 널브러졌다. 말할 힘도 없어 그냥 숨만 열심히 쌕쌕거리며 쉬었다. 등이 쉴 새 없이 위로 올라갔다 내려갔다를 반복하고 있었다. 하일리는 너무 힘들어 눈이 뒤집힌 슈라이나가 바닥에 얼굴을 박고 있는 모습을 바라보며 쓴웃음을 지었다. 그리고 그녀가 흙먼지를 들이켜지 않게 몸을 앞으로 뒤집어 줬다.

"네가 이렇게 잘 따라올지 몰랐어. 수고했다. 수련이 끝나려면 아직 하안참 남았지만."

"으어, 어어…… 으어어어……."

"그래그래. 고기 대령해 준다."

슈라이나는 몸과 마음이 지칠 대로 지쳐 몸을 후들후들 떨며 바닥에 누운 채, 하일리가 준비한 고기를 미련스레 바라보았다. 손가락 까딱할 힘조차 남아 있지 않았다. 말을 제대로 할 힘도 남아 있지 않았다. 그래서 몸에 모든 힘을 쏟아내어 앓는 소리를 내자 하일리가 용케 그 말을 알아듣고 그녀의 입에 고기 몇 점을 넣어줬다.

"많이 먹고 힘내라. 내 몫까지 먹어도 돼."

그러면서 슈라이나 입에 고기를 아주 차곡차곡 쌓아 넣어 탑을 만들었다. 한꺼번에 너무 많은 양이 입안에 들어오자 슈라이나는 그 음식물을 미처 다 씹지 못하고 그저 입에 담아둘 수밖에 없었다. 그렇게 고기 몇 점이 바닥에 툭툭 떨어지자, 하일리는 그 고기를 다시 슈라이나의 입에 넣어주려고 했다. 진흙이 묻은 고기가 다시 자신의 입에 들어오려고 하자 슈라이나는 필사적으로 고기를 씹고 삼켜 입을 닫았다.

"예민해요. 장난치지 말죠."

단백질과 탄수화물의 섭취로 살아난 슈라이나가 하일리를 째려보았다. 하일리는 그녀의 반응에 곧 크게 웃음을 터뜨리며 미안하다는 말을 했다.

하일리의 유치한 장난을 지금 받아쳐 줄 시간과 힘이 없었다. 다시 건들면 가방에 자신의 냄새 나는 양말을 넣겠다는 협박을 한 뒤 다시 죽어가는 슬라임처럼 바닥에 늘어졌다. 모처럼 얻은 금쪽같은 쉬는 시간이었기에 슈라이나는 잠시 깊은 고민에 빠졌다. 잠을 잘까, 아니면 밥을 먹을까. 그 두 가지의 욕망 사이에서 고민했다. 곧 고민할 필요 없이 둘 다 하기로 했다.

입에 고기를 한가득 물고 눈을 감았다. 눈을 감은 채 천천히 음식물을 우물거렸다. 하일리는 턱을 괴고 땀에 절어 힘들어 보이는 슈라이나를 그저 조용히, 멀거니 바라보았다.

축축한 슈라이나의 이마에 손을 올려놓은 그는 그녀의 머리카락을 저도 모르게 다정스레 쓸었다. 그러다 곧 하일리는 그런 자신의 행동에 당황했다.

차가운 물에 적신 수건을 가져와 그녀의 얼굴 위에 올려놓은 하일리는 맥없어 보이는 그녀를 바라보다 입을 열었다.

"그래도 첫날보다 버티는 시간이 많이 늘었다. 이 정도는 돼야 네가 어딜 가든 실력으로 인정받는다. 난 너라는 사람을 잘 알고 있어서 널 왜곡해서 보지 않지만, 새로운 환경에선 좀 다를 수도 있다.

어딜 가든 네가 존경만 받았으면 좋겠다. 난 차마 네가 무시당하는 꼴을 볼 수가 없어."

그는 슈라이나의 손을 지그시 잡았다.

"열심히 하자."

슈라이나는 차가운 수건 아래 고요히 숨만 쉬며 그의 말을 듣고 있다가 얼굴을 덮은 그 수건을 잡아끌어 아래로 내렸다. 자신의 옆에서 속이 빈 샌드위치를 먹는 하일리를 지그시 바라보았다. 샌드위치 안에 있는 고기는 모두 빼서 그녀에게 주고 자신은 남은 빵을 먹고 있었다.

윽. 그런 말을 하면 열심히 안 할 수가 없잖아. 왜 꼭 쉬고 있을 때 저런 말을 하는 거야. 그저 넋 놓고 누워 방심하고 있다가, 하일리의 말에 코끝이 찡해서 상체를 일으켰다.

슈라이나는 체력 증진을 돕는 알약을 모두 입안에 때려 넣었다. 물병을 들어 입구를 입에 꽂은 채 손목을 튕겨 물회오리를 만들었다. 물이 한순간에 슈라이나 입으로 빨려 들어갔고 거칠게 물을 알약과 함께 삼킨 슈라이나는 자리에서 일어났다.

갑자기 의욕에 불타올라 몸을 움직이려 하는 슈라이나의 행동에 하일리는 배를 잡고 웃음을 터뜨렸다. 곧 그녀를 다시 자리에 앉혔다.

"뭐해. 달이 하늘에 떴는데. 근육 회복을 위해 숙면을 취하셔야지, 슈라이나 경."

슈라이나는 의미 없이 성큼성큼 앞서 걷다가 다시 성큼성큼 돌아왔다. 정신이 없어서 눈치채지 못했는데 정말 밤이었다.

"의욕도 좋지만, 쉴 땐 꼭 쉬고. 쉬는 것도 하나의 수련이라고 생각해라."

답지 않게 성숙해져 다정한 말을 하는 하일리가 이상하게도 얄밉게 느껴진 슈라이나는 인상을 찌푸렸다. 단 걸 먹으면 짠 게 먹고 싶어지고, 느끼한 걸 먹으면 새콤한 장아찌가 먹고 싶어지고, 다정한 말 뒤엔 신랄한 말을 꼭 하고 싶어진다.

"수련이라뇨. 화장실 가려고 일어난 건데요."

착각하시긴. 흥칫뿡. 슈라이나는 툴툴거리며 마법진을 통해 자리를 빠져나왔으나, 그녀의 입가엔 잔잔한 미소가 걸려 있었다.

* * *

어마무시한 수련을 시작한 지 몇 주가 지났다. 원래 한 달 동안만 연습하려 했으나 수련에 탄력이 붙다 보니 어느새 한 달이 두 달이 되고 두 달이 세 달이 되었다.

아직 이른 새벽이었기에 날씨가 선선했다. 새들이 지저귀는 소리가 잔잔히 들려온다. 햇빛이 안개 같은 구름 뒤에서 영롱히 퍼져 세상을 밝혔다. 나뭇잎에는 이슬이 송골송골 맺혀 있다. 이슬이 곧 모여 하나의 큰 물방울이 되었고 그 무거운 물방울을 견디지 못한 나뭇잎이 낭창 휘었다.

톡.

물방울이 떨어졌다.

물방울이 떨어진 곳은 텐트 밖, 침낭만 펼쳐놓고 자고 있던 슈라이나의 이마였다. 물방울이 떨어짐과 동시에 슈라이나는 두 눈을 번쩍 떴다. 잠에서 깨어난 슈라이나는 바짝 긴장했다.

"3시 방향. 20도쯤."

가라앉은 목소리가 선선한 공기를 통해 울렸다.

쐐애액! 별안간 그녀가 말한 방향에서 엄청난 속도로 암기가 하나 비스듬히 날아왔다. 재빨리 품 안에 손을 넣고 단검 2개를 꺼냈다. 공기를 꿰뚫는 소리를 내며 어마무시한 속도로 날아오는 암기를 빠르게 쳐낸 슈라이나는 무릎을 살짝 굽히며 준비 자세를 만들었다. 방금 막 잠에서 깨어났음에도 예민하고 정확한 움직임을 보였다.

그녀가 움직이자마자 그녀의 몸에 묶여 있던 마력으로 만든 실 중 하나가 당겨지며 바로 다음 공격이 이어졌다.

"5시 방향. 70도인가."

이번엔 화살들이 꽤 높은 각도에서 쏟아져 내려왔다. 거의 머리 바로 위에서 공격이 퍼부어졌다.

슈라이나는 검을 재빨리 챙겨 들었다. 요새 검을 잡으면서 부쩍 늘어난 오러를 팔 쪽에 흘려보내며 프로펠러처럼 검을 머리 위로 빙글빙글 돌렸다. 화살들은 틈도 없이 매섭게 돌아가는 검에 닿자마자 튕겨 나갔다.

"4. 3. 7. 7. 2. 1."

슈라이나는 눈을 감고 공격들의 기척을 예민하게 읽어냈다. 한꺼번에 많은 공격이 쏟아지려고 하고 있었다. 잠시 숨을 깊게 내쉬고 입 밖으로 내뱉는 방향대로 움직였다. 날아오는 각도별로 방어를 달리했다. 바닥을 몇 번 구르고, 나무에 발을 몇 번 디디고, 힘껏 뛰어올라 피하고, 공격을 막아내고 방어를 하는 와중에 슈라이나의 몸에 생채기가 몇 개 생겼으나 슈라이나는 아랑곳하지 않고 계속 몸을 움직였다. 어차피 몸에 착용한 보호 장신구들 덕에 생채기는 곧 사라졌다.

슈라이나의 몸에 칭칭 감겨 있는 마력 실들은 그녀가 한 개의 공격을 막을 때마다 툭툭 끊어졌다. 마지막 한 공격이 남아 있었을 때 그녀의 몸에는 마지막 한 가닥의 실이 남아 있었다. 이전 공격을 막기 위해 몸을 움직이자, 마지막 실이 당겨졌다.

챙챙챙! 마지막 공격인 만큼 제일 살벌했다. 온갖 방향에서 화살, 창, 화염 마법 등등이 쏟아져 그녀에게 퍼부어졌다. 잠이 모두 달아난 슈라이나는 침착하게 미세한 차이로 먼저 날아오는 공격을 제일 먼저 막아냈다. 입술을 한 번 깨물고 공기에서 찢어지는 소리가 날 정도로 매섭게 검을 휘두르며 연이어 공격을 쳐냈다. 원래 마법 공격을 막을 때 마법이 발동되는 마법진 안의 수식을 헝클어트려 무산시키는 방법을 썼으나, 이젠 검에 오러를 아주 미약하게 흘릴 수 있어 검으로 마법 자체를 깨뜨릴 수 있었다.

"알람도 안 울린 것 같은데 알람 시계가 왜 작동됐지……?"

헐떡거리는 숨을 삼키며 마지막까지 안간힘을 다해 공격을 막아낸 슈라이나는 바닥에 털썩 널브러졌다. 그러다가 하늘에서 똑똑 떨어지는 물방울들을 바라보며 곧 이해했다. 작은 물방울이 떨어지는 것에 반응해서 벌떡 일어난 걸 보면, 자신의 감각이 많이 예민해진 것 같았다.

슈라이나가 말한 '알람 시계'라는 것은 방금의 어마무시한 공격들을 지칭하는 단어였다.

힘겨운 수련을 끝내면 언제나 그다음 날 일어나기 힘들었다. 그래서 좀 더 확실하게 잠에서 깨어나기 위해 '알람 시계'라고 불리는 장치를 만든 것이다. 알람이 울려서 벌떡 일어나기만 하면 몸에 묶인 마력 실들이 하나둘씩 끊어지며 자동으로 공격 마법진들을 발동시켜, 다시 누울 수 없게 만들었다. 물론 빗발치는 공격에 자신이 죽을 위기에 처하면 알아서 공격이 멈춰지게끔 했으니 어느 정도 안전은 보장됐다.

잠도 잠이지만, 슈라이나는 나름 자신의 판단력과 순발력, 그리고 스피드를 향상시키기 위해 따로 계획을 짰다. 사람이 가장 둔할 때가 잠을 잘 때고, 슈라이나는 자신이 가장 약할 법한 시간에도 강하고 싶었기에 마법진을 여기저기 설치했다.

한 번 제대로 시작하기로 마음을 먹었으면 아주 독한 자세로 임하는 그녀였기에 스스로에게 쉴 틈을 주지 않았다.

"……뭐야. 완전 일찍 일어나버렸어."

시간을 확인하며 낭패 어린 표정을 지은 슈라이나는 마른세수를 한 채 그대로 바닥에 널브러졌다.

알람이 울리기 전까지 좀 자두려고 했으나 땀이 너무 흥건히 나 있어서 포기했다. 무엇보다 심각하게 배가 고팠다.

슈라이나는 자신의 천막 쪽에 다가가 입구 지퍼를 열었다. 천막 안에는 식량들로 가득 채워져 있었다. 멀쩡한 천막을 놔두고 굳이 밖에서 잔 이유는 저 음식들이 쉴 수 있는 자리를 마련해주기 위해서였다. 슈라이나는 후두둑 떨어진 포장된 소시지들을 주워 꺼져가는 불 앞에 대충 던져놓았다. 개봉한 달걀 상자에서 달걀 10개와 두툼한 바게트 10개를 꺼냈다. 찌그러진 큰 대야를 들고 냇가로 내려가 물을 퍼 왔다. 배가 고픈 것보단 일단 목이 무척 말라서 방금 막 대야에 담은 물을 벌컥벌컥 들이켰다.

꺼져가는 모닥불에 나뭇잎과 장작 몇 개를 더 집어넣어 더 타오르게 한 뒤 그 위에 프라이팬을 올렸다. 그리곤 소시지와 10개의 달걀을 깨서 몽땅 프라이팬에 넣고 스크램블을 만든 뒤, 바게트에 소시지 에그 스크램블을 올려 아침 식사를 만들었다. 슈라이나는 순식간에 대량의 음식을 위에 털어 넣었다.

"하일리, 언제 오려나……."

슈라이나는 자신의 배를 까고 선명해진 복근을 바라보며 중얼거렸다. 아무리 먹어도 배가 튀어나오지 않는다. 만족스럽게 그 울퉁불퉁한 부분을 쓱쓱 쓰다듬다가 자리에서 일어났다.

아침 운동이라도 미리 하고 있어 볼까. 슈라이나는 양손으로 바닥을 짚고 양다리를 허공에 들어 올렸다. 팔로 바닥에 우뚝 섰다. 그 상태로 가볍게 팔굽혀펴기를 하기 시작했다.

팔굽혀펴기야 이젠 너무 쉽다는 듯 슈라이나는 아주 빠르게 움직였다. 위아래로 슉슉. 그렇게 몇 분 지나지 않아 금방 500개를 채웠다. 요새 오러의 양이 좀 늘었기에 팔에 오러를 조금 쏟아부어 팔을 굽혔다 펴며 앞뒤로 왔다 갔다 움직이기도 했다.

그렇게 운동하면서 몇 시간을 때운 슈라이나는 다시 바닥에 널브러졌다.

"슬슬 올 때가 됐는데……."

가벼운 운동을 마친 후 슈라이나는 두리번거리며 하일리를 찾았다. 하일리는 즉위를 코앞에 두고 있었던지라 계속 자리에 남아 그녀의 수련을 봐줄 수가 없었다. 그래서 슈라이나가 자는 동안 재빨리 황궁에 돌아가 할 일들을 마감하고 아침쯤 돌아와 그녀의 검술을 봐줬다.

슈라이나는 하일리가 자신처럼 무리하는 것 같아서 조금 쉬었다가 점심 때쯤 오라고 했으나, 거절당했다. 그는 황궁에 있는 것보다 이곳에 있는 게 더 쉬는 것 같다며 최대한 오래 그녀의 옆에 머물렀다. 가끔 회의나 모임이 있을 때는 하루 종일 오지 않는 경우도 있었으나 그런 날에는 밤늦게 와서라도 슈라이나를 보고 갔다. 꼭 고된 수련으로 자신이 죽었는지, 죽지 않았는지 확인하러 오는 것 같았다.

슈라이나는 소시지를 새로 뜯어 먹으며 생각했다. 이젠 수련이 아무리 고되어도 고통에 무뎌져서 아무렇지도 않았다. 꽤 오랜 시간 혹독한 훈련을 감당해내고 얻은 자신의 날렵한 몸이 무척 만족스러웠다. 운동을 할 때면 힘이 남아돌아 굳이 마법을 사용하지 않아도 날아다닐 수 있을 것 같았다. 근육이 예전보다 섬세하게 잡혔고 그 안에 채워진 힘이 점점 늘어났다. 동시에 오러의 양도 점점 커졌다.

오러가 늘어나니 반비례해서 마력의 양이 아주 조금 줄어들었으나 크게 신경 쓰지 않았다. 이젠 굳이 마력이 없어도 순수한 힘으로 그 빈자리를 보충할 수 있었다.

사실 그동안 검을 휘두르는 것에 살짝 부담감을 느껴 왔었다. 그러나 체력과 힘이 원하는 수준까지 도달하고 몸이 생각하는 대로 움직여주니 자신감을 갖게 되면서 검술을 좋아하게 되었다. 여전히 마법이 더 좋지만 그래도 검을 주류로 잡는 것 역시 나쁘지 않았다. 마법 검사 전형이 아닌 순수 검사 전형으로 시험을 보아도 손색이 없을 정도로 슈라이나의 검술 실력이 눈에 띄게 향상했다. 신체적인 조건 때문에 마주한 검술의 한계를 노력으로 뛰어넘게 되자 성취감이 장난 아니었다. 콧노래가 절로 나왔다.

"헉."

몰래 숨죽여서 콧노래를 흥얼거리다가 바닥에 쭈그려 누워 자고 있는 하일리를 발견하고 숨을 크게 들이쉬었다. 올 시간이 됐는데 안 온다 했더니 곁에서 자고 있었다. 얼마나 숙련된 건지 자면서도 아예 기척을 지우는 게 가능했다. 아니다. 너무 잘났으니까 재수 없으니 존재감이 무척 없는 거라고 하자.

슈라이나는 하일리가 깰까 살금살금 까치발을 들고 그에게 가까이 다가갔다. 황궁에 다녀온 건지, 그의 품에는 황실 도시락이 안겨 있었다.

하일리의 자는 모습이 무척 신기했다. 그가 자는 모습을 본 건, 몇 년 전 우연히 그의 기숙사 방에 쳐들어간 적 빼곤 없었다. 그의 자는 모습이 신기해서 바라보기도 잠시, 그녀의 관심은 그가 들고 있는 도시락에 꽂혔다.

"약속 지켰네."

10분 내에 절벽을 5번 오르락내리락하면 황실 도시락을 가져다주겠다고 하일리가 손가락을 걸며 약속했었다. 하일리는 슈라이나에게 황실에서 제공되는 음식의 종류들을 설명해주며 약 올린 적이 한 번 있었다. 그 설명해준 수많은 음식 종류 중에서 하일리가 생각하기에 가장 맛있는 음식들 위주로 가져다준다고 말했다.

군침이 계속 고이고 손이 계속 슬금슬금 그의 품속 도시락으로 뻗어갔다. 바게트와 계란은 이미 다 소화가 된 상태였다. 슈라이나는 그의 옆에 앉아 잠시 자신의 식욕을 참았다. 숨을 푸욱 내쉬며 천천히 숫자를 셌다. 지금 당장 그를 깨워 저 도시락을 먹고 싶었으나 그의 단잠을 깨우기 싫어서 가만히 있었다.

꼬르르륵.

배에 거지가 들어앉았는지 또 배가 고파 죽을 위기에 처한 슈라이나는 그의 품에서 도시락을 빼내려고 했다.

"야, 좀 놔 봐. 제발. 친우가 굶어 죽게 생겼다고."

간절한 목소리로 중얼거린 슈라이나였다. 그를 깨우지 않으려고 조심스럽게 움직였으나 금괴를 안고 있는 것처럼 도시락을 꼬옥 끌어안고 있어 조금 힘을 줘서 그 도시락을 빼내려고 했다. 미안하다. 실수로 깨우게 되어도 이해해줘.

그러나 하일리는 깨어나지 않았고 슈라이나는 여러 방향과 각도에서 힘을 주며 그 도시락을 빼내려고 해보았다. 하지만 아무리 슈라이나가 수련을 열심히 해도 역시 소드마스터는 못 당하는 건지, 꿈쩍도 하지 않았다.

"……죽은 거 아니겠지?"

그래서 몸이 굳었다던가. 문득 머릿속을 스치는 불안한 생각에 슈라이나는 손가락을 그의 코 밑에 대보았다. 그의 얼굴엔 생기가 돌았고 숨은 열심히 쉬고 있는 걸 보니 무탈하다.

잠시 하일리가 죽었다고 착각했었던 슈라이나는 문득 그를 깨울 수 있는 좋은 방법이 떠올라 사악한 미소를 지었다.

"하일리! 하일리! 하일리!"

큰 소리로 하일리의 이름을 부르짖으며 그의 어깨를 팡팡 쳤다. 스스로가 지을 수 있는 최대한 절박하고 안타까운 표정을 지으며 그를 깨우기 시작했다.

"일어나 봐요, 빨리!"

온갖 울상을 지으며 하일리를 흔들었다. 곤히 자고 있던 하일리가 눈꺼풀을 힘들게 들어 올렸다. 슈라이나의 것보다 진한 붉은 눈동자가 잠시 멍하니 떠졌다. 잠시 눈동자를 굴리던 하일리는 자신을 깨우는 사람 쪽에 시선을 두었다.

"왜……."

잠긴 목소리로 답한 하일리가 일어나려고 황실 도시락을 안은 손에 힘을 풀었다.

"죽은 것같이 자고 있어서 죽은 건가 싶었어요. 독에 중독되고 여기에 쓰러진 게 아닌가 싶어서…… 살아있으니 다행이네요."

슈라이나는 일어나려는 그를 다시 눕히고 재빨리 그의 팔이 느슨해진 틈을 타 도시락을 빼돌렸다.

차마 도시락 하나 먹으려고 단잠을 자는 황태자를 깨웠다고 말을 할 수가 없었다. 어쨌든 목표했던 도시락은 사수했다.

"생존……."

한쪽 눈썹을 들어 올린 채 슈라이나의 속이 뻔히 보이는 헛소리를 듣던 하일리는 성의 없이 대답하곤 다시 눈을 감았다. 누군가 아까 자신이 안고 있던 따뜻한 도시락을 뺏어가서 품 안이 무척 허전했다. 잠시 허공에 팔을 휘젓다가 다시 깊은 잠에 빠졌다.

* * *

하일리는 아카데미를 졸업하고 나서 계속 저기압이었다.

황제가 되는 과정은 순탄치 않았다. 실력을 입증해 보여 입지를 다지는 과정도 고달팠으나, 항상 긴장한 채로 자신의 적인 현 황후의 동태를 살피는 것도 고달팠다. 아카데미에서 친구들과 있을 땐 있는 그대로의 모습을 보여도 무해했기 때문에 무척 편했으나, 황궁에 있을 때면 언제나 차갑고 매사에 완벽한 모습을 보여줘야 했다. 자신이 직계가 아닌 만큼 더욱.

아카데미에서 좀 흐트러진 모습을 많이 보였기 때문에 그 차이를 메꾸려 황궁에선 더욱 이미지 관리에 힘을 썼다. 아카데미 안에서 그나마 숨을 쉬었는데, 이젠 그 숨을 쉴 공간이 사라지니 미칠 것 같았다. 왠지는 모르겠으나 집을 잃어버린 것 같은 기분이었다. 황궁에 혼자 있으려니 갑자기 무인도에 혼자 동떨어진 기분.

검술 수업이 끝나고 슈라이나와 밥을 먹겠다고 서로 앞다투며 급식실로 뛰어가던 때가 그리웠다. 날씨가 더울 때면 서로의 얼굴에 젖은 수건을 던져주며 열을 식히던 때가 그리웠다. 같이 협동하여 연애하는 학생들 사이를 훼방 놓았을 때가 그리웠다. 서로의 허점을 서슴없이 공유하고 비꼬다가 이윽고 낄낄거리던 그때가 그리웠다. 황실에서 만나는 관계에선 있을 수 없을 때 묻지 않은 그녀와의 관계를 무척 그리워했었다.

코리나 다른 검술부 애들도 그리웠으나 이상하게 슈라이나와 함께했던 추억이 더욱 선명히 기억 속에 남아 있었다. 자신이 슈라이나를 그리워하고 있다는 걸 알아챈 하일리는 달력을 보며 기사단 시험 일정을 계속 확인했다. 어차피 슈라이나는 기사단에 들어온다고 매일 노래를 불렀으니 불안해할 이유는 없는데…….

"내가 임의로 시험 날짜를 앞당길 수 있나? 아니, 그럼 꽤 많은 사람들에게 민폐겠군. 하. 시간아 빨리 지나가라……."

매일 재미없는 서류 처리와 딱딱한 검술 훈련에 제대로 질린 하일리는 그냥 슈라이나를 찾아가기로 했다. 때마침 기사단 시험 준비 때문에 슈라이나는 매일 혼자 검 연습을 하고 있었고 하일리는 기꺼이 그 상대가 되어 주기로 했다. 그렇게 황궁에선 탁 막힌 것 같은 숨을 그녀 곁에서 쉬었다. 검술 훈련을 핑계로 그녀를 만나 수련하다가 놀며 아픈 머리를 식혔다.

그녀와 있는 즐거운 시간을 방해받지 않기 위해 하일리는 좀 무리해서 일했다. 잠을 아예 못 잘 때도 있었고 길게 자면 3시간 정도 잤다. 그렇게 모든 일정을 마치고 쉬는 시간엔 슈라이나를 보러 자리를 비웠다. 보좌관이 매번 어딜 그렇게 사라지냐고 타박을 넣었으나 할 일은 언제나 마쳐 놓는 그여서 그렇게 크게 신경 쓰는 것 같진 않았다.

오늘은 유독 졸린 날이었다. 여느 때와 같이 잠도 한숨도 못 자고 밤새 일만 했다. 펜을 내려놓자마자 이젠 거의 습관적으로 슈라이나를 찾아갔다.

슈라이나는 여전히 열심히 게을리하지 않고 수련을 하고 있었고 깡총깡총 뛰며 앙증맞게 검을 휘두르는 모습을 바라보다 바보같이 마음이 노곤해져 그대로 바닥에 고꾸라졌다. 그대로 오랜만에 깊은 잠에 빠졌었고 중간에 슈라이나가 한 번 깨웠던 것 같으나 잘 기억나지 않았다.

다시 잠에 빠진 하일리는 한참을 뒤척이며 자다가 시간이 조금 지나고 눈을 떴다. 정신이 몽롱해 시야가 아지랑이처럼 일렁이는 가운데 한 사람이 보였다.

달그락. 달그락. 와삭. 달그락.

게슴츠레 뜬 눈을 통해 보이는 건 자신의 품속에 붙들려 필사적으로 도시락을 먹는 슈라이나였다. 하일리가 잠꼬대로 슈라이나를 안아 붙들었고, 그의 힘에 눌려 꼼짝도 할 수 없던 슈라이나는 자신과 하일리 사이에 끼어있는 도시락을 건져내어 힘들게 그 뚜껑을 열어 안의 음식을 사수했다.

와아아아그작. 와아아그작. 그녀는 오만상을 쓴 채 소리가 나지 않게 최대한 천천히 입을 오물거리며 도시락에 집중했다. 하일리는 실눈을 뜨고 계속 자는 척하며 그녀를 가만히 지켜보았다.

슈라이나는 최대한 음식에 옷이 묻지 않도록 노력하며 아주 부지런히 먹었다. 소리를 내지 않으려 음식을 씹기보단 녹여 먹고 있었다. 학창시절 때 선생님의 눈을 피해 책가방 속의 과자를 하나씩 몰래 꺼내먹는 느낌이었다.

하일리의 팔에 몸이 꽁꽁 묶여 있었기에 슈라이나의 팔의 활동 범위가 작았다. 손목을 열심히 꺾으며 음식을 힘들게 입에 넣었다. 그러다 음식 크기가 작아 입에 닿지 않으면 주둥이와 혀를 쭈욱 내밀어 입에 넣었다. 그렇게 음식 하나를 입에 넣고 먼 산을 바라보며 녹여 먹고 다시 힘들게 입에 하나 집어넣고 한숨 섞인 콧바람을 내쉬며 천천히 우물거렸다.

"……!"

그러다가 실수로 하일리의 셔츠에 음식을 흘리고 말았다. 애초에 도시락의 위치가 아슬아슬하긴 했다. 그래도 나름 조절을 잘해서 흘리지 않고 잘 먹고 있었는데.

와그작 와그작 와그작. 슈라이나는 당황해서 빠르게 음식을 씹으며 그의 옷에 묻은 음식물을 털어냈다. 그러다 자신을 멀뚱멀뚱 쳐다보고 있는 하일리와 시선이 마주쳤다. 하일리는 깜짝 놀라 뒤늦게 눈을 감고 다시 자는 척했다.

"……."

"……."

슈라이나도 재빨리 클린 마법으로 하일리의 옷에 묻은 음식물을 없애며 잠시 숨죽이고 있었다. 그러다가 몇 분 뒤에 다시 두 사람의 시선이 마주치게 되자, 슈라이나는 침착하며 먼저 입을 뗐다.

“잘 주무셨나요.”

자신을 강하게 안은 팔에 힘이 빠지자, 슈라이나는 그의 팔을 치워내며 일어났다.

“내가 왜 널 껴안고 있었지?”

“잠꼬대가 참 고약하셔서요.”

“아…… 깨우지 그랬나.”

“너무 곤히 자고 계시길래.”

거의 바닥에 쏟아질락 말락 하는 도시락을 챙겨 들고 누워 있는 그 옆에 앉아 사람답게 남은 음식을 먹기 시작했다.

“밥 다 먹으면 깨워드릴 테니까 더 잘래요?”

소시지 냄새가 나는 작은 손으로 하일리의 눈을 덮었다. 하일리는 그 말이 끝나기도 전에 다시 눈을 감고 잠에 빠지려 하다가 아까 자신과 슈라이나 사이에 있었던 일 때문에 다시 눈을 번쩍 떴다. 슈라이나의 다람쥐 같은 모습에 정신이 팔려 미처 신경 쓰지 못했던 사실인데, 방금까지 슈라이나랑 껴안고 누워 있지 않았나?

슈라이나가 마지막 남은 소스까지 싹싹 긁어먹으며 도시락에 코를 박고 있는데 자는 줄 알았던 하일리가 돌연 자리에서 벌떡 일어났다. 갑작스레 허리를 쭈욱 펴고 스트레칭을 하기 시작했다. 목덜미에서 귀까지 무척 붉어져 있었다.

* * *

“…….”

“51초.”

"……."

"15초."

"……."

"1분."

하일리가 시간을 잴 동안, 슈라이나는 묵묵히 간단히 절벽을 두 번 오른 후 호수 주변을 다섯 번 뛰다 지금은 설치된 함정을 피해 몸을 움직이고 있었다. 자신의 몸집만 한 검을 어렵지 않게 슉슉 휘두르며 타깃을 베어갔다. 마력을 사용하지 않고 오직 자신의 중심에서 솟구쳐오르는 오러를 이용해서 체력과 힘을 보완했다.

몸이 단기간 내에 믿을 수 없을 정도로 날렵해졌다. 군더더기 동작이 사라졌고 최소한의 동작만 남게 되었다.

타깃에 집중하느라 눈빛이 날카롭게 빛이 났다. 공격이 어디서 튀어나올지 몰랐기에 입매가 잔뜩 굳어져 있었다. 들어오는 매서운 공격들을 하나하나 깔끔하게 받아쳤고, 타깃을 찌를 때도 정확히 중심을 찔러 일격에 끝냈다. 마법사가 아닌 완전한 검사의 모습이었다. 가끔 위험할 때 마법을 보호 용도로 썼으나 그 이외에는 검을 휘둘렀다.

'진짜 많이 늘었네…….'

하일리는 실력이 부쩍 늘은 슈라이나를 보며 절로 뿌듯해져서 입꼬리를 올렸다. 저 정도 실력에 마법까지 겸비가 되면 1 기사단 내에서 그녀와 대적할 사람은 없을 것이다.

한차례 훈련이 끝난 슈라이나는 아까부터 자신을 바라보며 왠지 수상한 미소를 짓고 있는 하일리에게 다가갔다.

"어떤 것 같아요?"

"내지를 때 옆구리를 조금 더 틀면 좋을 것 같다. 넌 위에서 날아오는 공격엔 눈을 감는 경향이 있어. 그거 고쳤으면 좋겠고."

"흠."

슈라이나는 아까 공격하며 했던 동작들을 모두 기억하고 있었다. 동작 하나하나 처음부터 천천히 해보며 반복하다가 하일리가 언급했던 문제의 부분에서 멈췄다.

"이 공격할 때 말하는 거죠?"

"어어. 맞다."

"그러면, 이때 이렇게……."

수정된 동작으로 다시 쭉 공격을 이어 하니 곧 완벽해졌다. 하일리가 감탄하며 칭찬해 주자 신이 난 슈라이나는 아공간 속에서 자신의 얼굴만 한 매운 육포를 꺼내 입에 물었다. 기분 좋을 때 먹으려고 아껴뒀었다.

"슈라이나, 입단 시험이 코앞인 거 알고 있나?"

"당연하죠."

"시험 치기 일주일 전부턴 무리한 운동을 피하고 건강 관리에 힘써야 하니 집으로 돌아가도 된다."

육포를 우물거리면서 슈라이나는 고개를 몇 차례 끄덕였다. 이젠 입단 시험 따위 하나도 무섭지 않았다. 오히려 얼마나 힘들까, 그래 봤자 과연 이것보다 힘들까 하며 내심 기대도 되었다.

"네가 시험 치기 전, 마지막으로 통과해야 할 관문이 있다."

하일리는 땅을 짚고 일어나 손을 털었다. 땅바닥에 널브러진 검을 하나 잡고 상체를 꼿꼿이 세웠다. 가라앉은 눈으로 슈라이나를 똑바로 쳐다보았다.

"내가 한 번 전력을 다해 볼 테니, 그 상태에서 네가 날 상처입히면 그때는 시험을 치기 2주 전이어도 그냥 집에 보내주겠다."

"오오. 아무 상처나 입히면 되는 거예요?"

"그래."

그 뒤로 슈라이나는 혹독한 체력 훈련보다 하일리에게 하나의 공격을 먹이려고 노력했다. 하일리와 대련 경험이 많았던 슈라이나는 설마 작은 생채기 하나 못 입힐까 싶어 조금 자신만만했다.

"으차."

첫 대련은 당연히 실패로 끝나 연못에 떠다녔고,

"으앗."

두 번째도 실패해 나뭇가지에 대롱대롱 매달렸으며.

"억."

세 번째도 실패해 슈라이나는 나뭇잎 더미에 파묻혔다.

네 번째, 다섯 번째, 여섯 번째. 거듭되는 실패를 통해 슈라이나는 공복을 얻었다. 기진맥진한 상태로 바닥에 널브러져서 단백질을 보충하다 다시 도전했다. 그러나 역시 끝이 좋지 않았다. 하일리가 치명타를 날리기 직전에 검을 멈췄고 그 오러 섞인 매서운 검풍에 밀려 슈라이나는 종종 이상한 곳에 도착했다. 이번엔 돌에 부딪힐 뻔하다, 하일리가 안전하게 받아줬다.

길고 긴 수련의 끝이 보이는가 싶었는데 진전이 하나도 없었다. 이제 수련 시작인 기분이었다. 대련은 수련과 달리 머리를 써야 하는 일이어서 배로 체력이 소비되었다.

"어떻게 작은 긁힌 자국도 없어요?"

이번에도 실패해서 억울한 슈라이나가 그의 어깨에 대롱대롱 매달려 뚱한 표정을 지었다.

"내 입으로 말하긴 부끄럽지만 명색이 소드마스터다."

"안 물어봤습니다."

"……방금 물어봤지 않나?"

슈라이나는 하일리의 팔 쪽에 손을 가져다 대고 세게 꼬집어보았다. 아무래도 경지에 오른 사람의 신체는 일반인의 것과 좀 다른 것 같다. 꼬집어도 붉어지지도 않았고 손가락으로 긁어도 긁힌 자국이 나지 않았다.

"그 작은 상처 하나 내기가 이리 힘들다니."

"힘내라. 사실 아까의 공격은 나도 조금 위험했다."

예예, 그러면서 엄청 여유 부렸으면서. 부럽다. 나도 소드마스터였으면. 아마 내가 마법을 연습하고 있을 때 하일리는 부지런히 검을 잡았을 테고 그 결과로 소드마스터가 된 거겠지. 만약 자신도 검을 포기하고 계속 마법만 팠다면 대마법사가 되지 않았을까. 그러면 기사단은 포기하고 연구단에 들어가야 되겠지. 슈라이나는 칭얼거리며 하일리에게 볼을 기댔다.

"상처라…… 상…… 처…… 상으로 처가 되면 상처."

슬슬 심리적으로 지쳐 빨리 집으로 돌아가고 싶어 상처의 다른 의미를 생각해보았다. 상으로 처가 되면 상처.

"뭐라는 거지?"

하일리가 슈라이나를 매우 걱정스레 쳐다보았다. 몇 달 동안 검만 내리 잡았고 슬슬 마지막 한계와 마주친 것 같았다.

"많이 힘든가?"

"네…… 아뇨."

슈라이나는 현실적으로 미래의 상사 앞에서 강한 모습을 보여줘 야겠다 싶어 바로 부정했다. 그가 자신의 친구긴 친구지만 사회에 들어가면 그의 위치가 있기에 그에 맞춰 행동하려고 노력했다. 서로 를 위해서라도 말이다.

"네. 힘들어서 욕 나와요."

근데 어차피 둘만 있으니까 슈라이나는 지금이라도 편히 있기로 했다.

힘들다고 하염없이 찡찡거리기 시작한 슈라이나를 위해 하일리는 슈라이나를 바닥에 내려놓고 두 팔을 활짝 벌렸다.

"껴안아 주려고 팔 벌린 거 아니죠?"

슈라이나가 와락 인상 쓰자, 하일리도 인상을 쓰고 얼굴을 붉혔다.

"아니다! 로맨스 소설 그만 봐라."

"자기가 더 많이 보면서."

한차례 말다툼을 하다가 하일리가 한숨을 쉬고 다시 두 팔을 활짝 벌렸다.

"반격하지 않을 테니 분풀이해도 된다."

"와! 진짜요?"

슈라이나는 널브러져 있다가 완벽히 부활해서 자리에서 벌떡 일 어났다. 기지개를 시원히 켜며 몸을 좌우로 움직였다. 바닥에 놓여 있는 자신의 몸집만 한 돌을 번쩍 들어 올렸다.

"잠시만, 잠시만! 취소! 취소!"

슈라이나는 그가 사색 어린 표정을 짓는 것을 표며 꺄르륵 웃었 다. 그동안 수련하면서 지었던 표정 중 가장 환한 표정을 지으며 죽 어라 도망치는 하일리의 뒤를 쫓았다.

하일리를 쓰러뜨리기만 하면 훈련 끝인데, 그게 말처럼 쉽냐고. 봐주지 않는 하일리를 상대로 몇십 분 버틸 수 있다는 것 자체도 대단한 것이다. 차기 황제님은 검술에 있어서 마스터의 경지에 오르셨으니까. 마법을 원 없이 시전할 수 있다면 생채기라도 낼 수 있을지도 모르지만, 마법석 없이 상대해야 했기에 제한이 있었다.

"언제쯤 집에 갈 수 있을까요."

"상처만 내라."

"집…… 집……."

힘이 빠진 슈라이나가 맥없이 검을 휘두르자 하일리도 팔을 대충 휘두르며 검을 막았다. 다리에 힘이 빠져 점점 무릎은 굽어지고 공격도 아래로 내려가자, 하일리도 같이 무릎을 굽혀 바닥에 몸을 붙였다. 결국엔 두 명 다 바닥에 엎어져서 딱, 딱 성의 없이 검을 부딪쳤다.

"주거라, 황태자."

눈을 게슴츠레 뜨며 어눌한 발음으로 입을 열었다. 슈라이나가 바닥에 대자로 누워 목검의 끝으로 하일리의 옆구리를 쿡쿡 찔렀다. 하일리는 자신의 허리께에 부단히 맴돌며 간지럽히는 목검의 끝을 바라보다가 옆구리를 푹 수그리며 슈라이나의 대사에 맞춰 엄살을 피워줬다.

"으…… 으윽. 강하군."

"오글거리는 대사는 어디 갔습니까. 다시."

"그럼 너도 수식어를 좀 추가해라."

"옙."

슈라이나는 다시 처음부터 시작했다. 하늘을 바라보며 숨을 헐떡이고는 처참한 표정으로 검을 들어 하일리의 옆구리를 찔렀다.

"우리 둘 다 운명의 갈림길에 와 있군. 못생김에 젖어 일그러진 네 인중을 보니 그저 비웃음밖에 안 나오는구나. 오일리 오르드 이아네스, 오르드 제국의 황태자. 쿡. 큭. 이제 네 숙명을 받아들여랏."

뭐, 뭐야. 하일리는 의외로 진지하게 오글거리는 대사를 내뱉는 슈라이나를 보며 크게 당황했다. 정말 대련하기 싫었나 보다. 별짓 다 하네. 그 와중에 자신을 까는 단어들이 귀에 밟혔으나 일상이니 크게 신경 쓰지 않았다. 하일리는 대충할 생각이었으나 슈라이나가 열심히 하는 걸 보자, 자신도 열심히 해야 할 것 같았다. 제기랄.

다음 대사를 내뱉으라고 슈라이나가 계속 하일리의 옆구리를 찌르자 그는 오만상을 쓰고 아픈 척했다. 슬슬 발동을 걸기 시작해야지. 하일리는 자신의 기억 속 수많은 소설책의 대사들을 탐색해보았다. 하아, 그냥 예전에 검술부 남학생들 사이에서 돌려본 전쟁소설의 한 구절을 내뱉으면 되겠지?

잘 기억 안 나는데.

"으윽, 결국엔 이렇게 되는 것인가. 그래도 네가 배신하기 전까지 난 너를 내 전우라 여겼다. 크윽."

한쪽 손으로 자신의 얼굴을 가리며 입술을 깨물었다.

"내 뼈를 갈아 굳혀 너에게 우정이라는 검을 만들어 주었다. 그러나 이렇게 우리의 관계는 아스라이 사라져 먼지가 되었지."

말하다 보니 그 상황에 심취했다. 전우가 자신을 배신하고 죽이는 내용이었다. 참 감명 깊고 재미있었다. 제목이 막 나가는 탕자 씨였다.

"이 피 묻은 손으로 널 으스러뜨리고 싶으나 손에 힘이 들어가지 않는구나."

슈라이나는 중간에 기척을 지우고 조용히 떠났다.

"죽일 거라면…… 기어코 죽일 거라면…… 눈물은 흘리지 말아다오. 난 편안히 저물고 싶으니."

손을 가슴께로 모은 하일리는 고개를 살짝 숙이고 아련히 말했다. 눈앞에 소설 속의 피 튀기는 혈투가 생생히 그려졌다. 지금 자신은 돌벽에 기대 죽어가고 있었고 그 앞에 우뚝 선 것은 차가운 눈빛의 전우다.

슈라이나를 바라보며 다음 대사를 내뱉기 위해 고개를 돌렸다.

"슈, 슈라이나?"

슈라이나가 있던 자리에는 잡초와 먼지밖에 없었다. 뒤늦게 상황을 파악했다.

홀로 숲속 한가운데 누워 홀로 상황극을 하게 된 하일리는 잠시 자신이 너무 안쓰럽게 느껴졌다. 누운 상태로 몸을 수그리고 양손으로 자신의 심장 위를 덮었다.

마음의 상처…….

머리 좋네, 슈라이나. 하일리는 심장을 덮은 손으로 곧 자신의 얼굴을 덮어 가렸다.

* * *

하루, 이틀, 사흘. 일주일, 이 주일. 새 훈련이 시작된 지 꽤 많은 시간이 또 흘렀다. 솔직히 중간에 너무 힘들어하기에 정말 진지하게 집에 가고 싶다고 하면 하일리는 그녀를 보내줄 생각이었다. 그러나 독한 슈라이나는 기어코 끝까지 남아, 될 때까지 자신과 대련했다.

검술엔 큰 재능이 없는 슈라이나가 마법을 거의 쓰지 않으며 하일리에게 상처를 입히려니 그저 고달팠다. 그래도 매일 하루 자신의 부족한 점을 고쳐 나가고 힘들어서 나가떨어지고 다시 도전하니 점점 요령이 생겼다. 요령이 생기니 재능도 생겼다.

마법을 쓰지 않으니 이전엔 보이지 않던 검술의 세세한 영역까지 보이기 시작했다. 스스로 일궈낸 재능으로 그 부분을 파고드니 실력이 느는 속도에 불이 붙었다. 끊임없는 실패였으나 끊임없는 성공이었다. 점점 지쳐가도 정신만은 깨어져 갔다.

그러던 어느 날이었다. 여느 때와 같이 간단한 체력 훈련을 마치고 슈라이나는 자신을 찾아온 하일리에게 대련을 청했다.

"1승 0무 90패. 100패를 도전해봅니다."

슈라이나는 팔짱을 끼고 체념 어린 표정으로 자신만만하게 말했다. 1승 했었던 주니어 때가 자신의 전성기였다. 그걸 그땐 몰랐었지. 이제 다시 전성기를 찾을 때다! 그렇게 생각한 슈라이나는 패할 준비를 마쳤다.

"하일리가 처음으로 저한테 졌을 때, 진 이유가 바로 제 불규칙적인 공격 패턴에 당황해서였죠."

"그렇지."

"그래서 새 공격 패턴을 만들어봤어요."

슈라이나는 하일리에게 목검을 던져줬고 곧 익숙하게 준비 자세를 취했다. 그 둘은 서로 마주 본 채 빙글빙글 원을 돌며 서로 견제했다. 곧 슈라이나가 달려들었고 하일리는 목검을 세워 들었다.

슈라이나는 의미 없는 기합을 내지르고 그에게 바짝 다가갔다. 다리에 힘을 줘서 곧 높게 뛰어 아래로 검을 내려찍었으나 하일리는 그 공격을 자연스럽게 옆 방향으로 흘렸다. 다음 동작을 위해 짧은 다리를 뻗을 때면 그것도 아주 가볍게 막았다.

이윽고 하일리의 공격이 쏟아졌다. 그의 공격 하나하나에 쏟아진 힘이 굉장했다. 쓰고 있는 검이 목검이라 힘 조절을 하고 있길 망정이지, 다른 검이었으면 못 받아냈을 것이다. 그의 공격을 막을 때마다 몸에 전율이 일었다. 예전엔 금방 튕겨져 나갔어도 이젠 꽤 버틸 수 있었다. 하일리가 힘을 주자 그녀의 상체가 점점 밑으로 빠졌다. 힘의 방향을 이용해 슈라이나가 몸을 뺐고 하일리의 상체가 앞으로 숙여졌다. 슈라이나는 그 틈을 이용해 그의 드러난 등에 공격을 쏟아부으려고 했다.

'이때!'

야심 차게 공격을 넣었으나, 공교롭게도 막혔다. 젠장, 조금 더 빠르게 움직였어야 했다. 조금 더 빨랐으면 생채기는 낼 수 있었을 수도. 그래도 슈라이나는 미약한 희망을 보았다. 하일리의 공격을 몇 번 흘리고 그다음 공격에 들어가려 발을 뗐다.

하일리에게 공격을 입히려면 머리를 써야 한다. 자신의 장점이 무엇인가, 적수의 약점이 무엇인가 파악하며 퍼즐 맞추듯 서로 맞춰야 한다. 일단 자신의 장점은 날쌔고 유연하다는 것이다. 그러나 문제는 하일리도 그 덩치에 맞지 않게 날쌨다. 힘, 스피드, 유연성 모두 최대치를 찍은 하일리였기에 그의 약점이 잘 보이지 않았다. 아무리 생각해도 그를 이길 자신의 돌파구는 마법인데, 마력의 양이 한정되어 있어 현명하게 잘 사용해야 했다.

슈라이나는 한숨을 내쉬며 자신이 만든 새로운 공격 패턴을 한 번 시도해보기로 했다.

"하일리, 우리 둘 중 누가 더 지능이 높을까요?"

"……."

"제발 저보다 낮길 바랄게요. 머리마저 좋으면 전 정말 이길 구석이 없어지니까."

무슨 꿍꿍이가 있군. 하일리는 슈라이나가 오러를 사용하는 것을 멈추고 마력을 끌어모으는 것을 눈치챘다. 지능은 너보단 낮은 것 같지만, 쉽게 당해줄 생각은 없는데.

하일리는 슈라이나에게서 시선을 거두고 사방을 살펴 주위에 함정이 있나 살폈다. 슈라이나는 정말 예상치 못한 공격을 아주 잘 만들어냈기에 하일리는 바짝 긴장했다.

슈라이나는 자신의 마력을 삼 분의 일 정도 끌어모아 얇은 실처럼 뽑아냈다. 마법사들만 만들 수 있는 강한 실이었다. 즉석으로 뽑아낸 실로 하일리의 발을 잠시 붙잡아두려고 하자, 그가 마력의 이동을 느끼고 허리를 몇 번 틀어 그 실들을 오러를 담은 검으로 끊고 실과 같이 흘러들어온 공격 마법진도 같이 감지해 깨뜨렸다.

그가 마법진들을 없애려 불필요한 동작을 보일 동안 슈라이나는 왼쪽 위에서 끝이 조금 뾰족한 창을 만들어내 그의 머리 위에 쏟아부었다. 그 움직임마저 예민하게 잡아낸 하일리는 상체를 푹 숙이곤 검으로 그 창들을 모두 튕겨냈다. 그가 쳐낸 창들이 사방으로 볼품없이 나가떨어졌다.

창을 모두 훌륭하게 막아냈으나, 그 사이에 기척 없이 자신의 뒤로 훅 들어오는 슈라이나의 움직임은 겨우 잡아냈다.

"네 잔꾀가 아까 그거였나?"

그러나 또 막혔다. 갑작스럽게 느껴지는 공격도 마음만 먹으면 더 빠르게 움직여 막아낼 수 있었다. 슈라이나는 인상을 구겼다. 슈라이나의 마력은 벌써 바닥난 상태였다. 그만큼 슈라이나의 마력의 양은 적었으며, 그만큼 하일리의 상대로 쓰는 마법에는 많은 마력이 요구되었다.

마력이 바닥 난 상태에서 이제 체력까지 바닥이 나고 있던 슈라이나는 이를 악물었다. 이제 검밖에 남지 않았다. 슈라이나는 숨을 크게 헐떡이며 검을 사정없이 휘두르며 공격을 있는 힘껏 쏟아부었다. 그녀의 발악하는 것 같은 공격에 슈라이나가 걱정이 되었던 하일리였으나 걱정도 잠시, 슈라이나가 이판사판으로 쥐고 있던 검을 위로 내동댕이치듯 던졌다.

"……뭐 하는!"

하일리는 그녀가 검을 그냥 던져버리자 크게 당황했다. 슈라이나의 검은 그저 방향 없이 날아가는 듯 보였으나 한 지점을 향해 날카롭게 쏘아졌다. 검은 곧 허공에 팽팽히 매달아져 있는 아주 얇은 마력의 실을 끊었다. 팽팽했던 실이 두 조각으로 갈라지며 갑자기 땅에 옅은 진동이 일었다.

하일리가 아까 쳐냈던 창들이 역으로 움직이며 그의 발 쪽을 정신없이 휘감기 시작했다. 이제야 보이는 건데, 그 봉에는 아까 그 마력의 실들이 묶여 있었다.

그 봉들을 밟아 넘어지지 않으려고 움직이지 않으니 슈라이나의 공격이 들어왔기에 검으로 그 창들을 쳐내며 부쉈다. 그러나 창을 쳐낼수록 그 창에 얽혀 있는 더 많은 실들이 끊어졌고 더 많은 창들이 자신의 발 주변에 맴돌았다.

창들을 피하려 뒤로 주춤주춤 물러서니, 슈라이나가 어느새 던진 검을 되찾아 잡고 자신 쪽으로 뛰어왔다. 슉슉. 소리 없이 아주 빠르게 좌측 우측. 아주 작은 몸으로, 정신없이 맴도는 창들 틈 사이로 재빠르게 지나가며 움직였다. 검의 손잡이를 두 손으로 쥐고 그대로 팔을 뻗었다. 슈라이나는 아까의 공격과 지금 정신없이 움직이는 창들을 이용해서 하일리를 저 작은 구덩이 쪽으로 서서히 밀어붙였다.

하일리가 뒤로 몇 보 물러서다 자신의 발 바로 뒤의 구덩이를 피하려 걸음을 틀 때!

쉬이익!

슈라이나는 그대로 몸을 날려 마지막 공격을 가했다. 이 일격에 자신의 모든 힘을 쏟아부었다. 슈라이나의 공격을 피하기 위해 일부러 구덩이 쪽으로 살짝 몸을 튼 하일리는 넘어질 준비를 하고 몸을 살짝 움츠렸다. 그때 슈라이나가 한 줌 남은 마력으로 정신없이 날아다니던 창들 중 하나의 노선을 변경했다. 그 창은 그의 얼굴에 성공적으로 스쳐 지나갔고, 그가 당황하는 사이 슈라이나가 든 검이 빠르게 방향을 틀어 다시 하일리 쪽으로 향했다. 슈라이나도 구덩이 쪽으로 몸을 던졌다.

쿠당탕탕!

둘은 구덩이 쪽으로 몇 번 굴렀다. 하일리는 그 짧은 사이 슈라이나에게 손을 뻗어 그녀의 몸을 감쌌고, 슈라이나도 그 짧은 사이 그의 몸을 잡고 뒤집어 그의 몸을 보호했다. 그러다 보니 서로 틈 없이 꼬옥 부둥켜안고 땅에 떨어지게 되었다.

잠시 흙먼지가 자욱이 일어나 사방을 덮었다. 눈 속에 흙먼지가 들어간 것 같아 눈을 꼬옥 감았다. 간헐적으로 돌이 톡, 토톡 떨어질 때 슈라이나를 안은 하일리의 손에, 하일리를 안은 슈라이나의 손에 힘이 들어갔다. 결과적으로 바닥에 몇 번 구르다가 하일리가 슈라이나를 깔아뭉개게 되었다. 위에서 떨어지는 돌들은 그가 등으로 막았으나 아래에 울퉁불퉁한 땅은 슈라이나가 감당했다.

진심으로 슈라이나가 으스러지지 않았나 걱정한 하일리는 잽싸게 상체를 들어 올렸다.

"……"

"……"

흙먼지투성이가 된 그 둘은 서로의 얼굴을 그저 멍하니 바라보았다. 슈라이나는 별안간 놀란 표정이었다. 바닥에 내려놓았던 양손을 조심스레 뻗어 하일리의 얼굴을 감쌌다. 자신의 얼굴에 닿는 슈라이나의 뜨거운 손에 깜짝 놀란 하일리는 붉은색 눈을 동그랗게 떴다. 하일리는 그녀의 손을 쳐낼 수 있었으나 가만히 있었다. 귓가에 누가 북을 두드리는 것처럼 쿵쿵거리는 소리가 귀 안 속에서 맴돌았다.

"……잠시만. 왜 내 얼굴을 쥐어짜는 건가."

"있어 봐요."

그녀의 갑작스러운 스킨십에 당황하며 심장이 떨리는 것도 잠시, 슈라이나가 자신의 얼굴을 쥐어짜기 시작하자 그가 눈을 가늘게 떴다.

"2승입니다."

그의 얼굴을 열심히 쥐어짜던 슈라이나는 자신의 손에 묻은 작은 핏자국을 보여주며 맑게 웃었다. 슈라이나가 그의 볼을 다시 쓸자, 따끔따끔한 게 뒤늦게 느꼈다. 하일리의 뺨 쪽에 작게 생채기 하나가 나 있었다.

하일리는 자신의 피를 멍하니 바라보며 입을 굳게 다물고는 몸을 살짝 떨었다. 그가 고개를 푹 숙이고 있어 표정이 잘 보이지 않았다.

자신이 쥐어짜서 뺨에서 피가 한두 방울 더 떨어지기 시작하자, 슈라이나는 당황해서 미안하다고 재빠르게 사과했다. 하필 얼굴에 상처 낸 게 좀 마음에 걸려 탐탁지 않은 표정을 지었다.

아까부터 말은 없고 몸을 떨기만 해서 혹시 져서 화난 건가 문득 생각이 들었다. 그러나 곧 그가 고개를 들고 그녀를 번쩍 안아 들어 바로 그 생각을 지웠다.

"했어! 했다고! 수고했다! 하하하! 방금 건 정말 상상하지도 못했다. 검을 던지기 전에 연속으로 공격한 건 이 구덩이 쪽으로 나를 유도하기 위해서였나? 언제 그런 계산을 다 했나? 네가 최고다!"

하일리는 흥분해서 그녀를 안은 채 혼자서 헹가래를 해줬다. 살짝 던졌다가 받았다가를 반복했다. 슈라이나는 살짝 얼떨떨하다가 하일리의 반응을 보고 슬슬 들뜨기 시작했다.

"하하하!"

슈라이나도 크게 소리 내어 웃었다. 하일리가 위로 던졌다 받았다 해주는 게 재미있어 "더 높게!"를 외치다가 또 나뭇가지에 매달리게 되었다.

그다음 승리 세리머니로 슈라이나는 하일리의 어깨에 앉아 목마를 탔다. 둘이 소리 지르고 환호하느라 주변이 무척 시끄러웠다.

"2승 90패다 슈라이나! 아쉽게 됐네. 그래도 반올림하면 100패니까!"

"하하, 닥쳐요!"

하일리는 몸을 좀 더 재미있게 해주기 위해 몸을 들썩였다. 와, 와, 와, 와! 끝이다. 슈라이나는 아까 하일리가 쳐낸 창 중 하나를 들고 어깨춤을 췄다. 기사단 시험은 치지도 않으면서 겨우 연습 끝났다고 기뻐하는 둘이었다.

"이 상태로 달려볼까?"

"갑시다아!"

하하하. 하하하. 신나게 웃으며 신나게 뛰었다. 좌측으로 갑시다! 우측으로 갑시다! 직진합시다! 뒤쪽으로…… 으악!

신나서 까불면 언제나 사건 사고가 터진다. 슈라이나를 목말 태운 채 뛰던 하일리는 방심하고 발밑을 확인하지 못했다. 그의 발아래엔 진흙탕이 있었고 슬라임이 지나간 건지 그 미끄러운 액이 진흙 위에 지저분하게 흐트러져 있었기에 앞으로 고꾸라졌다.

시커먼 진흙이 하일리뿐만 아니라 슈라이나도 덮었다. 슈라이나는 높은 곳에서 떨어졌기에 아예 진흙탕 속으로 곤두박질쳐졌다. 폭, 하는 소리를 내며 요란했던 몸동작과 다르게 조용하게 진흙 위에 꽂혔다.

"……."

아주 천천히 상체를 들어 올렸다. 뚝뚝, 몸에 붙어 있던 진흙이 땅에 떨어졌다. 머리부터 발끝까지 아예 새까매진 슈라이나는 진흙을 뱉었다. 하일리는 슈라이나와 다르게 진흙이 밑쪽만 조금 묻었을 뿐, 깨끗했다.

"미, 미안."

하일리는 식은땀을 흘리며 손에 진흙을 쥐었다. 그리고 그대로 슈라이나의 얼굴에 더 진흙을 치덕치덕 바르기 시작했다. 깨끗한 부분이 없게 아주 꼼꼼히 묻혔다. 희게 보이는 건 오직 슈라이나의 눈동자 속 흰자밖에 없었다. 눈알이 희번덕 돌아가며 하일리를 죽일 듯 노려보았다.

"미안…… 하다니까?"

슈라이나는 목을 풀며 뚝뚝, 뼈 맞추는 소리를 내고 하일리의 양팔을 잡아 끌어당겼다. 번쩍! 그를 짐 더미처럼 가뿐히 안아 들었다. 마력과 오러가 바닥이 나도 하일리를 들 수 있을 정도의 힘은 남아 있었다. 슈라이나는 아공간에서 마법석을 꺼내 발버둥 치는 그를 제압했다.

"으학! 미안! 으악, 으아악! 미안하다고!"

그를 안아 든 채, 주변 호수의 낮은 절벽 쪽으로 발걸음을 옮겼다.

"야, 으아악!"

풍덩 소리와 함께 물이 크게 튀었다. 슈라이나는 하일리를 냅다 물속으로 던져 버렸다. 몸에 잔뜩 묻은 진흙을 긁어 손에 한가득 모아 같이 던졌다. 물론 닿지 않았지만.

물속에서 둥둥 헤엄을 치게 된 하일리는 코에 물이 들어가 캑캑거렸다. 할 줄 아는 헤엄이 개헤엄밖에 없어, 부단히 팔다리를 움직이니 저 위에서 큰 웃음소리가 들려왔다. 수면 위로 겨우 얼굴을 내밀고 저 낮은 절벽 위에서 배를 잡고 구르는 슈라이나를 지그시 노려보았다.

"……."

"으학학하하! 푸하하!"

"……죽은 줄 알아라."

호수에서 빠져나온 하일리는 거칠게 몸을 흔들어 물을 털고 능숙하게 나무에 올라갔다. 그리고 곧 다리에 힘을 주더니 곧바로 절벽 쪽으로 뛰어 단번에 매달렸다. 슈라이나를 잡으려고 눈에 불을 켜며 열심히 올라갔다. 곧 절벽 위까지 금방 올라갔고 아직도 배를 잡고 몸을 가누지 못하는 슈라이나가 보였다.

그녀를 잡으려고 손을 뻗었으나,

"안녕히 가세요."

"……이런!"

그가 올라오기 전에 절벽의 끝을 붙잡은 그의 손을 쳐냈다. 배신당한 표정으로 떨어지는 하일리를 바라보며 슈라이나는 키득거리곤 "멍청이." 하고 중얼거렸다.

풍덩! 그렇게 황태자는 2번을 연속으로 호수에 빠지게 되었다.

제대로 화가 난 하일리가 살기를 흘리며 다시 호수에서 벗어나 그녀에게 성큼성큼 다가왔다. 슈라이나는 여전히 웃음을 멈추지 못한 채 뒷걸음질 치며 도망가려다가 그만 엉덩방아를 찍었다.

"아, 미안합니다. 죄송합니다. 미안, 미안해요! 하하하!"

진흙으로 온몸이 뒤덮여 보호색이 생긴 슈라이나는 그에게서 숨어보려고 몸을 진흙 바닥에 밀착한 뒤, 그 위에 나뭇잎을 몇 개 덮어보았다. 당연히 숨겨지지 않았고 슈라이나는 그에게 번쩍 들려 바둥거렸다. 으아악, 미안! 미안! 크게 웃으면서 소리쳤으나 그는 듣지 않았다.

하일리는 슈라이나를 안고 그대로 절벽을 뛰었다. 다시 또 풍덩 소리가 재차 들렸다. 그녀에게 묻어 있던 진흙이 거의 모두 씻겨 내려가 물을 탁하게 만들었다.

그 뒤 난장판이 펼쳐졌다. 호수에 빠진 두 청년은 아카데미 때로 돌아간 것처럼 미친 듯이 서로에게 물을 뿌리고 크게 웃으며 장난쳤다. 슈라이나는 마법석에서 마력을 빼내어 마법을 읊어 호수의 물을 동그랗게 모아 던졌고 하일리는 오러를 이용해 그녀에게 큰 파도를 보냈다. 그렇게 티격태격 싸우다 마지막에는 누가 더 우스꽝스러운 포즈로 절벽에서 뛰어내리는가를 두고 시합했다.

"토네이도 블라스트!"

"그 괴상한 이름은 뭔가? 파도의 외침!"

물놀이는 밤늦게까지 계속되었다. 그 둘은 그 나이 먹고 너무나도 유치한 놀이에 심취했다는 사실을 뒤늦게 깨닫고 자괴감에 시달렸다.

하일리, 우리 좀 성숙해집시다.

그래, 그러자.

* * *

지옥 훈련의 마지막 날 밤, 하일리는 황궁으로 돌아가지 않고 그녀의 곁에 있어 줬다. 그녀의 텐트 안에 쌓아둔 음식들을 같이 해치우며 타닥타닥 타들어 가는 모닥불을 바라보았다.

"슈라이나, 거기 가서 절대로 기죽지 마라. 나라는 사람을 3번 이겼으니 넌 불패다. 사람들이 네 기를 죽여도 너만 꼿꼿이 허리를 세우고 다니면 된다. 밖에서는 실력 위주로 뽑는다고 알려져 있지만, 기사단 안에는 특권층이 대부분이다. 기죽는 순간 그대로 약점 잡히는 거다. 콧대 높고 자긍심 높은 사람들이 네 실력을 온전히 인정하지 않으려 할 거야."

둘이 젖은 머리 위에 마른 수건을 각각 올려놓고 모닥불 앞에 앉아 작은 물고기를 나뭇가지에 끼워 구워 먹었다. 수련회 후 캠프파이어를 하는 기분에 슈라이나는 몸이 나긋나긋해졌다. 하일리에게 붙들려서 황실에 들어가서 주의해야 할 사항들을 들으며 고개를 끄덕였다. 타닥타닥하며 나뭇가지가 타는 소리가 그의 목소리에 잔잔히 깔렸다.

하일리는 슈라이나가 남의 목소리에 신경 쓰지 않는 척하지만 어렸을 때부터 여러모로 좋지 않은 평가만 듣고 자라 무의식적으로 비판을 사실로 받아들여 화살을 돌려 꽂는다는 것을 알고 있었다. 많이 나아진 것 같았으나 그래도 기사단엔 점잖은 척 짓궂은 사람이 많아 걱정이었다.

"요새 좀 다정하신데요?"

"네가 꼭 기사단에 들어왔으면 해서다. 다른 데 가지 말고 황실에 있어 줘."

"근데 이제 황궁 들어가면 학생과 학생이 아니라 상사와 부하네요? 주군과 신하. 황제와 백성. 좀 씁쓸하다."

슈라이나가 물고기를 깨작거리며 심란한 것 같은 표정을 지었고 하일리는 웃음을 터뜨렸다.

"귀하게 여겨지는 황가의 피도 거슬러 올라가 보면 일개 하찮은 떠돌이 검사에서 시작됐다. 욕심쟁이가 남을 다 깔아뭉개 얻은 겉뿐인 지위가 뭔 상관인가? 그냥 다 똑같은 인간이다. 그러니 황실에 들어가서도 달라질 것 없이 슈라이나와 하일리다."

그 말을 한 슈라이나와 하일리는 동시에 소름이 오소소 돋았다.

"오글거리지만 그냥 넘어가 줄게요."

"……."

그들이 조곤조곤 이야기를 나눌 동안 모닥불이 잔잔한 소리를 내며 어두운 밤을 밝혔다.

* * *

"이번에 들어온다는 신입 들었나? 정말로 괴물이라고 하더군."

"아아. 또 그 유명한 신입 이야기인가."

제1 기사단의 기사들은 아침 일찍 연무장을 돌며 요새 꽤 핫한 주제에 대해 이야기를 나눴다. 제1 기사단에 입단하기 위한 시험의 난도가 꽤 높기도 하고 시험을 격년마다 열기 때문에 신입이 새로 들어올 때마다 그들은 많은 관심을 보였다.

이번에 들어오는 신입 기사의 수는 총 20명. 10명은 2 기사단에서 올라온 사람들이고 나머지 10명은 극악무도한 시험에 당당히 합격해서 들어온 사람들이다. 적으면 적고, 많으면 많은 사람들 속에서 이목을 독차지한 무지막지한 신입이 한 명 있었다. 체력 시험도 만점, 필기시험도 만점, 반사 신경 테스트도 만점, 스피드 부분에서도 만점. 인간일까 의심되는 성적으로 이번에 기사가 된 괴물 같은 신입.

"그래서 그 신입에 대해 뭐 좀 알아낸 게 있나?"

"아니. 그 희귀한 마법 검사라는 것 이외에는 별⋯⋯."

"쯧, 왜 하필이면 이번에 시험 규정이 바뀌어서. 누가 들어오는지도 모르겠잖아."

"그래도 2 기사단에서 넘어오는 애들은 알 수 있지 않나?"

"걔네들은 이미 너무 익숙해서 별로. 내가 알고 싶은 건 걔네가 아니라 그 소문의 신입이다."

바위를 맨손으로 깬다는 미친 신입. 시험장에서 자기소개를 해보라고 했을 때, "바위를 맨손으로 깬다면 제1 기사단에 들어갈 수 있는 실력이 된다고 들었습니다."라고 말하며 정말로 무식하게 바위를 맨손으로 깨버렸다.

그 소문을 진짜로 믿고 있는 사람이 있을 줄 몰랐던 시험 감독관들은 크게 당황스러워했다고 한다. 1 기사단이 그저 웬만큼 세다는 사실이 과장되고 과장되어 사람들에게 퍼진 거였다. 실제로 맨손으로 바위를 깰 미친놈은 존재하지 않았다. 기사단장도 할 수 있을까 말까다.

"왜 그 사람이 누구인지 알 수 없는 건가! 그저 답답하네."

"어쩔 수 없지 않나. 이번에 개편한 기사단 시험 방침상 신입 기사 환영식 이전까진 합격자의 정보는 절대 알 수 없다고."

"그래 맞아. 규정이 바뀌었다고 들었다. 하아. 왜 굳이? 우리 사촌을 팍팍 밀어주려 했건만."

"그동안 귀족 영식들 위주로 뽑히는 경향이 없잖아 있었지 않나. 그걸 바로잡아 보겠다고 혈기 넘치는 젊은 황태자님께서 몇 년 동안 이어진 관례를 야심 차게 수정하셨지. 반발이 많았어도 밀어붙이시니 어쩔 수 없어. 기사단의 총책임자는 그분이니."

고위 귀족이나 돈이 많은 사람들이 감독관을 매수해서 쉽게 입단하는 것을 막기 위해 시험의 방식이 이전과 조금 달라졌다. 시험 감독관은 시험장에 들어서기 전에 이번 황실 마법 연구실에서 개발한 환각 목걸이를 걸고 들어가게 된다. 그 목걸이를 차고 있으면 시험 감독관은 시험 참가자들이 누가 누구인지 못 알아본다. 그저 가슴에 달린 번호표로만 각 참가자의 구분이 가능하게끔 했다고 한다. 시험 참가자의 개인정보를 알 수 있게 되는 건 점수가 집계되고 합격 발표가 난 이후였고, 오직 황제 및 극소수의 사람만 정보를 먼저 받아

볼 수 있었다. 기사들은 신입 환영식 이후로 합격자들을 확인할 수 있었고.

성별이나, 지위, 겉으로 보이는 신체적 조건을 아예 무시하고 오직 실력만 보기 위해서였다. 다리 한쪽이 없는 사람도 일반인을 능가할 재능만 있으면 기사가 될 수 있었고 손가락이 하나 없는 사람도 전투 센스가 특출나면 기사가 가능하다고 한다.

"신입이 이전에 이름깨나 알렸던 용병이라는 소문이 있어. 키가 6미터에 육박하는 거구이고."

"흐악. 6미터어? 대단하네. 그나저나 나는 그 신입이 산적이라고 들었는데. 3~40년을 산에서 홀로 수련했다고……."

"허허. 이러다 해적도 나오겠군그래."

아무것도 알려지지 않은 상태에서 그 괴물 같은 신입의 소문은 계속 부풀려져 갔다.

"아, 반대로 곱디고운 귀족집 도련님이라는 말도 있었다. 그 신입이 이번에 입단한다고 하니 공작가에 후작가에 기타 등등 여러 사람들이 그 신입 때문에 1 기사단에 지원을 해주겠다고 난리다. 잠시만, 블란치 공작가에 공자 한 명 있지 않나? 스완하덴 블란치. 그분도 마법 검사이지 않나?"

"신빙성이 있긴 한데, 그분이 굳이 1 기사단에 왜 들어올 이유는 없다. 이번에 공작가 작위를 받은 분이 왜 굳이 일개 기사를 하겠나. 악명 높은 블란치 공작이 1 기사단에 들어온다니. 제발 그런 무서운 소리 하지 말아."

"아, 그럼 도대체 누구지? 알고 있는 유망한 영식들 중엔 마법 검사가 없으니 이번 신입은 역시 떠돌이 용병인 건가. 조금 꺼려지는

군. 그래도 실력을 확실하다 들었으니 기대가 되기도……."

두려운 반, 호기심 반을 안고 신입생 환영식이 어서 시작되길 오매불망 기다렸다. 기다리면 기다릴수록 괴물 같은 신입에 관한 소문은 점점 기괴해져 갔다. 이러다가 신입이 눈이 세 개가 달린 키메라라는 소문이 나와도 이상할 게 없을 듯이 소문은 크게 크게 부풀려져 갔다.

그렇게 모두가 기다린 신입생 환영식 날.

"집합!"

단장이 연무장에 모든 1 기사단의 기사들을 집합시켰다. 몇 초 만에 그들은 칼같이 양옆으로 줄을 섰다. 다리를 어깨너비만큼 벌리고 뒷짐을 지며 가슴을 쭈욱 폈다. 턱은 치켜 들어 눈앞의 먼 곳을 바라보았다.

"1 기사단에 새 식구들이 왔다."

기존의 1 기사단 앞에 또 다른 무리들이 쿵. 쿵. 쿵. 쿵 박자를 일정하게 맞춰 발을 굴리며 다가섰다. 환영식 전에 훈련을 받아 군기가 모두 잡혀 있었다. 1 기사단의 커트라인이 높아진 만큼 이번에 들어온 신입들은 하나같이 어깨가 벌어지고 근육이 섬세히 잡혀 있으며 몸에서 뿜어져 나오는 기운들이 예사롭지 않았다. 실력을 어느 정도 갖춘 자들만 들어온 것이 확실해 보였다. 평균적으로 다들 덩치가 컸다.

기존 1 기사단의 기사들은 최대한 몸을 움직이지 않으려 노력하며 눈동자를 굴리고 그 소문의 신입을 찾으려 바빴다. 문득 제일 거구인 한 신입 기사가 눈에 들어왔다. 한 손으로 몇 사람의 두개골을 거뜬히 부술 수 있게 생겼다. 또 문득 정말 날렵해 보이는 신입 기사가 눈에 들어왔다. 단칼에 두세 명의 목을 쳐낼 수 있게 생겼다.

그 소문의 신입의 생김새도, 이름도 모르니 그저 답답해서 입술만 깨물 뿐이었다. 그래도 가장 높은 성적으로 합격했기 때문에 신입조의 머리가 될 것이다. 황실 기사단은 들어온 연도별로 그룹이 맺어지게 된다. 이번 시험이 황실 기사단이 만들어진 이후 치러지는 68회째 시험이니, 그룹은 68조가 될 것이다. 그 소문의 신입은 68조의 장이니, 대표로 곧 제일 먼저 인사를 할 것이었다. 굳이 찾지 않아도 저절로 알게 된다. 그들은 잔뜩 기대하며 침을 삼켰다. 제발 블란치 공작만 아니어라.

쿵, 쿵, 쿵, 쿵! 팔을 일정한 간격으로 흔들며 발을 계속 일정한 박자로 들어 올린다. 옆을 보며 걷다가 기존 1 기사단의 무리 앞에 이르자 바로 몸을 틀었다.

"그만."

그때 무리 중에서 제일 키가 작고 왜소한 한 사람이 배에 힘을 주고 우렁차게 소리를 내질렀다. 박력 넘치는 목소리였다. 말이 떨어지자마자 발을 구르던 신입 기사들은 일제히 발을 멈추고 서서 앞쪽으로 몸을 돌렸다. 한 몸이 된 것처럼 동작이 너무 칼같이 완벽해서 되려 이질적으로 느껴졌다. 그 한 사람의 말에 많은 사람들이 긴장하고 집중하며 동작을 취했다.

"전체 차렷."

소리를 지르지 않았지만 아주 또랑또랑하게 잘 들렸다. 목소리에 오러를 실어 소리를 공명시켰기 때문이었다. 귀에 딱 꽂히는 발음과 톤이었다.

기존에 있던 기사단의 기사들이 입을 여는 한 작은 소녀를 보며 눈을 휘둥그레 떴다.

"이번에 황실 소속 제1 기사단 68조의 장으로 배치된 슈라이나 웨스트. 대표로 인사드립니다."

기사단의 검은색 제복을 입은 주황색 머리카락의 소녀가 스스로를 대표라고 지칭하며 한 발자국 앞쪽으로 나왔다. 그녀의 제복 재킷에 조의 대표를 상징하는 별 배지와 의미를 알 수 없는 장미 배지가 나란히 달려있었다.

"모두 인사!"

착.

그녀가 제일 먼저 경례하자, 그녀의 호령 아래에 그 뒤에 19명의 장정들이 일제히 경례했다. 기존 기사들보다 더욱 군기가 잡혀 있는 신입 기사들을 보며 사람들은 무척 당황했다. 훈련은 대체로 대표와 감독관이 같이 진행하기 마련이다. 어떤 식으로 훈련을 진행했기에 다들 저렇게 긴장한 거지.

눈앞의 개미만 한 크기의 작은 소녀를 보며 모두들 혼란에 빠졌다.

* * *

격식을 차리는 환영식이 끝나면 언제나 친목을 다지는 시간이 있었다. 기사단에는 높은 지위의 귀족이 많았기에 서로 자신을 알리며 인맥을 만들기도 하고, 정보를 공유하며 앞으로 펼쳐질 지옥 훈련에 대비해 기존 기사단원들이 신입 기사들을 다독이기도 한다.

"마력의 양을 측정해보려고 하는데 따라와 줄 수 있나?"

슈라이나를 위협스럽게 둘러싼 사람들의 눈동자에는 불신이 가득

했다.

 사람은 원래 참 의심이 많다. 자신이 받아들일 수 없는 사실과 마주하게 되면 일단 무조건 의심부터 하고 본다. 소문의 신입이 저 조그마한 소녀라는 사실을 도저히 받아들이기 힘들었기에 기존 기사들은 납득할 만한 부분을 열심히 찾으려고 했다.

 겉모습만 봐서는 도저히 실력 있는 검사라고 볼 수 없었으니, 마법 쪽에 특화되었나 싶어 확인차 다가갔다. 대부분 마력과 마법 실력이 비례하니 마력의 양을 확인해보면 그 사람의 마법 실력도 견적이 나오는 것이다.

 일단 그녀가 검사가 아니라는 사실은 거의 반 이상 확정된 상태였다. 마법사인데 검을 조금 쓸 줄 아는 거겠지. 김이 빠졌다. 마법 조금 잘하는 걸로 1 기사단에 들어왔다니. 콧대 높은 제1 기사단의 기사들의 마법사에 관한 인식은 별로 좋지 않았다. 비리비리한 몸에 두꺼운 책. 딱 침침한 샌님 같은 이미지에 만드는 건 고작 가전제품, 생활품 기타 등등.

 눈앞에 보이는 소녀도 그 마법사의 이미지와 상당히 잘 맞아떨어졌다. 균형 잡힌 몸이 검을 잡았다는 것을 증명해주고 있어도 검사라고 불릴 정도는 아니라고 생각했다.

 "마력을 왜 측정해야 하는진 잘 모르겠으나, 응하지 않는다면 더욱 날을 세울 것 같은 분위기네요. 알겠습니다."

 그녀가 만약 드보아스가의 후계자같이 엄청난 양의 마력을 소유하고 있는 자라면, 검술 실력이 별 볼 일 없어도 인정해줄 의향이 있었다. 솔직히 여자이니 강해도 얼마나 강할까 싶어 불만스러웠다. 근데 굳이 1 기사단에 합격시킬 이유가 있었을까, 3 기사단이어도 충분할 텐데. 보통 여기사들은 아무리 실력이 출중해도 그래도 약할 것이라는 인식 때문에 주로 3 기사단에 배치되었다.

사실 그 이유 때문에 하일리가 이번에 시험에 새로운 규정을 추가한 것이었다. 그 덕에 슈라이나는 1 기사단에 성공적으로 배치될 수 있었고.

만약 시험을 치르는 동안 모든 정보가 감독관들에게 공개가 되었다면 그녀가 가진 여러 조건들 때문에 실력이 묻힐 게 뻔했다. 잘 들어가봤자, 2 기사단이 최대였을 것이다.

슈라이나는 사람들을 따라 연무장의 뒤편에 있는 문에 들어갔다. 문 안에 들어가니 여러 능력 측정 기구들이 즐비해 있었다. 그중 여러 돌이 박힌 긴 줄을 꺼낸 한 기사는 그걸 들고 슈라이나 앞에 어색하게 섰다.

"주시죠. 제가 직접 하겠습니다."

줄을 받아든 슈라이나는 그 기구를 자신의 허리 쪽에 칭칭 감았다. 오러와 마력은 둘 다 배 정중앙에서부터 흘러나왔기에 마력에 반응하는 돌이 그쪽으로 향하게 했다. 옛날에 아카데미에서 마력측정의 경험이 있어 익숙하게 스스로의 마력의 양을 재보았다.

"190입니다."

줄에 달려 있는 얇은 유리 위로 숫자가 띄워졌다.

"190이면……."

"평균보다 아래 아닌가. 마법사 평균이 200이라 들었는데."

그녀의 수치를 보고 그 자리에 있던 기사들이 술렁이기 시작했다. 뛰어난 검사도, 마법사도 아니라면 도대체 어떻게 1 기사단에 들어오게 된 거지. 여러 가설이 떠오르는 가운데, 문득 한 가지 사실이 떠올랐다.

'이번 신입 중 한 명 때문에 공작가, 후작가 등 여러 가문의 지원이 쏟아졌다던데. 황태자 또한 팍팍 지원을 해주는 것 같던데.'

별로 좋지 않은 시선이 그녀에게 쏟아졌다. 설마 그냥 낙하산으로 들어온 것인가. 웨스트 같은 듣도 보도 못한 가문이 어떻게 윗분과 친분을 쌓은 건지는 몰라도, 그 이외의 방법으로는 그녀의 입단이 납득이 가지 않았다.

1 기사단에 입단하면 국가에서 제공해주는 혜택이 엄청나다. 명예는 말할 것도 없고 월급의 액수도 무척 많았다. 심지어 일을 처리할 때마다 특별 수당도 더 주어지니 좋지 않을 수가 없었다.

'그럴 줄 알았어. 비리 잡기는 무슨, 새로운 규정은 그저 새로운 비리를 만들기 위해 생겨난 것인가.'

그녀에 대한 오해가 잔뜩 생긴 기존의 기사들이 그녀를 노려보았다. 감독관에게 시험 참가자의 정보가 은폐된다고 해도, 황제와 총책임자인 황태자 그리고 그 주변의 몇 사람들은 참가자뿐만 아니라 합격자의 정보를 알 수 있다고 한다.

"슈라이나 웨스트, 왠지 들어본 이름이다 싶었더니 우리 조카가 다니는 아카데미의 학생이라고 하더군. 아카데미 시절 때부터 황태자는 물론 후작가, 공작가 등등 명망 있는 가문의 영식들과 친한 친구라던데."

슈라이나가 경례를 하고 떠나자 뒤에서 말들이 오고 갔다. 한 기사가 입을 떼자 다들 암묵적으로 그녀가 합격한 이유에 대해 추측하기 시작했다. 괴물 같은 신입에 대한 명성이 무척 자자했기 때문에 무척 긴장했던 기사단 사람들은 그녀가 사실 별 볼 일 없는 사람이라는 사실에 안도하기 시작했다.

얕볼 수 있는 구석이 생기니 다행이라고 은연중에 생각하고 있었다. 1 기사단의 사람들은 그래도 하나같이 실력이 검증된 사람들이었고 서로 견제하는 게 없지 않아 있었다. 괴물의 실력을 가졌다는 신입의 소문에 불안해하다가 여자라는 것을 확인하고 안도했고, 또 인맥을 통해 들어왔다는 의혹에 조금 화가 났으나 결과적으로는 만족했다.

"저런 레이디가 이런 곳에 들어와서 뭐하나. 연습이 고되니 뒤에서 쉬고 있으라고 해야 하는 거 아닌가? 힘들 수 있는 임무나 훈련에선 무조건 빼고. 그래도 일단 합격은 합격이니, 응급 치료 마법을 배우게 하고 부상자가 생길 때마다 잔심부름이나 보조해주는 역할을 맡겨야겠다."

"어떤 방법을 통해 들어왔든 간에 모처럼 냄새나는 1 기사단에도 드디어 여자가 왔는데 환대해 줘야지. 홀로 들어와 외로울 텐데 잘 챙겨주고. 기사의 정신 중에 레이디와 아이를 보호하는 조항도 있으니 절대 무리인 것 같은 일을 시키지 말자고. 그나저나 이동할 때마다 에스코트 같은 것도 해줘야 하나? 무엇보다 일단 68조 조장부터 바꿔야 할 것 같은데."

그들은 자신의 조를 통솔하여 모아 집합시키고 있는 슈라이나를 바라보며 이야기를 계속 나눴다. 그녀의 지휘 아래에 있는 조가 이상하리만치 긴장하고 있는 상태였다. 내일 아침 일찍 와서 따로 추가 연습을 하자는 그녀의 말에 아무도 불만을 가지지 않고 묵묵히 받아들였다.

* * *

　하루 동안 신입 기사들을 위한 환영식이 이어졌고, 그 바로 다음 날부터 바로 고된 연습이 시작되었다.

　"그래서, 68조 장을 교체시키자고?"

　"네. 조장은 궂은일을 많이 해야 할 텐데, 그렇게 작고 여린 레이디가 감당할 수 있을 것 같지 않습니다."

　본격적인 훈련에 들어가기에 앞서 67조의 장, 헤밀턴이 대표로 단장에게 찾아갔다. 어제 숙소에서 68조에 대해 여러 이야기가 나왔다. 정작 68조에 속한 기사들은 자신의 장에 대해 별로 큰 반발이 없었지만, 기존의 있던 조들이 기성을 부렸다.

　"키가 작은 건 맞지만 여리진 않다. 기각하지."

　"단장님이 돌아가는 상황에 대해 더욱 잘 아시지 않습니까? 황실 기사단, 그중에 1 기사단은 제국의 얼굴과 같은 존재 아닙니까? 객관적으로 보았을 때 슈라이나 경이 장이 된다면 다른 왕국과 제국이 우리 기사단을 우습게 볼 것이 뻔합니다. 게다가 작은 여인이 그 많은 장정들을 통솔하는 것을 무서워할 수도 있고 부담스러워 할 수 있을 것 같기도 합니다."

　"너희가 오해하고 있는 게 있는데…… 슈라이나 경은."

　헤밀턴은 정중하고 좋은 소리로 말을 포장하고 있었으나 결국은 슈라이나가 시원찮으니 장에서 물러나는 말이었다. 환영식 이전에 슈라이나와 만나 검을 섞어본 적이 있는 기사단장은 인상을 쓰며 그의 말에 반박하려고 했다.

　그때 저편에서 슈라이나가 기록표를 2개를 든 채 저벅저벅 걸어왔다.

"훈련에서 빠지라는 명을 받았습니다."

기사단장 앞에 우뚝 서서 태연하게 입을 열었다.

"누가 감히 그런 소리를!"

안 그래도 헤밀턴이 말 같지 않은 소리를 해서 언짢았는데, 더욱 분노가 치밀었다.

기사단장은 누가 그 소리를 했냐며 슈라이나를 추궁했으나 그녀는 묵묵히 있었다. 다만 말 대신 헤밀턴을 뚫어지게 쳐다보았다. 훈련에서 빠지라고 말을 한 것은 헤밀턴 자신이었기에 숨을 죽였다.

"별 큰 이유가 아니라면 빠지고 싶지 않은데, 괜찮습니까?"

슈라이나는 가치도 없다는 듯 그에게 시선을 거두고 정중하게 물었다.

"고럼고럼. 어서 들어가, 들어가게나."

슈라이나를 바라보며 소위 아버지 미소를 지은 기사단장은 손을 까닥였다. 슈라이나는 단장에게 용건이 끝났기에 짧게 경례를 하고 몸을 돌려 그대로 자리를 빠져나오려 했다. 그러다가 자신을 멀거니 쳐다보는 헤밀턴 쪽으로 발걸음을 옮겼다.

"이번 년부턴 장들은 조원들의 기본 체력뿐만 아니라 배출해내는 오러의 양도 매주 기록하라고 지시되어 있었습니다. 이제 막 공지에 올라온 거라 깜박하신 것 같습니다. 업무실에 이걸 놓고 가셔서 대신 챙겨왔습니다."

"아…… 고, 고맙군."

슈라이나는 별것 아니라는 듯 고개를 숙여 기사답게 경례했다.

"이끄는 자리에는 막중한 책임이 따른다는 걸 알고 있습니다. 적어도 전 제 맡은 일엔 무책임한 적이 없었으니 걱정 마십시오."

남 신경 쓰기 전에 너나 잘 챙기시지. 슈라이나의 미묘하게 비웃는 것 같은 표정은 꼭 그렇게 말하는 것 같았다. 헤밀턴은 왜 기분이 나쁜지 몰랐으나 울컥해서 그녀에게서 기록표를 낚아챘다.

"같이 황실 기사단을 이끌어나갈 장으로서 잘 부탁드립니다, 선배님."

"그래. 나도 잘 부탁하마."

슈라이나는 작은 손을 내밀고 눈을 빛냈다. 아까부터 저 코흘리개가 묘하게 도발하는 것 같은 분위기여서 헤밀턴은 가슴을 쭈욱 폈다. 허리를 펴니 그녀가 더 아래에서 보였다. 그리고 악수를 하려고 그녀의 손을 마주 잡았다. 골격이 전체적으로 아담하니 손도 아담했다. 자신이 힘을 주면 꼭 부서질 것이 얇아 자신도 모르게 힘을 줘서 잡았다.

우두둑.

그러나 부서지는 건 그 반대였다. 이루 말할 수 없는 고통이 손 쪽에 느껴졌으나 보는 눈이 있었기에 소리를 지를 수도 없었다.

슈라이나는 손을 거두고 자신의 기록표를 들고 그대로 자신의 조로 돌아갔다.

* * *

"오늘 오전엔 간단한 체력 훈련 후 돌아가면서 대련을 해보겠다! 첫 훈련이니 무리시키진 않겠다. 내 기준에선 말이야."

단상에 올라간 기사단장은 팔짱을 끼고 배에 힘을 주며 말했다.

오늘 첫 근무를 섰을 슈라이나를 보러 하일리가 황궁에서 시간을 내어 몰래 내려왔다. 좀 높은 곳에서 아래를 내려다보니 1 기사단 전체가 한눈에 보였다. 그리고 당연히 제일 먼저 눈에 들어오는 건 허리를 꼿꼿이 펴고 당당히 제일 앞줄에 서 있는 슈라이나였다.

아까 우연히 기사단장과 67조 장이라는 사람의 대화를 들은 하일리는 화가 나서 나서려고 하다가 더 화난 표정의 슈라이나가 다가오는 것을 보고 물러났었다. 그리고 슈라이나는 걱정할 필요도 없이 알아서 현명하게 잘 해결했다.

계속 슈라이나를 쳐다보고 있으니, 그녀가 고개를 살짝 들어 자신에게 시선을 뒀다. 슈라이나는 대련을 위해 목을 두둑두둑 풀며 자신에게 털털히 고개 인사를 했다.

기초 체력 훈련. 아카데미 때부터 아주 지겹도록 매일매일 죽기 직전까지 해오던 것.

슈라이나는 장답게 줄의 선두에 서서 제일 먼저 달성량을 가볍게 채웠다. 하일리와 매일 하던 훈련에 비하면 그저 어린애 장난 수준이었다. 주먹으로 팔굽혀펴기라니 500회라니. 손가락도 아니고 말이야.

"……."

"……."

자세의 흐트러짐 없이 엄청난 속도로 팔을 굽혀 펴고, 연무장을 돌고, 무거운 무게를 들었다 올렸다 하는 슈라이나를 처음 보는 기사들은 그저 할 말을 잃었다. 표정은 천연덕스러워 보일 정도로 태평했으나 몸은 무척 빠르게 움직였다. 훈련이라기보단 그냥 하라기에 해준다는 느낌으로 임했다.

다들 체력이 고갈이 나기 시작해 헉헉댈 때 슈라이나는 쉬지 않고 그다음 훈련으로 재빠르게 넘어가 남들보다 빠르게 훈련을 끝냈다. 모두가 경악했으나 슈라이나의 조원들은 그래도 덜 놀란 눈치였다. 자신들도 처음에 무시했다가 환영식 전 군기 훈련 때 된통 깨진 기억이 있었기 때문이었다. 그들은 나중에 한눈팔았다고 조장에게 타박을 듣기 싫어 체력 훈련에 집중했다.

그리고 대련.

"대련은 조장들끼리 해보지."

모두 하나같이 슈라이나와 대련하기를 꺼리는 분위기였다. 아까 훈련하는 것을 보아 왠지 숨겨진 능력 같은 게 있을 것 같은데, 괜히 대련했다가 지면 그야말로 망신 중의 망신이었기 때문이었다.

"에이, 기사로서 레이디를 지키는 게 덕목인데 공격이라니."

"그러니까 말이다."

"그냥 뒤에 나가서 쉬어도 되는데. 기초 훈련만으로 기력을 다했을 테니."

술렁거림이 커졌다. 이제 슈라이나가 약할 거라 생각해서 대련을 망설이는 사람은 없었으나, 여자한테 지게 되면 무척 쪽팔릴 것 같아서 다들 주저하고 있었다.

그간 배려와 보호라는 이름으로 해왔던 은근한 무시가 조금씩 수면 위로 드러나기 시작했다. 어릴 때부터 교육을 받은 귀족들이 대부분이니 어투와 말은 다정하기 그지없으나, 숨어 있는 속뜻은 조금 달랐다. 체력 훈련을 통해 검을 배우지 않은 약자가 아니라, 한 명의 기사이자 검사임을 증명해 보였으나 그럼에도 그들은 슈라이나를 인정하려 하지 않았다.

여기까지 올라오기 위해 그동안 얼마나 많은 노력을 했던가. 가만히 상황 흘러가는 대로 지켜보다간 훈련에서 쫓겨날지도 몰랐다. 나중엔 연약하다고 2 기사단으로 내몰겠지. 그래서 슈라이나는 팔을 걷어 올리고 검을 집었다. 그리고 자신을 기사 혹은 검사가 아니라 레이디라는 틀에 가둬놓고 보는 기사에게 다가가 장갑을 내밀었다.

"레이디가 용기 내어 먼저 손을 뻗는데 젠틀맨으로서 당연히 거절하지 않을 거라 생각합니다."

슈라이나가 남자는 신사적이고 강해 보여야 한다는 강박관념에 사로잡혀 자신과 싸우는 것을 은근히 두려워하는 기사에게 말했다. 슈라이나는 어설픈 미끼였다는 생각이 들었으나, 그 기사는 냉큼 "다, 당연하다."라고 대답하며 대련에 응했다.

'기사단에 들어온 뒤부터 안 하던 짓을 참 많이 하게 되네……'

슈라이나는 한숨을 쉬었다. 나서는 걸 좋아하지 않는 그녀로서는 지금과 같은 상황이 자주 벌어지자 괴로웠다. 아카데미에 있었을 때는 남이 자신이 무시하든 말든 자신에게 돌아오는 악영향이 그리 크지 않았기 때문에 감정이 끌리는 대로, 마음이 가는 대로 살았다.

그러나 막상 사회에 나가보니 타인이 자신을 어떻게 보는지에 따라 자신의 미래가 크게 달라질 수 있으니 신경 써야 했다. 예전 같았으면 그냥 멍하니 자리에 앉아 코를 후비거나 샌드위치를 먹고 있을 텐데.

그렇게 신입들이 들어오고 나서 첫 대련이 시작되었다.

다른 사람들은 자신의 대련에 집중하다가도 슈라이나의 대련이 궁금해 종종 흘끔거렸다. 64조의 장과 대련을 하게 된 슈라이나는 한 발자국 물러나고 대련을 위해 정중히 인사했다.

서로 검에 손을 올리고 시선을 마주한 채 원을 빙글빙글 돌며 대련은 시작되었다.

"히야아압!"

상대 기사는 자신의 자존심을 지키기 위해 기합과 함께 최선의 공격을 펼쳤다. 콧대가 무척 높았던 사람인만큼 꽤 처절해 보이는 표정이었다.

설렁설렁 봐주면서 이기고는 "이리 고운 손에 검은 어울리지 않습니다."라며 늠름한 대사를 쳐줘야 하는데, 자신이 질 것 같았다. 일부러 져줬다고 말하면 됐으나 상대가 퍽 강할 것 같았다. 져놓고 변명을 내뱉으면 더욱 꼴불견일 것이다. 그렇다고 너무 최선을 다해 상대하면 레이디를 상대로 너무 진심인 것 아니냐고 다른 기사들에게 타박을 들을 것이다.

64조장은 아까 슈라이나가 체력 훈련에 임하는 모습을 보고 대충 자신과 실력이 엇비슷할 것이라 추측했다.

어떻게 하지. 어떻게 할까. 아니 애초에 왜 저 애가 1 기사단에 들어오게 되어서. 왜 하필 저 애가 조의 장이 되어서.

계속 불평을 하던 그는 결국 슈라이나의 기세에 휘둘려 최선을 다해 대련에 임하게 되었다.

밉보이면 안 되는 기사단의 선배였기에 슈라이나도 최선을 다하는 척했다. 상대가 공격을 넣으면 인상을 찌푸려줬고 공격을 집어넣을 때는 그가 간발의 차로 막을 수 있게 집어넣었다. 그러다가 슈라이나는 위쪽에서 자신을 지켜보고 있는 하일리와 또 시선이 마주쳤다.

"노력해서 실력을 얻었는데 왜 굽신거리나."

하일리가 자신이 있는 자리에서 입을 벙긋거리며 중얼거렸다. 저 멀리서 열심히 뛰고 있는 슈라이나가 그 중얼거림을 들었을 리가 없었으나 돌연히 그녀의 공격이 매서워졌다. 아까의 움직임은 그저 장난이었다는 듯이.

"엇, 엇…… 잠시, 잠시……."

거의 날아다닌다고 봐도 이상할 것이 없는 움직임이었다. 그래도 상대 기사는 64조 중에서 가장 강한 자였기 때문에 패턴이 바뀌어도 침착하게 방어할 수 있었다.

그리고…… 그게 다였다. 몇 번 막더니 그대로 나가떨어졌다. 아직 마법도 쓰지 않았는데. 슈라이나는 검사 상대로 딱 검사로서의 역량을 보이고서 대련을 마쳤다.

상대를 때려눕힌 슈라이나는 먼지가 묻은 자신의 연무복을 털었다. 고개를 돌리니 참담한 표정의 64조의 장이 두 동강으로 잘린 자신의 검을 멀거니 바라보고 있었다. 슈라이나 경에게 빼도 박도 못하게 진 탓에 그는 쥐구멍에라도 숨고 싶어 미칠 것 같았다.

슈라이나는 움직이느라 흐트러진 머리카락을 쓸어넘기고 저 자존심 꺾인 인간을 어떻게 해야 하나 잠시 고민했다.

"틀에 가둬놓고 사물을 보면 본질이 보이지 않습니다. 우리는 레이디나 젠틀맨이 아닌, 같은 시험을 치른 검증받은 기사입니다. 기사가 더 강한 기사에게 지는 건 부끄러운 일이 아닙니다."

대놓고 한심하다는 표정을 지으며 검의 손잡이를 만지작거렸다.

"솔직히 강해 봤자 얼마나 강할까 싶었는데 의외로 좋은 반사 신경을 가지고 있었네요, 릭튼 경. 공격할 때 왼쪽으로 다리를 뻗는 습관을 고치시면 승산이 있었을지도 모릅니다. 물론 그 승산마저 코딱지만큼 작지만요."

슈라이나는 자신을 얕보고 있는 상대에게, 여타의 기사들과 반대로 거만하게 굴어보기로 했다.

"저는 보완할 점이 없었나요?"

"……그, 그게. 있었는데. 있어야 하는데."

"음, 허점이 안 보인다는 건 저보다 실력이 아래라는 거네요."

슈라이나의 잔인한 말에 상대는 고개를 푸욱 숙였다. 기사의 어깨가 잔잔히 떨리고 있었다. 이제 슈라이나를 얕잡아 보는 사람은 없을 것이다. 생긴 것처럼 재수 없다고 생각하는 사람은 있을지 몰라도. 그녀가 의도한 대로였다.

"제가 이렇게 말해도 우리 주군같이 소드마스터가 아닌 이상 다 똑같이 더럽게 못합니다. 검이 아닌 방법으로 서로를 재보는 유치한 짓은 여기까지 합시다."

이렇게 나서서 공개 망신을 주는 건 헤스티아가 참 잘하는데. 어딜 가서도 기죽지 않고 당차게 지내고 있을 헤스티아를 떠올리며 쓰게 미소 지었다. 뜬금없이 보고 싶네.

자존감이 푹 꺾여 벌벌거리는 모습을 보자니 마음이 약해져 끝말이 둥그스름해졌다.

하지만 지금은 없는 실력도 부풀려서 떠벌려 스스로를 과신할 때였다. 무시당하는 요인을 까먹게 만들 만큼 압도적인 무언가를 보여야만 위치가 탄탄해진다. 즉, 자신의 존재를 인식시켜야 했다.

슈라이나는 오래오래 기사로 남아 있고 싶었다. 그녀는 자신을 괴물 보듯 쳐다보는 시선들을 무시하고서 검을 휘릭 여유롭게 돌려 잡으며 말했다.

"다음 상대는 누구입니까."

* * *

68조의 조장, 슈라이나 웨스트는 입단하자마자 '선배 분쇄기'로 아주 유명해졌다. 원래 신입들에게는 다른 조의 사람들에게 잘 보이기 위해 애를 쓰거나, 선물을 바치는 문화가 있었으나 그 문화가 역으로 뒤집힌 것이었다.

68조의 조장인 그녀가 세상 무서운 줄 모르고 기고만장하니, 그 조원들도 장을 믿고 기고만장해진 것이었다. 그들은 윗물인 다른 조들의 장이나 조원들을 신경 쓰지 않고 그저 자신의 조장만 따랐다.

더 높이 올라가려 다른 사람들에게 아부하지 않는 대신 자신의 실력 증진과 다른 조원들과 합을 맞추는 데에 집중했다.

언제나 앞 조에게 깍듯했던 문화에 익숙해져 있던 그들은 슈라이나와 그 밑의 조가 처음엔 무척 아니꼬웠다. 그러나 뭐라고 말을 할수 없는 게, 그만한 실력을 갖추고 있었다. 위풍당당하면서 매섭도록 성실했다.

밤늦게까지 수련을 하고 있는 조가 있다고 해서 보면 항상 68조였다. 아침 연무장이 시끄러워 가보면 또 68조였다. 그렇게 열심히 하니 슬슬 자신들이 부끄러워지는 것이다. 기존 기사들은 어깨에 뽕을 넣는 것을 그만두고 초심으로 돌아와 저기 작지만 큰 영향력을 가지고 있는, 키 작은 68조의 조장의 지시에 남몰래 귀를 기울이고 수련에 적용시켰다.

그러다 보니 전체적인 기사단의 실력도 오르고, 시간이 흘러 그녀는 자연스럽게 기사단에 없어서는 안 될 소중한 존재로 자리 잡게 되었다.

"웨스트 경! 수련 끝나고 대련 한 번만 해줄 수 있나? 네가 저번에 지적해줬던 그 부분을 드디어 고친 것 같다!"

"웨스트 경, 연무장 문에 보안 마법 걸어놓은 거 정말 대박인 것 같다! 값은 네가 원하는 대로 지불할 테니 와서 우리 저택도 손 봐주면 안 되나?"

"웨스트 경! 이번에 각 영지의 기사들이 모여 모임을 갖는다는데 경도 참석시키고 싶다. 오지 않겠는가."

슈라이나는 곤경에 빠졌다. 실력을 드러낸 것까지는 괜찮았으나 너무 드러내 인생이 조금 귀찮아졌다. 황궁에서 배급해주는 고급 저녁 식사를 맛보러 가는데 사람들이 자꾸 앞길을 가로막는다.

"싫어요. 귀찮습니다. 나라에서 시킨 일만 합니다."

그렇게 사적인 부탁은 딱 잘라 거절하고 밥을 먹으러 떠났다. 일을 야무지게 하는 그녀가 봐줬으면 하는 일이 산더미였으나, 그녀는 단호했다. 웬만하면 기사단 내부 사람들의 사적인 부탁은 거절했다.

그녀를 잘 구슬려보기 위해 그들은 그녀가 좋아하는 것들을 알아보았다. 그 와중 그녀는 특정 부분에 있어서 무척 단순해진다는 사실을 끈질긴 관찰을 통해 밝혀냈다.

67조의 조장, 헤밀턴은 자신만만한 표정을 지으며 시내의 유명 케이크집의 크레페를 꺼내 들었다. 단백질이 아닌 탄수화물로 구성된 음식을 보면 눈이 뒤집혀지는 슈라이나 경이었다.

"부탁할 일이 뭔데요."

"대련을 부탁해도 되나?"

헤밀턴은 힐끔힐끔 슈라이나를 바라보며 그녀에게 크레페를 한가득 안겨줬다.

그러면 곧 진귀한 장면을 볼 수 있게 된다.

"물론이죠."

그 딱딱하고 성격이 괴팍한 기사의 다홍색 눈이 나른히 풀리며 호선을 그린다. 그 웃음이 무척 몽환스럽기도 하고 신비롭기도 하고 가슴이 따뜻해지게 만들어서 중독성이 있었다. 눈에 띄게 예쁜 얼굴은 아니라고 생각했으나, 자주 보다 보니 굉장히 아름다운 것 같기도 했다. 아주 가끔 멍해질 정도로, 뒤통수를 치는 느낌으로 훅 예뻤다.

처음엔 그저 중요한 일들을 검토받거나 처리하기 무척 어려운 일을 부탁하기 위해서 그녀가 좋아하는 걸 챙겨줬다. 그러나 이젠 그 다정한 웃음을 자주 보고 싶어서 특별한 날이 아닌데도 종종 기사단이나 조 내부에서 돈을 모아 그녀에게 디저트들을 한가득 안겨줄 때도 있었다. 높은 의자에 앉아 짧은 다리를 흔들며 쌓인 케이크들을 오물오물 먹고 있는 모습을 보면 정말 굉장히 뿌듯해졌다.

"슈라이나. 이것들 그냥 줄 테니 이리 와라."

저 건너편에서 귀에 익은 목소리가 들려왔다. 크레페를 받고 기뻐하며 대련을 봐주기 위해 검을 집어 든 슈라이나와 그런 그녀를 뿌듯하게 쳐다보던 헤밀턴이 동시에 고개를 소리가 나는 쪽으로 들렸다. 손에 황실 디저트를 잔뜩 든 채 자신들이 있는 쪽으로 다가오는 황태자가 보였다.

"헉! 주, 주군! 안녕하십니까!"

"안녕하십니까."

헤밀턴이 척추를 꼿꼿이 세우고 정중하게 경례를 하자, 슈라이나도 짧게 격식을 차려 인사했다.

하일리는 그 둘의 인사를 받아준 뒤, 슈라이나에게만 친근히 말을 걸었다. 슈라이나가 1 기사단에 배치된 이후, 계승 준비에 바빠 1 기사단에 잘 찾아오지 않던 황태자가 자주 밑으로 내려와 그녀를 찾아왔다. 그녀가 입을 열 때마다 입꼬리가 아래로 내려갈 생각이 없는 황태자를 바라보며 기사들은 깊은 한숨을 내쉬었다.

"예전에 슈라이나 경을 낙하산이라고 생각했던 나 자신이 무척 싫었고, 지금도 싫지만 다 떠나서 주군이 경에게 관심이 있다는 건 확실하다. 솔직히 경 정도면 저 정도의 관심이 이해가 가긴 한다."

"우리랑 절대 검을 맞대려고 하지 않으면서 슈라이나 경에겐 매일 찾아와 검술을 봐주고 대련까지 해주시지……."

즐겁게 대화하고 있는 그 둘을 보며 기사들이 혀를 차고 씁쓸히 웃었다.

"포기하자, 허들이 높다."

"그래. 괜히 넘봤다가 밉보이면 인생 끝이겠네."

헤밀턴은 중얼거리면서도 슈라이나에게 눈을 떼지 못했다. 당차고 야무진 모습이 계속 눈에 밟히고 그 웃음이 계속 뇌리에 남아 머릿속에서 떠나지 않는다. 처음부터 그녀에게 좋지 않은 인상을 심어줬다는 게 너무 비통스러울 뿐이었다. 첫 만남부터 자신의 편견을 통해 사람을 바라보다 보니 시야가 좁아져 좋은 사람을 놓친 기분이다.

그래도 그녀는 너그러운 편이니 포기하지 않고 계속 나아지는 모습을 보인다면 나에 대한 인식도 바뀌지 않을까? 그렇게 생각한 헤밀턴은 곧 고개를 들었다. 2명이 난간에 몸을 기대 슈라이나를 바라보다가 자신과 눈이 마주쳤고 헤밀턴은 사색 어린 표정을 지었다.

저 위에서 블란치 공작과 흩어졌으나 아직도 암묵적으로 뒷 세계를 주름잡고 있는 루나아샤들의 우두머리, 이브네스 루나아샤가 자신을 매섭게 노려보고 있었다.

"아…… 정말…… 끝이겠네."

* * *

곧 새 황제의 즉위식 날이 다가오고 있었고 현재 제국은 완전히 연회 분위기였다.

근친혼으로 태어나서 그런지, 어렸을 때부터 몸이 약했던 황제는 계속 병에 시름시름 앓다가 결국 세상을 떠나버렸다. 2 황자도 전 황제와 비슷하게 병을 앓고 있어 차기 황제는 자연스레 1 황자에, 건강하고 소드마스터의 경지에 이른 하일리 오르드 이아네스로 확정되었다.

이번에 황제가 될 하일리는 여러모로 유명했다. 일단 제국에서 제일가는 검사로 유명한 것은 당연했고, 두 번째로는 그 잘난 외모 때문에 유명했고, 세 번째로는 황제가 세상을 떠난 이후 잠시 국정을 맡게 되었을 때 보여준 세심하고 빠른 처사들 때문에 유명해졌다. 일단 그동안 언제나 고민이었던 마을에 종종 내려오는 마물들의 문제도 마물 보호구역을 만들고 마법으로 결계를 쳐줘서 단번에 해결했고, 동대륙과 왕래가 자주 오가는 마을 쪽에서 빈번히 발생하는 이주민 문제도 무난히 해결했으며 그 이외에도 빠른 시간 내에 좋은 성과를 보여준 일들이 많았다.

그런 젊고 성실하고 건강하고 잘생긴 황태자가 이번에 정식으로 황제가 된다니 사람들이 무척 들뜬 것이다. 하일리는 자신을 광적으로 지지하고 환영하는 제국민들의 모습에 당황했으나 얼굴을 살짝 붉히고 침착한 척했다.

하일리의 계승식이 가까워질수록 황실 기사단은 더욱 바빴다. 여러모로 준비할 퍼포먼스가 많았다. 황실 기사단이 제국의 얼굴인 만큼 아주 살벌하게 연습했다. 흑의 드래곤이 그려져 있는 깃발을 휘두르며 발을 구르고 각이 맞게 열을 맞춰 행진 연습을 했다. 행진 때 같이 박자를 맞춰야 할 황실 오케스트라와도 모여 또 따로 몇 달 동안 연습했다. 황제의 즉위식이 정말로 큰 행사인 만큼 준비할 것도 많았다.

"곧 즉위식을 치르신다고 들었습니다. 별일 없으십니까."

퇴근 후 숙소로 돌아가고 있던 슈라이나는 연설을 마치고 돌아온 하일리와 마주쳤다. 어쩌다 보니 그의 집무실에 같이 가게 되었다. 젤을 바른 그의 머리카락을 만지작거리며 흰색 젤 가루를 만들어내고 있는데 하일리가 픽 웃었다.

"너무 딱딱하게 말하지 마. 어차피 우리 둘밖에 없어. 네가 그러니까 웃기다."

집무실 의자에 앉아 자신의 정돈된 머리카락을 엉망으로 만들고 있는 슈라이나를 바라보았다. 고개를 트니, 슈라이나가 머리카락 가지고 더 놀 거라고 다시 그의 얼굴을 앞쪽으로 돌렸다. 하일리는 제 머리카락이 답 없는 까치집이 되어 가는데도 그녀의 손길이 좋아 가만히 있었다.

"슈라이나. 사는 게 너무 힘들다."

"앞으로 더 힘들어지실 겁니다. 빠샤. 황제, 힘냅니다."

아기 새의 털을 골라주는 어미 새처럼 슈라이나는 그의 머리카락에 묻은 젤을 손톱으로 긁어내는 데에 신경 쓰고 있었다. 그러던 중, 그가 투정을 부리자 젤을 떼어내다가 힘내라고 주먹을 들어 그의 앞에 흔들었다.

"혹시 계승식이 코앞이라 떨려요?"

하일리가 퍽 불안해 보이자 슈라이나는 그의 머리카락을 만지작거리는 걸 그만두고 등을 몇 번 토닥였다.

"아니. 그것보다 저 문 뒤의 존재들이 떨린다."

슈라이나는 그의 말을 단번에 이해했다. 문밖에서 익숙한 기척들이 느껴졌기 때문이었다.

콰앙! 큰 문소리와 함께 한 사람이 먼저 요란하게 등장했다. 한쪽 옆구리에는 두꺼운 뭉치의 서류를 끼고 있었고 다른 한쪽의 손에는 검은색 양복 재킷이 들려 있었다. 위쪽 셔츠 단추를 몇 개를 풀어헤친 채, 그 셔츠 아래에 쇄골에서 목까지 여전히 붕대가 꼼꼼히 감겨 있었다. 들어온 사람은 다름이 아닌 블란치 공작, 스완하덴 블란치였다.

"……."

스완하덴은 집무실 안을 쭈욱 둘러보다 슈라이나를 발견하고 잠시 천장을 보더니 그녀의 손이 하일리의 등 쪽에 닿아있다는 걸 보고 입을 열었다.

"뒤지고 싶지 않으면 네가 알아서 손이 닿지 않게 등을 반대로 꺾……."

그는 살벌한 눈으로 하일리 쪽으로 성큼성큼 다가가다가 슈라이나가 옆으로 오자 눈에 힘을 풀고 공손히 손을 모았다.

"……지 말고 만수무강하소서 폐하."

높낮이 없는 건조한 목소리로 꽤 잔인한 말과 욕을 쏟아부으려다, 슈라이나와 눈이 마주치자 재빨리 혀를 뒤틀어 고운 말을 내뱉었다.

제복을 입은 슈라이나 때문에 스완하덴은 지금 당장 유리창을 깨고 건물에서 탈출하고 싶었으나 꾸욱 참았다. 하일리가 오늘도 저렇게 완벽한 슈라이나와 매일 만나며 계속 같이 일했을 거라 생각하니 배알이 꼴렸다. 부러워 미치겠다. 나도 슈라이나랑 같이 일하고 싶은데. 스완하덴은 슈라이나를 계속 옆 시야로 확인하면서 어떻게 말을 걸어야 할지 고민했다. 그러다가 슈라이나가 다시 하일리에게 손을 뻗어 머리카락을 만지려고 하자 스완하덴이 그녀의 손을 낚아챘다.

"께름한 거에 손대지 않았으면 좋겠어. 저거, 저거 비듬 떨어진 것 좀 봐."

스완하덴은 슈라이나가 하일리의 젤 묻은 머리카락을 헤집느라 생긴 하얀색 젤 가루를 가리키며 사색을 지었다.

"히익."

슈라이나는 입을 가리고 스완과 같이 경악 어린 표정을 지었다.

"와, 슈라이나! 네가 젤을 가루로 만들어 놓고!"

하일리는 자신의 까치집이 된 머리카락을 가리키며 성을 내었다. 그러나 슈라이나와 스완은 한 손으로 입을 가리며 하일리를 더럽다는 듯 쳐다보았다.

"얘들아, 너무 그러지 마. 황제 폐하가 두피 건강이 안 좋으실 수 있지. 이 가루 잘 안 쓸리는데 마법 청소기로 밀면 없어지려나. 보기보다 더러우시네요, 폐하."

"아니, 비듬이 아니라고! 젤이야!"

마스크를 낀 이브가 중간에 등장해서 자그마한 빗자루로 하일리의 머리카락과 어깨를 쓸어 젤 가루를 모았다. 그리고 탈취제를 몇 번 그의 머리와 어깨에 뿌려줬다. 정말 진지하게 하일리를 더러운 것 취급하는 이브와 스완은 슈라이나를 독차지하는 하일리에게 분풀이를 마치고 그에게 서류 더미를 내밀었다.

"자, 여기. 블란치 가문의 승인 서류."

"부탁하신 남쪽 영지의 인구 표입니다."

황실 공무원들이 퇴근하는 시간에 맞춰 집무실로 찾아온 이브와 스완하덴은 지금 몹시 저기압이었다. 이브는 황제와 연줄을 만들면 나쁠 건 없을 것 같아 국정 관련해 그를 도와주고 있었고, 스완은 딱히 하일리를 밀어주고 싶지 않았으나 슈라이나의 상사라길래 그가 부탁한 서류 일을 끝낸 차였다.

여러 사소한 이유는 제쳐두고 이 두 명이 하일리를 도와주는 제일 핵심적인 이유는 '차기 황제를 도와준다는 핑계로 황궁 내부 출입 승인을 받아 슈라이나를 만나기 위해서'였다.

그렇게 슈라이나를 만나려고 일부러 퇴근 시간에 맞춰왔는데, 생각 회로가 비슷한 이브와 스완은 가는 길에 동선이 겹치게 된 것이다. 그렇게 서로를 견제하다 결국 그 누구도 슈라이나에게 인사를 하지 못했고, 그저 서로의 얼굴을 보고 말아 불쾌감만이 남은 상태였다.

아카데미를 졸업하면 다시는 볼 일 없을 것 같아 쾌재를 불렀었는데, 주제 파악도 못 하고 슈라이나를 좋아해서 계속 동선이 겹친다. 스완하덴은 짜증이 나 무척 예민한 상태였으나, 슈라이나의 얼굴을 보니 몸과 마음이 순식간에 녹아내렸다.

"스완, 이상한 게 껴 있는데? 잠시만, 블란치가 멸문 계획서는 또 뭔가? 황제 암살 계획서?"

"……!"

스완하덴은 벽에 기대며 의자에 앉아 집무실 쿠키를 뜯고 있는 슈라이나를 바라보다, 하일리의 물음에 눈을 동그랗게 떴다.

"앗. 보지 마. 비밀이야."

"……왜 쑥스러워하는 건데."

당장 달려가 하일리의 손에 들려 있는 서류들을 빼앗은 스완하덴은 그 서류를 꼬옥 껴안으며 비밀이라며 중얼거리다, 귀를 붉혔다.

하일리를 곁눈질로 힐끔힐끔 쳐다보던 스완은 그 서류들 중에서 하나를 꺼내더니 새침하게 부탁했다.

"이 설문지 조사 좀 해줘."

스완이 건넨 설문지를 읽어내리던 하일리의 동공이 찬찬히 떨렸다.

"화살, 검, 마법, 익사, 건물 투신, 목매달기. 가장 불호하는 죽는 방식?"

"진지하게 작성해서 줘. 너를 생각해서 엄청 정성 들여 만든 거야."

아…… 내가 살해당할 방식을 내가 선택하게끔 만들다니. 하일리는 푹 숙인 제 머리통에서 느껴지는 스완하덴의 살기에 손을 덜덜 떨며 입꼬리를 어색하게 끌어올렸다. 대충 설문지 빈칸에 '슈라이나가 내 호위다.'라고 적어 제출한 하일리는 조심스럽게 슈라이나의 옷깃을 잡았다. 슈라이나, 나 좀 살려줘.

"그래서, 블란치가의 승인 서류는 어디 있…… 나."

스완이 가져온 서류를 마저 훑던 하일리는 정작 제일 중요한 서류의 부재에 조심스럽게 입을 열었다.

"아, 깜박하고 안 가져왔는데 혹시 내일도 출입 허가증 끊어줄 수 있어?"

아이고 뒷골이야. 하일리는 뒷목을 잡으며 책상에 엎어졌다.

그 와중에 슈라이나의 허리에 팔을 두르고 오랜만에 포옹을 시도해보려고 하던 이브네스가 하일리의 답변을 기다리며 얌전히 있던 스완하덴의 신경을 건드렸고 스완하덴은 0.1초 만에 마법진을 그려 그에게 쏘았다.

이브와 스완이 만나면 언제나 대환장이었기에 하일리는 조심스레 손을 들어 올려 머리를 가렸다. 슈라이나 또한 집무실 소파 위 쿠션들을 들어 올려 자신의 몸을 가리고 손을 들어 머리를 가렸다. 슈라이나가 스스로를 보호하려고 진을 치자, 스완이 공격을 재빠르게 멈췄다.

"만남의 광장이네. 오늘 무슨 날이야?"

때마침 코리가 노크를 하고 하일리의 집무실로 들어왔다. 제1 황자, 하일리를 지지하겠다는 드보아스가의 승인 서류를 가져온 코리가 침침한 눈으로 크게 하품을 했다.

"어라? 슈슈!"

슈라이나가 하일리의 집무실에 있을 거라 예상을 하지 못했던 코리는 서류 가방을 내려놓고 스완이 쌓아 올린 쿠션에 파묻혀 머리 위쪽만 빼꼼 내밀고 있는 슈라이나에게 빠르게 다가갔다. 그리곤 졸음에 겨운 눈을 비벼 잠을 깨웠다.

제복을 입어 평소보다 더욱 늠름한 슈라이나를 바라보며 코리는 미소를 지었다. 황궁에 오면 슈라이나를 찾아갈까 생각했었는데 이렇게 바로 마주칠 줄이야. 1 기사단 수련이 무척 고되다고 들어 그동안 슈라이나가 무척 걱정되었었다. 살이 더 빠지진 않았을까, 무례하게 구는 사람은 없었을까. 물론 슈라이나야 잘 헤쳐나갈 것이라 믿지만 그와 별개로 그녀에게 힘든 일이 생기면 자신의 마음이 무거웠을 것이었다.

하지만 다행히도 슈라이나는 평소와 같았다. 예전보다 말투가 조금 더 딱딱해진 것만 제외하면 여전히 조용히 발랄하고, 조용히 그리고 끊임없이 먹었다.

"하일리, 여기. 네가 부탁한 서류. 와, 책상에 쌓인 것들 다 네가 결제해야 하는 서류야? 즉위식 앞두고 바쁘게 사시네 우리 황제 폐하. 나보다 서류가 더 쌓여있어."

"저 서류들의 절반이 스완하덴의 저주 서류다."

하일리는 갑자기 시끌벅적해진 주변에 한숨을 내쉬며 대답했다. 어느새 자신의 집무실은 만남의 광장, 동창회가 되어 있었다. 이브나 스완과 비슷하게 머리가 돌아가는 사람이 한 사람 더 있으니 아마 더욱 시끌벅적해질 것이다. 그제 자신은 왜 생각 없이 출입 허가권을 펑펑 끊어준 걸까. 마지막 사람이 오기 전에 하일리는 재빨리 눈앞에 있는 서류부터 처리했다.

"1 기사단 기사들은 휴가가 언제야?"

"기간은 정해져 있지 않고, 내 몫의 1차 수련 과정을 완수하게 되면 바로 휴가야."

코리가 슈라이나의 양손을 붙들고 양쪽으로 흔들며 물어보았다.

목소리에는 들뜬 기색이 가득했다. 슈라이나는 자신은 조의 장이어서 매달 마지막 날마다 특별 휴가가 더 주어진다고 말을 덧붙였다.

"슈라이나, 휴가 나오면 같이 놀러 다니자."

입꼬리를 끌어올리며 제안하자, 코리와 슈슈를 멀거니 보고 있던 이브가 눈을 가늘게 뜨며 코리의 이마를 손가락으로 밀었다.

"단둘이? 미안하지만 그건 안 되는데."

"그럼 이브 형도 낄래?"

"……음."

"고민하는 걸 보니 내키지 않나 보네. 슈라이나, 둘이 놀자."

코리는 이브가 뒤이어 말하려는 걸 자르고 슈라이나 쪽으로 고개를 돌렸다. 스완하덴이 슈라이나 쪽으로 슬금슬금 다가와 이야기를 듣고 있다가 팔을 뻗어 코리의 어깨를 잡았다.

"나도 끼워줘, 슈슈."

"저기, 슈슈는 내 왼쪽에…… 아. 하하하."

슈슈의 제복 입은 모습이 눈도 못 마주칠 정도로 예쁘긴 해. 코리는 스완을 바라보며 중얼거리다 웃었다.

"근데 스완, 너 공작인데 자리 비워도 돼?"

"때려치워. 멸문이 목표야."

저번에 슈라이나가 은퇴하면 시골에서 마법 물품점을 열 거라는 말을 듣고 목표가 가문 몰락시키기로 뒤바뀐 스완이었다. 슈라이나가 하고 싶은 걸 모두 원 없이 이루게 한 뒤, 그녀가 은퇴할 때까지 기다렸다가 시골에서 만나 제2의 삶을 같이 시작하는 것이 그의 계획이었다.

그래서 지금 열심히 블란치 영토의 영지민들을 자신의 저택에 초

대해 지붕이랑 가구랑 카펫이랑 뜯어 가라고 부추기고 있는 중이었다. 파산 신청을 먼저 해야 자신의 가문을 사갈 사람이 생길 테니 스완은 저택을 부수고, 가문 소유의 돈을 거리 한가운데에 뿌리고, 아주 열심히 살아가고 있었다.

돈 한 푼 없는 자유로운 거지가 목표인데, 자꾸 영지민들이 돈을 나누는 선량한 마음씨에 감동했다고 자신의 손에 계속 세금을 쥐여 주는 바람에 계획이 자꾸 수포로 돌아가고 있었다. 왜인진 모르겠으나 저택도 어설프지만 모두 복구되고 있었다.

오히려 영지민들의 충성심과 가문의 전체 재산이 늘어나는 이상한 현상을 겪어 무기력해진 스완하덴은 슈라이나가 은퇴한 뒤 생각을 바꿔 돈 많고, 잘생기고, 착하고, 다정하고, 멋지고, 집안도 빵빵한 남자를 원할 수도 있다는 생각에 멸문이 귀찮아져서 보류하기로 했다. 지금은 될 대로 돼라는 마음가짐이었다.

그렇게 하일리가 자신의 집무실에서 일하고 있을 동안 나머지 사람들은 머리를 모두 맞대고 슈라이나의 휴가 여행 계획을 짰다. 어쩌다 보니 여행을 같이할 사람이 점점 늘어났다. 코리, 이브, 스완, 슈슈, 그리고 강아지 슈슈.

하일리는 홀로 서류를 처리하다가 소외감을 느껴 입을 열었다.

"왜 나만 쏙 빼놓나?"

"황제 폐하는 국정을 보셔야죠."

"스완 너는! 너는 영지를…… 아, 멸문한다고 했지."

"꼬우시면 황제도 망국하시던가."

코리는 후계를 비이디엘에게 넘겨 비교적 자유로웠고, 이브네스는 원래 자유로웠고, 스완은 세상 무서울 것이 없으니 자유롭고, 슈라이나는 적어도 휴가 때는 자유로웠다. 자신만 365일, 일평생 황제라는 직업에 시달릴 걸 생각하니 소름이 끼쳤다. 복수할 상대도 사라지고 카라딜도 없는 마당에 내가 왜 자발적으로 나서서 황제가 된다고 했을까. 그냥 2 황자에게 넘겨줄걸.

계승을 바로 앞두고 하일리는 땅을 치며 후회했다.

"슈라이나! 정말로 나만 빼놓고 여행 갈 건가?"

"예엡!"

얌전하다가 이상한 부분에서 갑자기 성실하게 대답하는 슈라이나를 바라보며 배신감을 느낀 하일리였다. 같은 황궁에서 일하는데 왜, 난⋯⋯.

"미안하지만, 슈라이나는 선약이 있어서 말이야."

그때 또 한 사람이 하일리의 집무실에 들어왔다. 넓은 공간이었으나 사람들이 많아 바글바글한 느낌이었다. 분홍색 머리카락을 올백으로 넘기고 검은색 양복을 입은 헤스티아가 허리춤에 이번 기사의 원고를 들고 문에 기댔다. 시크한 검은색 바지가 그녀의 길쭉한 기럭지를 더욱 돋보이게 했다.

"휴가 나오면 나랑 제일 먼저 바다에 놀러 가기로 했거든."

그녀가 고개를 기울이고는 모두를 비웃으며 입을 뗐다. 안 그래도 서류에 허덕이고 있는 하일리의 책상 앞으로 걸어간 그녀는 그가 처리해야 할 서류 더미에 서류를 더 얹었다. 그렇게 기존 밀린 서류 더하기, 스완의 서류 더하기, 이브의 서류 더하기, 코리의 서류 더하기, 헤스티아의 서류까지 더해서, 모든 서류를 하루에 다 몰아받은 하일리는 코피를 뚝뚝 흘리게 되었다. 그러나 아무도 관심이 없었다.

헤스티아는 차가운 말투로 슈라이나와의 여행을 노리는 이들에게 매섭게 쏘아붙이다가, 슈라이나를 향해 고개를 돌리고는 표정을 누그러뜨리고 애교 섞인 목소리로 입을 열었다.

"슈슈우. 기억하지? 나랑 제일 먼저 여행 가기로? 내가 숙소랑 다 알아봤단 말이야. 응? 응? 우리 둘이 오붓하게 갔다 오기로 했던 거 잊은 거 아니지? 내가 여행 경비 다 벌어놨어!"

슈라이나는 헤스티아의 말을 흘려듣고 코피를 흘리는 자신의 주군에게 다가가 신문지를 그의 콧구멍에 넣어 엉성하게 지혈했다. 하일리 때문에 슈라이나가 자신의 말에 답하지 않자, 헤스티아는 휴지를 박박 뜯어 하일리의 콧구멍에 쑤셔 넣고 다시 말을 이었다. 헤스티아가 휴지를 쑤셔 넣은 구멍은 사실 멀쩡한 콧구멍이었다.

"슈슈, 저번에 우리 저택에 찾아와서 슈슈가 먼저 나한테 여행 가자고 한 거 정말로 까먹은 거야? 슈슈가 먼저 뭔가를 하자고 해서 엄청 감동받았었는데!"

"그러고 보니 그랬었지…… 바다 가서 해산물 먹자고 했었지. 그래, 끝나고 가자!"

"역시 슈슈…… 먹는 것밖에 기억 못 하고……."

하일리의 콧구멍에서 피가 멈춘 걸 확인한 슈라이나는 오랜만에 보는 헤스티아에게 안기고 제대로 대답해줬다.

헤스티아의 등장 후 자신의 집무실 안이 더욱 시끌벅적해지자, 하일리는 서류를 훑던 펜을 조용히 내려놓고 자신의 머리를 붙잡았다.

'왜 나만 일하지. 이것들도 다 일 시켜야 하는데. 황제 때려치울까. 황제 자원할 사람 없나. 백성들 중에 나 말고도 의욕 넘치고 일 잘할 사람 널렸는데.'

민주주의의 시발점이었다.

* * *

하일리의 머릿속에서 여러 가지 갈등이 있든 말든 새 황제의 즉위식이 거행되었다.

하늘에는 수많은 폭죽이 터졌고, 1 기사단과 새 황제를 선두로 아주 긴 행진이 이어졌다. 1 기사단의 64조부터 68조의 조장들이 제국의 깃발을 현란하게 돌렸다. 깃발이 허공에서 회전하며 위아래로 움직였다.

위가 개방되어 있는 언호스 위에 선 하일리는 손을 들어 제국민들을 향해 손을 흔들었다.

"황제 폐하 만세!"

"오르드 제국의 황제 폐하 만세!"

하일리가 지나갈 때마다 사람들은 꽃들을 아래에 깔아줬다. 새로 태어난 아기가 있으면 손을 뻗어 이마를 만져줬고 사람들에게 축복의 말을 해줬다.

즉위식은 아주 평범하게 흘러갔다. 많은 사람들의 환영을 받으며 제국의 거리를 이동하는데 어쩐지 기분이 조금 이상했다. 언호스 밑에서 깃발을 돌리며 자신을 힐끔힐끔 쳐다보는 슈라이나 때문인 것 같았다.

그녀는 자기가 다 뿌듯하다는 표정으로 간간이 자신을 보고 웃었다. 갑자기 가슴이 간질거리며 허리가 쭈욱 펴졌다.

그때 느꼈던 감정과 비슷하다. 슈라이나가 아카데미를 졸업해 학사모를 던질 때. 그녀의 가슴에 장미 배지를 달아 줄 때. 들어가고 싶었던 기사단에 합격해서 그녀가 미소를 지을 때.

그때 자신과 슈라이나는 서로를 자랑스러워했고, 뿌듯해했다.

나를 봐, 슈라이나. 나 좀 봐줘. 나를 자랑스럽게 여겨줘. 칭찬해줘. 이렇게 내가 노력해서 여기까지 올라왔어.

슈라이나를 계속 시선으로 쫓으며 하일리는 벅차오르는 감정을 삼켰다. 이런 감정을 왜 슈라이나에게서 느끼는지 모르겠다. 그녀가 자신의 친모인 카라딜도 아닌데 말이다. 꼭 어린애가 시험에서 만점 받고 가족한테 자랑하려고 신이 나 있는 것 같았다.

며칠에 걸친 즉위식 직후에도 하일리는 꽤 오랜 시간 주요 중앙 귀족들과 또 따로 연회를 열고, 모임을 갖는 등 부지런히 움직였다. 이제 다들 자신을 볼 때마다 하일리나 황태자가 아닌 황제라는 이름으로 부르며 머리를 조아렸다. 친했던 친구들조차도. 나중에는 서로 어색해서 낄낄거렸으나 왠지 입맛이 떫었다.

완전히 황제로 책봉된 밤, 하일리는 황실 정원의 그네에 앉아 잠시 멀거니 하늘을 바라보았다. 그의 옆에는 슈라이나가 앉아 있었다. 같이 밤바람을 맞으며 즉위식에 있었던 일들을 이야기했다.

"황제가 된 소감이 어때요? 결국 멋지게 이루셨네요."

흔들거리는 그네를 따라 앞뒤로 흔들리는 자신의 다리를 바라보던 슈라이나가 입을 열었다.

"별로 감흥은 없다. 난 내가 황제가 될 수밖에 없다는 걸 알고 있었거든. 네가 어렸을 때부터 기사단만 바라보며 준비했던 것처럼 나도 어렸을 때부터 황제가 되는 것만 바라보며 준비했었다."

"아. 그럼 지금 폐하가 느끼는 감정이 제가 딱 기사단에 들어갔을 때의 감정과 비슷하려나."

"그때 무슨 느낌이 들었는데?"

슈라이나 쪽으로 고개를 돌린 그가 고개를 기울이며 물었다.

"사람들이 좋아하고 축하해주니까 같이 좋아했지만, 사실 저도 별 느낌 없었어요. 검을 닦고 수련을 죽도록 하니, 기사단이 제 인생의 종착지가 아니라는 생각이 들어서요. 너무 쉽게 들어가서 그런가. 아무튼, 아카데미에 입학했을 때랑 비슷해요. 하나의 과정에 또 들어섰구나, 하는 생각."

"음. 비슷하네."

하일리는 고개를 젖혀 그녀의 의자 부분에 목을 기댔다. 눈을 감고 슈라이나의 목소리를 들었다. 마냥 편안하다. 심장이 잔잔히 고동치고 있었으나 그녀와 있을 때 느껴지는 편안함과 평화로움에 묻혔다. 숨을 크게 들이쉬고 언제나 반가운 이름을 불렀다.

"슈라이나."

"넵."

"너와 의남매 같은 거 맺으면 안 되나?"

뜬금없는 의남매 선포에 슈라이나는 코를 찡그렸다. 이미 가족도 위아래로 한 명씩 있는데 계속 가족이 늘어간다.

"황제 폐하와 의남매라. 신분 상승인가요."

턱을 쓰다듬으며 눈썹을 한쪽 치켜뜬 슈라이나는 잠시 곰곰이 생각하더니 어깨를 으쓱이곤 맑게 웃었다.

"상관없어요. 오히려 좋은걸요. 대신 폐하가 꼭 제 남동생 하세요."

"……왜 남동생인가."

"제 생일이 빠르잖아요."

카림같이 귀엽고 어른스러운 동생도 좋지만 티격태격 싸우면서 놀 수 있는 남동생도 있어야 할 것 같았다. 슈라이나는 하일리의 양손을 잡고 신이 나서 눈을 반짝반짝 빛냈다.

"나이도 같은데 남동생이 뭔가."

"쌍둥이 남동생 설정입니다."

"아니 그러니까, 꼭 남동생이어야 하는 이유가 있나?"

"이미지가 잘 어울려요. 막 괴롭혀주고 싶습니다."

"……."

태연한 표정으로 맞을 소리를 하는 슈라이나를 그저 허탈하게 쳐다보았다. 남동생이어야 하는 이유가 황당했으나 의동생 설정 자체는 나쁘지 않았다. 이유는 모르겠어도 위화감이 없었다. 의동생이 싫기보단 솔직히 좋아서 오히려 왠지 가슴이 벅차올랐다. 왠지 싫은 티를 내지 않으면 자존심이 상해 조금 튕기던 하일리는 어쩔 수 없는 척, 뒤늦게 고개를 끄덕였다.

"그래. 그냥 남동생이든, 쌍둥이 남동생이든 원하는 대로 해주마."

허락이 떨어지자 슈라이나는 주먹을 꽈악 쥐며 작게 쾌재를 불렀다. 나이스.

사실 의동생이라고 해도 둘의 관계가 크게 달라질 건 없었다. 그가 말뿐인 남동생이어도 가슴 속 비어 있던 어딘가가 채워지는 기분이었다.

"피가 섞이지 않아도, 가족이라고 네가 분명히 인정했다?"

"예."

슈라이나는 무릎 위에 비스듬히 얼굴을 괴다가 작게 끄덕였다. 그네가 삐거덕거리며 잔잔히 흔들렸다. 오늘도 하루 종일 깃발을 돌리고, 시범을 보이고 바쁘게 움직여 피곤에 절어 있던 슈라이나가 눈을 천천히 껌벅였다. 꾸벅꾸벅 고개를 흔들길래 하일리는 자신의 어깨를 내줬고, 어깨를 내줘도 고개를 자꾸 앞으로 떨구길래 자신의 무릎을 빌려줬다.

황제의 개인 정원에는 그 둘 빼곤 아무도 없었기에 슈라이나는 기다란 그녀에 몸을 구부리고 누웠다. 하일리가 아주 조심스럽게 자신의 다리 위에 눕혀진 슈라이나의 작은 머리통에 손을 올렸다. 손을 쳐내며 거부할 거라 생각했으나 슈라이나는 하일리를 그저 한번 새초롬 쳐다보더니 작게 하품을 했다.

"슈라이나."

"왜요."

하일리는 또 그녀의 이름을 불렀다. 운을 먼저 떼놓고 한참을 말하지 않았다. 잠시 하늘을 바라보다, 땅을 바라보다, 옆을 바라보다 겨우 몇 문장 더 내뱉었다.

"가족끼리 같이 있는 곳이 곧 집이잖아. 아카데미건 황궁이건 난 너랑 같이 있으면 언제나 집에 있는 것 같은 느낌이었다."

"저랑 비슷하네요."

눈을 감으며 작게 색색 숨을 내쉬기 시작한 슈라이나가 빙글 웃었다.

"부탁이 있다."

"……뭔데요."

슈라이나는 나긋이 말하며 눈동자를 들어 올렸다. 슈라이나의 머리를 쓰다듬던 하일리의 얼굴이 곧 터질 것 같이 새빨개졌다.

"네가 정말 사랑하는 사람이 생기기 전까진 내 옆에 꼭 남아 있어 줘."

"……?"

"아니. 그냥 평생 연애하지 말고 나랑 있자, 슈라이나. 평생 기사 해라. 나이가 차도 해고 안 시킬게."

잠시만. 평…… 평생 일하라는 건가. 역시 집착 남주. 집착기가 이상한 곳에서 샌다. 소름이 끼치는 발언에 슈라이나는 잠이 깼으나 자느라 듣지 못한 척했다.

슈라이나의 표정이 미묘하게 굳어가는 것을 눈치챈 하일리가 그녀의 이마를 다정히 쓸다가 웃었다.

"농담이다. 오래오래 친하게 지내자."

농담이라는 말에 슈라이나는 다시 숨을 편안히 내쉬며 몸에 힘을 풀었다.

그 뒤 대화는 끊겼다. 하일리는 선잠에 빠진 슈라이나를 토닥거리며 그녀의 숨소리와 그네의 삐거덕거리는 소리를 들었다.

새카만 밤하늘을 멀거니 바라보다가 자신의 무릎 위에 머리를 기대 곤히 잠든 슈라이나를 눈에 담았다. 작지만 참 듬직한 사랑스러운 사람.

편안한 미소를 지으며 쌕쌕거리는 모습을 보니 갑자기 하일리의 눈에 물이 고이기 시작했다. 가끔 슈라이나를 볼 때 이유 없이 감격할 때가 있다. 가슴이 또 먹먹해져서 고개를 푸욱 숙였다.

숨죽여 조용히 눈물을 흘리다 소매로 눈물을 닦았다. 소리를 삼키고 길게 숨을 내뱉어 고개를 들어 올렸다. 시선이 이상하게 자꾸 저 장미 배지 쪽으로 쏠린다.

하일리는 슈라이나의 이마와 머리카락을 쓰다듬으며 잔머리를 넘겨줬다. 속에서 잔잔히 파도가 일었다. 참은 눈물을 몇 번 더 흘리

다가 고개를 숙여 자신의 얼굴을 슈라이나의 얼굴에 가까이 가져다
댔다.

"이번에는 우리 둘 다 행복해지자."

자신도 모르게 홀린 듯 중얼거린 하일리는 잔머리를 쓸어 훤히 드
러난 슈라이나의 단정한 이마에 짧게 입을 맞췄다.

헤스티아

외전 5

헤스티아

헤스티아는 본래 참으로 영리한 아이였고, 집요함과 열정이 넘쳐났다. 한마디로 고집이 무척 세고 완고하달까. 주위에서 자신의 신념을 거스를지라도, 자신이 옳다고 확신하면 절대로 생각을 바꾸지 않았다.

신념이 확고한 사람의 주위에 그 사람과 가치관이 비슷한 사람들로 채워져 있으면 크게 문제는 없으나, 그 반대일 경우 좋을 점은 정말 없다. 필연적으로 적을 많이 만들 수밖에 없기 때문이었다. 헤스티아는 자신을 드러낸 후부터 수많은 적들을 만들었다. 그러나 후회는 전혀 하지 않았다.

"으…… 추워."

집안에서 쫓겨나게 되었더라도.

* * *

헤스티아는 겨드랑에 손을 넣고 숨을 길게 내뱉었다. 입에서 길게 허연 입김이 퍼져 나왔다. 몇 시간 전 베이커리에서 산 빵은 이미 차갑게 식어 딱딱했으나 배가 고프니 그것이라도 입에 욱여넣었다.

이른 아침, 서리가 낄 만큼 추운 날씨에 얼굴의 신경이 모두 얼어버려 헤스티아는 부단히 코를 찡그렸다. 콧물이 흘러내리고 있는 것 같긴 한데, 너무 추워서 감각이 없었다.

"……개 새끼 한 마리, 말 새끼 한 마리…… 고양이 새끼 한 마리……."

헤스티아는 추위에 다리를 덜덜 떨며 눈에 보이는 생물체들을 눈에 담았다.

"인간 새끼…… 사람 새끼…… 망할 놈의 새끼……."

그러다가 사람들이 자신의 시야에 잡히자, 문득 자신의 아버지가 자신의 방 안에서 원고 한 다발을 발견하곤 그대로 벽난로에 태워버렸던 일이 떠올라 낮게 욕을 내뱉었다.

사건의 시작은 거슬러 올라가 아카데미를 막 졸업한 뒤부터였다. 헤스티아는 이번에 계약한 신문사에서 황성까지 왔다 갔다 하며 정신없이 살았다. 백작이 자신이 하는 일을 눈치채면 큰일이 날 테니, 그가 출근할 때까지 기다렸다가 집을 나섰고, 그가 퇴근해서 집에 돌아오기 전에 집으로 돌아왔다. 헤스티아는 집에서는 글을 썼고 밖에서는 여러 중요 사람들이 모이는 모임에 참석하며 자신을 도와줄 관계들을 열심히 만들고 다녔다.

그러나 열심히, 또 조용히 살고 있던 그녀에게 청천벽력 같은 말이 떨어졌다. 가족끼리 모여 식사하는 자리였다.

"헤스티아. 이번 12월에 결혼이 예정되어 있다. 너도 익숙한 사람일 거야. 저번에 네가 차를 대접한 브라이언 백작 기억하지? 저번에 계약 때문에 저택에 온 적이 있었는데 그때 너를 보고 상당히 마음에 들어 한 것 같더구나."

익히 예상한 일이었으나 막상 들으니 심장이 철렁했다. 헤스티아는 저번에 한 번 본 것 같은 브라이언 백작을 떠올렸다. 붙인 것 같은 완벽한 모양의 콧수염에 산만 한 덩치. 훑는 듯한 기분 나쁜 시선. 별로 유쾌하지 않은 사람이었다. 예전에 플라위드 백작이 그에게 차를 대접하라고 해서 차를 따라주며 그와 잠시 이야기를 나눴었는데 자기 이야기만 하고 갔다.

헤스티아는 그 결혼이 끔찍이도 싫었다. 문득 둘러대기 편한 상대인 하룬이 떠올라 이미 교제하고 있는 사람이 있다고 핑계를 대었으나 무시당했다.

"이번 주 금요일에 너를 보러 온다니 준비하고 있어라. 그가 가지고 있는 항구가 내가 진행하고 있는 사업에 아주 중요하니 특별히 잘 대해 주고."

통보하듯 헤스티아에게 그 말을 내뱉고선 그대로 자신의 집무실로 돌아간 백작은 심기가 불편한 것을 알리기 위해 문을 거세게 닫았다.

그리고 그 주 금요일, 브라이언 백작이 헤스티아를 찾아왔다. 고운 분홍색 머리카락을 억지로 헝클어뜨리고, 황성에 있을 슈라이나에게 직접 찾아가 화장과 옷을 부탁했다. 그럼에도 헤스티아는 자신이 무척 아름답다고 생각해, 추하게 보일 수 있는 모든 방법을 동원했다.

"슈슈, 사람이 무슨 행동을 하면 정이 뚝뚝 떨어질까."

"왈왈!"

"그래, 대답을 개같이 하면 되겠지?"

헤스티아는 바쁜 슈라이나를 만나지 못해, 대신 강아지 슈슈에게 상담을 받았던 일을 떠올리며 그 행동을 실천했다. 브라이언 백작이 무슨 말을 하든지 간에 오랑우탄, 진돗개, 사자 등 여러 동물들의 흉내를 내며 고급스러운 인테리어의 응접실 내에 동물의 왕국을 만들어냈다. 한마디로 브라이언 백작과의 만남 내내 미친 척을 한 것이다.

브라이언 백작은 헤스티아에게 질려 당장 저택에서 뛰쳐나왔고, 결국 결혼은 물론 플라워드 백작의 계약 또한 무산되었다. 헤스티아의 아버지는 헤스티아의 황당한 행동에 머리카락을 쓸다가 화를 참지 못해, 헤스티아에게 온갖 욕설을 내뱉었다.

더 이상 무서울 것이 없었던 헤스티아는 폭언을 하는 백작을 마주 보며 폭언을 쏟아내었다. 참다못한 백작은 곧 비장한 표정을 짓더니, 냅다 소리를 질렀다.

"꼴도 보기 싫으니 내 집에서 썩 나가라!"

백작의 분노가 점점 차오르는 것을 느낀 헤스티아는 이러다가 한 대 맞는 게 아닌가 살짝 긴장하고 있었는데, 의외로 자신이 그토록 듣고 싶었던 말을 뱉어주자 자신도 모르게 숨을 들이쉬었다. 헤스티아는 무척 기뻐 자신도 모르게 고개를 세차게 끄덕이고 말았다.

충격을 받아 자신에게 매달리며 애걸복걸할 줄 알았던 헤스티아가 행복해하며 짐을 싸기 시작하니 백작은 또 한 번 크게 당황했다. 집을 나가면 잘 곳도, 밥을 사 먹을 돈도 없을 테니 당연히 난감해할 것이라고 생각했는데.

혹시 밖에 따로 남자를 두고 있었나 하는 생각이 들어 조사해보니, 헤스티아가 뒤에서 여러 기사나 사설 따위를 쓰며 돈을 조금씩 벌고 있었다는 사실을 알아내었다. 그 내용을 조금 읽어 보니 정말로 가관이었다. 백작은 근래 헤스티아의 오만하고 무엄한 행동들이 서서히 이해가 가기 시작했다. 기껏 키워줬더니 쓸데없는 일이나 하고 앉아 있는 헤스티아에게 오만 정이 떨어진 백작은 그녀의 모든 원고를 불태우곤 그대로 저택에서 내쫓았다.

백작은 돈을 쏟아부어 투자할 가치도 없었다며 헤스티아의 짐도 다 빼앗았는데, 헤스티아의 기사가 먼 미래에 큰 논란거리가 되기 전에 그녀를 호적에서 파버리려는 속셈이었다.

정말로 순식간에 일어난 일이었다. 백작 부인이 헤스티아에게 밖에서 생활할 수 있을 돈을 몰래 챙겨주지 않았더라면 그녀는 정말로 길바닥에서 자야 했을 것이다.

"이대로 가다간 금방 노숙자 신세가 될 거야……."

팔에 얼굴을 묻고 헤스티아는 숨을 푸욱 내쉬었다. 어머니가 쥐여준 돈도 이제 거의 바닥을 보이고 있었다. 원래라면 아버지가 태운 원고로 계약을 한 뒤, 상당한 액수의 원고료를 받을 예정이었다. 그러나 자신의 생활비가 되어줄 그 원고는 모두 재가 되어버렸고 자신은 길거리에 나앉게 되었다.

여관에 납부할 돈은 어제 다 써버렸고, 현재 남은 돈은 딱딱한 빵한 덩어리를 사고 남은 돈, 10브론즈뿐이었다.

하지만 이런 처지가 모르는 상대와의 결혼식을 기다리는 것보다낫다고 생각했기에, 헤스티아는 백작에게 쫓아내지 말라고 빌지 않은 것이 후회되지 않았다.

"……슈슈한테 민폐 끼치긴 싫은데."

헤스티아는 망설이다가 주머니에서 연락 통신구를 꺼내 만지작거렸다. 요새 제1 기사단에서 혹독한 훈련을 감당해내려고 무척 바쁜 슈라이나였다. 아침엔 연무장에서 훈련, 저녁엔 집무실에서 서류 처리. 저번에 한번 화장 받으려고 놀러 갔었는데 상태가 장난 아니었었다. "흐으억." 가는 신음 소리를 간간이 내며 립스틱을 눈두덩이에 칠하는 걸 보면 말이다.

"그래. 민폐는 아카데미 때만 해도 충분했어."

슈라이나에게 연락하는 건 정말 최후의 수단으로 남겨두기로 했다. 부드러운 구석이 하나도 없는 뻑뻑한 빵을 입안에 몽땅 쑤셔 집어넣은 헤스티아는 자리에서 일어났다. 여태까지는 걱정이 없었던 자는 문제와 먹는 문제와 마주하게 되니 참 난감했다. 그전까지 일하고 있던 신문사에 연락을 해서 사정을 설명할까? 불태워진 원고는 어쩔 수 없으니 미련을 버리도록 하고, 앞으로 쓸 원고를 가지고 계약을 하고 원고료를 당겨 받는 거지. 음.

헤스티아는 겨드랑이에 시린 손을 꽉악 끼워 넣은 채 차가운 바람을 피하려 고개를 푸욱 숙였다. 그리곤 느린 발걸음으로 길을 걸어가며 헤스티아는 앞으로 홀로 어떻게 살아갈지에 대해 깊은 고민을 하기 시작했다.

일단 돈이 있어야 밥도 사고, 집도 사고 의식주를 해결할 테니까 돈부터 알차게 버는 것을 우선으로 둬야겠지. 하지만 자신이 할 수 있는 일이라곤…… 글을 쓰는 것과, 글을 쓰는 것, 그리고 글을 쓰는 것밖에 없는데…….

역시, 앞으로도 계속 글을 쓰는 것을 주로 잡고 인생 계획을 세워야 할 것 같다. 그런데 지금 받는 원고료를 따져보면, 글을 써서 생계를 유지하는 건 여러모로 부담이 될 것 같은데…….

헤스티아는 자신이 쓰고 싶은 글을 쓰고 싶지, 돈을 벌기 위한 글을 쓰고 싶진 않았다. 취미 생활에 생계가 엮이게 되면 아무래도 마냥 순수하게 쓸 수는 없을 것 같았다.

슈라이나는 이런 고민을 10살 이전부터 했는데 나도 그때부터 같이 고민해 볼걸. 돈이 이렇게 사람의 숨을 턱턱 막히게 할 줄 알았으면 나도 같이 기사단을 꿈꿔볼 걸 그랬나. 하다못해 공무원이라든지⋯⋯. 슈라이나가 그 어린 나이부터 "돈, 돈." 했던 이유를 이제야 알 것 같았다.

뒤늦게 후회를 하며 한숨을 깊게 내쉰 헤스티아는 아까 앉아 있었던 벤치로 돌아와 다시 털썩, 엉덩이를 붙였다. 저체온으로 죽기 딱 좋은 날씨였다. 헤스티아는 자신의 입에서 피어오르는 입김을 그저 멀거니 바라보다가 그리운 아카데미 때를 추억하며 눈을 감았다. 의식주 걱정 없이, 집안에서 벗어나 내가 하고 싶은 걸 해도 주변의 응원을 받았던 그때가 가장 좋았던 것 같은데.

"저기, 아가씨. 여기서 노숙하시면 안 됩니다."

그때였다. 갑자기 자신을 툭툭 치며 부르는 목소리에, 헤스티아는 감았던 눈을 떴다. 눈을 뜨자마자 보이는 것은 짙은 검은색 제복과 어깨 부분에 금실을 꼬아 만든 황실 소속임을 알려주는 화려한 견장이었다. 태양 모양 배지, 장미 모양 배지 등 여러 배지들이 제복 가슴 쪽을 장식하고 있었다. 화려하면서도 정갈한 복장에 잠시 눈을 천천히 껌벅이던 헤스티아가 고개를 들어 자신을 부르는 사람을 쳐다보았다. 길고 곱슬거리는 주황색 머리카락을 올려묶은, 아주 익숙한 사람이었다.

"슈라이나!"

헤스티아는 자리에서 벌떡 일어나 자신을 찾아온 반가운 손님을 와락 껴안았다.

"우왁, 잠시만."

슈라이나는 고개를 비스듬히 꺾으며 고개를 숙이고 있는 헤스티아의 머리카락 끝을 만지작거리다가, 헤스티아가 갑자기 자신을 껴안자, 크게 당황하며 뒤로 넘어갈 뻔했다. 그러나 뛰어난 운동 신경으로 재빨리 그녀를 받아주었다.

"슈슈! 슈슈!"

헤스티아가 이를 보이며 맑은 미소를 지었다. 슈라이나가 말을 할 수 없을 정도로 반가워, 이름만 하염없이 불렀다.

"오랜만."

티 없이 자신을 반겨주는 얼굴에, 슈라이나도 마주 웃어줬다. 슈라이나를 껴안은 헤스티아의 손에 힘이 잔뜩 들어가, 슈라이나의 발은 바닥에서 떨어져 잠시 허공을 배회해야 했지만.

아카데미를 졸업한 슈라이나는 헤스티아에 대한 걱정이 컸다. 자신이야 기사단을 하든 뭘 하든, 주변에서 자신을 지지해줬기 때문에 미래를 향한 길이 활짝 열려 있었으나, 헤스티아의 앞에는 벽뿐이었기 때문이었다.

워낙 어렸을 때부터 헤스티아를 봐왔고, 거의 동생을 돌보듯 돌봐줬던 터라 신경이 몹시 쓰였다. 일하는 와중에도 문득문득 걱정이 들 정도였다. 앞으론 잘하겠지, 헤스티아의 일에 간섭하지 말아야지, 하면서도 슈라이나는 그녀의 일거수일투족에 관심을 기울이고 있었다. 그리고, 결과적으로 슈라이나의 걱정과 염려는 적중했다.

어느 날 헤스티아의 집안 쪽에서 결혼 이야기가 나오더니, 헤스티아가 자신의 못난 화장 실력을 알면서도 화장을 받으러 왔다. 그리고 얼마 뒤, 헤스티아에게서 연락이 끊겼다. 슈라이나는 불안한 마음에 직접 헤스티아의 행방을 알아보기 시작했다. 그리고 그 끝에 그녀는 헤스티아가 노숙자 생활을 하고 있다는 사실을 알아낼 수 있었다.

슈라이나는 밤을 새우며 일주일 치 일들을 미리 끝내놓고 상사에게 양해를 구한 뒤, 냉큼 황성을 뛰쳐나왔다. 뛰쳐나오는 길에 슈라이나는 옷가게에 들려 따뜻한 털옷, 털모자, 털장갑을 샀다. 근래에 부쩍 말라 벤치에 초라하게 쪼그려 앉아 있는 헤스티아를 발견한 슈라이나는 그녀에게 사 온 옷들을 입히고 근사한 레스토랑에 데려갔다.

"그나저나 슈라이나, 여긴 어떻게 온 거야? 웬일로 황궁을 빠져나왔어? 외출 규율 엄청 엄격하잖아."

헤스티아는 자신의 앞에 놓인 두툼한 스테이크를 멀거니 쳐다보다가 물어보았다.

"여기 주변에 수상한 사람이 서성인다는 신고가 들어와서."

"거짓말. 그런 잡일을 제1 기사단인 네가 처리한다고?"

"어."

와인잔을 집어 들고 붉은 와인을 입안에 털털 털어 넣은 슈라이나가 짧게 대답했다. 턱을 괴며 슈라이나를 지그시 바라보던 헤스티아는 곧 눈꼬리를 낭창하게 휘며 웃었다. 그리고선 슈라이나의 머리카락에 붙어 있는 나뭇잎을 떼어내 줬다.

"내가 걱정돼서 뛰쳐나왔으면서."

"시끄러."

정곡을 찌르는 헤스티아의 말에 슈라이나는 마시던 와인을 뱉을 뻔했다. 저번에 헤스티아에게 "이제 네 일에 관여하지 않을 거야! 정말이라고!" 하며 소리쳤던 기억이 나는데. 말을 해놓고 못 지킨다. 왜지. 민망하네.

"……알면 좀 이런 데서 자지 마. 누가 너한테 신문지 덮어주려는 걸 내가 막았다고."

툴툴거리며 고개를 숙이고 샐러드를 뒤적거리는 슈라이나의 귀가 점점 붉어졌다.

"그나저나, 무슨 일이 있었던 거야?"

슈라이나는 허겁지겁 화제를 돌리기 위해 질문을 던졌다. 뛰어오는 내내 궁금했던 것이기도 했고, 레스토랑에 도착해서도 조심스러워 선뜻 물어보지 못한 질문이기도 했다.

헤스티아는 슈라이나에게 딱히 감추거나, 숨길 일이 없었기에 술술 대답하기 시작했다. 집에 있었던 일뿐만 아니라 그동안 자신에게 일어났던 일 모두 털어놓았다.

논란이 될 만한 이슈에 대해 적어내려 출판사나 신문사에서 수차례 욕먹고 까인 일, 교수님과 여러 지인들에게 인정받은 논리가 다른 곳에선 쓰레기 취급받은 일부터 플라위드 백작이 자신의 활동을 눈치채고 폭언을 쏟아부은 일, 자신이 지금까지 쓴 모든 글이 불쏘시개가 된 일, 어머니가 자신의 주머니를 털어 생활비를 쥐여주면서 이제 자신을 딸이라고 하지 않겠다고 한 일, 그리고 결정적으로 집에서 아예 쫓겨나게 된 일까지.

헤스티아는 말하면서 울분이 터져 결국 눈물을 터트렸다. 앞으로 살길이 막막해 더욱 서러웠다. 슈라이나는 헤스티아에게 궁금한 것이 있었지만, 그녀의 말을 끊지 않고 묵묵히 고개를 끄덕이며 들어

주었다.

기나긴 이야기가 끝나고, 헤스티아는 자신의 앞에 놓인 와인잔을 슈라이나처럼 입에 털어 넣었다.

걱정거리나 불안한 마음을 아무런 부담 없이 털어놓을 수 있는 상대가 있다는 건 참 좋은 일이었다. 헤스티아는 슈라이나에게 지난 일들에 대해 털어놓으면서 자신의 생각과 감정이 조금씩 정리되어 가고 있다는 것을 느꼈다. 어느덧 축축해진 눈가 주변을 손으로 닦은 헤스티아는 숨을 몇 번 내쉬고는 슈라이나를 똑바로 바라보았다.

슈라이나는 고개를 푸욱 숙이고 포크로 고기를 푹푹 찍으며 입에 쑤셔 넣고 있었다. 입에 고기가 꽈악 차서 씹을 수 없는 지경에 이르렀을 때, 보다 못한 헤스티아가 걱정스레 입을 열었다.

"슈슈, 좀 천천히 먹어……."

"……."

슈라이나는 손으로 입을 가리며 고개를 끄덕였지만, 도무지 속상함을 감출 수 없었다. 슈라이나는 얼굴에 슬픔을 가득 드러내고선 씹지도 않고 음식만 입에 가득 넣어댔다. 그만큼 헤스티아의 상황이 답답했다.

안쓰럽다는 표정으로 헤스티아를 바라보며 스테이크를 천천히 씹던 슈라이나는 떨리는 목소리로 겨우 한 마디를 내뱉었다.

"……왜 그렇게 상황이 안 따라줄까."

"아니야. 오히려 잘됐어. 이제 완전히 처음부터 시작할 수 있잖아. 나 스스로 하나하나씩 환경을 만들어나가면 되니까 괜찮아. 나도 이제 좋게 생각하기로 했어."

"……네가 불안한 게 아니라, 내가 답답하고 화가 나서 그래. 이걸 어떻게 하지······?"

슈라이나가 잡은 포크가 부들부들 떨리고 있었다. 사나운 삼백안에서 더욱 난폭한 살기가 흘러나왔다. 동시에 스테이크를 먹는 속도도 빨라졌다. 금세 자신의 몫을 비워버린 슈라이나는 깜짝 놀라 한 접시를 더 시켰다. 원래 헤스티아가 먹는 것을 지켜보며 자신의 몫도 썰어 건네줄 계획이었으나 이미 자신이 다 먹어버렸다.

슈라이나가 잔뜩 화를 내자, 헤스티아는 웃으며 자리에서 일어선 슈라이나를 도로 자리에 앉혔다.

"됐어. 네가 나 믿는다고 했잖아. 나는 네가 이렇게 날 찾아와서 내 이야기를 들어준 것만 해도 고마워. 충분히 힘이 나."

"······."

얼굴이 새빨개진 슈라이나의 입에 과일 조각을 물린 헤스티아는 그녀를 자신의 옆에 앉혔다. 기분이 나아진 듯 헤스티아가 방긋방긋 웃자, 슈라이나는 일단 제 감정을 가라앉히고 헤스티아에게 집중하기로 했다.

"일단 네 생활비는 걱정 마."

"······?"

"저번에 느와르엘한테서 받은 백마법석 기둥이 짐이 되고 있어서 처분할까 고민하고 있었거든. 그거 팔면 수백 골드는 나올 테니까."

"아냐. 아냐. 안 그래도 돼. 그런 건 싫어."

백마법석이라면 스완하덴이 만들었다는 건데, 그 불쾌한 마법석으로 내 생활비를 메꾼다니. 그건 살아도 사는 것이 아닐 것이다. 헤스티아는 슈라이나의 두 손을 붙잡고 애원했다.

"슈슈, 내 걱정은 하지 말라니까? 예전에 친하게 지내던 교수님께 연락해서 일자리 좀 알아보면 돼.”

“근데 그전까지는 어떻게 생활하려고. 너 지금 당장 생활하는 게 문제잖아. 하룬이나 카림한테 부탁하자니 둘 다 지금 집에 없고…….”

음식값으로 낼 은색 동전을 습관처럼 튕기고 받으며 잠시 고민하던 슈라이나는 앓는 소리를 내었다.

슈라이나가 머리를 싸매며 고민하는 동안 헤스티아는 피식 미소를 지었다. 어떻게 해서든 자신을 위해 뭔가를 하려는 모습을 보니 왠지 콧잔등이 간질거렸다. 집안에서는 없는 사람 취급을 받았었는데…… 헤스티아는 턱을 괴고 미소를 지었다. 슈라이나와 이렇게 같이 앉아 시간을 보내는 것만으로도 좋았다.

흐뭇한 표정으로 슈라이나를 바라보고 있던 헤스티아는 문득 평소와 다른 점 하나를 발견했다.

‘오늘은 그 흰 거머리가 없네?’

자신이 슈라이나와 만날 때마다 슈라이나 옆에 딱 붙어 떨어지지 않던 그 흰색 대갈통, 스완하덴. 그가 보이지 않았다. 헤스티아는 앓던 이가 빠진 것처럼 마음이 개운해 속으로 쾌재를 불렀다.

그녀는 그의 부재를 의아해하지 않았다. 아니, 그의 존재 여부에 대해 의아해하고 싶지도 않았다. 꼴에 슈라이나와 연애한다고 자신에게서 슈슈를 빼돌린 일들을 생각하면 아직도 치가 떨렸으니까. 그래도 슈라이나가 스완하덴이랑 같이 다니며 좋아하는 모습을 보니, 여러모로 질투가 나면서도 봐줘야 하나 생각이 들곤 한다. 아냐, 그래도 스완하덴은 정말 정말 아닌 것 같은데…….

“그래, 느와르엘! 내가 왜 그 생각을 못 했지?”

헤스티아가 다른 생각에 빠져 이를 빠득거리고 있을 동안 슈라이나가 돌연히 손가락을 튕기며 작게 소리쳤다.

"느…… 와르엘? 아 저번에 그 드래곤? 그 충격적인 아카데미 교장?"

상념에 빠져 있던 헤스티아는 재빨리 정신을 차리고는 저번에 슈라이나가 말했던 느와르엘에 대한 이야기를 떠올리며 재차 고개를 끄덕였다. 너무 심하게 자신을 아는 척하며 친한 척 굴기에 거리감이 느껴졌었던 그 존재.

"어, 그 충격적인 교장. 섹시 댄스 추시던."

"……그때 그 춤은 별로 떠올리고 싶지 않아. 근데 갑자기 느와르엘은 왜?"

"느와르엘의 레어를 털러 가자."

얼굴을 가린 옆머리를 거칠게 쓸어올린 슈라이나는 결정했다는 듯 동전을 책상 위에 탁, 내려놓으며 자리에서 일어섰다. 그리곤 눈을 동그랗게 뜨고 눈꺼풀을 천천히 껌뻑거리고 있는 헤스티아의 팔을 잡아끌고 레스토랑을 나섰다.

"뭐? 잠시만, 슈슈? 뭘 털어?"

"드래곤의 레어."

황당해하는 헤스티아를 뒤로하고 슈라이나는 성큼성큼 거리로 나와 마법진을 그리기 시작했다. 주머니에 들어 있는 스완하덴의 마법석에 손을 대고 마력을 끌어모은 뒤, 바로 이동할 수 있도록 마법진을 그리는 동시에 마력을 쏟아부었다.

'저번에 느와르엘이 블랑쉬엘이 알에서 깨어나면 거처를 옮긴다고 했었지?'

슈라이나는 느와르엘이 지나가면서 한 말을 잊지 않고 있었다. 뭐,

느와르엘이 레어를 옮기기 전에 헤스티아를 데리고 한번 찾아오라는 말도 남겼었고.

남이 이사할 때 좋은 점은, 공짜로 물건을 받아갈 수 있다는 것이었다. 새로 태어난 블랑쉬엘 구경도 갈 겸, 느와르엘과 헤스티아의 자리를 마련해줄 겸, 슈라이나는 지금 당장 느와르엘을 찾아가기로 했다.

"슈슈, 아니 잠시만아안!"

헤스티아는 당혹스러운 표정을 지으며 슈라이나를 말렸으나 이미 마법진은 환한 빛을 뿜어내며 가동되고 있었다. 슈라이나와 느와르엘이 친하다는 사실을 모르고 있는 헤스티아는 슈라이나의 말이 터무니없이 들렸다. 만약에 드래곤의 물건을 털다가 들키게 될 때 자신은 어떻게 싸워야 하는 건가. 가방엔 마른 빵뿐인데…… 슈라이나가 검을 휘두를 동안 자신은 마른 빵을 들고 무식하게 휘둘러야 하는 건가? 아무리 생각해도 무기로 사용하기에는 무리였다.

슈라이나보다 더 터무니없는 생각을 하던 헤스티아는 곧 어디론가 빨려들어 간다는 느낌을 받음과 동시에 단숨에 거리에서 사라졌다.

* * *

얼마 뒤, 이동 마법진을 통해 공간을 이동한 헤스티아는 바닥에 착지해 잠시 비틀거렸다. 이내 정신을 차린 헤스티아는 가방에서 아까 생각해둔 무기, 마른 바게트 빵을 꺼내 들고 바짝 날이 선 눈빛으로 사방을 둘러보았다. 하지만 주변엔 아무것도 없었고, 어두컴컴할 뿐이었다. 게다가 방금까지 슈라이나의 손을 붙잡고 있었던 제 손이 허전하다는 것을 뒤늦게 깨달은 헤스티아는 살짝 떨리는 목소리로 슈라이나의 이름을 불러보았다.

"슈라이나?"

분명 방금까지 옆에 있었는데…… 어릴 때부터 슈라이나가 사라지면 공포감을 느꼈던 헤스티아는 어깨를 움츠렸다.

"슈라이나…… 어디야……."

엄마를 찾는 아이처럼 자동적으로 슈라이나를 찾는 헤스티아의 목소리는 잘게 떨리고 있었다.

스스슥!

그때, 주변에서 뭔가가 움직이는 소리가 들려왔다. 나뭇잎끼리 부딪치는 마른 소리였으나, 잔뜩 경계를 하고 있는 헤스티아가 겁먹기에는 충분했다.

스스스슥!

이윽고, 점점 더 가까워지는지 소리가 크게 들려왔다. 헤스티아는 바게트 빵을 손에 꽈악 쥐고 입술을 깨물었다. 분명 레어 근처로 이동했을 텐데…… 설마 느와르엘인 건가? 아니면…… 몬스터? 슈라이나 도대체 어디 있는 거야.

스스스스슥!

"꺄아아악!"

헤스티아는 섬뜩한 소리를 내는 물체가 자신과 닿으려고 하자, 고래고래 비명을 지르며 들고 있던 바게트 빵으로 물체를 사정없이 내리쳤다. 사람이 위기의 순간이 되면 초인적인 힘이 튀어나온다던데, 헤스티아도 마찬가지였다. 퍽, 퍽, 퍽! 물체를 사정없이 때리며 들리는 소리가 묵직하고 둔탁하기 그지없었다.

"헤스티아, 워워. 진정해."

"……!"

익숙한 목소리가 들리자마자 헤스티아는 바로 바게트 빵을 휘두르던 손을 거두었다. 헤스티아가 진정한 듯 보이자, 슈라이나는 제 손목을 잡으며 마법으로 빛을 비추었다. 갑자기 쏟아지는 눈부신 빛에 헤스티아는 인상을 쓰고 손으로 눈가를 가렸다. 이윽고 시야가 적응되자, 헤스티아의 눈앞에 빵 부스러기로 엉망이 된 슈라이나가 보였다.

슈라이나는 헤스티아가 자신을 다시 공격할 수 없도록 헤스티아가 빛에 적응하는 동안 빵을 크게 몇 입 베어 물어 없앴다. 그리고는 입술에 묻은 빵가루를 툭툭 털며 어깨까지 올라간 헤스티아의 주먹을 잡고 내렸다.

"어…… 어? 슈슈였어? 미, 미안!"

"……항상 하는 생각인데, 네가 검을 잡았더라면 정말 엄청난 검사가 됐을 거야."

슈라이나는 헤스티아에게 맞은 곳을 매만지며 툴툴거렸다.

마법으로 피운 빛이 어두컴컴했던 내부를 환히 비췄다. 어둠이 가시고, 사물이 분간되기 시작하자 헤스티아는 무안했던 표정을 지우고 눈을 동그랗게 떴다. 눈앞에 펼쳐지는 장관이 대단했기 때문이었다.

슈라이나가 마법으로 불을 피우자, 천장에 있던 모종의 벌레들이 그 빛을 흡수에 엉덩이에서 가지각색의 영롱한 빛을 비추기 시작했다. 푸른색, 하늘색, 보라색 다양한 색들이 교차로 은은하게 반짝이며 주변을 밝혔다.

바닥은 아주 단단해 보이는 유리로 만들어져, 그 아래를 투명하게 비췄다. 유리 바닥 아래에는 주먹만 한 다이아몬드, 수선화 꽃으로 세공된 루비, 새파란 사파이어가 큼직하게 박혀 있는 왕관 등, 보물들이 산처럼 쌓여 있었다. 보물들은 꽤 오래 방치되어 있었는지, 그 위에 먼지들이 수북이 쌓여 있었으나 빛은 잃지 않은 상태였다.

"……나 지금 심장이 엄청 두근거려."

살면서 이런 광경은 본 적이 없는 소시민 헤스티아는 꼭 죄를 짓는 것만 같아 손을 가슴께로 가져다 대고 진정하려 노력했다. 자신도 이 정도인데, 물욕이 상당히 큰 슈라이나는 오죽했겠는가. 슈라이나가 맨 처음 이 방에 들어와 느와르엘의 보물창고를 마주했을 때, 그녀는 뒷목을 잡고 기절하기 직전까지 갔다고 한다. 너무 좋아서.

눈을 동그랗게 뜨고 말을 잇지 못하는 헤스티아를 바라보던 슈라이나는 동병상련을 느끼며 작게 웃었다.

"느와르엘! 느와르엘!"

슈라이나는 번쩍거리는 보물에게서 시선을 떼지 못하는 헤스티아의 손을 잡고 출구 쪽으로 걸어갔다. 느와르엘 레어 속 보물의 방 쪽을 벗어나니 곧 황실 연무장만 한 빈 공간이 나왔다. 마른 잔디와 가는 나뭇가지로 만들어진 거대한 둥지가 공간의 정가운데를 차지하고 있었다.

둥지 안에는 몬스터 뼈들과 찢겨진 가죽들이 수북이 쌓여 있었다. 사방에 튄 몬스터들의 초록빛 피가 아직 따뜻한 것을 보아 이 근처에 살아있는 생명체가 최근까지 있었던 듯싶었다.

슈라이나는 거대한 둥지 속에서 느와르엘을 찾으려고 고개를 좌우로 돌렸다. 지금 당장 눈에 담기는 건 몬스터들의 시체뿐이었으나 이 속 어딘가 느와르엘이 있을 거라고 믿어 의심치 않았다.

"슈라이나, 그만 돌아가자. 이제 그만해도 될 것 같아. 드래곤은 보고 싶긴 하지만, 집을 털어서 미움받고 싶진 않아."

"쉿. 있어 봐. 여기 어딘가 있는 것 같아."

감각이 예민한 슈라이나는 헤스티아 앞에 손을 뻗으며 허리를 낮추었다. 자신들 이외에 또 다른 인기척이 느껴졌다.

"꺄?"

곧 저기 쌓여 있는 시체 뒤편에서 작은 목소리가 들려왔다. 아이의 옹알거림과 비슷했다.

"꺄우꺄우? 으꺄?"

어라. 이런 목소리는 느와르엘의 것이 아닌데.

슈라이나는 들려오는 소리에 눈썹 한쪽을 찡그리며 계속 앞으로 나아갔다. 거침없이 앞으로 걸어가는 슈라이나 옆으로 눈치를 보며 소극적으로 걸어가던 헤스티아는 얼마 지나지 않아 두려움을 내려놓고 소리가 나는 쪽을 향해 성큼성큼 나아갔다. 그렇게 몬스터 시체 더미를 넘은 두 사람은 이윽고 소리를 내는 대상의 정체를 확인할 수 있었다.

"우흐히히. 꺄꺄!"

검은 머리카락에 넓은 어깨가 제일 먼저 시야에 들어왔다. 귀여운 아기 소리를 내기엔 덩치가 좀 산만해 보인다.

슈라이나와 헤스티아의 표정이 동시에 썩어들어갔다.

"하일리……?"

"쟤 하일리 맞지?"

익숙한 뒤통수여서 인상을 쓰고 지그시 쳐다보니 다름 아닌 하일리 오르드 이아네스였다. 하일리는 그들을 등지고 둥지에 앉아 있다가 누군가 자신의 이름을 부르며 경멸을 보이자, 등을 돌려 얼굴을 보였다. 잘난 얼굴에 붉은 눈. 그 두 명은 제발 저 괴상한 소리를 내는 사람이 하일리가 아니길 빌었으나 하일리였다.

"어! 너희들 여기서 뭐 하고 있나?"

하일리는 앉은 채 고개를 뒤로 살짝 꺾으며 눈을 동그랗게 떴다. 그 천연덕스러운 반응에 슈라이나는 헤스티아의 손을 잡고 뒤로 주춤주춤 물러섰다.

"그건 제가…… 하고 싶은 말이에요. 여기서 뭐 하세요."

"왜 혼자서 이상한 소리를 내고 그래요……?"

오랜만에 동창들을 만났다는 기쁨에 자리에서 일어나려던 하일리는 두 사람이 자신을 경멸스러운 눈으로 바라보고 있다는 사실을 눈치채고 인상을 찌푸렸다. 자신에게 뭐가 문제가 있나 다시 그들에게 등을 돌려 사방을 확인하던 사이, 하일리에게서 또 이상한 소리가 났다.

"뀨우꾸우!"

헤스티아와 슈라이나는 서로 두 손을 잡고 하일리에게서 더욱 멀어졌다. 왜 저러실까.

뒤늦게 이들이 왜 이런 반응을 보이는지 눈치를 챈 하일리는 얼굴을 시뻘겋게 붉히며 손사래를 쳤다.

"아, 아니! 내가 말하고 있는 게 아니다!"

"여기에 황태자님 말고 또 누가……."

"아니! 나 아니라고!"

억울하다는 표정을 얼굴 한가득 지으며 울분을 토해내던 하일리는 다시 등을 돌렸다. 그리곤 자신의 품에 안겨 있던 한 물체를 양손으로 조심스레 들고 아직도 의심 섞인 눈초리로 자신을 바라보고 있는 그 둘 앞에 내려놓았다.

하일리가 안고 있던 건 다름이 아닌 흰색보다 더욱 새하얀색을 가지고 있는 작은 용이었다. 느와르엘과 다르게 몸이 뱀처럼 길었고, 머리에 달린 뿔 두 개는 아래를 향해 자라 있었다. 동공은 여타의 몬스터처럼 가로로 길게 찢어져 있었고 흰자 쪽은 몸과 대비되어 새카맣다. 다만 눈동자는 스완하덴이나 블랑쉬엘의 것처럼 빛의 각도에 따라 다양한 색을 내뿜고 있었다. 그저 아름답다고 말할 수밖에 없는 자태였다.

하일리는 자신의 품에서 고롱고롱 숨을 내쉬고 있는 용을 쓰다듬으며 툴툴거렸다.

"얘가 식사를 총 5시간에 걸쳐 먹다가 겨우 입을 뗐다. 많이 먹어서 소화가 잘 안 되는 건지, 좀 심하게 종알거린다."

"……끄."

몸을 조그맣게 구부린 작은 용은 입맛을 쩝쩝 다시고 있었다. 슈라이나는 멀뚱멀뚱 그 광경을 바라보다가 작은 용을 자신 쪽으로 끌어당겨 부드럽게 끌어안았다.

"얘가 혹시 블랑쉬엘?"

"느와르엘 말로는 그렇다고 하더군. 깨어난 지 얼마 되지도 않았는데 엄청 먹어 댄다."

블랑쉬엘은 슈라이나가 자신을 껴안자마자 팔에서 벗어나 그 몸을 칭칭 감았다. 잠시 당황한 슈라이나는 몸을 뻣뻣이 굳히고 어깨를 움츠렸다.

"참고로, 몸을 칭칭 감는 행동은 위협하는 게 아니라 껴안는 거라고 한다. 블랑쉬엘이 날 처음 봤을 때 숨을 못 쉴 정도로 칭칭 몸을 감아서 좀 힘들었다.”

“……캑.”

슈라이나 몸에서 우두둑 소리가 나고 나서야 블랑쉬엘은 몸을 풀고 내려와 다시 하일리의 무릎으로 기어들어 갔다.

“그나저나 여기서 뭐 하고 있던 거예요? 즉위식이 코앞인데 황성에 안 계시고.”

헤스티아가 블랑쉬엘 때문에 비틀어진 슈라이나의 어깨를 주물거리며 물어보자, 하일리는 블랑쉬엘의 머리를 쓰다듬다 말고 입을 열었다.

“그니까 교장, 아니 느와르엘이 갑자기 나를 납치하더니 막 부화한 용을 보여주고선, 서로 인사하라고 하지 않나? 그 뒤론 기억이 잘안 나는데 정신을 차려보니 보모 역할을 하고 있었다.”

“황실 일은요?”

“이 레어 안의 시간은 밖의 시간보다 하루는 빠르게 흐른다고 하니, 큰 문제는 없지만…….”

“없지만?”

“왜 내가 보모가 되었는지는 잘 모르겠다.”

하일리는 어깨의 끈을 둘둘 매고 블랑쉬엘을 그 끈에 달린 호주머니에 담았다. 그리곤 블랑쉬엘의 입에서 물고 있는 뼈다귀를 빼낸 뒤, 등을 살살 쓰다듬으며 위아래로 몸을 움직였다.

그 모든 과정이 굉장히 익숙해 보였다.

“하일리…….”

슈라이나는 어디서든 계속 부려 먹히는 하일리는 보며 그의 이름을 안쓰럽게 불렀다.

저리도 동네북처럼 여기저기서 부려 먹히는데, 황제 일을 잘할 수 있을까? 그래도 제 신하들과 백성들 앞에선 위엄 넘치는 모습을 보여주니 그나마 다행인 건가. 우리 앞에서만 이런 애잔한 모습을 보여주는 거 맞지?

"꺄우꺄우!"

슈라이나가 자신을 안쓰럽게 바라보든, 말든 하일리는 자신의 일에 열심히 집중하고 있었다. 손을 들어 한동안 블랑쉬엘의 부드러운 흰색 털을 쓰다듬고 있는데 갑자기 블랑쉬엘이 작은 앞발로 하일리의 배를 툭툭 치기 시작했다.

"알겠다, 알겠어. 붕붕 나는 거 해줘?"

하일리가 다정스레 묻자, 블랑쉬엘이 고개를 끄덕이고선 킬킬 웃었다.

"끼!"

대답이 떨어지자마자 하일리는 블랑쉬엘을 냅다 위로 던졌다. 저 높은 하늘 위를 잠시 나는 동안 몸을 펄떡이며 하늘을 날려고 노력하던 블랑쉬엘은 얼마 지나지 않아 다시 땅 쪽으로 낙하했다. 떨어지는 블랑쉬엘의 몸을 받은 그는 블랑쉬엘을 조심히 잡고 다시 하늘 위로 던졌다.

그 광경을 지켜보던 슈라이나와 헤스티아도 어느 순간부터 하일리를 거들어 블랑쉬엘과 놀아주기 시작했다. 마법으로 붕붕 떠서 나는 기분을 느끼게도 해주고, 비단 같은 털 아래에 촘촘히 박혀 있는 비늘을 정리해주기도 하면서 아주 재미있는 시간을 보냈다.

그러나…… 문제가 하나 생겼다.

* * *

느와르엘은 자신과 블랑쉬엘이 편히 살 수 있는 새 거처를 찾아보
느라 자주 레어를 비웠다. 대륙을 재빠르게 한 바퀴 돌아도, 블랑쉬
엘이 쉬고 있는 방 안에선 몇 시간이 흘러 있기 때문에 느와르엘은
순진하고 착하기 그지없는 차기 황제를 보모로 세웠다. 원래는 블랑
쉬엘과 비슷한 피가 섞인 스완하덴에게 맡기려고 했으나. 그는 도통
믿을 수가 없었다.

그러나 차선으로 선택한 하일리가 생각보다 착실하게 보모 역할
을 잘해주고 있어, 느와르엘은 별걱정 없이 필요할 때마다 이 차기
황제를 애용하고 있었다.

이번에도 대륙 한 바퀴를 빙 둘러보며 몬스터가 밀집된 곳을 찾아
보던 느와르엘은 블랑쉬엘에게 먹일 먹이들을 한가득 잡아 왔다. 레
어로 돌아가는 길이 행복하기 그지없었다.

"……뭐야 이 난장판은."

느와르엘은 몸에 묻은 나뭇가지들을 털며 중얼거렸다.

자신의 레어가 불에 활활 타고 있었다. 블랑쉬엘이 입에서 파란색
불덩이를 뱉어내며 꽥꽥 뱉으며 날뛰고 있었고 하일리, 슈라이나 그
리고 헤스티아는 불덩이를 피해 필사적으로 몸을 굴리고 있었다.

"하일리 오르드 이아네스! 그래서 블랑쉬엘이 왜 갑자기 불을 내
뿜는 거라고?"

"그게! 이게 아기들이 밥 먹고 트림하는 것과 비슷하다! 근데 오늘
은 유독 심한 것 같다!"

오늘따라 많은 사람이 자신을 찾아와 블랑쉬엘은 잔뜩 신이 나 있었다.

"꾸우 꾸우!"

그리고 다시 블랑쉬엘의 입안에서 푸른 불이 쏟아졌다.

"으아악! 둥지에 불붙었어!"

"헤스티아, 가만히 있어! 내가 꺼볼게!"

"슈라이나! 너 왼쪽에, 조심해라아아악! 으악! 깜짝이야!"

인간 세 명이 바닥을 구르고, 빙글빙글 돌며 소리를 지르고 있었다. 느와르엘은 자신이 잡은 몬스터들을 바닥에 내려놓으며 눈앞의 광경에 헛웃음을 지었다. 한동안 찾아오지 않던 슈라이나는 헤스티아를 들고 열심히 뛰고 있었고, 하일리는 몬스터 뼈다귀들을 집어 불꽃을 튕겨내기에 바빴다.

"흐음⋯⋯."

느와르엘은 블랑쉬엘을 얌전하게 만들려고 손에 마력을 응축시켰다가 곧 손을 휘저어 마력을 모두 방출시켰다. 도와줄까 했으나, 현재 광경이 무척 웃기기도 했고, 무엇보다 어린 블랑쉬엘이 불을 뿜어낼 정도로 들떠 있는데, 그걸 방해하고 싶지 않았다. 느와르엘은 그 대신 손님들에게 대접할 인간용 음식을 만들기 위해 몸을 돌렸다.

느와르엘이 레어 속의 짐을 정리하며 여기저기 청소할 동안, 세 사람은 아직까지도 블랑쉬엘과 고군분투를 벌이고 있었다.

짐 정리를 어느 정도 다 마치고 커다란 테이블 위에 화려하고 성대한 음식을 차릴 때까지도 세 사람은 살아남기 위해 필사적으로 뛰어야만 했다.

이윽고 모든 준비를 마친 느와르엘이 손가락을 튕겨 그들을 식탁

위로 소환했을 때, 그들은 밥 먹을 정신도 없이 모두 테이블 위에 널 브러져 있었다. 온몸은 불에 그을려 시커메져 있었고, 머리카락은 산발이었다. 숨을 쉬는 것만으로도 벅찬지 널브러진 세 사람의 가슴 이 쉴 새 없이 올라갔다 내려갔다 반복하고 있었다. 그 와중에도 블 랑쉬엘은 아직도 들떠 있는지 끼륵끼륵 소리를 내고 있었다.

고작 블랑쉬엘 하나 놀아주는 것 가지고 저렇게 소란스레 굴다 니. 느와르엘은 그들은 퍽 한심스레 쳐다보다가 미소를 짓고는 손을 한 번 튕겨 빈 음료수 잔에 포도주를 가득 채워 넣어 주었다.

"이제…… 나 그만 돌아가도 되나? 업무가 밀려있을 것이다."

"이제 그만 보내줘?"

"그래."

하일리는 블랑쉬엘을 무릎 위에 앉힌 채 기진맥진한 채로 숨을 힘 겹게 내쉬고 있었다. 간다는 말을 알아들었는지 블랑쉬엘이 하일리 의 팔목에 딱 달라붙어 떨어지지 않으려 했다. 하일리는 그런 블랑 쉬엘의 모습을 보며 잠시 망설이다가, 또 오겠다는 말을 남기고 황 성으로 돌아갔다.

그 광경을 보니, 느와르엘이 억지로 보모 일을 시켰다기보다는 하 일리가 자진해서 블랑쉬엘을 돌보고 있는 것 같았다. 힘들어 보이긴 했지만 말이다.

슈라이나와 헤스티아는 블랑쉬엘을 돌봐주느라 축 처진 하일리의 어깨를 보다가 곧 허리를 펴고 또 일하러 황실로 돌아가는 하일리를 보며 안타까운 마음이 들었다. 하지만 어쩌겠는가. 이게 그의 타고 난 운명인걸.

하일리가 떠나자, 슈라이나와 헤스티아의 곁을 맴돌며 또 활발히 움직이던 블랑쉬엘은 곧 자신도 지친 건지, 어느 정도 복구가 된 둥지로 돌아가 스르르 잠에 빠졌다.

헤스티아는 슈라이나와 자신만 남게 되자, 방금까지 잊고 있었던 드래곤의 존재를 다시 깨달았는지 침을 삼키며 긴장된 얼굴로 느와르엘을 바라보았다.

느와르엘은 그런 헤스티아를 힐끔거리며 쳐다보았다. 원래 시간에선 헤스티아가 종종 자신의 레어로 올라와 함께 놀곤 했었는데, 이번 시간 턴에선 자신의 레어를 방문한 것이 이번이 처음이었다. 제국과 관련된 일이 모두 마무리되기 전까지 헤스티아가 자신을 찾아오는 걸 막았으니까, 이번엔 찾아오는 시기가 많이 뒤로 밀려났구나 싶었다.

얼굴을 보니 반가움이 퐁퐁 샘솟았다. 몇백 번 지겹게 얼굴을 보다 보니 헤스티아와 정이 많이 든 것 같았다. 느와르엘은 입꼬리를 양옆으로 찢어 올리며 웃었다.

"헤스티아?"

"네……? 넵!"

"날 찾아온 이유가 내 레어를 털기 위해서라고?"

"네…… 네! 아…… 아니요! 아니, 그게……."

당황한 헤스티아는 얼버무리며 눈앞에 놓인 스파게티만 휘적였다. 어쩔 줄 몰라 하는 헤스티아를 바라보던 슈라이나는 그녀 대신 입을 열었다.

"헤스티아가 먼지 한 톨 안 남겨놓고 싹쓸이해버릴 거래요."

"아니, 내가 언제! 슈슈!"

자리에서 앉았다 일어났다 반복하며 가시방석에 앉은 것 같은 기분을 느끼던 헤스티아의 이마 위로 느와르엘의 손이 올라갔다. 잠시 그녀의 이마를 짚으며 그녀의 기억을 읽던 느와르엘은 헤스티아의 어깨 위로 자신의 팔을 둘렀다.

"졸업하고 거지가 되었구나, 헤스티아. 노숙자가 됐네?"

킬킬거리며 헤스티아의 볼을 꼬집던 느와르엘은 그녀의 머리카락을 다정히 쓰다듬었다.

"가족에게서 버림받고, 집도 없고, 돈도 없고. 아고, 불쌍해라."

스푼을 들어 따뜻한 스프를 한 스푼 푼 느와르엘은 헤스티아의 입에 스프를 흘려 넣어 주었다.

"내가 도와줄까, 헤스티아?"

싱긋 웃은 느와르엘은 헤스티아의 무릎 위에 앉아 얼굴을 가까이 대었다. 슈라이나는 그 옆에서 잠에서 깨어난 블랑쉬엘과 함께 열심히 밥그릇을 비우고 있었다.

"어렸을 때부터 드래곤이 네 소원을 이뤄줄 거라 굳게 믿고 있었 잖아. 갓난아기 때부터 드래곤이 나오는 동화책들을 찾아보면서 나를 좋았고."

헤스티아는 자신을 굉장히 잘 아는 것 같은 느와르엘을 바라보며 어깨를 움츠렸다. 역시 드래곤이어서 그런가 말하지 않아도 자신의 상황을 다 알고 있는 듯했다. 느와르엘에게서 뿜어져 나오는 강한 위압감에 헤스티아는 고개를 떨구며 어깨를 떨었다.

"대부분의 동화책에는 용사와 드래곤이 나오지. 용사는 드래곤은 처치하고 권력과 힘 그리고 사랑을 쟁취해. 너도 날 그런 식으로 이용해 먹을 거야?"

초대 황제는 그녀를 죽이고 나라를 세워 사람들에게 용사, 영웅으로 치켜세워진 존재였다. 그의 잔인한 업적은 동화책으로까지 만들어져 있었다.

제국 사람들에게 영웅은 황제이고, 스완하덴에게 있어서 영웅은 슈라이나였다면, 느와르엘에게 있어서 영웅은 헤스티아였다. 비록 헤스티아가 자신을 기억하지 못한다 해도, 블랑쉬엘이 죽고 피폐해져 있었던 자신에게 다가와 함께 있어 준 건 헤스티아였기 때문에 느와르엘은 헤스티아를 매우 귀히 여기고 있었다.

느와르엘의 뜬금없고 맥락이 없는 것 같은 질문에도 헤스티아는 눈을 천천히 껌벅이며 깊이 생각했다.

"이용해 먹고 싶어도, 드래곤이 이용해 먹을 수 있는 존재던가요……? 잡아먹지만 않으면 감사하겠습니다."

벌벌 떨며 할 말을 다하는 헤스티아를 보며 느와르엘은 깔깔 웃었다. 별로 웃기지도 않은 말을 한 것 같은데, 자신의 어깨를 잡고 크게 웃다가, 자신을 팡팡 치며 낄낄거리다가 이내 자신의 얼굴을 잡고 자신의 얼굴을 비비적거렸다. 헤스티아는 온몸에 소름이란 소름이 모두 돋은 듯 바짝 굳어진 채로 느와르엘을 떨리는 동공으로 응시했다.

"헤스티아."

"네…… 넵."

"일어나 봐."

느와르엘은 헤스티아의 어깨에 자신의 팔을 걸친 채 손을 뻗었다. 그녀가 손을 뻗자마자, 손에서 검은색 마력이 믿을 수 없을 정도의 크기로 일렁였다. 대규모의 마법을 쓸 준비를 마친 느와르엘은 헤스티아를 바짝 끌어당기고선 입꼬리를 끌어올렸다.

"일단 내가 근사한 집 한 채 선물해줄게."

느와르엘의 펼쳤던 손이 다시 꽈악 쥐어지자마자 사방이 진동하며 울리기 시작했다. 동굴 벽은 위태롭게 흔들리다가 곧 와르르 무너지기 시작했고, 바닥은 쩌억- 쩍- 갈라졌다. 갑자기 주변의 모든 것들이 무너지기 시작했지만 느와르엘과 블랑쉬엘 그리고 헤스티아와 슈라이나에겐 아무런 피해도 없었다. 느와르엘의 마법을 눈치챈 슈라이나가 재치있게 보호 마법진을 작동시켰기 때문이었다.

칙칙하고 냄새나던 둥지가 있던 자리에는 고급스러운 침대가, 식탁에 있던 자리에는 온갖 시설이 다 갖춰진 주방이, 그리고 빈 공간에는 계단이 갑자기 생겨나더니 그 끝에는 엄청난 크기의 도서관이 하나 세워졌다. 느와르엘은 그 외에도 여러 방들을 만들어 어느 곳이든지 간에 집 앞처럼 이동할 수 있는 이동 마법진을 설치해놓았다.

이어서 타지 않는 장작을 태우는 벽난로도, 옥 바닥 위를 덮는 멋스러운 카페트도, 굉장히 안락해 보이는 소파도 느와르엘의 손짓 한 번에 생겨났다. 그리고 레어 안이 더 이상 그 이전의 모습을 알아볼 수 없게 되었을 때, 느와르엘은 손을 거두고 자신의 마력을 흩뜨렸다.

그 짧은 시간 동안 황족의 뺨을 후려칠 만큼 어마무시한 집이 하나 만들어진 것이다. 헤스티아를 위해 만든 집을 흡족하게 바라보던 느와르엘은 집 안의 '보물 방'으로 들어가 유리 바닥의 작은 문을 연 뒤, 손에 잡히는 아무 액세서리를 하나 꺼냈다. 초록빛이 도는 팔찌를 집어 든 느와르엘은 다시 헤스티아에게 다가가 그녀의 팔목에 팔찌를 끼워주며 마법을 하나 걸었다.

"이 팔찌는 네 집의 열쇠야."

헤스티아는 당황한 나머지 대답을 제대로 하지 못하고 그저 고개를 끄덕였다.

"어디에 있든지 간에 이 팔찌를 통해 여기로 돌아와서 먹고 자고 할 수 있어. 이곳에 오락거리도, 돈도 충분히 있으니까 길거리에서 자지 말고 여기서 지내. 아, 레어 안에 걸려 있는 시간 마법도 풀어 줄까?"

느와르엘은 자신과 인간들이 살아가는 시간을 비슷하게 맞춰 놓으려고 레어 안의 시간을 원래의 시간보다 느리게 흘러가도록 설정해 둔 상태였다.

갑작스러운 느와르엘의 질문에 헤스티아는 재빨리 정신을 차리기 위해 자신의 얼굴을 한 번 세게 때렸다.

"……시간 마법은 그대로 유지시켜 주시면 감사하겠습니다. 여기에 있으면 시간을 더 벌 수 있다는 거니까요."

헤스티아는 아직도 끝내지 못한 자신의 마감 원고를 생각하며 대답했다.

"근데 왜 저한테 이런 호의를 베푸시는 건가요?"

"드래곤은 원래 좀 변덕스럽거든. 어차피 곧 이사도 가는데 때마침 집이 필요한 너에게 처분하면 좋잖아?"

헤스티아는 아직도 느와르엘의 호의가 납득가지 않아 몰래 자신의 손등을 꼬집어 보았다.

"헤스티아. 느와르엘은 어떤 꿍꿍이가 있어서 주는 게 아니야. 마음 놓고 받아도 돼."

의심 많은 슈라이나마저 헤스티아에게 선뜻 받으라고 권유하자, 헤스티아는 그제야 기뻐했다. 몇 번이고 느와르엘에게 고맙다는 말을 되풀이하고 나서야 실감이 나는지 헤스티아가 뒤늦게 흥분하기 시작했다.

"저기, 집 안을 구경해도 되나요?"

"마음대로 해. 네 집이야."

집 안에는 방과 계단이 수없이 많았다. 헤스티아는 슈라이나의 손을 잡고 집 안을 아이처럼 뛰어다니며 구경했다. 정말로 없는 것이 없었다. 심지어 식료품 창고도 있었는데, 그 속에는 음식이 썩거나 고갈되지 않도록 특수 보존 마법이 걸려 있었다.

눈동자를 굴리며 날뛰는 헤스티아를 얌전히 바라보는 블랑쉬엘을 자신의 목에 두른 느와르엘은 흥분을 감추지 못하는 헤스티아를 바라보며 또 킬킬 웃었다.

"이건 내 작은 선물이었고, 혹시 소원 같은 거 있어? 들어보고 들어줄 수 있는 거면 들어줄게."

느와르엘은 헤스티아가 원한다면 대규모 정신 조작 마법까지 사용할 생각이었다. 이 땅을 떠나기 전, 그녀에게 자신이 해줄 수 있는 게 있다면 이루어주고 떠나고 싶었다.

"소원이요……?"

이미 자신은 이 느와르엘이라는 드래곤의 성의에 만족하다 못해 넙죽넙죽 절이라도 하고 싶은 심정이었다. 그런데 거기에 소원까지 들어준다니…….

느와르엘이 자신이나 슈라이나를 해치기는커녕 무척 호의적이라는 것을 뒤늦게 깨달은 헤스티아는 느와르엘을 향한 두려움을 없애고 눈을 빛냈다. 이미 많은 것을 받았으니 더 욕심을 내는 것은 예의가 아니라며 거절할 법도 하지만, 헤스티아는 기왕 드래곤이 자신에게 퍼주려고 하는 데 굳이 마다하지 않기로 했다.

"저기, 그럼…… 잠시만 이쪽으로……."

헤스티아는 자신의 소원을 느와르엘에게 말하기 전에 슈라이나를 저 멀리 떨어뜨려 놓았다. 자신에게는 슈라이나 몰래 무척 이루고 싶은 염원이 하나 있었기 때문이었다.

느와르엘의 어깨를 잡아 그녀의 귀 가까이 입을 가져다 댄 헤스티아는 흥분돼 심장이 터질 것만 같았다. 어째서 자신이 이런 복이란 복을 다 받는 건지는 모르겠으나, 지금은 이런 복잡한 생각보다 자신에게 주어진 기회에 집중하는 것이 중요했다. 이내 입을 옴죽거리며 망설이던 헤스티아는 숨을 들이쉬었다.

드래곤을 만나면 항상 부탁하고 싶었던 게 있었다. 막강함 힘을 가진 드래곤만이 할 수 있는 일이었기 때문에 언제나 마음속에 그 소원을 담아두고, 이루어질 수 없는 일이라 생각하며 체념했었다. 그러나 이제는 다르다.

헤스티아는 다시 숨을 크게 내쉬고는 소원을 내뱉었다.

제 소원은…….

"저와 슈라이나의 사이를 방해하려는 자들은 모두 외진 섬으로 날려 보내주세요."

"……?"

느와르엘은 정신 계열 마법을 사용할 생각으로 마력을 끌어모으다가 맥이 빠져서 손을 내저어 마력을 흩뿌렸다. 사람들의 인식을 바꿔 달라고 소원을 빌 줄 알았는데……. 아니, 지금껏 계속 비슷한 소원을 빌었었잖아?

"이전에도 방해하려는 사람이 있었으면 날려 보내주시고, 이후에도 방해하려는 자가 있으면 날려 보내주세요."

"날려 보내?"

"네, 날려 보내주세요."

헤스티아는 머릿속으로 흰색 머리카락을 가진 한 사람을 떠올리며 애원했다.

"다 날려 보내주세요. 다 추방시켜요! 국외 추방!"

그리고 양손을 하늘 위로 올려 만세 하며 소리쳤다. 얼굴은 기뻐서 홍조가 띄워져 있었고 미소는 만연했다. 자신의 목표는 인생을 살아가면서 천천히 이뤄낼 테지만, 거머리 같은 스완하덴이나 기타 등등을 떼어내는 소원은 자신이 아무리 발악을 해도 이루기 힘든 일이었다. 헤스티아는 드래곤의 힘을 활용해서 그들을 슈라이나에게서 떼어내기로 했다.

"슈슈와 저 둘만의 세상!"

헤스티아는 세상 행복한 표정을 지었다.

느와르엘의 레어에서 한참 시간을 보내고 나왔는데, 바깥세상은 고작 몇 시간밖에 지나지 않은 상태였다. 헤스티아는 고 몇 시간 사이에 집도 얻고, 자신이 그토록 바라던 소원도 이룰 수 있게 되었다.

그리고 아까 슈라이나가 자신을 찾아왔을 때 스완하덴이 없었던 이유 또한 자연스레 알게 되었다. 자신과 슈라이나의 사이를 방해하려는 사람이 있으면 날려 보내 달라고 했으니, 그 시점에도 소원이 적용된 것이었다. 소원이 적용되는 횟수는 제한적이라고 말했으나, 헤스티아는 잠시라도 슈라이나를 독차지할 수 있다면 그것으로 족했다.

"그나저나, 네 그 드래곤 레어 집을 나라에 신고를 할 수는 없으니, 임시 거처를 또 하나 만들어야 할 텐데 어디가 좋을까?"

슈라이나는 턱을 쓸며 이어 생긴 문제에 대해 인상을 썼다. 다행히 헤스티아의 의식주 문제는 해결됐으나, 너무도 갑작스럽게 막대한 부가 주어졌기에 나중에 경제생활을 할 때 문제가 될 수 있었다.

가령, 헤스티아의 이름으로 된 재산이 없는데, 헤스티아가 제국 내에서 큰돈을 쓰게 된다면 세무 조사가 나올 수도 있었다. 불법적인 일을 하고 있는 것이 아니냐며 재산을 몰수할 수도 있었고……

"난 슈라이나 네 근처에서 살고 싶은데."

나중에 이브를 만나 상담받아 볼까 생각하던 슈라이나는 큰 눈을 껌벅이며 냉큼 대답하는 헤스티아를 마주 바라보았다.

"내가 사는 곳이라면. 황성에 있는 기사단 숙소?"

"아…… 맞다. 슈라이나의 공식 거처는 황성 내의 숙소지……"

황실 숙소는 돈으로도 살 수도 없으니 뭐 어찌해볼 도리가 없었다. 김이 샌 헤스티아는 어깨를 축 늘어뜨렸으나, 슈라이나는 그 새에 좋은 방법이 하나 떠올랐는지 손뼉을 쳤다.

"일단 느와르엘에게 받은 네 재산이 나라에서 공식적으로 인정받을 때까지 당분간 나랑 같이 지낼래?"

"기사단 숙소?"

"어."

"난 황실에 등록이 되어 있지 않아서 성문 통과조차 안 될 텐데? 그리고 황실 근무자들 전용 숙소에 내가 등록이 될 리가 없잖아."

"안 되면 되게 해야지."

슈라이나는 악동 같은 미소를 지으며 헤스티아를 자신의 작업실 쪽으로 데리고 갔다.

* * *

헤스티아는 갑자기 황실에서 일어나는 사건들을 정리해 신문사로 보내는 일을 맡게 되었다. 자신에게 놀라운 일들이 연이어 일어나자, 헤스티아는 그저 멍하니 입을 벌리고 있을 수밖에 없었다. 면접도 본 적이 없고, 자신을 등용한 사람도 없는데 황궁 안에 자신의 일자리가 생기다니. 그것도…….

"황실 언론 총책임자……?"

듣도 보도 못한 타이틀에 헤스티아는 고개를 갸웃거렸다.

"황궁 내에서 네 임시 위치야."

슈라이나는 황실 출입 보안 마법진과 역추적 방어 마법진을 겹겹이 펼쳐놓고 헤스티아의 이름을 새겨넣고 있었다. 황실 내부에서 일하는 사람들의 정보를 기록한 마법진 더미도 가져와 숙소를 사용하는 사람들 리스트에 헤스티아의 이름을 적어 넣는 것도 잊지 않았다.

"이게 어떻게 가능한 거야? 황실에서 관리하는 마법진을 가져오는 게 이렇게 쉬운 일이야?"

헤스티아는 자신의 사진과 이름이 적힌 황실 출입패를 만지작거리며 놀란 기색을 감추지 못했다.

"아니, 원래는 불가능하지만 나는 예외."

"왜?"

"황실 내부에서 쓰이는 마법들은 전부 드보아스가에서 관리하는데, 예전에 드보아스 후작님께서 나한테 동전을 하나 주셨거든? 그동전으로 자유롭게 드보아스가가 소유하고 있는 마법진들을 열람할

수 있어. 그래서 이렇게 황실의 정보 마법진들을 가져와 위조하는
게 가능한 거야."

헤스티아는 덜덜 떨리는 손으로 슈라이나의 어깨를 붙잡았다.

"들키면…… 들키면 어떻게 돼?"

헤스티아의 동공이 산산이 떨리고 있는 와중 슈라이나는 마냥 태
연하기만 했다.

"……음, 뭐 어때. 어찌 됐든 제국 법의 총 책임자가 하일리인걸.
너는 무려 차기 황제의 첫사랑이고. 첫사랑인데, 사랑으로 감싸주지
않을까?"

자신이 하일리의 첫사랑이라는 소리를 듣자마자 헤스티아는 인상
을 팍 쓰고 혀를 살짝 내밀었다.

"웩."

"우웩."

하일리의 뜨거웠던 사랑을 떠올리며 슈라이나와 헤스티아는 서로
손발을 오그라뜨리며 혀를 찼다.

* * *

헤스티아는 슈라이나의 숙소로 거처를 옮기고 난 뒤, 방안에만 짱
박혀서 백작이 불태운 자신의 원고들을 복구하는 데에 힘을 쏟았다.
다른 사람에게 들킬까 봐 쫄렸기 때문이었다. 하지만 황궁 생활에
어느 정도 적응을 하자, 헤스티아는 두려움을 훌훌 털어내고 당당히
다녔다.

가짜 신분으로 황성으로 있으면서 생활하는 건 의외로 나쁘지 않

았다. 황실 내부에 있지도 않은 직책이지만, '내가 누구인지 알고 의심하는 건가? 후회할 텐데' 하는 식으로 밀어붙이면 거의 모든 사람들이 겁을 먹은 채 벌벌 떨었다. 몇몇 의심 많은 사람들이 그녀의 신분을 확인해보기도 했지만, 황실 정보 마법진에 그녀의 이름이 떡하니 기록되어 있으니 의심은 쉽게 사그라들었다.

하지만 곧 황제가 될 하일리 오르드 이아네스의 눈만은 피할 수 없었다.

"……너희 마음대로 해라."

하일리는 너무도 쉽게 황실의 마법 보안이 뚫리는 것을 보고 한숨을 내쉬었다.

"그래도 불법으로 위조한 건 잘못한 거다. 애초에 나한테 먼저 말했으면 편했을걸."

이 사태를 한 나라의 황제로서 그냥 넘어갈 수는 없었기에, 하일리는 이번 일을 눈감아 주는 대신 슈라이나에게 황실 보안 마법진을 강화할 수 있는 새 마법진을 만들어달라는 조건을 걸었고, 헤스티아에게는 자신이 황제로서 내리는 결정들에 따른 반응을 계층별로 정리하고, 신문사나 언론사별 의견 또한 정리해 집무실로 보내 달라는 조건을 걸었다.

그렇게 헤스티아는 정말로 황실에 취직하게 되었다. 아직 하일리가 황제가 되지 않아, 할 일이 없어 개인적으로 쓰고 싶은 사설만 쓰고 있는 중이었지만, 황제 즉위식 후에는 정식으로 황실에서 일할 수 있을 터였다.

그렇게 헤스티아를 둘러싼 일들이 일사천리로 해결되었다. 공식적인 수입원도 생기고, 자유롭게 작품 활동을 할 수 있는 호화로운 별장도 생겼다. 오히려 너무 일이 쉽게 풀린 탓에 불안할 정도였다.

일이 이렇게 쉬우면 안 되는데, 하는 생각도 들었으나 그 생각은 오래가지 않았다. 모든 게 다 자리잡혔다고 편한 삶을 사는 건 아니었으니까. 헤스티아는 자신에게 맡겨진 일들이 무수히 많아 숨 쉴 틈도 없이 바쁘게 지내야만 했다. 다행히 어느 일을 하든 간에 시간에 쫓기진 않았다. 마감일이 다가오면 느와르엘이 준 집 겸 별장에 들어가 느긋하게 처리하면 되었으니까.

모든 것이 만족스러웠지만, 헤스티아는 요새 회의감을 느끼고 있었다. 분명히 좋아하는 일을 하고 있는데 취미가 아니라, 일로서 전력을 쏟고 있다 보니 점점 권태감이 느껴졌기 때문이었다. 예전에는 몰래 글을 써서 그런지 글에 대한 애착이 굉장했는데, 이젠 돈을 받고 글을 쓰고, 더욱 많은 사람이 자신의 글을 읽는다고 생각하니 두려움이 커져 점점 글을 쓰는 것을 망설이게 되었다. 부담이 커지면 커질수록 열정도 점점 식어갔다. 언제나 열정적일 수 있으면 좋을 텐데. 여러모로 해이해진 것 같았다.

그럴 때면 헤스티아는 바로 옆 방에 있는 슈라이나를 찾아가 예전같이 복잡한 속을 털어놓았다.

"원래 부모님이 주무실 때 몰래 주방으로 가서 꺼내먹는 초콜릿이 제일 단 거야. 지금은 옆에서 사람들이 숟가락에 초콜릿을 올려놓고 억지로 네 입에 쑤셔 집어넣으니까, 음식물이 목구멍에 잘 안 들어가는 거고. 나도 요새 좀 그래. 너는 인생의 목적이라도 있지, 나는 매일 똑같은 다람쥐 쳇바퀴 속에 매일 목적 없이 같은 일만 하고 있으니까 더 권태로워."

그렇게 둘은 후에 '인생 목적 다시 찾기' 여행을 같이 떠나기로 약속했다. 각자의 삶을 열심히 살다가 같은 시기에 휴가를 내서 잘 알려지지 않은 장소로 배낭여행을 가기로.

열심히 사는 것은 어렵지 않았고 헤스티아와 슈라이나는 얼마 뒤 곧 장기 휴가를 내고 제국 밖의 외진 섬으로 같이 여행을 떠났다.

"……그만해, 이미 이동 마법진은 수도 없이 그렸잖아. 결과는 뻔해. 드래곤이 빠져나가는 걸 막고 있는데, 무슨 수로."

"이브 형은 이미 체념했어. 너도 체념해 스완. 우린 갇혔어."

"망할 드래곤 새끼. 여길 빠져나가면 바로 튀겨 버릴 거야."

그리고 여행길에서 슈라이나와 헤스티아는 조난당한 세 사람을 발견할 수 있었다.

헤스티아는 슈라이나와 가방을 끌며 바다의 모래사장을 걷다가 세 사람을 발견하자마자, 슈라이나를 데리고 바로 귀국하려고 했지만, 뜻대로 되지 않았다. 그 뒤로 헤스티아는 권태로움을 던져버리고 다시 일상의 행복을 되찾을 수 있었다.

"제기랄!"

Fine

마지막 희망에게

우리는 서로를 잃어버리지 않기 위해 손을 잡았다.

어느새 길 끝의 빛에 다다라 있었다.

Writer's Letter

살오른곱등이(윤지원)

무척 부족한 제가 장편의 글을 매듭지었다는 사실이
많은 사람들에게 동기부여가 되었으면 좋겠습니다.

안녕하세요. 살오른곱등이입니다.

연재하면서 참 후기 많이 적었었는데 지금 '오작교는 싫습니다'라는 작품의 마지막 후기를 쓰고 있습니다. 보통 책의 마지막 페이지엔 감사의 말을 적기에, 저도 그 클리셰를 따르려 합니다.

감사를 드릴 분이 참 많습니다.

일단 제일 먼저 하나님께 감사를 드립니다.

그다음으로 제 작품을 귀하게 여겨주신 독자님들께도 감사를 드립니다.

'저는 스완이 좋네요'라는 댓글을 남겨주신 어머니에게도, 닉네임을 보고 아무 말도 안 하신 아버지에게도 감사를 전합니다.

언제나 제 책을 읽는다고 말만 하고 귀찮아서 안 읽지만, 프롤로그 웹툰만 보고 제 작품에 피드백을 남겨준 언니에게도 감사를 전합니다.

언제나 아이디어와 소재를 주는 주변 지인들에게도 감사하고, 너무 길어서 읽지는 않아도 클릭은 해준다는 마인드, 감사합니다.

제 글을 정성스럽게 편집해주고 예쁜 단행본까지 제작해준 에이템포미디어에게도 정말 너무 감사드립니다.

그리고 소설 속 등장인물로 간택되어 굴려져야만 했던, 오작교 아이들에게 수고했고 고마웠다고 말하고 싶습니다.

다들 너무 감사드립니다.

그중에서 가장 수고한 저 스스로에게 가장 큰 감사를 남깁니다. 그동안 제 신체 부위 중 글을 쓰면서 가장 근육이 많아진 손가락, 전자파에 노출된 눈동자, 아이디어를 짜느라 벌벌 떨던 뇌, 모두 수고해주셔서 감사합니다.

이 소설을 쓰면서 참 행복한 시간을 보냈습니다.

정말 감사합니다.

오작교는
싫습니다

Written by 살오른곱등이

crescendo

a tempo.

본래 템포대로.

da capo.

처음부터 다시.

al fine.

끝까지.

오작교는 싫습니다 5

초판 1쇄 발행 2019년 7월 8일
초판 4쇄 발행 2021년 11월 30일

지은이 윤지원(살오른곱등이)
펴낸이 최재호
펴낸곳 주식회사 에이템포미디어
편집 디자인 s:now* **표지 디자인** Limjae
교정 교열 에이템포미디어 출판부

등록번호 2019년 2월 27일 제 2019-000012호
주소 경기도 부천시 조마루로385번길 92 부천테크노밸리U1센터 726호
전화 070-4100-0600
전자우편 atempo_media@naver.com
블로그 http://atempomedia.com

잘못된 책은 바꿔드립니다.

ISBN 979-11-6428-053-7